flor
negra

Kim Young-ha

flor negra

**UM ROMANCE SOBRE
A IMIGRAÇÃO COREANA
NO MÉXICO**

TRADUÇÃO DO INGLÊS
Ana Carolina Mesquita

GERAÇÃO

Título original:
Black Flower

Copyright © 2013 by Kim Young-ha

1ª edição — Fevereiro de 2014

Grafia atualizada segundo o Acordo Ortográfico da Língua Portuguesa
de 1990, que entrou em vigor no Brasil em 2009

Editor e Publisher
Luiz Fernando Emediato

Diretora Editorial
Fernanda Emediato

Produtora Editorial e Gráfica
Priscila Hernandez

Assistente Editorial
Carla Anaya Del Matto

Capa, Projeto Gráfico e Diagramação
Alan Maia

Preparação
Luciana Moreira

Revisão
Josias A. Andrade
Rinaldo Milesi

DADOS INTERNACIONAIS DE CATALOGAÇÃO NA PUBLICAÇÃO (CIP)
(Câmara Brasileira do Livro, SP, Brasil)

Kim, Young-ha
    Flor Negra: um romance sobre a imigração coreana no México
/ Kim Young-ha ; tradução do inglês Ana Carolina Mesquita.
-- 1. ed. -- São Paulo : Geração Editorial, 2013.

    Título original: Black flower.
    ISBN 978-85-8130-196-9

    1. Romance coreano I. Título.

13-07491	CDD: 895.734

Índices para catálogo sistemático

1. Romances : Literatura coreana   895.734

GERAÇÃO EDITORIAL

Rua Gomes Freire, 225 – Lapa
CEP: 05075-010 – São Paulo – SP
Telefax.: (+ 55 11) 3256-4444
Email: geracaoeditorial@geracaoeditorial.com.br
www.geracaoeditorial.com.br
twitter: @geracaobooks

Impresso no Brasil
Printed in Brazil

E SE A MORTE É MORTE, QUE SERÁ DOS POETAS E DAS COISAS ADORMECIDAS DE QUEM NINGUÉM SE RECORDA?

— Federico García Lorca, Canção de outono.

(trad. livre Ana Carolina Mesquita)

PARTE 1

1

Com a cabeça enfiada no brejo cheio de ervas oscilantes, muitas coisas rastejaram diante dos olhos de Ijeong. Eram todas trechos da paisagem de Jemulpo, que ele acreditava ter havia tempos esquecido. Nada havia desaparecido: o eunuco flautista, o padre fugitivo, o xamã com dentes para dentro e possuído por um espírito, a garota que cheirava a sangue de corça, os pobres membros da família real, os soldados dispensados famintos, até mesmo o barbeiro revolucionário... Todos eles aguardavam por Ijeong com rostos sorridentes na frente do edifício de estilo japonês no alto do monte em Jemulpo.

Como era possível que essas coisas fossem tão vívidas de olhos fechados? Ijeong estava pasmado. Abriu os olhos e tudo sumiu. Uma bota empurrou sua nuca, enfiando sua cabeça mais para o fundo do brejo. Água imunda e plâncton inundaram seus pulmões.

2

Fevereiro de 1904. O Japão declara guerra à Rússia. As tropas japonesas chegam à Coreia e dominam Seul, atacando a frota russa em Porto Arthur. Em março de 1905, 250 mil tropas japonesas combatem em Fengtian, na Manchúria, perdendo 70 mil homens, mas não a batalha.

A frota combinada do almirante Togo Heihachiro segurou o fôlego e aguardou pela frota báltica liderada pelo almirante Rozhdestvenski, que havia circundado o Cabo da Boa Esperança e se dirigia ao Extremo Oriente sem saber do destino que a esperava.

Na primavera daquele ano, as pessoas acorreram aos bandos até o porto de Jemulpo. Na multidão havia de tudo, de mendigos a homens de cabelos curtos, mulheres de saias e jaquetas coreanas e crianças com nariz escorrendo. O cabelo curto estava na moda fazia dez anos, quando o rei, Gojong, cortou seu topete por causa da pressão japonesa e instituiu a Lei do Cabelo Curto, em 1895. Naquele mesmo ano, também perdeu sua rainha para assassinos enviados pelo seu pai e pelo Japão. O corpo foi cruelmente perfurado por espadas e em seguida incendiado por brutamontes japoneses. De um só golpe, o rei perdeu o cabelo que deixava crescer desde a juventude e a rainha, que estivera havia tanto tempo ao seu lado; escapou para a legação russa e ensaiou uma tentativa de contra-ataque, que, contudo, não deu em nada. Poucos anos depois, em 1898, o reino se tornou um império e o rei foi declarado imperador, ainda que impotente. Nesse mesmo ano, os Estados Unidos ganharam a guerra contra a Espanha e conquistaram as Filipinas. Não havia fim para as ambições dos governos que irrompiam pela Ásia afora. O imperador impotente viu-se atormentado pela insônia.

Porém, em 1905, Jemulpo não passava de um porto desolado. Com exceção do assentamento japonês e do consulado do Japão, que havia sido construído com magnificência ao estilo renascentista, era difícil encontrar um único prédio decente no monte. As ilhas costeiras e as montanhas do interior não tinham árvore alguma; pareciam pilhas de turfa. Havia uma bela quantidade de casas particulares. Seus tetos de palha, entretanto, eram arredondados e bem próximos ao chão, para que não fossem notados. Os penitentes coreanos, usando faixas brancas na cabeça, caminharam em uma única fila, enquanto crianças descalças corriam atrás deles. Perto do consulado japonês, um grupo de mulheres japonesas caminhava a passos curtos. O sol da primavera era ofuscante, mas as mulheres andavam com os olhos voltados para

flor
negra

o chão, enquanto soldados japoneses de uniforme negro montavam guarda. Munidos de rifles com baionetas, olharam de canto para a procissão de mulheres. O desfile de quimonos passou diante de um edifício de madeira ao estilo europeu, diante do qual estava pendurada uma placa de madeira onde se liam as palavras "Consulado Britânico". Um ocidental saiu do edifício e rumou para o embarcadouro.

Era possível ver a frota imperial do Japão, que participara do cerco a Porto Arthur, rumando para o sul, fazendo tremular bem alto a bandeira do sol nascente. As armas negras nas laterais dos navios cintilavam de óleo.

3

O menino ocupou um lugar na cabine nos fundos do barco; havia espaço para ele em um canto. Enrodilhou o corpo o máximo que pôde e se cobriu com as roupas que trouxera. Então, olhou ao redor da cabine, sombria como uma caverna. Os que haviam embarcado como famílias estavam reunidos em círculos. Os homens com filhas rechonchudas estavam com os nervos à flor da pele, os olhos injetados de sangue. Parecia haver cinco vezes mais homens que mulheres. Sempre que as mulheres iam para qualquer parte, os olhos dos homens as seguiam secreta e persistentemente. Quatro anos. Era o tempo que passariam juntos, essa gente. "Se uma garota atingir idade para se casar, por acaso poderá ser minha esposa?", era o que conjecturavam os homens solteiros. O pensamento do menino não ia assim tão longe, mas ele estava em uma idade em que o sangue era quente e sensível a tudo. Durante vários dias seus sonhos foram atormentados. Garotas apareciam e faziam sua cabeça girar. Não havia problema nos sonhos em que uma garota acariciava os lóbulos de suas orelhas e despenteava seus cabelos com mãos delicadas, mas às vezes alguma garota corria nua para ele e o acordava de seu repouso. Depois de noites como essa, seu peito teimava em bater com força mesmo depois que ele acordava, e o garoto era obrigado a abrir caminho entre as pessoas adormecidas para rumar até o convés em busca do frio ar marítimo da manhã. O SS Ilford estava preso ao porto como uma ilha. Quanto tempo seria preciso navegar até chegar àquele país quente? Ninguém sabia ao certo. Havia os que diziam, com certa surpresa, que levaria meio ano, e outros que diziam que eles chegariam em dez dias no máximo. Ninguém a bordo já fizera aquela jornada antes, portanto a confusão era natural. Todos oscilavam para frente e para trás, como pêndulos, entre a vaga esperança e a inquietação.

Apoiado na lateral do navio, o menino esculpiu os três caracteres de "Kim I Jeong" na amurada de madeira com um canivete que levava no bolso. Havia ganhado aqueles caracteres em Jemulpo, bem aqui, nesse embarcadouro. Um homem robusto com uma longa cicatriz no pulso perguntou:

— Qual o nome da sua família?

O menino hesitou. O homem assentiu como se entendesse.

— Seu nome?

— As pessoas costumavam me chamar apenas de Jangsoe — disse o menino. O homem perguntou onde estavam seus pais. O garoto não sabia exatamente. Não sabia se tinha sido no Motim Militar de 1882 ou na Rebelião de Donghak, mas seu pai fora preso em um dos dois eventos e morto, e sua mãe fugiu para algum lugar assim que seu pai morreu. Ele fora acolhido e criado por um vendedor ambulante. A única coisa que esse ambulante lhe deu foi o nome Jangsoe. Quando pararam perto de Seul, o garoto fugiu enquanto o ambulante dormia.

— Que tipo de país é o México? — Isso foi na Associação Cristã de Jovens de Seul. Um missionário americano discursava, a barba negra cobria seu pescoço.

— O México é longe. Muito longe.

O menino estreitou os olhos.

— Então é perto de onde?

O missionário riu.

— Fica logo abaixo dos Estados Unidos. E é muito quente. Mas por que está querendo saber do México?

flor
negra

O menino lhe entregou o anúncio do jornal *Hwangseong Sinmun* (*Gazeta da Capital*). Mas o missionário, que não sabia os caracteres chineses, não pôde lê-lo. Então outro jovem coreano traduziu o conteúdo do anúncio para o inglês. Só então o missionário assentiu. O menino lhe perguntou:

— Se eu fosse seu filho, você me diria para ir?

O missionário não entendeu de início, portanto o garoto tornou a fazer a mesma pergunta. O rosto do missionário ficou grave e, devagar, ele balançou a cabeça.

— Bem, então se você fosse eu, você iria? — insistiu Ijeong.

O missionário se viu perdido em reflexão profunda. Não fazia muito tempo que o menino estava na escola, mas era inteligente e com uma rapidez incomum de compreensão. Tinha sido criado como órfão, mas não se tornara tímido, e se destacava dos outros alunos que possuíam uma história semelhante.

O missionário barbudo lhe ofereceu café e um bolinho. A boca do menino começou a se encher de água. O ambulante que o levara a todos os cantos do país havia lhe ensinado: "Se alguém lhe oferecer alguma coisa para comer, conte até cem antes de aceitar. E se alguém quiser comprar alguma coisa sua, dobre o preço que lhe vier à cabeça. Assim ninguém vai desvalorizar você". Raras vezes o menino teve a chance de seguir essas instruções. Ninguém lhe oferecia nada para comer, e ninguém queria comprar nada dele. O missionário arregalou os olhos.

— Não está com fome?

Os lábios do menino se moveram de leve. Oitenta e dois, oitenta e três, oitenta e quatro. Não conseguiu mais aguentar. Apanhou o bolinho de passas de cheiro tão doce e começou a enfiá-lo na boca. Quando terminou o bolinho e o café, o missionário levou-o até uma sala com um monte de livros e mostrou-lhe um mapa-múndi. Nele estava um país que parecia uma barriga afundada e vazia. México. O missionário perguntou:

— Tem certeza de que quer mesmo ir? Só faz três meses que você está frequentando a escola... Que tal estudar mais um pouco antes de partir?

O menino balançou a cabeça.

— Dizem que chances como essa não aparecem sempre. Ouvi dizer que os meninos sem pais são bem-vindos.

O missionário viu que ele já havia tomado sua decisão. Deu ao menino uma Bíblia em inglês.

— Um dia você vai ser capaz de lê-la. O Senhor o guiará.

Então abraçou o garoto. O menino abraçou o missionário com força. Sua barba roçou a nuca do garoto.

O menino foi para Jemulpo e para o fim de uma longa fila. Naquela fila conheceu o homem forte que bagunçou seu cabelo. "Um homem precisa de um nome. Esqueça nomes infantis como Jangsoe. Adote Kim como sobrenome e Ijeong como nome. É fácil de escrever — só o caractere *i* (二), que significa dois, e o caractere *jeong* (正), que significa ereto." Enquanto a fila ia diminuindo, ele escreveu o nome do menino em caracteres chineses. Eram sete traços no total. O nome do homem era Jo Jangyun. Engenheiro e sargento do estado-maior do exército reformulado do império coreano, abandonou a farda quando explodiu a Guerra Russo-Japonesa. Havia diversos outros na mesma situação. Duzentos desses homens, que haviam sido nomeados juntos e treinado usando os longos rifles modernos junto com oficiais de treinamento do exército russo, se reuniram em Jemulpo. A quantidade era suficiente para formar um batalhão inteiro. Não tinham terra nem parentes. Não havia nação que precisasse de um exército com maior urgência do que o frágil império, mas não havia arroz nos depósitos imperiais para alimentá-lo. Além disso, os japoneses começaram a exigir um corte das despesas militares coreanas e a redução das forças armadas. Os soldados nas fronteiras então abandonaram os quartéis e saíram a esmo, e, quando viram o anúncio da Companhia de Colonização Continental, acorreram para Jemulpo. Foram os primeiros a querer partir para o México, onde se dizia que os aguardavam trabalho, dinheiro e comida quente. Jo Jangyun foi um deles. Seu pai, um caçador da província de Hwanghae, migrara para a China; alguém o vira morando com uma chinesa em Xangai. Mas Jo Jangyun não foi

flor
negra

para Xangai. Escolheu em vez disso o México, onde diziam que o sol ardia o ano inteiro. E não diziam também que os salários seriam dezenas de vezes mais altos do que o de um soldado? Que importava então aonde ele iria? Não havia necessidade de hesitar. A vida no México não podia ser mais dura do que tinha sido no exército.

O menino lançou mais uma vez o olhar para o oceano. Três gaivotas de capa preta rodopiaram acima de sua cabeça. Alguém havia falado que havia ouro no México. Disseram que o ouro amarelo brotava do chão, fazendo muita gente ficar rica de repente. "Não. Isso é nos Estados Unidos", insistiu outro, mas também não parecia ter muita certeza. O menino repetiu seu nome. "Kim Ijeong. Meu nome é Kim Ijeong. Vou para uma terra distante. E vou voltar como um Kim Ijeong adulto. Vou voltar com meu nome e dinheiro e vou comprar terras, e nelas vou plantar arroz." Quem tinha terras era respeitado. Essa era uma simples verdade que o menino aprendeu na estrada. Terra mexicana não servia. Tinha de ser terra coreana, e plantações de arroz. Mas outro pensamento ergueu-se no coração do menino, o pensamento de outra terra estranha, chamada Estados Unidos.

As gaivotas flutuaram acima da superfície da água como se dançassem. As mais velozes voaram para longe com peixes de bom tamanho nos bicos. As asas das gaivotas estavam tingidas de vermelho. O sol estava se pondo. O menino desceu até a cabine e mais uma vez se acomodou no seu canto. As vozes roucas e baixas dos homens podiam ser ouvidas em meio aos gritos das crianças. Não havia força na voz desses homens; eles não conheciam seu futuro. Suas palavras se dissipavam como a espuma que quebrava na proa do navio. O menino fechou os olhos. Torceu para só acordar na hora do café da manhã.

4

No dia seguinte, John G. Meyers reuniu todos no convés e se dirigiu a eles em inglês com forte sotaque holandês. Um rapazinho baixo de olhos caídos serviu de intérprete.

— Nossa partida foi adiada. O embaixador britânico na Coreia, *sir* John Gordon, não quer permitir a saída do Ilford. Uma vez que este navio é território britânico, devemos receber a permissão de *sir* John para levantar âncora. Colocamos em quarentena as crianças pequenas que apanharam catapora, mas pode haver mais casos, portanto fomos ordenados a continuar ancorados aqui por mais duas semanas. Esperem somente um pouco mais. Quando chegarmos ao México, lindos cavalos e comida quente estarão à sua espera.

Depois de terminar o aviso, Meyers desceu a rampa até o convés com o intérprete, Gwon Yongjun. Os que ficaram para trás se aninharam juntos e queixaram-se.

— Navegamos até Busan e nos recusaram porque não tínhamos passaporte, e agora vêm nos dizer que precisamos esperar mais duas semanas? Desse jeito não chegaremos lá este ano.

5

De manhã cedo, as pessoas começaram a se reunir na entrada da cidadezinha de Dangjin, um lugar tomado por filas e mais filas de tetos de palha. Moradores velhos com cachimbos compridos nas bocas, crianças fungando, homens e mulheres, jovens e velhos — parecia que todos os moradores capazes de se sustentar nas duas pernas tinham vindo. Estavam todos olhando para uma árvore. Diziam que tinha mais de trezentos anos de idade e cada um de seus galhos fora envolvido com panos vermelhos e azuis. Todos os anos os moradores preparavam oferendas e as ofertavam para essa árvore, principalmente as mulheres sem filhos ou as mulheres cujos maridos estavam longe. Todo mundo continuou olhando para a árvore. Olhavam para o corpo de uma mulher, pendurado ali como uma fruta. Abaixo da jaqueta branca curta, sua saia azul era açoitada pelo vento. No chão sob seus pés havia um comprido grampo de cabelo. Assim que os homens subiram na árvore e cortaram o tecido de algodão que

flor
negra

envolvia o pescoço da mulher, o corpo caiu. Terra seca se levantou. As mocinhas correram para frente e tentaram desamarrar o pano, mas não foi fácil. Os homens desceram da árvore, limparam as mãos e mantiveram distância do cadáver. O tecido finalmente foi removido do pescoço da mulher. Alguém caminhou alguns passos e atirou o tecido em uma fogueira.

Outro abriu um grande saco de palha e o corpo da mulher foi disposto sobre ele. Os homens amarraram o saco com gestos experientes. Prenderam-no com força usando cordas de palha, onde adivinhavam estar o pescoço, a cintura e os tornozelos, depois o colocaram num carro de boi. "Eia!" O boi começou a andar. À medida que as chicotadas no lombo do boi sumiam a distância, os homens remanescentes rumaram todos para uma só direção. Caminhavam sem pressa, mas com ímpeto. Enquanto a marcha prosseguia, ferramentas de plantio como rastelos e forquilhas de metal passavam de mão em mão. Não demorou e os homens pararam. Parecia um quadro histórico do início de uma revolta camponesa.

Paredes brancas e um campanário, que pareciam fora de lugar entre os tetos de palha baixos do vilarejo, se erguiam diante deles. A cruz de madeira do campanário fazia um contraste curioso com os implementos afiados de metal nas mãos das pessoas reunidas ao redor dela. Um dos homens enrolou as mangas da camisa e caminhou até a igreja. Parou por um instante diante da entrada escura, apoiou na parede branca o rastelo de metal que estava levando e desapareceu hesitante no interior da igreja, de mãos vazias. Depois de algum tempo saiu de novo e então os homens entraram correndo.

— Ele foi embora! — gritou alguém. — Não tem ninguém aqui!

Três homens apanharam um aleijado no barracão que ficava atrás da igreja e o arrastaram para fora, ainda segurando sua vassoura. Era o zelador que cuidava de todos os afazeres da igreja. Ele levantou a mão e apontou para o mar. Um homem de chapéu de bambu descontou sua ira no zelador, surrando suas costas com um pedaço de pau. Outro homem, de barba comprida e chapéu de crina de cavalo, fez o primeiro parar, com um pigarro. O zelador enrodilhou o corpo como uma lagarta atirada no fogo.

— Ele não fez nada de errado — disse com voz baixa o homem de chapéu de crina de cavalo.

— Vamos incendiar tudo! — disse um grandalhão, apontando para a igreja. O homem de chapéu de crina de cavalo hesitou por algum tempo, como se para emprestar mais dignidade a suas palavras, e então balançou a cabeça.

— Isso já é suficiente. Vejam como é a virtude dos bárbaros. Eles não fazem sacrifícios para seus ancestrais, nem choram quando seus pais morrem, então de que adianta falar na castidade de uma mulher casada? Fechem a entrada do santuário dos bárbaros com tábuas, para que ninguém possa entrar.

Os homens irados correram para frente e pregaram tábuas de madeira na porta da igreja e em suas janelas. Não havia madeira suficiente, portanto arrancaram a cruz do teto, quebraram-na ao meio e a usaram para fechar uma das janelas.

Depois de comerem, os homens subiram um morro atrás do vilarejo, cavaram uma cova rasa e atiraram nela o corpo da mulher enrolado no saco de palha. Encheram a cova de terra e sem uma palavra refizeram o caminho de volta morro abaixo. Do terreno lamacento que ficava entre o morro e o vilarejo era possível avistar o mar. Cuspiram violentamente na direção do oceano, nublado por ondas de calor cintilantes.

6

O padre Paul Bak Gwangsu ajoelhou-se diante do bispo Simon Blanche, que ergueu a cabeça e viu o colarinho branco clerical. O bispo olhou nos olhos do jovem padre com expressão de sofrimento.

— Você precisa voltar. Este é seu chamado. Mesmo que seja apedrejado ou enrolado em uma esteira de palha e surrado, precisa revelar

flor
negra

a verdade e apresentar a posição da Igreja. Nosso Senhor, que a tudo governa, no final acabará por revelar todas as coisas.

O bispo sabia mais do que ninguém como era difícil o trabalho missionário na Coreia. Desembarcara na ilha de Baengnyeong em 1880, fora preso por fazer obras missionárias em Baekcheon, na província de Hwanghae, e depois libertado graças à política de abertura aos estrangeiros da oligarquia do clã Min. Comparado a muitos dos padres ocidentais que antes dele foram decapitados no terreno de execuções em frente ao Portão Ocidental de Lesser, teve realmente muita sorte. Foi ele também que enviara o jovem Bak Gwangsu ao seminário em Penang, na Malásia, e ainda ele que o ordenara padre. O conflito com os nativos que o padre Paul enfrentava agora era um rito de passagem, algo pelo qual ele deveria inevitavelmente passar. Com certeza ele não havia se tornado padre sem saber disso, não é?

O rapaz abaixou de novo a cabeça. O bispo lhe garantiu uma vez mais:

— Sei que é difícil. Mas, por favor, diga-me que fará isso. Aquele lugar é um solo sagrado que a nossa Igreja defendeu com sangue. O Senhor perdoou o governador romano Pôncio Pilatos e as multidões que bradavam para Ele ser pregado na cruz. Por favor, faça o mesmo.

O padre fez o sinal da cruz e se levantou. O velho bispo o abraçou. Padre Paul saiu da sala do bispo carregando um fardo pesado. O sol era ofuscante. Ele apertou os olhos. Viu o corpo da mulher pendurado na árvore como um fantasma. Padre Paul cobriu os olhos com as mãos. Murmurou:

— Senhor, não fiz nada de errado. Meu Pai, sabes disso.

Abaixou as mãos, descobrindo os olhos. Depois balançou a cabeça com violência.

— Não posso voltar lá. Não importa o que o Senhor faça, meu Deus, não voltarei para aquela terra de demônios. Eles vão me matar, e será uma morte inútil.

"Então o que você planeja fazer?" Ele ouviu a pergunta vindo das profundezas de si mesmo. "Planeja desobedecer à ordem do bispo?

Acaso você não é um padre que jurou obedecer aos seus superiores?"
Padre Paul enterrou a cabeça entre as mãos.

— Ah, eu não sei! Por que sou tão fraco? Será que eu jamais deveria ter me ordenado padre?

Afastou-se, agitado. Andou a esmo por algum tempo e depois se agachou em frente à porta da casa de alguém. O mundo parecia diferente ali debaixo. A única coisa que ele podia ver eram pés e pernas. Olhou aqueles corpos desprovidos de caráter e de repente adormeceu. Sonhou. Estava caminhando em um lugar cheio de árvores, flores e pássaros que ele nunca havia visto antes. As folhas eram tão espessas, que o dia estava escuro como a noite. Seu suor parecia chuva. Quando passou por aquele lugar, subiu um morro íngreme, onde terras se espalhavam diante dele por dezenas de léguas em todas as direções. Aquele morro estranho, sem um único vestígio de presença humana, parecia um lugar onde a humanidade poderia se comunicar diretamente com Deus. Estava cheio de letras e esculturas curiosas, e um cavalo branco desceu do céu e escancarou a boca como se quisesse engoli-lo.

7

A dinastia Joseon durou quinhentos anos. Quando foi fundada, em 1392, os povos vizinhos foram obrigados a prestar atenção nesse novo país, nascido de uma potência militar poderosa forjada no norte e da ordem política do neoconfucionismo. Contudo, depois de duzentos anos, Toyotomi Hideyoshi e seu exército cruzaram o mar vindos do Japão e o reino cambaleou durante seis longos anos. Os samurais foram expulsos, mas não muito tempo depois o exército de Jurchen atacou, e o rei Joseon bateu a cabeça no chão, implorando por misericórdia. O sangue que verteu da sua testa manchou as pedras do calçamento ao seu redor.

Nos anos que se seguiram, os membros da família real continuaram a nascer, crescer e deixar para trás mais descendentes reais. Reprimidos

flor
negra

pelo poder dos clãs Andong Kim e Min, não podiam ter esperanças de um dia voltar à sua antiga glória, mas continuavam sendo o clã Jeonju Yi, a família real. Após Gojong tornar-se imperador em 1897, foram elevados à categoria de família imperial, mas ainda assim alguns deles passavam fome. Seu *status* social impedia que plantassem arroz nos campos ou frequentassem o mercado como mercadores. As concubinas do imperador eram obrigadas a remendar suas próprias roupas. Sua linhagem de sangue não lhes dava nada, mas lhes exigia muito — era uma maldição, não uma honra. Eles eram espinhos nos pés do Japão, que em breve engoliria o império coreano. O ministro japonês não parou um minuto de observar os parentes mais próximos do imperador, especialmente os que poderiam chegar ao trono. A Rússia e a China haviam perdido influência e recuado; ninguém sabia o que o Japão seria capaz de fazer para a gente de sangue nobre. Afinal, fazia poucos anos que a imperatriz tinha sido brutalmente esfaqueada por capangas japoneses.

Yi Jongdo, primo do imperador Gojong, reuniu a família:

— A vitória japonesa é iminente. O imperador não consegue mais dormir.

Assim que o título do augusto governante saiu dos lábios de Jongdo, toda a família curvou-se em reverência.

— Vamos partir — Ele chorou. Seu filho e sua filha, que ainda eram solteiros, mantiveram a cabeça abaixada. Apenas sua esposa, a senhora Yun, do clã Papyeong Yun, aproximou-se dele e se sentou ao seu lado.

— Para onde pretende ir?

Sua esposa e seus filhos só conseguiam pensar em alguns poucos lugares no sudoeste. Fugiriam para o interior quando a crise política estivesse mais próxima, criariam a geração mais jovem e ganhariam tempo, tal qual os oficiais de Joseon haviam feito nos últimos quinhentos anos. E então, quando o clima político mudasse na capital, os antigos rebeldes voltariam como leais vassalos — não era essa a história da política no clã Joseon? Porém, dos lábios de Yi Jongdo veio, em vez disso, uma palavra de três sílabas que eles nunca haviam ouvido falar.

— México? Onde é isso?

Em resposta à pergunta da esposa, Yi Jongdo disse que era um país distante, abaixo dos Estados Unidos. Acrescentou com gravidade:

— O império não durará muito tempo. Não podemos ser arrastados para o Japão e lá encontrar nosso fim, não é? Precisamos aprender com a civilização ocidental. Precisamos nos fortalecer ali. Antes do raiar do dia iremos aos santuários da realeza ancestral e nos curvaremos diante das divindades da nação, levaremos as placas com epitáfios de nossos ancestrais e então partiremos para Jemulpo. Rezo para que acatem a decisão do seu pai.

Yi Jongdo gritou:

— Vida longa à sua majestade, o imperador!

Sua família gritou em resposta:

— Vida longa, vida longa, vida longa ao imperador!

Mas seus gritos não passaram daquela porta. O filho mais novo de Yi Jongdo, Jinu, não conseguiu conter o choro. Era uma situação difícil para um membro tão jovem da família imperial, apenas catorze anos de idade, que estava lendo clássicos introdutórios chineses como *Os analectos*, de Confúcio, e *Pequeno aprendizado*. Sua irmã mais velha, Yi Yeonsu, que estava em idade de se casar, não demonstrou nenhuma emoção. Sabia que a maré já estava mudando. Até mesmo as garotas estavam cortando os cabelos e estudando os novos conhecimentos. Estava chegando um tempo em que elas aprenderiam inglês e geografia, matemática e direito, e ficariam em pé de igualdade com os homens. É claro que isso não era verdade no caso das mulheres de respeito. Os missionários primeiro levavam as mulheres socialmente banidas para as suas escolas. As filhas de açougueiros, as cortesãs da classe *gisaeng*[1]

---

[1] Ou *kisaeng*. Eram servas do governo coreano destinadas a entreter, podendo também agir como prostitutas, e surgiram na dinastia Goryeo. Algumas trabalhavam na corte, muitas nas casas de *gisaeng*. Recebiam extenso treinamento em música, dança e poesia nos institutos especializados para isso, os *gyobang*, e eram supervisionadas por oficiais do governo. Pertenciam à classe mais baixa na Coreia, e se tornaram parte fundamental da cultura da dinastia Joseon, aparecendo em diversas histórias populares. (N. da T.)

flor
negra

e as órfãs que não tinham com quem contar formavam uma classe, e a escola era sua única opção. Ali tinham roupas, livros e um lugar onde dormir. Sua mãe dizia impropérios para as moças estudantes que caminhavam pelas ruas com suas saias curtas, chamando-as de "desprezíveis", mas Yeonsu, presa em seu manto, tinha inveja delas. Não conhecia o país chamado México, mas os Estados Unidos, sim. Se o México era vizinho dos Estados Unidos, então devia ser razoavelmente civilizado, um lugar onde as mulheres podiam estudar, trabalhar e dizer o que pensavam tal qual os homens, e acima de tudo onde não se prenderiam pessoas com o jugo à primeira vista atraente do sangue imperial, como se fazia aqui. Lá, eles seriam mais iluminados, não é? Ela fechou a boca com força e não disse uma palavra. Sua família interpretou seu silêncio como aprovação.

Em dois dias eles haviam abandonado seu lar, colocado as placas com os epitáfios de seus ancestrais às costas e partido para Jemulpo.

8

O padre Paul sentiu que mãos o seguravam e abriu os olhos. Bem na frente do seu nariz estava o rosto de um homem. Assim que ele gritou "O que você está fazendo?", o homem o segurou pela garganta e lhe deu uma testada no rosto. Então socou repetidas vezes o rosto do padre. O padre Paul caiu como cai um fio de palha. O homem tomou os pertences do padre, roubou o dinheiro que estava guardado em um alforje em seu peito e afastou-se calmamente. Teria aquele padre enlouquecido? Dormir daquele jeito na rua, quando mal chegara a primavera?

O ladrão abriu o saquinho de seda que havia roubado. Era pesado. Enfiou a outra mão ali dentro e retirou seu conteúdo, item por item. Muitos e variados objetos emergiram, mas o mais curioso deles era uma cruz de prata. Estava gravada com letras que ele não reconheceu, e sua superfície era recoberta por desenhos delicados. Não era da Coreia. Devia ser da China ou de algum país ocidental. Por que teriam feito algo de prata naquele formato? Ele inclinou a cabeça para o lado. Não era um anel, nem nenhuma bugiganga de mulher. Havia um cordão de couro que passava pelo topo da cruz, indicando que era usada como um colar. Seja lá como for, era de prata, portanto ele poderia derretê-la e vendê-la. O ladrão colocou de lado o colar de cruz. No saquinho também havia algumas moedas de centavos, uns documentos escritos em letras estrangeiras e um livreto. Ele apanhou o dinheiro e atirou o resto das coisas na sarjeta. Sacudiu os punhos, que ardiam, com cuidado e continuou andando. Aquilo seria suficiente para lhe dar comida e alojamento por alguns dias. Estava assobiando quando virou em um beco, mas trombou com alguém. Mediu o outro homem, por força do hábito. O homem curvou a cabeça e pediu desculpas, embora a culpa não fosse necessariamente dele. Os dois trocaram olhares, mas o padre não reconheceu o ladrão, e o ladrão se tranquilizou. Observou a figura do padre começar a se afastar. Aristocrata tolo. Continuou andando com passos pesados e um sorriso de desdém, acompanhando o padre a distância. O padre subiu o morro, perguntou alguma coisa às pessoas e esfregou o rosto ferido enquanto caminhava. Passou pelos bairros chinês e japonês, depois parou na frente de um belo edifício de dois andares. Na fachada do edifício, em caracteres chineses, estava escrito "Companhia de Colonização Continental". Centenas de pessoas pareciam estar aguardando na fila ali. O ladrão perguntou para que era aquela fila. Depois de ouvir a resposta, foi até um mercado próximo, onde comeu sopa quente e arroz. Então voltou para a Companhia de Colonização Oriental. O homem que havia perdido tudo o que tinha nas mãos do ladrão estava no fim da fila. O ladrão se sentou atrás do homem. Seus olhos se cruzaram algumas vezes, mas somente quando ele viu que o padre ainda não o reconhecera é que ele falou. O padre se apresentou como um aluno da província de Chungcheong. Quando o ladrão apontou para os ferimentos no rosto dele, o padre explicou que havia sido roubado. "Oh!", o ladrão deu um tapa em seu joelho. Depois contou que havia muitos camaradas de mão-leve em portos abertos

flor
negra

como Jemulpo, e o aconselhou a tomar mais cuidado. O padre, porém, não pareceu estar preocupado com as coisas que havia perdido. Simplesmente enterrou o rosto entre os joelhos e esperou que a fila diminuísse. Os funcionários da Companhia de Colonização Oriental trabalhavam diligentemente. Precisavam amontoar todos lá dentro e levantar âncora antes que o governo imperial e o ministro japonês mudassem de ideia mais uma vez. Anotavam os nomes das pessoas, o número de membros da família e as cidades natais.

— Não se preocupem — garantiam. — Os fazendeiros do México pagarão pela sua passagem, comida e roupas.

Por enquanto, eles não precisariam pagar nem um único centavo.

O ladrão, que mais tarde seria chamado de Choe Seongil, roubou as posses de duas pessoas naquela noite. Os indivíduos que visitavam uma cidade pela primeira vez ou cujos corações estavam inquietos com a ideia de partir para um lugar distante costumavam não prestar muita atenção em seus pertences. Choe Seongil ficou empolgado e pensou em partir para o México com aquela gente. Quando a ideia entrou na sua cabeça, ele não conseguiu encontrar um motivo para deixá-la de lado. "Ainda que eu consiga subir apenas um único degrau", pensou ele, "já vai ser melhor do que ficar aqui. Se não der certo, posso voltar".

Choe Seongil embarcou no Ilford com o padre sem ainda ter se livrado dos seus pertences roubados. O navio era mais parecido com os navios de guerra de que ele tinha ouvido falar do que com um navio de passageiros. Com certeza devia ser um dos Navios Negros, os *kurofune*, que irromperam no Japão e colocaram o xogunato de Tokugawa em seu devido lugar. Choe Seongil ficou de boca aberta. Gostava do poder, dignidade e autoridade do Ocidente que exalava aquele grande navio a vapor. Teve a vaga sensação de que aquelas coisas iriam protegê-lo de todos os revezes e ameaças. Até mesmo o estranho cheiro novo de alcatrão era um odor agradável. Choe Seongil entrou cheio de atrevimento no navio, como se já se sentisse um membro do Ocidente. Os tripulantes alemães, japoneses e britânicos andavam decididos de um lado para o outro no navio. Era um mundo à parte e, como o ministro *sir* John Gordon mesmo havia declarado, um território britânico flutuante.

Choe passou correndo na frente dos grupos vagarosos de famílias e rapidamente escolheu um bom lugar para se deitar. Ao seu lado estava um menino que ainda tinha marcas de espinhas no rosto e espiava todos os cantos da cabine escura com olhos fundos. As marcas escamosas em seu rosto traíam a sua pobreza. O ladrão imediatamente se sentiu em casa na cabine, que mais parecia as entranhas de um monstro mitológico; apanhou o cobertor que um marinheiro alemão havia lhe dado, puxou-o até as sobrancelhas e dormiu.

9

Yi Jongdo conduziu sua família até o Ilford e, como sempre fazia, procurou por alguém investido de autoridade. Porém, só conseguiu encontrar tripulantes que falavam línguas ocidentais ásperas. Aqueles que tinham embarcado depressa tinham descido abaixo do convés para encontrar bons lugares antes de todo mundo, mas Yi Jongdo fincou o pé no convés frio, varrido pelos ventos marítimos, aguardando chegar alguém que pudesse entender o que ele dizia. Não demorou muito e John Meyers e o intérprete Gwon Yongjun apareceram. Gwon Yongjun perguntou:

— Por que vocês não descem?

Yi Jongdo franziu as sobrancelhas. Tencionara revelar que era descendente de tal e tal príncipe, e, portanto, ligado ao imperador pelo sangue, mas avistou Oba Kanichi, que havia sido despachado para Jemulpo pela Companhia de Colonização Oriental, de pé ao lado do intérprete, e engoliu suas palavras. Então apenas pediu uma cabine, tendo em consideração sua condição de homem de letras — um burocrata acadêmico membro da nobreza.

— Não posso ficar no mesmo lugar que eles, não é?

Yi Jongdo apontou para o lugar para onde as pessoas haviam descido. Enquanto Gwon Yongjun transmitia o comentário de Yi Jongdo,

flor
negra

diversos coreanos se reuniram atrás deste. Não eram membros da família imperial, mas a julgar pelas suas roupas e pelo formato de seus chapéus de crina de cavalo, eram obviamente aristocratas. Esperariam tratamento similar se o pedido de Yi Jongdo fosse aceito. Naquele ínterim, a esposa de Yi Jongdo e seu filho sentiram um intenso horror diante da perspectiva de terem de conviver com plebeus, talvez até com mendigos. A senhora Yun não parava de enxugar lágrimas com a manga da sua camisa. Entretanto, Yeonsu, sua única filha, olhava com interesse ao redor, para a gente e o cenário novos. A pouca distância dali, porém, Yi Jongdo e sua família eram uma visão e tanto. Duas mulheres enroladas em mantos e um aristocrata com chapéu de crina de cavalo fazendo pose de corajosos formavam um contraste curioso com a bandeira britânica que flutuava no alto do mastro.

Meyers por fim se pronunciou.

— Este navio não era originalmente um navio de passageiros, e sim um cargueiro. Até mesmo a tripulação está dormindo em beliches estreitos, portanto não podemos destinar cabines aos coreanos.

Yi Jongdo ficou frustrado por Meyers não entender o que ele dizia.

— Não estou pedindo quartos para todos. Estou pedindo tratamento diferenciado em honra de nossa posição e nobreza.

Meyers fez conhecer sua decisão final por intermédio de Gwon Yongjun.

— Lamento, mas não temos espaço para isso. Se não gostar, desembarque. Há muitas pessoas que desejam ir.

O orgulho de Yi Jongdo ficou ferido pelo fato de um pedido tão natural quanto aquele ser rejeitado.

— Que homem mais ignorante — Yi Jongdo xingou Meyers enquanto este subia até a ponte de comando. Então se dirigiu à sua família. — Haverá gente no México que vai me entender. Ouvi falar que existem proprietários de terras e uma aristocracia poderosa por lá. Todos que já tiveram homens a seu serviço sabem que nem todos os seres humanos são iguais. Não estamos indo como trabalhadores, estamos indo como representantes do império coreano. Não podemos nos esquecer disso. Os olhos dos malditos japoneses estão em cima de nós agora, portanto devemos perseverar por enquanto, mas quando o navio levantar âncora falarei com o capitão e pedirei mais uma vez.

Yi Yeonsu falou:

— Seria melhor que o senhor não fizesse isso. Parece mais razoável ir para o México e lá encontrar alguém de alta posição para explicar nosso caso.

Ao falar isso, ela não acreditou que algo assim jamais chegaria a acontecer, porém os outros membros da família concordaram. Todos conheciam bem demais os resultados da teimosia de Yi Jongdo. Resignado, Yi Jongdo desceu até o compartimento de carga que estava sendo usado como cabine comunal. O lugar já estava lotado de pessoas. Ficou entre elas e pigarreou, mas ninguém abriu espaço para ele e sua família. Todos se cobriram com seus cobertores e esticaram as pernas.

— Se soubesse que seria assim, teria trazido Myeongsik conosco. — Yi Jongdo arrependia-se de haver deixado seu servo para trás. A dignidade de sua família não permitia que eles se espremessem em nenhum daqueles espaços estreitos; precisaram ficar de pé estranhamente deslocados durante algum tempo na extremidade da cabine. A senhora Yun parecia estar prestes a chorar e olhava para baixo, enquanto Yi Jongdo olhava para o teto. Depois de assim ficarem de pé durante uma hora, ouviu-se subitamente um grito de dor vindo de um canto da cabine. "Oh! Oh!". Um homem segurava um papel branco que lhe fora entregue por um funcionário da Companhia de Colonização Continental. Ele o segurava na frente do corpo enquanto sua família se inclinava em uma reverência em conjunto, soltando lamúrias. Ao que parecia um dos parentes, um idoso, havia morrido. Os lamentos secos e sem lágrimas continuaram como um ritual, depois a família começou a reunir seus pertences. Haviam recebido a mensagem; não tinham escolha. Desembarcaram do navio com rostos assolados pela tristeza. Yi Jinu correu para ocupar o lugar vazio. Yi Jongdo pigarreou uma vez, em desaprovação, e caminhou devagar até lá. Ficava a poucos passos, porém naquele meio-tempo

flor
negra

que ele levou para cobrir a distância a área já tinha se encolhido; o local, contudo, tinha sido ocupado por cinco pessoas e, portanto, ainda era mais que o bastante para abrigar quatro. Não era, é claro, espaço suficiente para observar a etiqueta de Confúcio, mas eles ficaram satisfeitos por enquanto. Desde que conseguissem chegar ao México.

10

À medida que a partida do Ilford era adiada, passou-se a ter a sensação de que o navio sempre fizera parte da paisagem de Jemulpo. Boatos de pânico começaram a se espalhar entre aqueles que tinham vindo desejar boa viagem aos seus amigos. O rumor de que os passageiros estavam prestes a serem eliminados por uma epidemia, porém foi esmagado quando John Meyers permitiu que eles deixassem o navio. Então outro boato começou a se espalhar: o de que eles seriam todos vendidos como escravos. Haviam assinado um certificado de escravidão e seriam levados para uma fazenda de algodão onde trabalhavam negros. Era por esse motivo que o Ilford não tinha sido autorizado a içar âncora do porto de Jemulpo: o ministro de Relações Exteriores do Império da Coreia havia desmascarado que seus cidadãos seriam vendidos como objetos e solicitado uma investigação sobre John Meyers e os outros da Companhia de Colonização. Sem dar a mínima para a atmosfera de pânico que fermentava entre os espectadores, algumas pessoas se infiltravam descaradamente entre os passageiros, muito embora não tivessem recebido permissão de partir para o México. Entravam com toda calma no navio fingindo ser oficiais, ou nadavam até lá durante a noite e então subiam a bordo. Muitos desses invasores eram descobertos e expulsos, mas diversos deles se recusavam a desistir e ficavam rondando os arredores do porto.

Teria o rumor de que os passageiros seriam vendidos como escravos chegado aos ouvidos dos funcionários do império? Se sim, o governo não tinha o menor interesse naquelas mil e trinta e três almas, pelo menos não na época da partida. No dia 25 de março, enquanto eles viajavam de Busan a Jemulpo e de Jemulpo a Busan devido a problemas relacionados a passaportes e epidemias, o imperador Gojong implorava ao czar russo que contivesse a marcha do Japão. Nenhuma resposta veio. O destino do czar também estava em risco. A Rússia estava no redemoinho da revolução desde o dia 22 de janeiro, o chamado Domingo Sangrento. Os militares russos começavam a se insurgir. E não havia perspectiva de vitória na guerra contra o Japão. A frota báltica, que havia cruzado o estreito de Málaga e se dirigia para a Ásia, era a única esperança de mudar a maré da guerra. Se a frota conseguisse aniquilar a marinha japonesa e proteger a dominação russa em Yongampo e Porto Arthur, os problemas que o czar e Gojong enfrentavam estariam resolvidos. Para o czar, era uma oportunidade de aumentar o orgulho russo; para Gojong era a chance de fugir do aperto brutal do Japão. É claro que Nicolau II não mostrou a Gojong o trunfo que tinha guardado na manga. Gojong sabia apenas que, quinze dias antes de enviar seu apelo pessoal, o Japão derrotara o exército russo, capturara Fengtian na Manchúria e ocupara à força a ilha de Dokdo, rebatizando-a de Takeshima.

Buscando uma maneira de sobreviver no novo ajuste do equilíbrio dos poderes mundiais, o imperador secretamente mandou Yun Byeong e Syngman Rhee apresentarem ao presidente Theodore Roosevelt uma declaração de independência, porém também nisso não recebeu resposta. Não houve nada além de uma sucessão de notícias deprimentes. No dia 27 de maio, o imperador recebeu relatos surpreendentes de que um enorme comboio fora avistado pelos pescadores de Mokpo no mar de Chungmu. A frota báltica russa de fato havia conseguido cruzar o estreito da Coreia em 26 de maio, porém a Grã-Bretanha, que não desejava de modo algum a vitória russa sobre o Japão, estava enviando por telégrafo notícias em tempo real da movimentação da frota báltica. Não só isso. A frota se vira contida durante meses em locais como Madagascar porque os portos de posse britânica se recusavam a abastecer os navios de carvão. Nem uma única vez a frota esgotada

flor
negra

do czar havia recebido um suprimento adequado de combustível. Às 4h45 da manhã do dia 27 de maio, a frota japonesa combinada antecipou um ataque. A batalha naval que se seguiu no mar do Japão durou quase vinte e quatro horas, e a frota báltica foi massacrada. A notícia da vitória japonesa acabou com as fracas esperanças de Gojong. Não existem acasos felizes na história. Os sinos tocavam seu canto fúnebre também nos domínios do czar. O principal inimigo de Nicolau já não era mais o Japão, e sim os jovens revolucionários — Lênin, Trótski e Stálin — que silenciosamente clamaram sua vida.

Enquanto isso, sem saber que as potências mundiais estavam envolvidas em um conflito histórico que incluía o destino do Leste Asiático, os mil e trinta e três passageiros do Ilford continuavam fascinados com doces sonhos de um país chamado México. Finalmente, em um dia de primavera de abril, quando uma brisa que vinha do mar do sul da China fazia o convés oscilar, o Ilford levantou âncora com um clamor alto. Por fim haviam sido emitidos passaportes para todos os passageiros. Quando John Meyers já não pôde mais contar com a cooperação do ministro britânico Gordon, procurou o ministro francês Victor Collin de Plancy e lhe pediu para se valer de sua influência no governo da Coreia. O México e o império coreano não tinham relações diplomáticas, e o Departamento de Imigração, que tinha sido fundado pelo governo imperial para ajudar na imigração ao Havaí, proibira os contratos de trabalho, portanto o pedido de Meyers fora encarado como ilegal. Com a ajuda dos esforços de Collin de Plancy, porém, os passaportes foram emitidos e a carga humana do Ilford partiu em direção ao México, onde não existia um único residente coreano, quanto mais diplomata. Era 4 de abril de 1905.

11

Levantaram âncora. O convés estava lotado até as escadarias com gente querendo ver Jemulpo pela última vez. Era a partida pela qual eles tanto haviam ansiado. Por causa de crianças que haviam apanhado catapora, de dificuldades na emissão de passaportes e pela rígida inspeção do ministro britânico, eles haviam sido obrigados a seguir sem parar do navio ao porto e do porto ao navio durante cerca de dois meses. Agora, por fim, não havia mais distinções entre plebeus e nobres, homens e mulheres, jovens e velhos, e todos os rostos estavam iluminados. Um navio singrando os ventos e se dirigindo rumo ao vasto oceano é uma visão mais bela do que um navio ancorado. A família de Yi Jongdo, Kim Ijeong, Choe Seongil e os outros estavam todos no convés, inundados de emoção. Era um dia claro. O vento estava mais ou menos forte, mas o tempo estava lindo, com nuvens brancas navegando pelo céu azul. Os barquinhos que até então permaneceram ociosos ao lado do Ilford remavam em uníssono e recuaram para não serem tragados pelo seu rastro. Como um enorme cachorro sacudindo a água de seu corpo, o Ilford afastou tudo ao seu redor e começou a navegar em direção ao mar Amarelo. Os trabalhadores coreanos, com toalhas enroladas na cabeça, acenaram para os emigrantes no convés. Entre eles havia alguns que até o último momento tentaram embarcar escondidos no Ilford.

O assobio do vapor inglês retumbava. A fumaça preta baforada pelas suas chaminés se misturava aos ventos marítimos e deixava uma longa trilha no céu azul. Os marinheiros alemães metidos em camisas listradas executavam seu trabalho com expressão neutra. Havia uma vitalidade singular e fria nos homens que começavam e terminavam suas vidas no mar. Eles não tinham absolutamente nenhum interesse no significado social do trabalho que realizavam, mas atribuíam absoluta significância ao valor prático e sempre trabalhavam com energia. Levantar âncora, baixar as varas de pesca para apanhar peixes para comer, lavar o convés e inspecionar os cordames: tudo isso pertencia ao domínio decidido deles.

Não muito tempo depois, enquanto o porto de Jemulpo aos poucos recuava a distância, os passageiros perderam o interesse na paisagem ao redor e desceram de um em um ou de dois em dois até a

flor
negra

cabine. Yi Jongdo permaneceu no convés por algum tempo, acompanhando com os olhos o oceano e o litoral recortado da província de Gyeonggi. Muitos dos reis de Joseon, ancestrais de Yi Jongdo, jamais haviam visto o oceano. Um empregado que fora nomeado emissário e viajara até o Japão foi chamado para uma audiência com o rei ao retornar, e o rei lhe perguntou:

— Como você viajou para o Japão?

— Fomos num dos navios de sua majestade.

— Quantas pessoas havia em cada navio?

— Cada navio transportou cerca de trinta pessoas, incluindo soldados e tripulantes. Somente então o rei perguntou, em voz baixa:

— Ainda me espanta. Como pode ser que um navio tão pesado transportando tanta gente não afunde, e sim flutue sobre as águas?

Havia inúmeros reis que jamais tinham ido até o rio Han, que só se afastaram seis milhas do palácio. O empregado buscou uma maneira de fazer o rei compreender aquilo sem expor a ignorância real.

— Seu humilde súdito ainda não compreende totalmente o princípio que existe por trás disso, mas os pescadores e a marinha de sua majestade o descobriram há muito tempo e dele fizeram bom uso. Posso apenas supor que a madeira leve e o alcatrão ajudem os navios.

Aqueles eram oficiais civis. Não ser capaz de compreender os princípios que existiam por trás dos instrumentos não era de modo algum motivo para vergonha. O rei e seu empregado trocaram olhares curiosos e depois se esqueceram de navios e oceanos. Agora, seu descendente Yi Jongdo descobria que estar em um navio era como andar de palanquim em um terreno pedregoso. Seu estômago já estava começando a revirar. Ele respirou fundo. O ar coreano encheu seus pulmões. No meio daquele tumulto, Yi Jongdo lembrou-se de um poema de Du Fu, um poeta chinês, que cantava a tristeza de deixar o seu lar: "A cor da primavera nos céus corre a se desbotar, e minhas lágrimas de despedida se juntam às ondas sedosas longínquas". Ao recitar o verso, teve a impressão de que ele falava do destino da sua dinastia, e seu coração se atormentou. Seu estômago começou a revirar cada vez mais.

Por mais que estivesse enjoado, ele não desejava descer até a cabine. Os aristocratas, os mendigos, os camponeses e as pessoas de classe baixa ficavam de olho atento uns nos outros, em meio à tensão. Como John Meyers havia dito, aquilo não era o império coreano, e sim um território britânico flutuando pelos mares. Agora era uma ocorrência diária que o populacho erguesse a cabeça com altivez para olhar desafiador para ele e sua família. Ninguém abaixava a cabeça quando ele passava, nem tampouco se afastava para o lado quando eles trombavam em algum corredor. O sistema de estratificação social coreano, que agora não passava de algo apenas implícito até mesmo na própria Coreia, sumiu sem deixar vestígios no Ilford. Yi Jongdo levantou a cabeça aos céus com coração atormentado. "Muito pequei contra meus ancestrais. Estou pagando o preço por isso." Os aristocratas escondiam seus chapéus de crina enquanto os camponeses estufavam o peito. A fala e as escritas deles eram diferentes, portanto era possível aferir a procedência de cada um depois de trocar apenas umas poucas palavras. Yi Jongdo não demorou a perceber o quanto era imprudente insistir na sua posição privilegiada. Porém, acreditava com firmeza que isso não seria o mesmo no México. Talvez as coisas não se saíssem tão bem, mas então ele rogaria ao imperador em Seul. O imperador moeria a tinta importada de Pequim e escreveria uma carta em caligrafia esplêndida para o governante do México. Pediria com toda a educação que este salvasse seu desafortunado primo e sua família. Assim que esse pensamento cruzou a cabeça de Yi Jongdo, seu coração ficou mais leve. E os plebeus daquele navio também sentiriam com todas as forças a necessidade de haver pessoas como ele. Quando os proprietários de terras e os oficiais inevitavelmente tratassem mal as pessoas comuns, quem as defenderia e rechaçaria os opressores com palavras e cartas ríspidas? Quem mais entre eles possuía ao mesmo tempo a linhagem nobre e o conhecimento formal para representá-los? Ele havia olhado para cada passageiro, mas não encontrara nem um único rosto familiar.

— Ah, ninguém sabe a profundeza da ignorância da gente comum — lamentou Yi Jongdo, depois desceu até a cabine. No caminho,

flor
negra

trombou de ombro com as pessoas ao menos três vezes. Tal coisa jamais aconteceria em Seul. A última pessoa com quem ele teve tão desagradável contato foi Choe Seongil. Choe olhou ao redor como quem não quer nada. A primeira coisa que um ladrão precisa fazer é examinar o terreno. Os ladrões precisam ser mais sensíveis e diligentes do que qualquer outro tipo de criminoso. Precisam explorar a área, decidir que itens roubar, definir uma rota de fuga, garantir que não haverá ninguém testemunhando aquela fuga e inspecionar seu próprio comportamento. Essas atitudes eram quase inatas em Choe Seongil. Ninguém o havia ensinado; sabia daquilo tudo por instinto.

Ele andou pela cabine examinando as pessoas. Provavelmente não havia ninguém que pudesse adivinhar tão bem quanto ele qual a antiga ocupação e classe social dos passageiros. Ele era capaz até mesmo de estimar a quantidade de dinheiro e ouro que cada um trazia consigo com uma margem pequena de erro. Somente o homem que o atraíra até ali, o homem que carregara a cruz, era uma charada. Mas Choe já tinha roubado todos os seus bens, portanto ele não o interessava mais. Ao caminhar pela cabine, que já havia começado a feder a algo parecido com carne de cavalo podre, descobriu um bando de camaradas parecidos com ele mesmo. Como animais que reconhecem sua própria espécie pelo cheiro da urina, eles sem demora tomaram consciência da presença de cada um e trocaram olhares, concluindo uma espécie de pacto de não agressão. Tudo isso sem uma única palavra.

A maioria dos passageiros se viu assolada pelo enjoo. Deitados no chão com rostos lívidos, não faziam a menor ideia de como lidar com a sensação que experimentavam pela primeira vez em suas vidas. Por mais estranho que pareça, Choe Seongil não ficou enjoado. Teria sido um marinheiro ou pescador em outra vida? Embora balançasse ao sabor das ondas na cabine escura abaixo da linha do mar, Choe nada sentia. Ao contrário, assobiava e desfrutava do balanço do navio enquanto caminhava por ali e observava sem pressa os outros passageiros.

Aos seus olhos, eles podiam ser divididos em poucas categorias gerais. Primeiro, os aristocratas arruinados. Estes haviam perdido suas terras ou posto com as mudanças violentas que tiveram lugar depois da abertura dos portos; seus apuros eram tamanhos, que eles já não podiam nem mesmo oferecer sacrifícios aos seus ancestrais. Levavam livros para todo lado no navio e os liam para aliviar o tédio. Suas mãos eram brancas e macias, e em geral prendiam os cabelos em um coque alto e usavam faixas de crina. Aparentemente não tinham a menor intenção de se misturar à gente de outras classes da cabine, portanto apenas suportavam a situação sem dizer palavra. O auge da agonia desses aristocratas era a hora das refeições, que consistiam de um *kimchi*[2] que na verdade não passava de sal polvilhado em repolho murcho, *missoshiro* aguado e arroz com outros grãos. Crendo que os outros iriam naturalmente permitir que eles fossem servidos primeiro, aguardavam em silêncio, mas a única coisa que recebiam eram zombarias. Ainda assim não eram capazes de correr à frente como porcos no cocho. Incapaz de suportar por mais tempo, um aristocrata de Cheongju sugeriu que seria mais justo se todos decidissem colocar uma ordem, então começou postando-se na frente uma vez e nos fundos em outra. A ideia foi recebida com silêncio. A proposta em si era racional, mas os plebeus sabiam que assim que começassem a ouvir os aristocratas, eles tomariam para si o controle. Talvez fosse meio inconveniente, mas fazer fila em cada refeição era uma forma de fazer aqueles aristocratas odiosos passarem por poucas e boas. Sem outra escolha, os aristocratas foram para a fila também. Seu passo vagaroso, sua maneira de caminhar com os dedos dos pés apontados para fora, logo sumiram espontaneamente, e eles começaram a caminhar mais rápido como qualquer outra pessoa.

Em número, os camponeses eram o maior grupo. Eram caracterizados pelas mãos ásperas, rostos enegrecidos de sol, músculos fortes e corpos que pareciam os de trabalhadores chineses. Mais do que qualquer outra classe, não tinham o que reclamar da vida a bordo do navio. Uma vida em que não precisavam trabalhar e que mesmo

---

[2] Prato nacional da Coreia, preparado com legumes fermentados e uma série de temperos, especialmente pimenta. (N. da T.)

flor
negra

assim a comida lhes era servida na hora certa era um sonho para eles. Nas terras, trabalhavam o ano inteiro, mas quando vinha uma seca ou enchente, tudo dava em nada e eles passavam fome até a colheita de cevada da primavera. Ainda que no ano seguinte houvesse colheita abundante, nunca sobrava nada depois que eles pagavam suas dívidas aos proprietários de terras. O México, um país onde não havia inverno, onde havia tanta terra e nenhuma gente, o que tornava as pessoas tão preciosas quanto ouro, era a terra dos seus sonhos. Afinal, a fadiga e o plantio eram iguais em toda parte.

Depois dos camponeses vinham os ex-soldados do império coreano, como Jo Jangyun. Esses cerca de duzentos homens jovens e robustos eram o orgulho da Companhia de Colonização Continental. À primeira vista se pareciam com os camponeses, mas a maioria deles era gente da cidade que não tinha nenhuma experiência com a vida no campo. Ao contrário dos camponeses, que estavam acostumados à desordem, os soldados haviam sido criados em uma organização que adorava a ordem e a disciplina. Estavam acostumados à espera sem sentido, à fome e a ambientes hostis, e eram sensíveis aos caprichos da política. Alguns deles tinham sido membros do exército antigo que havia tomado o palácio e travado uma batalha brutal, mas não se revelaram como tais. Apoiavam a política isolacionista de Daewongun e ardiam de ira contra o Japão e as potências ocidentais, e foi por esse motivo que haviam perdido seus empregos e sido obrigados a deixar o país.

O resto eram vagabundos da cidade como Choe Seongil e Kim Ijeong. Nenhuma mulher havia embarcado sozinha. Isso não tinha sido permitido pela Companhia de Colonização Colonial, e além do mais, no clima social daquele tempo, seria intolerável uma mulher partir sozinha para um lugar tão distante. As mulheres haviam embarcado como membros de famílias. A companhia não havia se esquecido da experiência no Havaí, onde havia sido permitido o embarque apenas de homens solteiros, o que provocara um desequilíbrio gigantesco na razão entre homens e mulheres, levando a problemas sociais. Portanto, desta vez eles convidaram prioritariamente

12

A viagem foi longa. O Ilford era completamente desprovido de confortos materiais, e os passageiros não apenas eram abrigados como bagagem como também excediam em pelo menos três vezes a capacidade de carregamento do navio, o que piorava muito o seu sofrimento. Eles haviam ouvido falar no nome do oceano que precisavam atravessar e vislumbravam a seu modo que seria um mar parecido com um lago vasto e tranquilo. Os chineses havia tempos tinham dado o nome de Taipingyang àquele oceano, combinando os caracteres de "grande" (太), "pacífico" (平) e "oceano" (洋). Mas aquele oceano, contrariando os desejos de quem o havia batizado, era difícil e imprevisível. Sempre que uma onda gigantesca quebrava no casco do navio, os passageiros no compartimento de carga abaixo da linha do mar se embolavam juntos sem respeito ao decoro, etiqueta ou moralidade confuciana. Cenas constrangedoras ocorriam a todo momento, em que homens e mulheres, aristocratas e plebeus, eram atirados para algum canto com os corpos enrodilhados uns nos outros. Os penicos viravam ou se quebravam, e o vômito e os excrementos que havia dentro deles se espalhavam para todos os lados. Palavrões e suspiros, críticas e brigas de socos eram ocorrências cotidianas, e o fedor horrível não diminuía. Ninguém sonhava com conceitos extravagantes como lavar as roupas ou tomar banho. O único desejo dos passageiros era que o navio chegasse logo para que eles pudessem colocar os pés em terra firme.

Os marinheiros não desciam até a cabine, davam ordens de cima das escadas, e o intérprete Gwon Yongjun transmitia suas intenções. Ele era a única figura de autoridade entre os mil e trinta e três viajantes. Seu pai tinha sido membro da classe dos técnicos oficiais — mais

flor
negra

alta que a dos plebeus, contudo inferior à dos aristocratas — e intérprete, tendo viajado entre a China da dinastia Qing e a Coreia. Os ricos e os poderosos compravam da China a maioria dos itens de luxo de que necessitavam para casar as filhas ou agradar as concubinas. Seda e joias, tabaco e bebidas alcoólicas chegavam por aquela rota, e os intérpretes tinham um bom lucro intermediando essas transações. Os acadêmicos cobiçavam os livros chineses, e não apenas os clássicos, mas também os livros que introduziam o pensamento ocidental. Tais obras, embora fossem proibidas na Coreia — ou melhor, justamente por serem proibidas na Coreia — eram extremamente populares entre os acadêmicos. Livros sobre o catolicismo, que afirmava que todos os homens eram iguais perante Deus; sobre a teoria heliocêntrica, que declarava que uma Terra redonda girava em torno do Sol; sobre as histórias do império britânico, da França, da Alemanha e dos Estados Unidos, eram atulhados em navios e vendidos assim que o navio atracava na Coreia.

O ginseng coreano, especialmente o ginseng vermelho, era bastante popular na China. O comércio de mulheres não era rentável; o motivo principal era que os chineses valorizavam mulheres que amarravam os pés, e não existia tal costume na Coreia. O pai de Gwon Yongjun tinha nascido em uma família de intérpretes e aprendido chinês em tenra idade. Passou no teste de interpretação com facilidade e conquistou grande fortuna, mas também sabia que a China estava entrando em franco declínio por causa das guerras do ópio. Em Pequim, viu com seus próprios olhos a chegada alarmante das potências ocidentais e a possibilidade de que logo elas engolissem a Ásia.

Teve três filhos. Ensinou chinês aos dois primeiros, mas contratou um professor de inglês para o mais novo. O mais novo tinha demorado a aprender a falar, o que preocupara os pais. Era particularmente deficiente no aprendizado dos caracteres chineses, e mesmo com o tempo suas habilidades não passaram do nível mais básico. Sendo assim, o pai sentiu que o melhor seria ensinar-lhe uma língua completamente diferente. Os sons de uma língua que não eram ouvidos havia centenas de anos, mesmo na casa de um intérprete célebre, ressoaram. "Sou um garoto. Estudo inglês. Sou estudante. Moro em Londres." As habilidades do filho mais novo no inglês não eram fora do comum, mas quase ninguém falava inglês na Coreia naquela época. Quando os Estados Unidos e a Inglaterra fundaram legações em Seul, a perspicácia de seu pai colheu frutos. Seu filho mais novo, Yongjun, se dirigiu à legação americana e disse que desejava trabalhar como intérprete. Os diplomatas, que tinham vivido durante vários meses semimudos em uma ilha linguística, contrataram-no no ato. Gwon Yongjun não estava trabalhando havia muito tempo na legação americana quando seu pai e seus irmãos partiram de Tianjin, na China, a bordo de um navio carregado de seda. Ondas gentis e um sol cálido pareciam abençoar a viagem. Seu pai dizia que, quando fosse criada uma rota conectando a China, os Estados Unidos e a Grã-Bretanha com a Coreia, a família deles ficaria em pé de igualdade com qualquer outra família do país.

— O sistema de classes está prestes a desaparecer. O tempo em que o *status* de uma pessoa é determinado pelo tamanho do seu chapéu acabou. Olhem seus cabelos. Agora chegou o dia em que ninguém saberá que vocês são filhos de um intérprete.

Seus dois filhos deram um tapinha nos seus cabelos ensebados com ambas as mãos, meio sem jeito. Ainda tinham a sensação de que havia alguma coisa faltando. Nada havia no lugar onde deveria existir um coque. Por ordem do pai, depois da Lei do Corte de Cabelo de Gojong, eles haviam tosado os cabelos que durante a vida inteira vinham deixando crescer.

— Isso é bom para nós. Nosso cabelo só ficaria infestado de piolhos, mesmo. — Com a determinação característica de um homem prático, ele havia obedecido à Lei do Corte de Cabelo antes de qualquer outro intérprete. A cabeça de seus dois filhos de fato lhes parecia meio nua, mas eles haviam feito a coisa certa ao obedecerem à decisão do pai. Depois disso, seus negócios floresceram e o grandioso piso de madeira de sua casa cintilava de óleo. — Quando voltarmos dessa viagem para a China, providenciarei seu casamento — prometeu o pai ao filho mais velho.

flor
negra

Talvez fosse por esse motivo que o filho mais velho não parava de olhar sorrindo na direção da península de Ongjin, e foi assim que avistou um navio que se aproximava velozmente. Sua ponte de comando era baixa, e o casco, largo, o que o tornava apropriado para navegar em águas rasas como as do mar Amarelo. Não era um pesqueiro, pois não exibia redes de pesca, nem tampouco um navio diplomata transportando oficiais.

O navio misterioso parou ao lado do deles e seus tripulantes atiraram cordas para unir os dois navios com amarras. Do lado do intérprete alguém berrou:

— O que estão fazendo? — Mas foi atingido por diversas balas e caiu no oceano. Uns dez homens parrudos atravessaram correndo as cordas até o navio do intérprete, aos gritos. Guardas armados receberam os invasores, mas já haviam perdido a vantagem. Os atacantes, homens que falavam cantonês, empunharam com destreza suas espadas e aos poucos foram ganhando o controle do navio. O intérprete calmamente avaliou a situação, mas tudo estava perdido. Em menos de cinco minutos os guardas feridos ou mortos já tinham virado comida para os peixes. Como peixeiros experientes, os piratas executaram seu trabalho com rostos impassíveis. O intérprete e seus dois filhos caíram de joelhos ao lado de um oficial coreano que estava voltando de Pequim e jazia em uma poça de sangue que fluía de sua cabeça. Os piratas sorriram e fizeram o intérprete marchar até a proa do navio, depois cutucaram suas costas com a ponta das espadas. Ele fechou os olhos e caiu no mar. Seus dois filhos foram levados ao navio pirata e atirados na masmorra. O oficial que tinha sido apunhalado com a espada sofreu o mesmo destino que o intérprete. Os dois navios mudaram de direção e fugiram para o sul.

Gwon Yongjun recebeu a notícia alguns dias depois, mas isso não lhe causou grande tristeza. Organizou um funeral magnífico com a ajuda dos mais velhos da família e recebeu em pessoa os convidados. Como filho mais novo, não havia esperado receber nenhuma herança, uma vez que o costume da primogenitura havia se estabelecido com firmeza, mas agora subitamente estava rico. Tinha apenas vinte anos de idade. Quando abriu as portas dos armazéns da família encontrou seda e arroz empilhados à altura de um homem. Os livros escritos em caracteres chineses, que ele tinha dificuldade em compreender, foram as primeiras coisas que ele vendeu. Depois colocou o restante dos bens valiosos no mercado. Mesmo não tendo sido sua intenção original, de algum modo os mercadores o descobriram e o procuraram e se ofereceram para negociar. Um dia um oficial militar trajado em fina seda e com um chapéu de crina esplêndido chegou à casa de Gwon Yongjun. O oficial disse que tinha três ou quatro das melhores *gisaeng* da cidade e solicitou a honra de oferecer ao jovem nobre uma bebida. Não havia motivo para Gwon Yongjun recusar. Ele se sentou arrogantemente no palanquim e foi levado até a casa de *gisaeng*, situada no sopé do monte Nam. Ali, desfrutou de luxos iguais aos do imperador da China: licor de cobra branca e tabaco chinês, danças das *gisaeng* de Pyongyang que recebiam treinamento desde os oito anos de idade, músicos de instrumentos de sopro e cordas que com uma única troca de olhares eram capazes de adivinhar com facilidade a canção seguinte, um velho cantor de Iksan, na província de Jeolla, que estava a turismo em Seul, e delícias da terra e do mar servidas em pratos de porcelana de Meissen. E quando se cansou de tudo isso, as *gisaeng* lhe ofereceram ópio de Xangai. Os dias se passaram em uma névoa. Depois de certo tempo, Gwon Yongjun nem se dava mais ao trabalho de ir para casa; ficava na casa de *gisaeng*. Aos poucos seus servos foram vendendo a seda e o arroz dos armazéns da família, enquanto o oficial esperto aumentava devagar o preço da comida e do alojamento de seu hóspede de longo prazo. Somente quando chegou a época de os fazendeiros colherem o que plantaram antes da primeira neve foi que o palanquim que havia trazido Gwon Yongjun o levou de volta para casa. Foi um último gesto de consideração da parte do oficial: quando Yongjun retornou mais tarde à casa de *gisaeng*, ele nem sequer abriu a porta. A casa de Gwon Yongjun estava gelada depois de sua longa ausência. O mercado e os

flor
negra

contatos que seu pai havia estabelecido trataram com frieza o filho que havia liquidado de modo nababesco toda a sua herança em uma casa de *gisaeng*. O jovem perdulário lutou contra a abstinência do ópio, o frio e a incerteza em relação ao futuro, até que por fim não lhe restou alternativa senão admitir que estava falido. O único bem que as *gisaeng* e o oficial e seus empregados não lhe haviam tirado era sua fluência no inglês, mas ele não desejava voltar à legação americana, de onde havia pedido demissão de modo um tanto arrogante. Então viu o anúncio na *Gazeta da Capital*, procurou a Companhia de Colonização Continental e decidiu começar uma nova vida no México, a terra do ouro, onde ninguém o conhecia. Conheceu John Meyers na companhia, onde pessoas imundas aguardavam em fila.

— Seu inglês dá para o gasto, mas você vai precisar aprender espanhol — avisou Meyers.

Entregou a Gwon Yongjun o livro de ensino de espanhol que ele mesmo havia usado. Em um país onde não havia uma única pessoa que soubesse falar espanhol, Meyers não tinha nenhuma outra opção.

13

Kim Ijeong abriu os olhos. O navio estava navegando sem muito tombo ou oscilação pela primeira vez em um bom tempo. O Ilford havia jogado e se agitado com violência durante dias a fio graças às tempestades constantes, e na cabine o fedor era azedo. Alguns tentaram suportar aquilo bebendo o suco de ginseng que haviam trazido a bordo, outros enfiando agulhas na testa e na palma das mãos, e outros ainda furando a ponta de cada dedo para que vertesse sangue. Cada um tinha seus próprios remédios para resistir à dura vida no mar. Kim Ijeong tampouco se viu livre de sofrimento. Ele não possuía nenhum conhecimento de acupuntura, nem trouxera suco de ginseng consigo. Subia até o convés. Ali, observava os marinheiros alemães passando de um lado para o outro. Devido a seus narizes afilados, queixos angulares e grande altura, ele não conseguia enxergá-los como seres humanos iguais a ele mesmo. Incapaz de conversar com eles, observava-os de longe e depois voltava para a cabine. Pegou-se caminhando pelo corredor labiríntico que levava aos alojamentos dos marinheiros alemães, do capitão e dos empregados do navio. Não havia ninguém na passagem, talvez porque estivessem todos na cabine de comando. Chegou até um lance de escadas e desceu na direção do aroma saboroso de comida. A porta estava entreaberta, e ele viu pessoas trabalhando lá dentro. Era, como ele suspeitava, a cozinha do navio. Se existisse mesmo um inferno cristão, com certeza seria assim: os fogos incandescentes, os utensílios de cozinha pendurados no teto tinindo alto uns contra os outros, e os gritos dos cozinheiros por cima do ruído das caldeiras, com roupas imundas e cabelos compridos caindo na frente dos olhos. O chão brilhava de comida descartada e gordura, mas mesmo assim ninguém escorregava. Ali era onde tinha de ser preparada a comida para mil e trinta e três passageiros, o capitão, os empregados do navio, os tripulantes e os próprios funcionários da cozinha.

O navio inclinou-se para o lado e Ijeong oscilou naquela direção também, batendo com força na parede. O som foi abafado pelo barulho da cozinha, portanto ninguém percebeu a presença dele. Mesmo enquanto caía ele continuou observando os cozinheiros. Eles se equilibravam de modo inteligente segurando-se em tiras com uma das mãos. Não deixavam nem um só pedaço de legume cair das frigideiras.

Um gordo barbudo avistou Ijeong e gritou algo em japonês. Aproximou-se dele com uma faca na mão, e Ijeong se encolheu. Os olhos do homem brilhavam com curiosidade desagradável. Berrou a mesma coisa de novo, mas Ijeong não conseguiu entender o que ele dizia. Então apanhou uma vassoura caída ali perto e começou a varrer as folhas de repolho e as cascas de batata que tinham caído no chão. O japonês barbudo sacudiu a cabeça. Não precisava de ninguém para aquilo. Ijeong continuou varrendo sem olhar para ele. O japonês tornou a dar seu grito trovejante antes de desistir e retornar para junto de seus camaradas. Os homens começaram uma conversa

flor
negra

em japonês. Ijeong já havia ouvido aquela língua nas concessões japonesas dos portos abertos, na época em que vivia com o ambulante, mas nunca a havia aprendido. Seja como for, se pôs a ajudar com a limpeza, embora ninguém tivesse lhe pedido, e assim passou a conhecer os cozinheiros. E aqueles cozinheiros, que no começo apenas o xingavam sem sequer se dignar a olhar para ele, começaram a lhe passar tarefas esquisitas. Ele trazia sacas de cebola do depósito e limpava o refeitório depois das refeições. Em curtos intervalos, os cozinheiros japoneses subiam até o convés para fumar cigarros. Um deles era alto para um japonês. Seu cabelo era curto como o de um soldado e seu corpo, esguio. Ele ensinava um pouco de japonês a Ijeong depois que ele terminava a limpeza. Disse que seu nome era Yoshida. Primeiro ensinou a Ijeong os nomes dos ingredientes, como cebola, batata, arroz e água, para que pudesse realizar pequenas tarefas para ele. Sempre que Ijeong esquecia ou confundia uma das palavras, Yoshida lhe dava um cascudo na cabeça, mas aos poucos isso foi acontecendo com cada vez menos frequência. Ijeong aprendia depressa. Depois de uns três dias, pelo menos já não confundia o nome dos alimentos. E por isso recebeu mais incumbências. Os cozinheiros o chamavam sem descanso, como vendedores no mercado. Ele corria de um lado para o outro da despensa, do convés e do refeitório, e quando vinha a noite desabava como um macarrão molhado. Porém, agora já não tinha de aguardar no fim de uma longa fila para ganhar apenas uma tigela de arroz. Todas as noites ele voltava para a cabine fedendo a gordura. Ao seu lado, Choe Seongil apertava o nariz. Uma noite um jovem fazendeiro de Pyongyang chamou Ijeong de cachorro japonês e cuspiu nele. Ijeong esperou que o homem adormecesse e depois bateu nele com um taco.

— Aiiii! — O jovem fazendeiro cobriu a cabeça e enrodilhou o corpo, mas Ijeong desferia um golpe atrás do outro em seu corpo. Choe Seongil foi o primeiro a se dar conta do que estava acontecendo. Assim que abriu os olhos, agarrou Ijeong pela cintura e o empurrou contra a parede. Algumas outras pessoas que haviam sido pisoteadas acordaram e contiveram Ijeong. O fazendeiro fora surrado de modo praticamente sem sentido.

— Como é ser espancado por um cachorro japonês? — berrou Ijeong. — Então você não andou engolindo a comida que este cachorro japonês cozinhou pra você?

Os outros o acalmaram. O fazendeiro de Pyongyang, com a cabeça sangrando, apanhou seu cobertor e se afastou correndo de Ijeong.

A confusão logo acabou. A vida naquela cabine lotada muitas vezes levava a brigas. Era impressionante que ainda não tivesse havido nenhuma com facas. Os homens se socavam por lugares no chão, por uma colher de arroz, por uma mulher bonita ou por causa de um olhar atravessado.

— Vou te matar. Vou te atirar no mar!

Essa era a ameaça mais comum, mas nunca acontecia. Kim Ijeong deitou-se, procurando se acalmar. Havia sido criado na rua; isso não era nada para ele. Mas estranhamente sua raiva não diminuiu. De repente teve a sensação de que todos os homens do mundo estavam contra ele. Presa dessa hostilidade incompreensível, fechou a mão com raiva. E com aquela mão fechada enxugou uma lágrima que se formou no canto do seu olho.

De manhã cedo, acordou antes de todos e saiu em silêncio para ir até a cozinha. Caminhou pelo corredor com os sentidos alertas, preparado para o caso de o fazendeiro de Pyongyang estar escondido em algum lugar e o atacar por trás. Ao virar uma esquina para chegar às escadas que desciam até a cozinha, ele sentiu a presença de alguém ali, ao lado do banheiro feminino improvisado. Ela deve ter ficado surpresa, porque soltou um grito abafado. Incapaz de cobrir os olhos com seu manto, a garota ficou cara a cara com Ijeong. Foi apenas um breve instante, mas tempo o suficiente para que o garoto de dezesseis anos e a menina tomassem consciência um do outro. A garota, que se chamava Yeonsu, afastou-se para o lado e esperou Ijeong passar. Ele passou por ela, em seguida parou e se virou para ver Yeonsu pela última vez antes de ela virar a esquina. O modo como ela caminhava, erguendo os

flor
negra

calcanhares muito de leve, e sua saia comprida davam a impressão de que ela na verdade estava flutuando. E aquele odor estranho...

Não havia ninguém na cozinha. Ijeong estava reunindo sua parafernália de limpeza quando viu uma faca presa numa tábua de corte. Em qualquer outra ocasião aquilo teria passado em branco, mas ele devia estar possuído por alguma coisa, porque apanhou a faca. As facas japonesas eram muito mais finas e compridas do que as coreanas. Aquela era uma faca de filetar e fedia a peixe. Então viu um cutelo de picar carne. O cabo estava coberto de sangue seco. Deixou de lado a faca de filetar e apanhou o cutelo. Gostou do seu peso. Algo afiado pareceu se erguer do fundo de seu corpo. Estava enlevado, preso entre seu desejo pela garota e um fascínio primal por objetos afiados de aço, quando ouviu uma voz trovejar atrás dele. Baixou a faca. Era Yoshida. Ele correu na direção de Ijeong, xingando, e lhe deu uma bofetada. Não contente com isso, estapeou-o dezenas de vezes. Ijeong caiu de joelhos. Os outros cozinheiros entraram correndo e perguntaram o que tinha acontecido. Só precisaram olhar para a faca na mão de Yoshida para entender. A faca era o objeto mais sagrado de um cozinheiro. A hierarquia dos cozinheiros era amedrontadora, mesmo que estivessem preparando coisas como ensopado de porco em um navio de carga estrangeiro. Ijeong saiu da cozinha e se lançou à limpeza como se fosse um dia igual a qualquer outro.

— Será que eu realmente virei um cachorro? — chorou o garoto de dezesseis anos. Logo a refeição caótica da manhã terminou. Yoshida levou Ijeong para o convés e sentou-se à sua frente. Nuvens vermelhas pendiam baixas no horizonte. Yoshida acariciou a face vermelha e inchada de Ijeong e disse:

— Certa vez fui soldado do Japão.

Ijeong não entendeu quase nada do que ele disse. Mesmo assim, Yoshida começou a falar longamente sobre seu passado, como se estivesse enfeitiçado. Pertencera à marinha japonesa, e no ano anterior, quando irrompeu a Guerra Russo-Japonesa e a frota cercou Porto Arthur, ele fugiu durante a noite. Seu rosto estava triste quando contou como a esposa e as duas filhas na sua cidade natal de Kagoshima devem ter ficado envergonhadas ao saberem de sua deserção. A única coisa que Ijeong conseguiu compreender é que Yoshida um dia pertencera à marinha. Se era um marinheiro japonês e estava em um navio britânico, então só podia ser um desertor, pensou Ijeong. Yoshida acariciou a bochecha de Ijeong mais uma vez. Os olhos de Yoshida estavam úmidos. Suas mãos ásperas envolveram o rosto do garoto e seus lábios se aproximaram, como se aquele fosse naturalmente o próximo passo. Ijeong vacilou, seus lábios encontraram os lábios de Yoshida, e então a língua de Yoshida entrou em sua boca. Yoshida segurou Ijeong com força com ambas as mãos e o garoto caiu para trás. O corpo de Yoshida começou a arder em meio às cordas apertadas, enrodilhadas como peles de serpente no convés. O coração de Ijeong bateu violentamente. Era a primeira vez que experimentava algo assim, com homem ou mulher. O homem à sua frente, que havia chorado ao enfiar a língua em sua boca, tinha sido muito gentil com ele, porém ao mesmo tempo o surrara com tanta força naquela manhã, que sua bochecha estava inchada. Teria sido mais fácil para ele decidir o que sentia se o homem tivesse sido apenas uma coisa ou outra. Naquele instante de confusão, a mão de Yoshida se moveu na direção da virilha de Ijeong. Yoshida acariciou suavemente o pênis ereto do rapaz. Então o sol da manhã, que estivera escondido pelas nuvens do horizonte, mostrou seu rosto. Como uma lâmina afiada, a luz do sol dividiu os rostos deles em escuridão e luz. Ijeong piscou os olhos. Agora os coreanos que haviam terminado de tomar o café da manhã viriam até o convés fumar seus cachimbos. Ele afastou a mão de Yoshida. Depois balançou a cabeça. Com olhos entristecidos, Yoshida implorou pelo afeto de Ijeong. Quando Ijeong sacudiu a cabeça mais uma vez, respirando com dificuldade, o rosto de Yoshida lentamente voltou à sua costumeira expressão endurecida. Não mostrou nenhuma hostilidade. Como um caracol que houvesse por um breve momento arrastado o corpo para o mundo exterior, agora ele retornava para a segurança de sua concha. Yoshida estendeu

flor
negra

a mão para Ijeong. Ijeong estendeu a dele hesitante, e a mão áspera do homem agarrou a sua e o pôs de pé com um só impulso. Quando Yoshida soltou sua mão, Ijeong limpou os fundilhos das calças. Sem dizer palavra, os dois voltaram para a cozinha. Com a expressão mais severa que conseguiu exibir, Yoshida disse a Ijeong:

— Siga-me.

Ijeong o seguiu até o depósito escuro. Yoshida entregou uma maçã fresca para o garoto aterrorizado. Quando Yoshida voltou para a cozinha, Ijeong se trancou no depósito e comeu a maçã vermelha inteirinha, até as sementes.

Quando acabou, saiu do depósito e subiu até o convés. Pela primeira vez em um longo tempo, soprava uma brisa suave. Os coreanos, que haviam se cansado da vida na cabine, lotavam o convés, banhando-se ao sol e respirando fundo o ar fresco. Alguém deu um tapinha no ombro de Ijeong. Quando ele se virou, viu Jo Jangyun, o homem que havia lhe dado seu nome.

— Não é duro demais? — ele estava falando da vida na cozinha. Ijeong disse que não. Disse que podia ir e vir pelo navio, então era melhor porque não se entediava. Jo Jangyun concordou.

— E provavelmente deve ter bastante o que comer, também.

Ijeong deu um largo sorriso.

— Depois de ficar trancado na barriga de um navio como este, a dor nas minhas pernas é quase insuportável. — Jo Jangyun alongou o corpo. — O que eu não daria por uns poucos passos em terra firme, mesmo que fosse no inferno! — ele deu um tapinha na amurada de metal. — Quem diria que este seria um oceano tão grande? Minha nossa, não importa o quanto a gente siga, parece não ter fim. Dizem que ainda temos mais um mês pela frente... É o bastante para enlouquecer alguém. — Parecia estar esperando ouvir algumas palavras esperançosas de Ijeong, que passava o tempo todo com a tripulação. Mas Ijeong não sabia mais nada também. O oceano era vasto, e ao final daquele vasto oceano estava o destino deles. Ele havia olhado de relance para um mapa-múndi ao levar o café da manhã para o capitão certa feita, mas não tinha como saber onde eles estavam no momento. Eles não podiam fazer mais nada a não ser esperar.

Quando os colegas de Jo Jangyun da época militar apareceram, enfiaram tabaco nos cachimbos e os acenderam. O enorme navio de aço e aqueles cachimbos pareciam deslocados no oceano tropical. Ninguém falava no passado. O único assunto das conversas era o futuro incerto.

— Quando chegarmos, não vamos nos separar — sugeriu alguém.

— Claro, claro — todos concordaram.

— Podemos pedir para nos mandarem para o mesmo lugar.

— E quem vai pedir?

— O intérprete, é claro.

— Ele parece um camarada sem-vergonha, acho que não podemos confiar nele.

— Não importa, é o trabalho dele transmitir o que falamos.

— Ele vai fazer isso, não vai?

Todos assentiram, perturbados. Ijeong se afastou dos homens e voltou para a cozinha. Já era hora de preparar o almoço. Yoshida continuava quieto.

— Hoje tem *missoshiro* no almoço! — gritou alguém.

Um pedaço gigantesco de missô foi atirado no panelão de sopa. O aroma saboroso encheu a cozinha. O cozinheiro barbudo que havia gritado com Ijeong daquela primeira vez lhe deu um tapa na parte de trás da cabeça. Ijeong arrastou uma saca de cebola. O suor descia incessantemente dos corpos dos cozinheiros devido ao calor intenso. Alguém entornou uma bebida japonesa que eles tinham escondido ali, e outro cantou uma melodia japonesa tristonha a plenos pulmões. Não podiam ser todos desertores, mas mesmo que fossem, como tinham ido parar ali?, matutou Ijeong. Mas não perguntou a ninguém. Quando trouxe o ingrediente errado, Yoshida o xingou em voz baixa — "*Bakayarou!*" —, mas seu tom era fraco. Talvez estivesse xingando a si mesmo. Ijeong sabia pouco de homens que amavam outros homens, sentia apenas que as ações de Yoshida haviam sido movidas pela afeição. Esse tipo de coisa acontecia com certa frequência entre

flor
negra

os ambulantes que moravam havia muito tempo na rua, mas Ijeong deixara aquele mundo antes de aprender sobre esse lado. Achou que talvez fosse melhor simplesmente descer até a cabine e não ir mais até a cozinha, mas não conseguiria fazer isso. Aquele inferno animado era muito melhor do que ficar preso na cabine fedorenta o dia inteiro. Sentia uma atração por aquele mundo onde apenas homens trabalhavam lado a lado no espaço estreito. Eles se xingavam e se estapeavam no rosto, mas isso era parte normal da vida. Então sempre que davam um cascudo na cabeça de Ijeong, ele sentia que estava sendo um pouquinho mais aceito no mundo deles. Para Ijeong, que tinha vivido como andarilho, a cozinha do Ilford parecia uma família acolhedora. Embora estivesse sendo transportado para um lugar mais longínquo do que qualquer outro para onde houvesse ido, não era isso o que parecia para Ijeong.

Yoshida continuou a manter distância de Ijeong, mas sempre que surgia a oportunidade, e como se de certa forma fosse seu nobre dever, Yoshida, com sua expressão melancólica, ensinava solenemente japonês para Ijeong, e, quando as tarefas da manhã estavam concluídas, levava-o até o depósito e lhe dava uma maçã. Aquele prazer secreto no depósito escuro aos poucos reuniu uma vez mais aqueles dois que tinham sido separados pelas ações inesperadas de Yoshida. Ijeong sentia a doce fragrância que emanava da polpa da maçã. Então ele polia a fruta na manga de sua camisa e a mordia. Yoshida olhava faminto a boca de Ijeong enquanto ele comia. Era tudo. Só depois de Ijeong haver comido a maçã vermelha até as sementes é que Yoshida retornava a seus afazeres. Organizava o depósito e selecionava os ingredientes necessários para o almoço, colocando tudo em um saco. Não pedia que Ijeong fizesse algo. Ijeong subia até o convés e saboreava o gosto azedo que se demorava na ponta da sua língua. Ao longo das semanas seguintes, sem uma palavra de Yoshida, ele descia até o depósito e aguardava. Alguns minutos depois Yoshida aparecia e silenciosamente lhe entregava uma maçã. Ijeong também comeu outras frutas que nunca havia visto nem ouvido falar. Independentemente do que eram, Ijeong gostou delas. Aos poucos começou a se perguntar se deveria fazer algo em troca para Yoshida. E embora essa ideia tenha lhe passado pela cabeça, ele não sabia o que deveria fazer, portanto sacudia a cabeça violentamente, subia até o convés e se abandonava à ventania.

14

Yi Yeonsu nunca se preocupara com seu próprio corpo na época em que morava na casa de sua família em Sagan-dong, no coração de Seul. Não havia necessidade. Seu corpo simplesmente estava ali, e ela apenas o utilizava. Estava mais interessada em coisas abstratas e ideológicas. De onde vim, para que vivo, e o que vai acontecer depois que eu morrer? Seus pais lhe haviam ensinado que ela vinha de seus ancestrais, que deveria viver pelo seu pai e pelo seu futuro marido e que assim que sua vida terminasse ela viraria um espírito. Mas ela não conseguia aceitar facilmente o que se ensinava e se convencia às mulheres nos lares dos homens de letras. Não negava que tivesse vindo da carne e dos ossos de seus ancestrais, porém tinha uma ideia diferente do motivo pelo qual deveria viver. No fundo de seu coração, a ideia que era perigosa demais para ela ousar dizer em voz alta era: vivo por mim mesma. Longe estavam os dias em que as mulheres eram obrigadas a cometer suicídio quando seus maridos morriam, em que sua fidelidade era recompensada com portões erigidos pelo rei, mas isso não queria dizer que alguém acreditasse que uma mulher poderia viver por si mesma. Qual era o problema? Seria o prazer do conhecimento diferente para os homens e as mulheres? Embora sentada em silêncio bordando uma imagem dos dez símbolos da longevidade, pensamentos perigosos que a época não aceitaria cresciam na mente daquela garota de dezesseis anos. Ela não tinha nenhum modo concreto de tornar aqueles pensamentos uma realidade, mas isso só aumentava sua determinação, e, portanto, ela sentia dificuldade em fazer vista grossa para as mudanças que aconteciam em seu

flor
negra

corpo. Havia menstruado pela primeira vez, seus seios inchavam e a gordura de criança começou a sumir de seu rosto. Entretanto, quanto mais mudava, mais ela se aferrava a questões ideológicas.

Mas não podia fazer isso no navio. Sua carne não lhe saía da cabeça nem mesmo por um instante. Os problemas de comer, beber e defecar atormentavam as mulheres na cabine a cada momento. Havia um banheiro reservado para elas, mas era vergonhoso abrir caminho entre os homens para chegar lá. Os homens davam risadinhas sem-vergonhas. Quando ela precisava ir com a sua mãe, seu comportamento era ainda mais imponente. Em Sagan-dong existia um artefato conveniente chamado urinol que os servos esvaziavam de manhã, mas ali ela não podia esperar tal luxo. Portanto, comia e bebia o mínimo possível, para reduzir o número de vezes que teria de ir ao banheiro. Para completar, o balanço do navio era um fardo tão grande quanto aquele. Ela vomitou três vezes pouco depois que o navio içou âncora. Em todas elas, não conseguiu deixar de pensar na natureza obviamente animal de sua carne. Ela era uma criatura assolada pela fome, pela náusea e pela necessidade insuportável de urinar. O mais doloroso de tudo era o fato de sua carne estar exposta aos olhos de todos, sem paredes entre eles. Aqueles olhos não conversavam com ela, nem riam com bondade. Na verdade, as risadas eram o que ela temia acima de tudo. Sempre que aqueles olhares incontáveis vinham perfurar seu corpo, ela percebia como se fosse a primeira vez o quanto era uma criatura fraca e impotente dentro de uma prisão chamada carne. As pessoas observavam tudo enquanto ela acordava, defecava, dormia e comia. Depois de uma semana daquele jeito, a agonia dela gradualmente diminuiu. Ela agora era capaz de suportar com certa compostura os olhares furtivos dos homens e os olhos invejosos das mulheres. Pela primeira vez na vida, olhou bem nos olhos de um homem que observara seu corpo de alto a baixo. A experiência fez seu coração se afundar, mas ela também teve a sensação de estar abrindo uma porta que conduzia a um novo mundo. Não demorou para decidir que não esconderia mais seu rosto com o manto quando estivesse sentada, e expressou teimosia desafiadora quando a mãe se apressou em lhe passar um sermão com olhar chocado. Já era tarde demais para cobrir qualquer coisa com um manto. E, além disso, ela também ficara frente a frente com um garoto certa manhã bem cedo e fora incapaz de se mover. Nada havia acontecido entre os dois, mas Yeonsu não conseguia se desvencilhar do erotismo óbvio que estivera presente naquele breve momento. Como outras garotas da sua idade, ela nutria uma doce visão de romantismo que aprendera em romances clássicos. A ideia de que pudesse ela também ser vítima de um amor proibido, como Unyeong em *A história de Unyeong*, já não lhe parecia estranha. Aquele menino não era de família aristocrata, como o jovem escudeiro Kim do livro, portanto não era o tipo de pessoa que entende de poesia e que seria capaz de expressar seu amor por este meio, mas havia uma intensidade suave e impressionante no rosto dele que faria qualquer uma desejar fitá-lo sem pressa. Ela às vezes procurava por ele quando estava sentada, porém quase nunca o avistava.

À medida que a viagem avançava, o fedor no navio piorava mais e mais, e não havia distinções entre o aristocrata e o plebeu. Na cabine de carga, onde não existiam poços nem instalações sanitárias modernas, o fedor horrendo era apenas natural. As pessoas expressavam sua humanidade através de cada buraco e poro de seus corpos. As mulheres exalavam cheiro de mulher e os homens exalavam cheiro de homem. A distinção entre os sexos se tornou mais clara do que a distinção de classes, e isso unicamente por causa do cheiro. Mesmo quando os homens estavam tentando dormir, seus olhos se abririam instantaneamente se uma mulher passasse por eles. Uma mulher era capaz de sentir o cheiro de um homem vindo por trás dela. À medida que o tempo passava sem que eles pudessem lavar seus corpos e roupas, o interior da cabine escura começou a ter um cheiro não muito diferente do de um galinheiro. Mesmo no meio daquele caos, havia aqueles que tinham odores particularmente fortes. Tais cheiros intensos, porém atraentes, espalhavam-se bem para longe do corpo de seus donos, e quem os cheirava uma vez não era capaz de esquecê-los

flor
negra

com facilidade. O odor não tinha nada a ver com o caráter ou a personalidade de seu dono. Assim, quando as pessoas viravam a cabeça na direção de um cheiro que se aproximava, muitas vezes se surpreendiam com a conclusão inesperada.

Yi Yeonsu era uma dessas pessoas. Depois de dez dias a bordo do navio, quando a lua estava cheia, da garota emanava um odor que qualquer um reconhecia. Quando ela passava, aqueles que estavam dormindo acordavam, as crianças paravam de chorar. Os homens que não tinham ereção havia anos ejaculavam em seu sono; os rapazes se excitavam em seu cansaço. As mulheres fofocavam e os homens viravam a cabeça dolorosamente. A família dela sabia também, é claro. Yi Jongdo costumava ir com frequência ao convés. A mãe de Yeonsu, a senhora Yu, trocava as roupas da filha atrás da cortina que haviam montado para as mulheres e suspirava que devia ter casado Yeonsu antes de eles partirem. Seu irmão mais novo, Jinu, acordava de manhã cedo todos os dias e, porque o sangue aflorara na região da sua virilha, se esfregava contra a esteira de palha no chão da cabine. Somente ela não percebia nada. Mas não era somente o cheiro. Seu rosto começou a brilhar também. Seu comportamento naturalmente nobre e sua arrogância incomum cintilavam com mais intensidade ainda em meio à imundície. A luxúria dos homens e a inveja das mulheres estavam em ebulição.

15

Choe Seongil, o ladrão de Jemulpo, foi atormentado por pesadelos durante toda a noite. Enquanto ele estava preso entre o sonho e a vigília, o garoto deitado ao seu lado, Kim Ijeong, se levantou. Era hora de ir para a cozinha, como sempre. Choe Seongil tentou dizer algo para ele, mas nenhum som saiu de sua boca, e de repente Choe Seongil entendeu que seu corpo não se movimentaria como ele desejava. Estremeceu involuntariamente e suas pernas pesavam tanto, que pareciam paralisadas. Ele queria levantar a mão e segurar Ijeong, mas o garoto, inconsciente daquilo tudo, simplesmente se levantou e saiu. Depois de muito tempo passado assim, Choe Seongil foi assaltado pelo medo de morrer. Não podia morrer naquele vasto oceano sem família e sem amigos. Assim que aquele pensamento cruzou sua mente, o rosto de seu pai surgiu no ar. Seu pai parecia sossegado, sentado ao lado de uma cachoeira comprida e fina e bebericando alguma coisa.

— Ah, que delícia! — exclamou ele. Depois: — Os tormentos do mundo acabaram, e isso é o paraíso! Venha depressa, filho.

Em algum lugar atrás de seu pai, alguém cantava uma música: "Cachorro branco, cachorro negro, não lata. Cachorro branco, cachorro negro, não lata". Dito e feito; bem nesse instante um cachorro branco e um cachorro negro surgiram diante de seus olhos e o cumprimentaram. Para alcançar o pai, ele precisava atravessar um rio em um *ferryboat* que estava atracado na beira d'água. O cachorro branco e o cachorro negro abanavam as caudas alegremente no barco. Ele nunca havia gostado de seu pai, mas a vista ali era tão linda, que a única coisa em que conseguia pensar era em ir até ele. Era um lugar com comidas e bebidas deliciosas e águas frias. Quando ele se aproximou do *ferry*, o cachorro branco saltou de cima do barco e caminhou pela margem do rio, enquanto o cachorro negro continuou a bordo, com a língua balançando para fora da boca.

16

À tarde, os lamentos que haviam escapado de seus dentes cerrados se transformaram em um grito igual ao rasgar de mil metros de tecido ao mesmo tempo. Ninguém conseguiu escapar daquele som. Era uma mulher de Seul cujo marido havia lhe implorado sem cansar, quando ela estava prestes a dar à luz, para saírem da Coreia. A vontade deles era ir para o Havaí, mas a Companhia de Colonização Continental os incitara a ir para o México. Os funcionários da companhia disseram que o Havaí já estava lotado e que o México não era de forma alguma inferior ao Havaí. E, quando alguém põe na cabeça que deseja partir,

flor
negra

encontra uma forma de partir. Com o coração já do outro lado do oceano, o marido procurou os pais da esposa para que a convencessem. Ela, de barriga grande, protestou. "Não posso ir. Pai, mãe, por favor, não o deixem fazer isso." Mas no fim eles não foram capazes de contornar a teimosia do marido. Ela embarcara no navio pensando que isso seria melhor do que virar viúva, e agora a bolsa finalmente rompeu. Seu marido apenas bafejava seu comprido cachimbo; não havia nada que ele pudesse fazer. O intérprete subiu para contar à equipe de Meyers que uma mulher estava prestes a dar à luz. Chamaram o médico japonês, mas ele nunca havia feito um parto antes. Pior ainda, aquele jovem japonês de Sizuoka na verdade nem era um médico propriamente dito; apenas estudara medicina veterinária em uma escola de agronomia, mas fora cativado pelo anúncio atraente da companhia e, portanto, mentiu para embarcar no navio. Afinal, a única coisa que precisaria fazer seria acompanhá-los a bordo do confortável navio britânico naquela viagem de um mês até o México. Além do mais, receberia o dobro do salário de um médico de Tóquio. Pensou que não enfrentaria nada mais sério que enjoos durante a viagem, mas assim que embarcou percebeu seu erro de cálculo. Em um navio que estava transportando o triplo de sua capacidade, o estranho seria não haver nenhuma doença. Todas as noites ele abria seu dicionário de medicina e estudava as doenças que poderiam ocorrer em alto-mar. Talvez na verdade tivesse sido uma sorte que sua primeira tarefa fosse um parto. A habilidade mais básica da medicina veterinária era fazer partos de animais.

Ele desceu até a cabine. O fedor horroroso tomou de um golpe o seu nariz. Apesar da dor extrema, a grávida foi hostil com o homem que se aproximou de suas pernas abertas. As mulheres ao redor dela não abriram passagem para ele. E quando ele abriu a boca e dela saiu japonês, a raiva delas só fez aumentar. Ele lhes disse que era médico, mas não adiantou. As dores da mulher continuaram. O chão já imundo ficou escorregadio com o fluido amniótico, o suor e o sangue que fluíam do corpo da mulher. "Aaaaaaaah!" Os gritos da mulher não paravam, e as velhas que se alardeavam parteiras começaram agora a berrar em uníssono. Crianças enfiavam a cabeça pelas aberturas da cortina para assistir, e o veterinário de Sizuoka aguardou nervosamente do lado de fora da cortina que o bebê saísse. As parteiras e a grávida gritavam como se estivessem brigando umas com as outras, mas o bebê não coroou. Uma parteira suada emergiu de trás da cortina com o rosto banhado de lágrimas e puxou o veterinário de Sizuoka para dentro. O pé do bebê estava saindo pela vagina da mulher. Ele se ajoelhou. É um potro, um bezerro — repetia para si mesmo como se fosse um encantamento enquanto enxugava o suor do rosto. Mais tarde, ele não se lembraria exatamente do que havia acontecido depois daquilo. Seja qual for o caso, o pé do bebê voltou para dentro, a futura mãe berrou de dor e algum tempo depois disso apareceu a cabeça do bebê. Ele rapidamente apanhou a criança azul. Uma mulher trouxe um frasco para colocar a placenta e o cordão umbilical, e levou aquilo para fora. A criança que havia acabado de chegar neste mundo não respirou por diversos segundos, mas depois de levar um tapa nas nádegas se pôs a chorar ferozmente. A mulher estava exausta e desmaiou, enquanto as mulheres tornavam a levar o veterinário de Sizuoka para fora da cortina.

— O senhor fez um trabalho excelente, dr. Tanabe — alguém lhe disse. Vários nomes de bebê entraram em discussão, mas o pai, Im Mansu, deu ao filho o nome de Taepyeong. Era o nome do oceano que eles estavam atravessando e também uma expressão de esperança. Im Taepyeong, que teria sido atirado ao mar pelo próprio pai caso tivesse nascido mulher, veio ao mundo, portanto, com as bênçãos de todos os passageiros.

17

Um mês depois da partida do Ilford, o último navio imigrante, o Mongolia, partiu rumo ao Havaí, transportando duzentos e oitenta e oito passageiros. O Ato de Proteção à Imigração, lei criada sob pressão japonesa, proibia os coreanos de viajarem ao exterior; o Japão não desejava

flor
negra

que as pessoas que deixariam a Coreia aos montes competissem com os imigrantes japoneses. As companhias de imigração foram obrigadas a fecharem as portas. Foi negada a reentrada no país de investidores como John Meyers. A breve história da imigração que os trabalhadores das plantações de cana-de-açúcar havaianas haviam começado a escrever em 1902 estava virando a última página três anos depois. Então veio o Tratado do Protetorado, de 1905. A autoridade diplomática do império coreano foi transferida para o Japão, enquanto as legações diplomáticas dos Estados Unidos, Alemanha e França se retiravam de Seul. Em julho daquele ano, o secretário de guerra norte-americano William Howard Taft e o primeiro-ministro japonês Katsura Taro trocaram memorandos secretos, transferindo o governo da Coreia para o Japão e o das Filipinas para os Estados Unidos.

O país que o Ilford havia deixado para trás aos poucos estava desaparecendo, como uma gota de tinta que cai nas águas.

18

O número de pessoas com diarreia aumentou. Outras sofriam de febre alta, balbuciando incoerências e tendo engulhos violentos. As pequenas privadas transbordavam de fezes. Aqueles cujos sintomas eram mais severos se aliviavam no mesmo lugar onde estavam e tremiam incontrolavelmente enquanto chamavam pelos nomes dos que já tinham passado para o outro mundo.

Mandaram chamar o veterinário de Sizuoka. Ele cobriu a boca com uma toalha e mergulhou no fedor nauseante. Não havia dúvida de que aqueles eram sintomas de disenteria. Aquela era uma doença altamente contagiosa, portanto os pacientes deviam ficar de quarentena, mas não havia espaço para isso. Era importante lavar as mãos, mas não havia água suficiente para isso. A única coisa que podiam fazer era separar os infectados dos não infectados e garantir que ninguém passasse de um grupo para o outro. O Ilford não estava equipado com remédios suficientes para tratar disenteria, portanto a única esperança dos pacientes eram suas próprias capacidades naturais de cura.

Graças ao surto de disenteria na cabine, Kim Ijeong foi proibido temporariamente de entrar na cozinha. Sentado em um canto observando tudo ao redor, Ijeong deu um pulo de surpresa como se tivesse sido queimado. Algo molhado havia se infiltrado no local onde ele estivera sentado. Choe Seongil segurou o tornozelo de Ijeong. Ijeong sacudiu a perna desesperado, mas não conseguiu se soltar.

— Me ajude — pediu Choe Seongil. Ijeong apanhou seu cobertor e olhou o rosto de Choe Seongil. Seus olhos estavam fundos e seu rosto era pele e osso. Havia restos de vômito na sua boca, e o cobertor dele fedia. Ijeong e alguns outros uniram forças para transportá-lo até a área dos pacientes. Ao ser carregado na maca improvisada, ele gritou: — Não quero morrer aqui!

Já era tarde da noite quando o corpo foi descoberto. A primeira morte. Dois passageiros envolveram o cadáver em um saco e o levaram até o convés. Ficaram ali parados, sem saber o que fazer, enquanto John Meyers segurava uma toalha contra a boca e gritava sem parar que atirassem o cadáver no oceano. Quatro baleeiros de Pohang apoiaram Meyers e explicaram aos passageiros que ignoravam os costumes em alto-mar, que aquele era o procedimento usual. Mas como poderiam simplesmente atirar uma pessoa aos peixes, longe de casa, sem nenhuma cerimônia? As pessoas fizeram uma roda em volta do corpo e ficaram a distância, incapazes de fazer alguma coisa. As moscas já tinham começado a se reunir sobre o cadáver. Quando ninguém deu um passo à frente para realizar os procedimentos do funeral, os baleeiros trocaram olhares, apanharam o saco com o corpo pelas quatro pontas e o atiraram no mar. Enquanto entoavam sua música peculiar, que não era nem uma prece nem uma canção de marinheiro, a vítima desapareceu sob o navio. Quatro horas depois, houve outra morte. O cadáver foi levado até o convés da mesma maneira. Os baleeiros deram um passo à frente mais uma vez e ergueram o saco, mas alguns outros passageiros se adiantaram.

flor
negra

— Eles não são cachorros nem porcos. Como podemos fazer isso?
— gritou alguém, um fazendeiro de meia-idade.

Depois de uma ligeira comoção, um homem foi empurrado para frente. Com a boca bem fechada, tentou ignorar o cadáver aos seus pés, mas quando se viu diante dos olhares desesperados da multidão implorando socorro, ficou abalado.

— Dizem que ele é um xamã — murmuraram alguns.

Ele retrucou:

— Não sou um xamã!

Assim que abriu a boca, seus dentes virados para dentro, densamente amontoados, brilharam no escuro. A multidão arregalou os olhos.

— Não existe nem uma só pessoa em toda Incheon que não sabe que você é xamã. Por favor, dê um descanso à alma desse homem. Desse jeito todos nós vamos morrer. Todos nós vimos com nossos próprios olhos você realizar exorcismos para aplacar a alma dos mortos.

Alguém encontrou um longo bastão de madeira e o colocou na mão do xamã. O bastão tinha mais do que o dobro da altura de um adulto. Tiras de pano branco tinham sido amarradas em uma de suas pontas. Era um bastão sagrado. As pessoas acreditavam que a divindade desceria para habitá-lo. Aquele que diziam ser xamã acariciou o bastão com resignação e depois o devolveu.

— Não preciso disso. Apenas os xamãs do sul, que não conseguem convocar os espíritos, usam isso.

O xamã fechou os olhos e começou a entoar um cântico. Um homem sacou uma flauta do bolso, como se estivesse esperando justamente por aquele momento, umedeceu o bocal seco com a língua e o colocou na boca. Um vento forte começou a soprar. As pessoas escutaram a canção do xamã enquanto o vento açoitava suas roupas. O xamã tinha sido mais uma vez mergulhado em seu doloroso destino. Tornou-se uma pessoa completamente diferente, sacudindo o corpo, segurando o cadáver e soltando lamúrias como se tivesse esquecido que a pessoa havia morrido de uma doença contagiosa, depois sacou um punhado de moedas de metal e as atirou no convés.

Apanhada pelo medo da morte, a multidão chorava, ria, cantava e ficou envolvida por cada uma de suas palavras, e sem perda de tempo o convés foi incendiado com uma febre semelhante à do carnaval. O som da flauta, que despertou uma espécie de excitação profunda, lutava contra o som das chaminés do navio, das ondas e do vento, mas não vacilou nem uma só vez até o ritual acabar. As bochechas do músico de pele branca inchavam como as de um sapo e seu rosto ficava vermelho. Os tripulantes japoneses da cozinha atiraram um galo com as pernas amarradas. O xamã, perdido em seu próprio frenesi, mordeu o pescoço do galo, depois abriu sua garganta com uma faca e o ergueu alto nas mãos. O sangue ensopou as mangas de sua camisa e correu pelas suas axilas. Um vapor quente se enovelava de seu antebraço. O xamã verteu lágrimas.

— Mãe, mãe, minha mãe! Minha mãe cruel que nunca me deu sua comida e jamais segurou minhas mãos ou meus pés, vamos ver se conseguirá sobreviver sem seu filho que você mandou para longe! Não, não, desculpe! Eu errei, minha mãe. Viva bem, minha mãe. Viva muito e bem. Coma a minha comida e viva muito e bem. Ah, está frio! Ah, está frio! Está tão frio, que eu não posso mais viver, mesmo se quisesse! Vim porque eu estava com fome, e agora morri dessa doença maldita!

O galo sem cabeça se debateu no chão do convés, pulou na barriga do cadáver e finalmente caiu. Não havia oferendas, tambores ou gongos, portanto o ritual não durou muito tempo. As lâmpadas a gás acesas pelos marinheiros alemães cintilaram fracamente naquele cenário, portanto as coisas pareceram mais cruéis do que realmente eram. Aquele festival estonteante, formado de sangue e escuridão, canção e dança, e do cadáver e o xamã, agitou os corações daquele povo agrário diante de uma epidemia em alto-mar. O ritmo pulsava em suas veias. Lágrimas corriam pelos seus rostos. Muitos choraram e muitos desmaiaram. Os marinheiros alemães na ponte de comando sorriram e olharam para baixo para a agitação.

Quando o espírito por fim abandonou o xamã e ele desabou no mesmo instante para recobrar o fôlego, os baleeiros apanharam o

flor
negra

saco com o corpo pelas quatro pontas. Balançaram-no três vezes para frente e para trás e depois o atiraram no Pacífico. Torceram para que fosse o fim daquilo, mas ninguém podia ter certeza. A multidão olhou para o mar negro que engolira o cadáver.

19

Nem todo mundo assistiu ao ritual para o morto. Enquanto o ritual consolava a alma do falecido que havia virado comida para os peixes do oceano Pacífico, a filha de Yi Jongdo, Yeonsu, estava sentada com o manto sobre a cabeça observando um garoto sentado à sua frente. Era o garoto que ela havia encarado frente a frente ao amanhecer daquele dia. O garoto, que cedo havia ocupado um lugar, estava ouvindo os cânticos do xamã com o queixo apoiado sobre os joelhos. Seus lábios estavam firmemente pressionados e seus olhos grandes fitavam algo sem se desviar. Ele não estava observando o xamã. Sempre que uma tocha iluminava o rosto do garoto, este se acendia como uma estrela cadente e depois tornava a se apagar. Era a primeira vez na vida dela que ela encarava por tanto tempo o rosto de um homem desconhecido, o que só era possível porque o menino estava prestando atenção apenas na escuridão dentro de si. O coração dela gradualmente foi ficando mais confuso com o ritual, no qual se misturavam os cânticos do xamã e os gritos da multidão, o céu escuro da noite e as tochas, e a canção e o sangue. O manto, que cobria tudo menos os seus olhos, fazia com que ela se sentisse ainda mais confinada. Por fim o garoto se levantou. Ijeong limpou os fundilhos das calças e deu as costas para o ritual. Afinal de contas, não conhecia o morto. O local do sepultamento e o além, sobre os quais cantava o xamã, para ele não passavam de palavras abstratas. Ainda estava em uma idade em que a morte não parecia real. Mesmo que ele pulasse no oceano, não lhe parecia que morreria assim tão fácil. Como então podia imaginar-se apanhando disenteria, sofrendo de diarreia e morrendo? Não, as coisas que agitavam seu coração eram Yoshida, o México — aquele país que tinha a impressão de que eles jamais alcançariam — e a chama quente do amor que ardia dentro dele. Não tendo habilidade com as letras, não sabia como expressar a agonia que se acumulava em seu coração.

Quando se levantou de onde estava e se afastou da multidão, Ijeong foi subitamente cativado por um odor e parou no mesmo momento. Já o tinha sentido antes, mas não podia imaginar o que seria. Tinha sentido o cheiro de toda sorte de coisas na cozinha, mas nada como aquele. Mesmo que ele misturasse todos os temperos que conhecia, não seria capaz de recriá-lo. Olhou em volta. Yeonsu estava ali. Seus olhos escuros cintilaram com a luz e depois recuaram para a escuridão. O cheiro desapareceu com ela. Ijeong encheu os pulmões de ar salgado. Ouviu uma voz gutural:

— Alguém aqui matou uma corça? — era Jo Jangyun. — É esse o cheiro de quando a gente corta o pescoço de uma corça e bebe seu sangue. — Ele lambeu os beiços. — Havia um número incomum de caçadores na nossa unidade, e, sempre que sentiam esse cheiro entravam nas montanhas e *bang! bang!* Então cortavam o pescoço da corça, reuniam o sangue quente fumegante em uma tigela e o bebiam ali mesmo.

Ijeong inclinou a cabeça.

— E o gosto lá é bom? — quis saber.

Jo Jangyun gargalhou e bagunçou o cabelo de Ijeong com sua mãozorra:

— Acho que vou me juntar ao ritual.

Sumiu na multidão. Havia mil e trinta e três pessoas... não, duas haviam morrido e uma nascido, então havia mil e trinta e duas pessoas no navio. A multidão estava tão apinhada em torno da área do ritual, que não havia onde pisar. Depois que Jo Jangyun saiu, Ijeong se virou para olhar ao redor, mas a garota já havia desaparecido. Não conseguiu encontrá-la. O coração dele fugira, e agora ele não conseguia mais ficar em paz. Desceu até a cabine e viu a garota sentada com sua família, costurando.

flor
negra

20

A discussão no convés estava arrebatada. Todos falavam agitadamente, alguns querendo atirar os muito doentes no mar antes que a doença se espalhasse ainda mais, outros querendo que eles ficassem no convés durante o dia para que pudessem tomar um pouco de sol, e outros ainda querendo parar no país mais próximo para largá-los ali. Contudo, não conseguiam chegar a um consenso. Não parecia haver nenhum país por perto, e o tempo estava nublado. É claro, eles não poderiam atirar no oceano aqueles que ainda estavam vivos — as famílias dos doentes não deixariam. E tampouco poderiam atirar pela amurada apenas aqueles que não tinham família.

O padre Paul passou pelo local onde os pertences dos mortos estavam sendo queimados, depois desceu até a cabine fedida. Em Penang haviam ensinado um pouco de medicina aos seminaristas; não havia nada como a medicina ocidental para ganhar a confiança dos nativos e fortalecer os laços. Ele não achava que seria capaz de lutar contra essa epidemia com o pouco que sabia, mas podia ajudar. Na cabine, muitas pessoas sofriam de desidratação e pediam água. Ele lhes levava água. Porém, estava mais preparado para consolar do que para oferecer tratamento físico. Ouvia o que elas tinham a dizer. Muita gente delirava e não conseguia falar com coerência. Talvez até houvesse algum católico ali. Se fosse o caso, será que ele teria de realizar os sacramentos? Se alguém o reconhecesse e lhe pedisse para executar os ritos finais, o que ele deveria fazer? Poderia um padre que desobedeceu às ordens de um bispo e abandonou seu rebanho ter tal autoridade?

Sem saber como, ele caiu no sono em meio aos gritos dos doentes. Não sonhou nada. Veio a manhã e uma luz pálida brilhou dentro da cabine. Ele se levantou e foi cuidar novamente dos doentes. Era melhor do que ficar sozinho, agoniado, enrolado em seu cobertor. Alguns esperavam sua ajuda e, em seus olhos implorantes, ele sentia um prazer secreto. Até mesmo o demônio da doença havia passado ao largo dele.

Um dia se passou.

Tanabe, o veterinário, com a boca coberta por um pano, desceu para ajudar o padre Paul. Os dois foram verificar se um dos gravemente doentes ainda estava vivo. Ele não demonstrava sinais de movimento. Se estivesse morto, teriam de atirá-lo ao mar. Paul puxou o cobertor do rosto do homem e seus olhos se estreitaram. O rosto lhe era familiar. O homem certa vez aconselhara Paul a tomar cuidado com os ladrões nos portos abertos. Ele agora estava bastante emaciado, mas Paul o reconheceu com facilidade. Havia pensado que o homem, que andava por toda parte cantarolando alegremente, estava se adaptando bem, mas agora ele se via à beira da morte. Paul o sacudiu. Os lábios do homem se mexeram. Estava vivo. Paul assentiu para Tanabe. Estava quase voltando a cobrir o homem com o cobertor quando alguma coisa caiu do peito dele no chão com um barulho metálico. Tanabe apanhou o objeto. Era um colar. Entregou-o a Paul. Tanabe olhou para ele para ver o que ele desejava fazer, mas Paul só conseguiu olhar do colar para Choe Seongil e vice-versa. Era, sem sombra de dúvida, o colar do bispo Simon Blanche. Paul fechou os olhos. Entregou de volta o colar para Tanabe, e Tanabe tornou a amarrar seu cordão e colocá-lo no pescoço de Choe Seongil. Talvez isso tenha atormentado o doente, pois este começou a se revirar de um lado para o outro.

Paul subiu, melancólico, até o convés e olhou sem expressão para o rastro gigante que o navio deixava para trás em sua passagem. O pôr do sol rubro pendia como uma peça de roupa recém-lavada que alguém colocou para secar no céu ocidental. As roupas do padre rapidamente ficaram úmidas por causa do vento do Pacífico Sul.

21

Alguns dias depois, permitiram que Ijeong voltasse à cozinha. Ele se levantou de manhã cedo e andou com cuidado pelo corredor escorregadio. Alcançou as escadas e começou a descer, mas então seu coração deu um salto. Ele não soube o motivo, mas estava convencido

flor
negra

de que, se descesse as escadas em espiral, aquela a quem ele estivera procurando com tanto desespero estaria à espera dele no final. Não era só por causa do cheiro. Ele não foi para a cozinha, virou na direção da sala das máquinas. Ela estava ali.

Os dois ficaram de frente um para o outro. Sem uma palavra, olharam-se com tanto fervor quanto seus olhos e — como nunca haviam aprendido que era proibido — seus corações permitiam, tanto quanto seus corpos podiam suportar, e então sem se darem conta se deram as mãos. Se estivessem na Coreia, aquilo jamais teria acontecido. Mas a história era outra no meio do oceano quando uma epidemia estava em seu auge. Pela primeira vez na vida, Kim Ijeong sentiu o toque da mão de uma mulher e, vermelho, abaixou a cabeça. Ela fez o mesmo. Ele não sabia o que fazer em seguida, portanto apenas balbuciou:

— Meu nome é Kim Ijeong, o caractere do "dois" no "i" e o caractere de "ereto" no "jeong".

Com a cabeça ainda abaixada, a garota deu um risinho. Depois levantou a cabeça e revelou o rosto que estivera escondido sob o manto. A lâmpada a gás na passagem brilhou sobre ela. Quando se observava com cuidado, seu rosto brilhava com um espírito misterioso que não podia ser escondido por imundície nenhuma. Ao contrário de suas bochechas, que estavam rígidas de ansiedade, seus olhos sorriam com suavidade e davam as boas-vindas ao novo amor, e o cheiro de sangue de corça era o mesmo de sempre. Ijeong tocou o seu próprio rosto. Ardia como fogo, e os músculos de seus braços tremiam como se ele tivesse trabalhado duro.

— Sou da família real — declarou ela —, do clã de Jeonju Yi, e me chamo Yeonsu.

Ele ouviu um clamor do outro lado da passagem. Não encontrando mais o que dizer, eles olharam nos olhos um do outro e por fim soltaram as mãos. Yeonsu voltou para a cabine. Ijeong ficou onde estava e reprimiu os sentimentos que transbordavam dentro dele. Tendo sido criado sem mãe ou irmãs, pela mão áspera de um ambulante,

Ijeong considerava tudo nela maravilhoso. Não tinha a menor ideia do que faria em seguida, mas isso apenas aumentava sua empolgação.

22

Talvez ela houvesse se satisfeito com duas vítimas. A disenteria perdeu força. A diarreia parou e as febres abaixaram. Aqueles que haviam se aproximado do limiar do outro mundo continuavam fracos, em parte por não conseguirem comer devido à desidratação e à febre alta. Porém, Choe Seongil era diferente. Assim que acordou do seu sono pela manhã, sua mão foi direto à sua virilha. Seu pênis se levantou, vermelho e duro. Sua coxa estava fria, mas seu pênis estava quente. Naquele instante ele soube que o demônio da doença havia recuado de vez. Sua mão subiu da virilha, apalpou a barriga murcha e depois seguiu até o peito. Ele abriu os olhos e espiou o que segurava nas mãos. Era a cruz. Achou que talvez tivesse sido ela que o protegera como um totem diante da entrada de um vilarejo, ou quem sabe como um talismã.

Com a mão esquerda espalmada ele segurou a cruz contra o peito, enquanto com a mão direita segurou seu pênis quente e o esfregou na coxa. Uma sensação de êxtase tomou conta dele. Estou vivo. Ele fechou os olhos com força e continuou a se masturbar furiosamente. Alguém sentado ao seu lado deu um pigarro, mas ele não deu a mínima. Em pouco tempo, algumas gotas de sêmen jorraram e molharam sua cintura. Com a manga direita da camisa ele limpou o sêmen, com a esquerda enxugou uma lágrima, e depois se levantou. Sentia-se ligeiramente tonto, mas logo recuperou o equilíbrio. Levou o cobertor que o cobrira por quase uma semana até o convés. O padre Paul o acompanhou com os olhos. Choe Seongil estendeu o cobertor úmido para que secasse, depois sentou ao seu lado e acendeu um cigarro. O sol inflamado era quente e o vento fez cócegas nos lóbulos de suas orelhas. Alguns garotos gritavam enquanto rodopiavam um pião feito de moedas enroladas.

flor
negra

O padre Paul se aproximou.

— Graças a Deus você está melhor — estendeu um pouco de pão para ele. — É o bolinho de arroz dos ocidentais, o gosto não é tão ruim. Guardei um pouco de ontem. Prove.

Choe mastigou e engoliu o pão. De início teve a impressão de que estava comendo tecido, mas o sabor se destacou à medida que continuou mastigando. Os doentes começaram a aparecer no convés de um em um ou de dois em dois. Muitos outros continuavam prostrados, mas era evidente que o pior já tinha passado.

— Quantos morreram? — quis saber Choe.

— Dois. Houve um ritual xamânico, também. Você não deve ter visto.

— Tem um xamã aqui?

— Tem um camarada que foi possuído por um espírito, mas ele finge não saber de nada. Embarcou no navio porque estava cansado de ser xamã, mas assim que lhe entregaram um bastão mágico ele se dispôs a colaborar.

Choe não parecia interessado; coçou a barriga. O padre Paul viu o cordão que prendia a cruz ao redor do seu pescoço, mas nada disse. Era óbvio que aquele era o ladrão. Porém, o que ele faria com a cruz se a recuperasse? Acaso então ele não havia virado as costas para a Igreja e para Deus? Mesmo assim, Paul rodeava a cruz como se ela exercesse uma atração sobre ele. De sua parte, Choe ficou irritado com o dono do seu butim e de propósito cortou a conversa mais de uma vez, mas Paul não desceu; ficou por perto sem dizer palavra.

Naquela noite, nuvens negras e baixas se juntaram depressa. Uma tempestade tropical começou a cair, e relâmpagos riscaram a noite escura. Choe Seongil subiu deliberadamente até o convés e ficou de pé embaixo da chuva forte. Em um navio, onde a água era escassa, aquele era o jeito mais fácil de se lavar. No convés escuro ele tirou as roupas e se entregou à chuva impiedosa. Os relâmpagos deslizavam entre as nuvens escuras como a língua de serpentes e os trovões rugiam, mas ele havia voltado do mundo dos mortos e encarou aquilo como fogos de artifício comemorando sua recuperação. Ria e corria de um lado para o outro do convés. Quase morri no lugar errado! Enrolou as roupas no seu corpo molhado e desceu até a cozinha. Se Kim Ijeong estivesse ali lhe daria algo para comer, se não ele roubaria alguma coisa. Desde seu retorno do limiar do outro mundo, estava assolado por uma fome voraz. Lambeu os beiços e desceu as escadas de ferro, mas um vulto escuro bloqueou sua passagem. Ele não conseguia ver seu rosto, como se alguém o tivesse encharcado de tinta. Seu corpo se sacudiu com violência.

— Quem é você?

O vulto escuro falou em uma voz baixa que parecia estar vindo de um poço profundo:

— Sou aquele que morreu em seu lugar.

O vulto negro estendeu a mão e apertou o pescoço de Choe Seongil.

— Vim cobrar o preço pela minha vida.

23

Como sempre fazia, Yoshida conduziu Ijeong até o depósito. Deu-lhe uma maçã e disse:

— Em breve chegaremos ao México. Só existem lagartos e cactos por lá. Você pode ficar no Ilford. O capitão vai deixar. Afinal de contas, você não tem família, tem? Aprender a cozinhar e viajar pelo mundo não é uma vida assim tão ruim.

Os olhos de Yoshida eram ardentes. Ijeong virou a cabeça para o outro lado. Todo o seu ser havia sido violentamente arrebatado pela imagem de Yi Yeonsu; as afeições daquele cozinheiro desertor eram um fardo. Ijeong se agachou e mordeu a maçã. Fez-se silêncio. O caixote de batatas em que Ijeong estava apoiado caiu em um ângulo inclinado. Como se aquela fosse a sua deixa, Yoshida deu um pulo e agarrou Ijeong pelos ombros. Depois o beijou. A língua de Yoshida entrou na boca de Ijeong e lambeu a base da língua dele. É claro que Yoshida era mais forte do que o garoto, mas de todo modo não havia motivo para Ijeong afastá-lo. Encarando a falta de resistência de Ijeong

flor
negra

como permissão, Yoshida ficou mais ousado. Acariciou o peito do garoto, seu pênis e suas nádegas como se estivesse possuído. Ijeong fechou os olhos. Aquela era a última vez. Ele deseja tanto isso, e só durará um instante. Afinal, não havia mais nada que ele pudesse lhe dar, havia? A acidez subiu de seu estômago até a boca. Ijeong engoliu. Yoshida ansiava por aquele momento havia mais de um mês, seu corpo ficou quente e ele estava rapidamente fervendo a ponto de atingir o clímax. Enquanto a língua de Yoshida lambia o lóbulo da orelha de Ijeong, algo quente perfurou seu traseiro. Ijeong fechou os olhos com força. O fedor de banha de porco bafejou até seu nariz. As mãos escorregadias de Yoshida agarraram os ombros de Ijeong com tanta força, que ele achou que os esmagaria.

Quando Yoshida se afastou, Ijeong terminou de comer a maçã que estivera segurando todo o tempo na mão direita.

— Desculpe — disse Yoshida.

Ijeong balançou a cabeça. Então falou:

— Eu vou desembarcar no México e seguir com os coreanos.

Yoshida caiu de joelhos e agarrou a mão de Ijeong. Ijeong afastou com frieza aquelas mãos escorregadias de banha de porco.

— Obrigado pela sua ajuda. Mas acabou. Quando chegarmos ao porto eu vou ao lugar para onde eu parti.

Yoshida soltou o corpo no chão e segurou a cabeça entre as mãos. Então olhou para Ijeong com os olhos de um animal ferido e saiu do depósito sem dizer nada. Ijeong o seguiu até a cozinha. Trabalhou como um louco. Em um piscar de olhos, estava pronta comida para mil pessoas. Ijeong se esqueceu de tudo. Mas, assim que o trabalho terminou, lembrou-se dos olhos negros faiscantes de Yeonsu e da sua pele branca sob o manto, e seu coração se sobressaltou.

24

Alguns dias se passaram sem que ninguém nascesse ou morresse. Fora um homem que importunou a mulher de outro e por isso recebeu uma facada superficial, nada aconteceu. Alguém falou da linha do Equador, mas quase ninguém entendeu o que ele disse. Se o conceito de globo terrestre já era estranho, o que dirá o de Equador? A viagem era tediosa e parecia não acabar nunca. Então alguém apontou para o céu. Um enorme pássaro de asas abertas planava em círculos acima do Ilford. Logo outro também apareceu. Os dois tinham o pescoço vermelho e o corpo negro dos tesourões. As pessoas subiram até o convés para olhar aqueles seres esquisitos.

— Se estamos vendo pássaros — disseram os pescadores de Pohang —, é sinal de que a terra não está longe.

As pessoas protegeram os olhos com as mãos e olharam ao redor, mas não se via o litoral em parte alguma. Entretanto, os dois tesourões sopraram vida nova na gente enervada que estivera caída pelos cantos.

— A cauda deles parece a das gaivotas.

— Eles voam como falcões.

Todo mundo tinha alguma coisa a dizer. Depois um bando de pássaros de outro tipo voou do oeste na direção deles.

Um dia se passou. Mais pássaros foram avistados. Cormorões de pé azul passaram voando pelo navio e pousaram no mastro para descansar antes de bater asas novamente, e pelicanos castanhos com bico em forma de abóbora também voaram por ali. Todas aquelas coisas foram interpretadas como sinal de abundância. Águias-marinhas mergulharam no mar e apanharam peixes do tamanho do braço de um homem antes de voltarem a levantar voo, enquanto os cormorões ficavam por ali inflando o pescoço e engolindo peixinhos sem importância. Os passageiros que haviam passado tanto tempo comendo cada vez menos agora começaram a comer mais. Por terem recuperado o apetite, sentavam-se em grupinhos e previam o futuro.

Graças à sua conversa, lá embaixo, sob o nível do mar, Yi Yeonsu adivinhou o que estava acontecendo. Entretanto, o fogo que ardia no fundo de seu coração não queimava pela terra desconhecida que estava se aproximando, e sim por certo garoto. Depois de não avistá-lo por dois dias, a ansiedade de Yeonsu chegou ao ápice. Aonde ele teria

flor
negra

ido? Será que passa o dia inteiro na cozinha? Todo tipo de perguntas atravessava depressa sua cabeça. Que tipo de pessoa ele é? Quanto estudou? Por não saber nada além do seu nome, Yeonsu estava ansiosa com aquele suspense. Não consigo mais aguentar. Yeonsu se levantou. Ao seu lado estava sentado seu irmão mais novo, Yi Jinu, que estivera deprimido e quieto havia dias. Mesmo quando sua irmã se levantou, ele não esboçou nenhuma reação, como se a vida o tivesse deixado.

— Ei, por que você não sai para respirar um pouco de ar fresco? — perguntou ela.

Yi Jinu sacudiu a cabeça.

— O sol machuca meus olhos. E eu fico tonto.

Como se ela estivesse esperando justamente por aquele momento, Yeonsu abriu caminho trançando pelo espaço estreito que existia entre as pernas das pessoas. Depois que ela passava, seu cheiro único se demorava no ar. Quem estava dormindo abriu os olhos, e quem estava acordado os fechou. Assim que ela entrou no corredor em frente à cabine, viu dois olhos brilhando na escuridão. Era ele. Yeonsu caminhou em sua direção, mas seus olhos recuaram como se estivessem provocando-a. Ele correu e Yeonsu foi atrás. Eles mudaram de direção algumas vezes e desceram dois lances de escada e lá estava ele novamente. Abriu a porta com uma chave. Yeonsu o seguiu até o interior como se estivesse enfeitiçada. Ele fechou a porta. Ela não sentia nem um pouco de medo. O ar cheirava a frutas e legumes apodrecidos. Lá de cima vinha o cheiro de alho.

— Você ficou ali me esperando? Até eu sair?

Ele fez que sim:

— Há dois dias que não saio dali, hã...

Os lábios deles se encontraram. Não demorou para que seus dois corpos imundos se tornassem um. Ploc, ploc. Alguns bulbos grossos de alho rolaram da prateleira e atingiram a parte de trás da cabeça de Ijeong. Yeonsu apenas ficou intrigada com o modo como aquilo tudo lhe parecia familiar, e como todos os seus sentidos pareciam vivos. Uma dor inundou as profundezas de seu ser, mas era uma dor doce também. No depósito escuro, Yeonsu agarrou o rosto dele e soltou um grito comprido e agudo.

Um líquido morno escorreu pela sua coxa. Ela ficou ali deitada pensando sobre o destino que havia acabado de passar de raspão por ela. Fechou as pernas abertas. Sua pelve estava rígida e sua carne formigava no lugar onde havia roçado a barra de suas roupas. Ijeong disse:

— Sou um mercador errante e órfão humilde. Mas no México, onde chegaremos logo, nada disso importará. Darei um jeito de ganhar dinheiro, depois vou encontrar você e vamos nos casar. Por favor, espere por mim.

Yeonsu soltou uma risada fraca, ali deitada. Não ria dele, mas mesmo assim riu.

— Você pode acabar sendo morto. Embora aqui estejamos vestidos com roupas imundas e comendo e vivendo como porcos, minha família é da nobreza e meu pai é parente de sangue de sua majestade. Ele não é um desses aristocratas falidos que não têm dinheiro nem para comprar um chapéu decente. Se não fosse pelos embustes de Yi Haeung, meu pai poderia ter chegado ao trono. Uma pessoa assim jamais aceitaria qualquer um como meu marido, principalmente você.

Foi a vez de Ijeong falar:

— Você realmente acha que a distinção entre classe alta e baixa, velhos e jovens, e homens e mulheres vai ser tão rígida quanto na Coreia? Olhe para este navio. Não importa se você é aristocrata ou plebeu, precisa entrar na fila para comer. — Ijeong apontou para cima. — Aos olhos desses ocidentais lá de cima, somos todos iguais: coreanos. Eles só contam cabeças, não dão a mínima para nossas certidões de nascimento. Além disso, de qualquer jeito não existe ninguém neste navio à sua altura.

Ijeong abraçou Yeonsu. O cheiro de sangue de corça o inundou. Ela não discutiu mais. Sua previsão não era muito diferente da dele: a vida ali seria muito diferente do que era na Coreia. Vou estudar e frequentar a igreja. Vou ganhar dinheiro com minhas próprias mãos. Serei uma mulher que não vai depender de ninguém. Quando chegar a hora, meu pai

flor
negra

e minha mãe não terão mais nenhum poder sobre mim. Os dois jovens se uniram uma vez mais. Foi muito mais fácil do que a primeira vez, em todos os sentidos. Dessa vez eles tiraram toda a roupa e se abraçaram. Uma batata podre que rolava pelo chão foi esmagada sob seus corpos.

25

Choe Seongil acordou em um lugar estranho. Não era o canto onde ele costumava dormir, e sim o meio da cabine. O que teria acontecido? Ao se levantar e tirar a poeira das roupas, ouviu algo em seu ouvido interno: "Vim cobrar o preço pela minha vida". Quem podia ser? Mais que isso, como ele tinha vindo parar ali? Olhou em volta. Não havia nenhum rosto familiar. Então alguém caminhou em sua direção.

— Você acordou.

Era o camarada cujos pertences ele havia roubado. Choe Seongil tocou furtivamente o peito para ter certeza de que o colar de cruz continuava ali. Nada estava fora de lugar. O padre Paul lhe deu uma concha de água.

— Beba. Encontraram você caído no chão e o trouxeram para cá. Você ainda não se recuperou totalmente.

Choe Seongil inclinou a cabeça:

— Não, não foi isso. Talvez eu estivesse sonhando. Escute aqui, meu amigo da província Chungcheong, você sabe alguma coisa sobre sonhos? — o padre Paul fez um gesto para que ele parasse com aquilo, mas Choe Seongil seguiu em frente: — Deve ter sido um sonho, mas tive a impressão de ter encontrado um estranho naquele corredor. Não consegui ver o rosto dele, como se alguém o houvesse apagado com um pincel, mas ele apareceu de repente e... Ainda consigo ouvir claramente, como se ele estivesse falando bem no meu ouvido; ele disse: "Sou aquele que morreu em seu lugar. Vim cobrar o preço pela minha vida". Não sei se eu estava dormindo ou acordado, mas quem neste navio iria dizer algo assim para mim?

O padre Paul sabia quem havia morrido no lugar daquele homem, e da humanidade. O homem que salvara a vida dele também, e por quem ele havia feito todo o caminho de ida e de volta até Penang. Jurara se tornar como ele; ajoelhara-se de cabeça baixa no chão e fora ordenado. Da primeira vez em que ouviu a história daquele homem, em um povoado carvoeiro no coração das montanhas, foi cativado no mesmo instante pelo mito do nascimento daquela religião misteriosa. Era uma história verdadeiramente estranha, mas ele conseguia entender como um deus poderia nascer no corpo de um ser humano. Essas coisas eram completamente naturais em sua cidade natal na ilha de Wi, onde os deuses se manifestavam na forma humana dezenas de vezes por ano. Contudo, foi a primeira vez que ouviu falar de um deus que não havia deixado o corpo humano, que passou a vida inteira ali. A crueldade de sua execução — em que enfiaram pregos em suas mãos e pés enquanto ele ainda estava vivo e em seguida o pregaram em uma árvore, de modo que ele ficasse imóvel e a única coisa que pudesse fazer era esperar pela morte — não era nenhuma novidade. Porém, Paul ficou impressionado ao saber que um deus que assumira a forma humana havia morrido de modo tão impotente. E que embora tivesse demorado tanto para morrer, depois de apenas três dias ele renasceu e subiu até os céus com o corpo novamente intacto. Talvez o que tenha fascinado Paul fossem as contradições que recheavam a história. Era um deus e ao mesmo tempo um homem, onipotente e contudo impotente, horrível e no entanto maravilhoso. Disse que amava a humanidade, entretanto transformou aqueles mesmos seres humanos que amava em eternos pecadores. E agora o filho daquele deus soberbo havia aparecido diante dos olhos desse ladrãozinho insignificante e dito: "Sou aquele que morreu em seu lugar". Seria mais uma de suas contradições? Não era possível. Devia ser algum coreano que odiava Jesus e sua religião, um soldado que antes decepava a cabeça dos católicos — aliás, por falar nisso, aquele navio estava ou não estava infestado de soldados? — e que agora estava fingindo ser Jesus para pregar uma peça no enfraquecido Choe

flor
negra

Seongil. Afinal de contas, Jesus não era do tipo que sai por aí cobrando o preço pela sua vida.

— Foi só um sonho bobo — Paul deu um tapinha nas costas de Choe Seongil. Levantou-se. Porém, não se sentiu tranquilo.

26

Alguém estava esmurrando impacientemente a porta do depósito. Ijeong alisou as suas roupas e a abriu. Yoshida. A lâmpada a gás lançou uma sombra profunda sobre seu rosto. Enquanto os dois homens se encaravam, Yi Yeonsu atirou o manto sobre si e saiu sorrateiramente. Yoshida fez cara feia para a garota cujo odor intenso assaltou seu nariz. Seus lábios tremeram:

— *Bakayarou*! — sua voz tremia como a de um adolescente. O xingamento fraco só serviu para irritar Ijeong.

— Eu fiz o que pude por você, não fiz? Deixe-me passar.

Ele deu um passo para a frente. Yoshida recuou, sem forças. Com medo de que Yoshida o atacasse por trás, Ijeong seguiu em frente com ansiedade em cada passo.

Pouco tempo depois, ouviu o som da porta do depósito se fechando. Yoshida havia entrado ali. Ijeong subiu até a cabine para se deitar. Agora acabou meu trabalho na cozinha... mas disseram que chegaríamos ao porto amanhã, não é? Ao pensar nisso, ele já sentiu saudades da experiência de trabalhar na cozinha de um grande navio. Não tinha nada a ver com Yoshida; ele sentia falta da atmosfera violenta e quente criada pela proximidade dos corpos dos cozinheiros. Era um mundo reservado para homens, e por isso era ainda mais distante da realidade. Nada podia invadi-lo. Problemas familiares, arrependimentos sobre o passado e preocupações com o futuro ficavam em seu lugar, a distância. Por que com Ijeong devia ser diferente? Por que ele não tinha medo do Novo Mundo que se aproximava? Se seu futuro de fato fosse desconhecido, ele poderia ter hesitado um pouco, mas seu futuro estava se aproximando com uma forma e um cheiro distintos. A névoa se dissipou e o litoral do oeste do México se mostrou sem muita clareza. Morros esbranquiçados como mofo em papel de parede se alternaram com praias de areia. Os coreanos subiram até o convés para ver a silhueta encantada do novo continente.

— Não tem verde nenhum nessa terra — disse alguém com a cabeça inclinada.

— Ah, é porque isso é só o litoral — gritou outro em resposta.

Jo Jangyun e três outros soldados subiram no guindaste da proa e protegeram os olhos para olhar a costa.

— Parece que estamos quase lá — disse Jo Jangyun, e dois dos soldados, Kim Seokcheol e Seo Gijung, lamberam os beiços. Kim Seokcheol, cujos malares eram proeminentes e cujos olhos pareciam estar praticamente grudados na sua testa (o que lhe valeu o apelido de "Rei Deva") começou a falar em arrumar esposa:

— Se eu conseguir ganhar algum dinheiro e voltar para a Coreia, a primeira coisa que vou fazer é me casar.

Seo Gijung, que era uma cabeça mais baixo que Kim Seokcheol e sempre tinha sido vítima das piadas da milícia do império por causa de sua baixa estatura, brincou:

— Depois dos cinco anos que isso vai levar, por que se contentar somente em se casar? Você podia arrumar uma concubina também.

Kim Seokcheol gostou da ideia e deu uma risadinha:

— Até mesmo um camarada baixote como você se casou, então o que poderia me impedir? O que você vai fazer com o dinheiro que ganhar?

Seo Gijung olhou para o oeste, onde sua esposa e seus filhos haviam ficado, e falou com voz baixa e tímida:

— Vou comprar uma plantação de arroz.

Um breve silêncio se seguiu, amortecendo aquele clima animado.

— Que foi, alguém morreu? — brincou Jo Jangyun, mas ninguém riu. Nenhum deles teria embarcado se tivesse sua própria terra. Não tinham terras, portanto viraram soldados; não tinham terras, portanto

flor
negra

não podiam se casar; não tinham terras, portanto não tinham para onde voltar e haviam se arrastado naquele quartel horrendo.

— Agora que nossos dias de guarnição militar acabaram, percebo que foram bons tempos — disse sonhadoramente Kim Seokcheol.

— Como assim, bons tempos? Foram tempos difíceis.

Os três haviam se oferecido como voluntários ao novo exército, que fora reorganizado segundo o modelo russo em 1896. O imperador Gojong, depois de transferir sua residência para a legação russa e resistir aos japoneses, contratou um instrutor militar da Rússia e despejou quarenta por cento do orçamento anual no exército. Assim que se espalhou a notícia de que o império estava recrutando novos soldados, acorreram mais de mil jovens de todos os cantos do país, e no pátio da guarnição militar houve um tumulto. Somente duzentos homens foram escolhidos, porém. Dois deles foram servir com o 5º Regimento do Segundo Batalhão da Guarnição de Bukcheong. Jo Jangyun, Kim Seokcheol e Seo Gijung tinham sido engenheiros e sargentos do estado-maior. Seo Gijung fora treinado com eles, mas foi destacado para o 3º Batalhão da Guarnição de Chongseong. Então, no dia 18 de outubro de 1904, o exército japonês invadiu a província de Hamgyeong, que era fortemente pró-Rússia, e montou ali um governo militar, dispensando tanto as guarnições de Bukcheong quanto as de Chongseong. Os japoneses não deixariam o nada confiável exército do império coreano em Hamgyeong, na fronteira com a Rússia.

— Foi melhor assim. Afinal, a única coisa que fizemos foi perseguir os montes de pessoas que se recusaram a obedecer à ordem do imperador de cortar o cabelo.

— Por que você tinha de lembrar isso?

— Bem, é verdade, não é? Que diabo, cortar a garganta de alguém só porque ele se recusou a cortar o cabelo!

— Eu nunca fiz isso.

— Nem eu.

Mas todos eles sentiram uma pontada de arrependimento.

O quarto soldado, Bak Jeonghun, tinha ficado em silêncio até então. Era um homem de tão poucas palavras, que o chamavam de Buda de Pedra. Era um atirador talentoso, com mira perfeita mesmo usando os rifles antigos japoneses. Corriam boatos de que havia matado um tigre no monte Guwol e um urso no monte Baekdu, mas ele guardava silêncio sobre aquilo. Bak Jeonghun havia servido na infantaria do exército central que defendera Seul e o palácio real. Tinha um sentimento tão grande de responsabilidade e estabelecia uma distinção tão clara entre a vida pública e a privada, que quando sua esposa adoeceu e morreu, ele a enrolou em um saco de palha com as próprias mãos e a carregou até o alto do morro que ficava atrás da sua vila para enterrá-la, depois voltou ao seu posto. Isso, entretanto, só lhe valeu a ira dos oficiais corruptos. Quando Hasegawa Yoshimichi, o comandante do exército japonês, propôs a reforma do sistema militar coreano em 26 de dezembro de 1904, Bak Jeonghun foi o primeiro a abandonar a farda. Três meses depois, embarcou no navio em Jemulpo. Era em geral um homem quieto, mas também era dado a surtos repentinos de depressão e mal falou desde que o Ilford içou âncora. Então, quando ele fazia menção de falar alguma coisa, todos prestavam atenção. Depois de avistar o litoral, Bak Jeonghun subitamente abriu a boca.

— Eu, de minha parte, não planejo voltar.

Os olhos de todos se arregalaram e o fitaram. Era a primeira vez que alguém dizia algo assim desde o início da viagem.

— Aquele país patético, o que ele fez por nós que mereça a nossa volta? Então não nos deixou morrer de fome quando éramos jovens, nos surrou quando crescemos e nos abandonou à própria sorte quando a vida finalmente tinha ficado suportável? Os canalhas chineses em cima, os russos malditos nas nossas costas e os japoneses amaldiçoados embaixo de nós, chutando a gente com seus coturnos e depois nos obrigando a bajulá-los. Os coreanos tratando seu próprio povo com a mesma frieza da neve do inverno e se acovardando diante do exército de outra nação como um cachorro no verão. Aquele país não tem nervo nem caráter. Não, não planejo voltar. Desde que eu não morra

flor
negra

de fome, planejo encontrar um jeito de sobreviver aqui. Vou comprar terras — e aqui ele engoliu com força, se lágrimas ou saliva ninguém soube, antes de prosseguir — e, claro, casar. E ter filhos também.

Os outros três soldados pouco tinham a dizer, sabendo muito bem o que havia acontecido com a esposa e os filhos dele. Apenas Kim Seokcheol murmurou baixinho:

— Mesmo assim, precisamos voltar... nossos ancestrais estão lá.

Enquanto o litoral começou aos poucos se mostrar com mais clareza, a possibilidade de que eles jamais voltassem — uma possibilidade que eles não ousavam verbalizar — começou cada vez mais a se aproximar de uma realidade. Em vez de continuar uma discussão sem conclusão, eles preferiram fixar os olhos na silhueta do país para onde tinham de ir. As palmas de suas mãos estavam úmidas de expectativa. E se abrissem somente um pouco mais os olhos, poderiam contar o número de pescadores trabalhando em seus barcos perto do litoral.

27

O navio continuou rumando para o sul a uma distância fixa do litoral. Antes que os passageiros se dessem conta, caiu a noite e, cansados de esperar, eles adormeceram de um em um e de dois em dois. O antes arruaceiro Pacífico lambia gentilmente o casco do Ilford. Antes do raiar do dia, um orvalho frio e salgado cobriu o navio como se tivesse sido espalhado com um pano úmido. No convés, Ijeong olhou para seus arredores sombrios. Não havia motivo para ele estar de pé assim tão cedo, mas assim que rompeu o dia, seus olhos se abriram por força do hábito. Não custa me despedir, é o certo, disse a si mesmo. Se não fosse por Yoshida, e se ele não tivesse trabalhado na cozinha, a viagem provavelmente teria parecido interminável. Os cozinheiros eram um bando difícil, mas, depois que o aceitaram como igual, demonstraram por ele uma afeição tenaz. Além disso, ele sentia saudade do saquê bebido diretamente da garrafa. As mãos de

Yoshida, escorregadias de banha de porco, eram desagradáveis, mas mesmo assim Ijeong não pôde ignorar a compaixão que sentia por ele. Yoshida, o desertor que vagava pelo vasto oceano sem família, sem país e sem amigos. Ele demonstrava todos os sinais de alguém que havia lutado contra a vida e perdido logo de início. Ijeong temia, ainda que muito vagamente, ser contaminado com a falta de sorte de Yoshida. O ambulante lhe havia ensinado a distinguir os sinais dos desafortunados e a repeli-los: "Se você encontrar um aleijado, um coxo, um cego ou um surdo antes de uma refeição, salpique sal neles com vontade. Se eles se aproximarem, espanque-os. Se pedirem comida, chute com força o prato de arroz deles. Não pense que isso é crueldade. Se um camarada cheio de feridas chegar perto, você vai ficar cheio de feridas, e se um camarada que cagou nas calças chegar perto, você vai cheirar a bosta. Quem toca em piche acaba sujo. Metade dos mercadores são marinheiros. Isso quer dizer que metade do sucesso é pura sorte. O que é esse mercado onde estamos agora? É um mercado que dura cinco dias, certo? Se tivermos azar em um dia, passaremos fome por cinco. Se tivermos azar por dois dias, passaremos fome durante dez, e aí o que vai acontecer? Morreremos".

Ijeong se vestiu e começou a descer as escadas até a cozinha, mas então pensou que seria melhor simplesmente ir embora, e portanto voltou para o convés, inclinou-se de encontro à amurada e ficou olhando o litoral mexicano. O sol subiu por sobre a proa do navio e brilhou no convés. Machucava seus olhos. O sol se levantou ainda mais, entre a ponte de comando do navio e um bote salva-vidas, e lentamente começou a brilhar no rosto de Ijeong. Ijeong estreitou os olhos para fitar o sol mexicano. O ângulo do sol e do navio aos poucos mudou. O Ilford estava fazendo um arco para mudar de curso. Ijeong subiu até o convés superior. O navio agora se dirigia em direção ao litoral. Finalmente o porto, um porto de verdade agitado com navios cargueiros, encouraçados de guerra e embarcações de passageiros, espalhou-se diante de seus olhos. Mesmo assim tão cedo, o porto transbordava de uma vitalidade que excedia em muito

flor
negra

a do porto de Jemulpo. Barcos pequenos iam e voltavam dos grandes navios, transportando bens e pessoas. Os barcos chacoalhavam como folhas de outono sempre que os homens ágeis de pele escura puxavam os remos. Sem Ijeong perceber, os passageiros começaram a se reunir ao seu lado, gritando empolgados. Alguém se aproximou de Ijeong por trás e apertou sua mão. Ijeong se virou com um sorriso. Um homem desconhecido estava ali à sua frente. Vestido com elegância em um terno cinza com os cabelos curtos alisados para trás, aquele cavalheiro conduziu Ijeong pela multidão, e somente quando eles se aproximaram do barco salva-vidas é que o homem se virou. Yoshida. Completamente transformado, ele se manteve a uma distância segura de Ijeong. Então falou em japonês formal.

— Eu lhe devo muito. Lamento se isso foi desagradável para você. Mas fico feliz por ter conseguido passar tempo ao seu lado. Não esquecerei esta viagem.

Ele estendeu a mão para apertar a de Ijeong à maneira ocidental. Ijeong apertou-a, depois abaixou a cabeça em uma reverência ao estilo japonês e respondeu em japonês:

— Eu é que lhe devo. Adeus, Yoshida-san.

Os cantos da boca de Yoshida se viraram para cima em um sorriso.

— Meu contrato como membro da tripulação termina hoje. Estou livre para escolher se desejo ou não renová-lo. Primeiro vou desembarcar. Depois planejo ir ao consulado no México, me apresentar e esperar pela minha punição. Não viverei mais dessa maneira.

Ijeong sempre havia pensado em Yoshida apenas como cozinheiro, mas agora que ele estava vestido formalmente de terno parecia um oficial da marinha de folga. Ijeong examinou a transformação surpreendente de Yoshida. Não era somente o fato de ele estar limpo e bem vestido; ele parecia ter se tornado outra pessoa.

Yoshida apertou a mão de Ijeong uma última vez e eles se separaram. Os coreanos já estavam reunindo sua bagagem e subindo até o convés. Ijeong desceu para apanhar seu saco, que mal podia ser chamado de bagagem. A família de Yi Yeonsu já estava no convés.

O Ilford atracou no porto mexicano de Salina Cruz, no sul do país, depois de seis semanas no mar. Era 15 de maio de 1905. John Meyers e Gwon Yongjun organizaram o desembarque. O navio era grande demais para se aproximar dos embarcadouros. Por fim, pequenos barcos se aproximaram para transportar as pessoas e a bagagem até a terra firme. Com rostos afogueados, os coreanos aceitaram as mãos que lhe estendiam aquelas pessoas de raça estranha, embarcaram nos barcos e rumaram para o continente desconhecido. Ijeong subiu em um barco com um grupo de soldados. Quando chegaram à costa, avistou Yi Yeonsu e sua família, mas não se aproximou deles. Depois que todos os coreanos desembarcaram, reuniram-se em um lugar vazio. Os funcionários da imigração mexicana se aproximaram de Meyers e Gwon Yongjun, apanharam seus documentos e começaram a examinar o passaporte dos imigrantes. O clima era amigável e não houve problemas. Providenciaram charutos para os coreanos. Os homens naturalmente sentaram em pequenos grupos para fumar seus charutos e conversar em voz alta.

Chegou comida de algum lugar — bolinhos de arroz, provavelmente preparados com antecedência no próprio navio. Depois que os funcionários terminaram a inspeção, John Meyers indicou o caminho à frente de aproximadamente mil pessoas, como Moisés liderando os hebreus para fora do Sinai. Em pouco tempo apareceu uma ferrovia. Não havia nenhum trem à vista. Gwon Yongjun declarou que o trem chegaria no dia seguinte, de modo que eles teriam de pernoitar ali. O porto onde haviam acabado de chegar não era o seu destino final. Precisavam apanhar um trem que atravessaria o istmo de Tehuantepec, onde o continente norte-americano se estreitava em uma estreita faixa de terra como a cintura de uma formiga, e chegaria ao porto de Coatzacoalcos, e dali eles apanhariam outro navio para ir até o porto Progreso, porta de entrada da província de Yucatán. Dali, precisariam empreender uma jornada de muitas horas até Mérida, a principal cidade do Yucatán. Aquele país que eles haviam navegado meio mundo para chegar de certa forma lhes pareceu familiar. O mês

flor
negra

de maio na costa oeste do México era brando e gentil, e por acaso o dia em que eles chegaram estava particularmente agradável. À noite a temperatura mal caiu, por isso puderam passar sem abrigo. Em comparação com o Ilford apertado e escuro, aquilo era o paraíso. Animados por sentir a terra firme sob seus pés depois de tanto tempo, os meninos batiam os pés e saltavam por toda parte. As crianças brincavam de pega-pega enquanto os adultos esticavam as pernas.

28

O trem chegou de manhã cedo. Depois da carga, foi a vez de os coreanos embarcarem. Muitos estavam viajando de trem pela primeira vez. Alguns enfiaram a cabeça pela janela para observar a paisagem; outros tentaram dormir. Mais ou menos quando começaram a sentir fome, o trem parou em um vilarejo isolado. Eles desceram para almoçar nesse vilarejo, que estava tão silencioso, que parecia que até mesmo os pássaros deviam estar dormindo. Maias de pele morena se reuniram para observá-los. Quando acabou o almoço, os coreanos embarcaram de novo no trem e partiram. Ao cair da noite, o trem parou. Gwon Yongjun disse a todos para saírem. Os coreanos formaram uma fila ao lado da estação. O vento tinha um travo salgado. Estava escuro demais para ver ao redor, mas logo eles perceberam que estavam em um porto. A distância, lâmpadas fracas oscilavam para baixo e para cima. Cachorros negros latiam. Todos foram até um campo e se acomodaram para passar a noite. Era a segunda que passavam sem um teto sobre a cabeça. Agora que a empolgação de chegar havia sumido, o orvalho da manhã parecia mais frio. "O que acham que somos, animais?", reclamaram alguns, mas a reclamação não se espalhou. Cachorros sem pelos corriam de cá para lá, farejando os viajantes.

O café da manhã foi arroz e conserva de repolho. Depois eles fizeram fila para embarcar em um cargueiro que estava à sua espera. A viagem levou três dias e duas noites, mais tempo do que esperavam.

Quem ficou no convés, pensando que em breve desembarcaria, desceu para o depósito de carga à noite para encontrar um lugar onde dormir. O navio cruzou o golfo de Campeche e chegou ao porto Progreso. O porto era raso demais para que o navio se aproximasse da terra, portanto ele lançou âncora a seis quilômetros da costa, e pequenas barcas acorreram até o navio como uma fileira de formigas atrás de um doce. As barcas transportaram passageiros até a costa sem parar. Ao chegarem à terra firme, os coreanos olharam ao redor. Progreso era um porto sonolento. Não havia pessoas à vista, e o vilarejo em si parecia pequeno. Era possível ver um farol a distância, mas ele não era muito alto. As águas que afluíam na corrente do Golfo eram turvas, e eles não conseguiam enxergar o fundo do mar. Árvores tropicais que eles nunca tinham visto antes tomavam conta da costa, e quem desembarcou primeiro ficou esperando à sua sombra pelos demais.

De repente eles ouviram uma comoção e todos se viraram naquela direção. Música saía de instrumentos cintilantes — era uma festa de boas-vindas organizada pelo governo local. Tocaram o tema da *Sinfonia do Novo Mundo,* de Dvorák, mas para os coreanos aquilo não passou de um barulho alto. Os imigrantes ficaram na dúvida se as tubas, os trombones e os outros instrumentos de metal eram ou não feitos de ouro; viram o uniforme da banda e supuseram que fossem soldados, e a julgar pelo esplendor do evento, acharam que deviam com certeza ser pessoas de alto nível. A aparência da banda por um momento insuflou nova vida à sua viagem tediosa, e suscitou um mal-entendido em relação à província de Yucatán e à prosperidade do México. Um mexicano gordo subiu no pódio e fez um discurso em espanhol; os imigrantes bateram palmas sem terem a menor ideia do que ele havia dito. Por um motivo ou por outro, os mexicanos também haviam aguardado com ansiedade a chegada dos trabalhadores coreanos. Tocaram outra fanfarra e a breve festa de boas-vindas chegou ao fim. Os imigrantes começaram a se dispersar.

Um trem negro de carga os aguardava no final de uma estrada que se estendia até os embarcadouros. Depois de uma hora eles chegaram

flor
negra

à cidade de Mérida. Rumaram até um vasto campo. Tendas, montadas pela associação de fazendeiros de Mérida, esperavam por eles em fileiras. As tendas não tinham parede, e um vento seco as atravessava. Deram-lhes milho, farinha e uma pequena porção de feijão, uma panela de ferro e lenha. Os homens fizeram fogueiras e as mulheres prepararam a comida. A areia não parava de entrar em suas bocas. As pessoas começaram a falar cada vez menos. Alguns dias se passaram sem nenhum acontecimento especial. A ansiedade vagava entre as tendas. John Meyers e Gwon Yongjun foram vistos conversando, com expressão séria, com alguns mexicanos. Os mosquitos enxameavam malignos noite e dia, chupando o sangue dos estrangeiros e botando ovos nas fossas entre as tendas. As formigas picavam os traseiros dos visitantes. Ao contrário de seu destino original, Salina Cruz, o calor de Mérida mais parecia com abraçar uma bola de fogo. Os lábios deles estavam secos e rachados. Maio era o mês mais quente do ano. O calor era muito pior do que o dos verões úmidos da Coreia. Se não fosse a sombra das tendas, alguns deles certamente teriam morrido de insolação.

Ao cair da noite, o céu ficava vermelho de repente como uma criança irritada. O sol do Yucatán se abaixava no horizonte bastante tarde e então subitamente desaparecia. Não havia nenhuma montanha à vista. A vastidão da planície era algo impressionante para os coreanos, que nunca em suas vidas haviam visto o horizonte na terra. Então descobriram que haviam nascido entre as montanhas, crescido olhando as montanhas e ido dormir quando o sol caía por trás das montanhas. Aquela planície sem fim, sem o monte Arirang de suas canções populares, era verdadeiramente uma visão estranha, e ao se deitar eles se reviravam de um lado para o outro; não porque o chão fosse duro, mas pela sensação de infinitude e vazio ao seu redor.

Ninguém vira nada parecido com as plantações de arroz e os campos da Coreia, portanto a ansiedade só aumentou. "Será que não existe arroz no México?" Durante vários dias receberam milho cozido e *tortillas* de milho insossas. No caminho de Progreso a Mérida, para todo lugar que olhavam viam plantas estranhas organizadas em fileiras separadas a intervalos regulares na terra seca, que mais pareciam unhas dos pés de demônios viradas de cabeça para baixo, ou chamas, ou mesmo orquídeas grandes demais. Do trem, de vez em quando avistavam índios vestidos de branco cortando as folhas daquelas plantas com gadanhas. Algumas pessoas mais espertas imaginaram que talvez aquele fosse o trabalho que eles também fariam. Os índios maias erguiam as gadanhas devagar, debaixo de um sol que batia como se fosse vaporizar tudo. À primeira vista, o trabalho não pareceu difícil, parecia mais como uma caminhada despreocupada pelos campos. Eles cortavam as folhas, amarravam-nas e as levavam até carrinhos de mão, e de vez em quando um homem a cavalo vinha dizer alguma coisa, mas a conversa não parecia girar em torno de nenhum assunto sério. Alguns acharam esquisito não haver nenhuma vaca nos campos. "Não vão nos fazer de besta de carga, vão?" Houve todo tipo de especulações.

No quarto dia, uma carruagem de dois cavalos apareceu, levantando poeira. O condutor, que segurava as rédeas, e dois servos escoltaram o senhor, que estava vestido de branco e tinha bigode negro. Quando a carruagem parou, o homem de branco desceu e se aproximou dos coreanos. Porém, os coreanos pensaram que ele fosse um servo, porque os uniformes do condutor e dos servos eram muito mais extravagantes e chamativos.

Várias outras carruagens chegaram em seguida. Como da vez anterior, os condutores com seus uniformes extravagantes ficaram sentados nas carruagens enquanto seus mestres desciam para cumprimentar uns aos outros. Pareciam alegres e animados. Deviam estar felizes com alguma coisa, pois a todo momento explodiam em gargalhadas. Finalmente os seis senhores, os donos das fazendas, se reuniram. A Companhia de Colonização Continental fez com que os coreanos se levantassem e formassem filas. Os fazendeiros caminharam ao redor e apontaram para as pessoas com suas bengalas. Selecionaram primeiro os que pareciam fortes e saudáveis. Inconscientemente, os coreanos aprumaram o corpo. O fazendeiro que chegou primeiro escolheu cerca de cem pessoas, enquanto os outros

flor
negra

escolheram um pouco menos. Pelo visto, aquele que contrataria mais gente tinha o direito de escolher primeiro. Os fazendeiros assinaram documentos e os entregaram a John Meyers. Naquele dia, cerca de metade dos coreanos seguiu viagem até as fazendas, partindo das três estações de trem situadas ao redor de Mérida.

No dia seguinte chegaram mais fazendeiros. Não fizeram nenhum comentário sobre os trabalhadores, simplesmente escolheram os primeiros que viram e os levaram a suas fazendas. Os coreanos do Ilford foram dispersos entre vinte e duas fazendas da província de Yucatán. Levou uma semana até todos os mil e trinta e dois serem escolhidos. O último fazendeiro a chegar, um mestiço, chegou sozinho montado em um cavalo que puxava uma carroça, sem condutor nem servos. Ele tinha uma fazenda perto da fronteira com a Guatemala. O representante da associação de fazendeiros de Mérida puxou a abertura da tenda de lado, sorriu para ele e saiu para cumprimentá-lo. Levou consigo um coreano que estivera agachado à sombra da carruagem para se proteger do sol.

— Todos os outros já foram escolhidos, resta apenas este aqui.

O representante deu um sorriso largo, mostrando os dentes. O jovem mestiço não tinha escolha, portanto assinou o documento e olhou para o último coreano. Pelo visto chegara a hora de ouvir uma nova canção. A cantoria nunca parava em sua fazenda. Ele ouvia canções africanas dos negros que mandara trazer de Belize. Tinha trabalhadores maias, os antigos soberanos do estado de Yucatán, que cantavam canções maias. Tinha asiáticos que cantavam as canções marinheiras de Guangzhou. Mulatos que vinham do outro lado do canal, de Cuba, talentosos na dança e nos tambores. Agora seria capaz de ouvir as novas e estranhas canções daquele homem que viera de um lugar chamado Coreia. O pescoço do homem era comprido e dava a impressão de que ele tinha boa voz. O fazendeiro tivera sorte. O coreano de fato era dono de uma voz singular. Hesitou quando o intérprete lhe pediu que cantasse uma música, mas depois se pôs a cantar com voz trêmula:

— Como o coração da fêmea de um faisão perseguida por um falcão em um morro sem árvores, sem rochedos, sem pedras; como um marinheiro no meio do vasto oceano em um barco que transporta mil sacos de arroz, depois de perder os remos, a âncora e os mastros se quebrarem, e seu cordame se partir, e seu leme cair, mas o vento sopra e as ondas batem e a névoa é espessa, e mesmo assim ainda há mil milhas, dez mil milhas para seguir, e o céu é negro e ele está sozinho entre os céus e a terra, e o mar brilha avermelhado com a luz do poente, e então ele encontra um pirata...

Era uma canção feita para ser cantada por uma mulher com voz masculina. A melodia era interminavelmente lenta e misteriosa, e o jovem fazendeiro ficou impressionado. A voz do homem parecia a de um homem antes da puberdade, mas também a de uma mulher perdida em tristezas. O representante da associação de fazendeiros se aproximou e ergueu a mão para interromper o canto. Depois deu um sorriso largo e com a mão direita apertou a virilha do último coreano remanescente. Com expressão que dizia "Pudera", sussurrou algo para o jovem mestiço. O coreano sorriu envergonhado, e o fazendeiro fez com que subisse em sua carroça. Com um desconto de cinquenta pesos como compensação pelos testículos que lhe eram inúteis, não havia motivo para não levá-lo.

Seu nome era Kim Okseon. Só aos sete anos de idade percebeu que lhe faltava algo. A família contou ao garoto que um cachorro lhe arrancara os testículos quando ele estava se aliviando. Apesar de jovem, ele não acreditou naquilo. Pouco tempo depois descobriu que seu pai havia amarrado seus testículos com uma correia de couro com força para o sangue parar de fluir e depois os cortou fora. E, antes dos dez anos de idade, foi levado ao palácio para servir os eunucos.

— É um meio de ganhar a vida, não é? — perguntou seu pai. — O que você iria fazer mesmo com essas bolas, afinal de contas? — Seu pai deu um tapa maldoso na nuca do garoto quando ele partiu, chorando. Foi a última vez que viu sua família. Kim Okseon virou músico. Aprendeu a tocar instrumentos de corda e a flauta e memorizou canções. Quando a família real oferecia algum evento no palácio, ele cantava e às vezes dançava. Certa vez ganhou um leque do próprio

flor
negra

Gojong durante as festividades para celebrar a reconstrução do palácio de Gyeongbok. Quando a imperatriz foi assassinada a golpes de espada, Gojong fugiu para a legação russa, e o Golpe de 1884 e a Reforma de 1894 sacudiram o mundo tanto dentro quanto fora do palácio. O destino dos eunucos também tremulou como uma vela ao vento. Eles tomaram partidos, dividindo-se em facções progressistas e conservadoras. Os dias em que não eram pagos tornaram-se mais e mais frequentes, e, portanto, os eunucos músicos pararam de se apresentar no palácio. Alguns foram ensinar música e dança às *gisaeng*. Outros retornaram a suas cidades para trabalhar no campo, mas suas famílias não os receberam bem e eles encontraram dificuldades para suportar o falatório. Kim Okseon e dois outros eunucos queriam partir para um lugar onde ninguém os conhecesse. Um deles leu o anúncio no *Gazeta da Capital* e falou com os demais, e alguns dias depois reuniram todos os seus pertences e rumaram para Jemulpo. Durante a longa viagem falaram cada vez menos com os outros passageiros, ficando em silêncio na maior parte do tempo. Quase ninguém percebeu que um dia eles foram músicos palacianos.

29

Na cidade de tendas nos arredores de Mérida, Ijeong estava interessado apenas em uma coisa. Quem iria para a fazenda com ele? Quando ficou evidente que eles não iriam para a mesma fazenda, Ijeong torceu para ir para a mesma aonde iriam Yi Yeonsu e sua família. Se pudesse desejar algo mais, seria ir com os antigos soldados que conhecera a bordo do navio. Mas tudo foi decidido pelas bengalas dos fazendeiros. Uma a uma, as pessoas que ele conhecia foram escolhidas. Por ainda ser um garoto, Ijeong só foi selecionado muito depois de Jo Jangyun e seus camaradas. Ao partir, Jo Jangyun deu um tapinha no ombro de Ijeong:

— Não tenha medo. Nós nos veremos em breve.

Foi triste para Ijeong se separar do homem em quem ele havia se apoiado como um pai.

— Adeus — disse Ijeong, fazendo uma pequena reverência com a cabeça. Ele também se despediu de Bak Jeonghun, que estava de pé em silêncio ao lado de Jo Jangyun. Bak Jeonghun apertou a mão de Ijeong:

— Vamos nos ver de novo. O mundo não é nem de longe tão grande quanto você imagina.

Yi Jongdo e sua família estavam em situação parecida, era difícil encontrar um fazendeiro que escolheria um homem de meia-idade com esposa, filho e filha. E se separassem as famílias? Yi Jongdo estava extremamente nervoso. Havia tempos abandonara a ideia de interpelar com ousadia um aristocrata mexicano e exigir uma posição apropriada a alguém de sua condição. Não era tolo. A caminho de Mérida, apertados como carga dentro do trem, ele percebeu como tinha sido impetuosa a sua decisão de partir e se arrependeu. Nem posição nem conhecimento importavam naquele lugar. A única coisa que lhe restava era a sua família. Enquanto ele, completamente desencorajado, lia *Os analectos* de Confúcio, o único livro que trouxera consigo, sua esposa e sua filha surpreendentemente apanhavam água, cozinhavam as refeições e faziam o esforço de conhecerem as mulheres à sua volta. Se não tivessem feito isso, eles não teriam conseguido sobreviver nem mesmo um dia. Entretanto, quanto mais se adaptavam, mais ele se desencorajava pela sua própria impotência, que obrigava a sua família a se misturar com a gente de baixo escalão.

Um fazendeiro que chegou tarde naquele dia, por volta do pôr do sol, devia ter algo em mente, pois começou a dar prioridade aos imigrantes com família. Yi Yeonsu obedientemente seguiu seu pai e ficou em uma fila diante do fazendeiro que os escolhera. Entre aqueles que ainda não haviam sido selecionados, ela viu a bela testa e os lindos olhos de Ijeong. Os olhos dos dois se encontraram. Yeonsu sentiu as forças deixarem seu corpo, e precisou segurar a mão da sua mãe enquanto caminhava adiante. Então chegou outra carruagem, e seu fazendeiro, baixo e gorducho, escolheu basicamente homens solteiros.

flor
negra

Cutucou a barriga de Ijeong com sua bengala. Yeonsu enterrou o rosto em sua bagagem. Lágrimas correram pelo seu rosto. Depois que começou a chorar, não conseguiu mais se conter. Seu pai deu um pigarro e sua mãe cutucou a lateral de seu corpo e a repreendeu:

— Quieta!

Muco escorria do nariz dela, caindo sobre seus lábios e entrando em sua boca.

John Meyers parecia satisfeito. Levando em consideração o preço da passagem dos passageiros do Ilford, a comida e os cigarros que eles haviam consumido, mesmo depois de dividir os lucros com a Companhia de Colonização Continental ainda lhe restaria uma bela soma, que ele teria levado três anos para ganhar se estivesse trabalhando em seu país. Os donos das fazendas de sisal, que sofriam de uma falta severa de mão de obra, pagaram um valor relativamente alto pelos imigrantes coreanos, que não sabiam falar espanhol e, portanto, não ofereciam risco de fuga, e que não contavam com nenhum representante diplomático no México para interferir nos negócios dos grandes proprietários de terras. O sisal, matéria bruta na fabricação de cordas para navios, havia virado um bem de consumo muito requisitado, na medida em que aumentava a tonelagem dos navios graças à competição dos impérios pelas colônias e ao desenvolvimento acelerado do capitalismo ocidental. As cordas fabricadas com a fibra do sisal eram duradouras e robustas. O mercado mundial de cordas se dividia entre aquelas feitas de fibra de sisal e as de fibra de cânhamo vindo das Filipinas. "Por nós, podem trazer até fantasmas para trabalhar", disseram os fazendeiros do Yucatán. Eles tinham mais o que fazer.

O sisal é uma planta nativa do México, que cresce até atingir mais ou menos a altura de um homem. Suas folhas crescem a partir do seu tronco curto, tão robusto quanto o de uma árvore. As folhas espessas e carnudas chegam a medir entre um e dois metros de comprimento, têm de dez a quinze centímetros de diâmetro e pontas afiadas e brancas. Após dez ou quinze anos, surge uma haste com quase três metros de altura e dela brotam flores. Depois que elas murcham, a haste seca e morre. A planta produz em média trinta folhas por ano, aproximadamente de duzentas a trezentas folhas em toda a vida. As pontas das folhas são recobertas de inúmeros espinhos duros e afiados, como os de um cacto. Os coreanos diziam que pareciam línguas de dragões e, portanto, chamaram aquela planta de "orquídea de língua de dragão". Não se trata de uma orquídea, mas sim de uma planta folhosa que só dá uma semente e pertence à classe *Liliopsida*. Em aparência se parece com a babosa, portanto muitas pessoas confundem as duas, mas seus usos são completamente diferentes. Uma bebida chamada *pulque* é feita de sisal fermentado. Trata-se de uma planta de muita utilidade — pelas fibras, na fabricação de bebida alcoólica e também de tintas. Suporta bem climas secos, portanto é bem adaptada a Yucatán. As fibras de cânhamo e sisal se tornaram os principais produtos do Yucatán na última metade do século XIX.

A península de Yucatán é mais ou menos do tamanho da Dakota do Sul. A leste se separa de Cuba pelo canal de Yucatán, que se une ao mar do Caribe e ao golfo do México, e à corrente do Golfo, que corre velozmente em direção ao noroeste. No sul, a província de Yucatán faz fronteira com a Guatemala, e a sudeste, com Belize, e, com exceção de Belize, que estava sob influência da marinha britânica e dos piratas, quase toda a região fizera parte da colonização espanhola. Porém, quando chegaram aqueles mil e trinta e dois coreanos, a maioria da população do estado de Yucatán era maia. Centenas de anos haviam se passado desde a queda do império maia, mas a população nativa ainda falava o idioma maia e vivia segundo o calendário maia. Descendentes de um império que deixara para trás grandes pirâmides, os maias lutavam contra o governo federal do México e com os proprietários das fazendas. Sua guerra por independência alcançou o auge em 1847. Dezenas de milhares de maias fugiram para Belize, governada pelos britânicos, a fim de escapar da opressão, e aqueles que foram capturados antes de chegarem à fronteira foram vendidos como escravos para Cuba e República Dominicana. Pelo menos outros trinta e três levantes irromperam entre 1858 e 1864,

flor
negra

e em dado momento a força maia dominou a principal cidade de Yucatán, Mérida. Os maias de Yucatán, que compraram armas dos piratas ingleses em Belize, atacaram áreas controladas pelos brancos usando táticas de guerrilha e obtendo de vez em quando conquistas importantes. Entretanto, eram desorganizados e voltavam a suas próprias plantações de milho quando chovia, portanto não conseguiram assegurar uma vitória decisiva. Assim eram as limitações do campesinato... No final, foram convocados mercenários de Cuba e cem conselheiros militares enviados dos Estados Unidos e o massacre começou. As forças federais, apoiadas pelos americanos, reprimiram completamente os maias em 1901. Ao fim daquela guerra longa e árdua, a população maia tinha sido drasticamente reduzida, mas a demanda por fibras de sisal explodira. Os fazendeiros não tiveram escolha a não ser importar trabalhadores estrangeiros. Quatro anos depois, chegaram os coreanos.

A província de Yucatán é famosa pela falta de rios. A maioria da península é formada de terreno baixo de pedra calcária, portanto, quando cai a chuva, nenhuma água se acumula. Há poucas árvores de porte; a terra é coberta apenas de árvores baixas e arbustos. A água precisa ser obtida de poços profundos, e por esse motivo de vez em quando se encontram grandes poços — lagos subterrâneos que descem dezenas de metros no fundo da terra —, perto das antigas ruínas maias. As pessoas descem até lá de escada, atravessando os estratos calcários, a fim de trazerem a água. Uma pequena minoria de fazendas teve sorte de contar com tais poços, chamados *cenotes*, mas o resto não. Os *cenotes* em geral se localizavam a pelo menos dois quilômetros de distância, e o ar era tão quente, que a água ou evaporava ou era absorvida assim que caía no chão. A primeira coisa que atormentou os coreanos, que vinham de um país com água abundante e terra firme, foi precisamente essa aridez. Eles eram pessoas que chamavam o espaço entre o céu e a terra de "montanhas e rios". Jamais teriam imaginado um mundo sem montanhas e rios. No do Yucatán não havia nem uma coisa, nem outra.

30

Ijeong foi levado para a fazenda de Chunchucmil. Um arco branco peculiar em forma de chama adornava a entrada. Lá dentro, diversos trilhos estreitos se ramificavam e sumiam pelo interior da fazenda, serpenteando para dentro de um edifício que parecia um enorme depósito e depois tornando a aparecer para sumir em seguida nos vastos campos. O grande depósito que Ijeong viu era o moinho onde os trabalhadores extraíam a fibra do sisal. Maias vestidos de branco carregavam feixes de sisal em carrinhos de mão, depois os empurravam na direção do depósito. Olharam para os coreanos recém-chegados com expressão vazia. Ijeong percebeu que logo estaria fazendo o que eles estavam fazendo. Observou-os com atenção enquanto entravam na fazenda.

De dentro do moinho vinha o contínuo clique-claque, clique-claque das máquinas, mas ele não sabia o que estava acontecendo, nem como. Só via gente metida em roupas limpas contando os feixes de sisal dos carrinhos na entrada da fábrica e depois entregando papéis com a contagem para os trabalhadores. Sob um sol que ardia com tanta ferocidade que parecia queimar a pele, Ijeong e os trinta e cinco coreanos continuaram a caminhar ao longo dos trilhos para entrar na fazenda.

Ela não se parecia com as grandes plantações de Cuba ou do Havaí. Ao contrário desses locais de escravos, projetados segundo o espírito da produção capitalista de massa, as fazendas dos conquistadores espanhóis eram na maioria feudais. Os conquistadores do interior da Espanha desejavam imitar os aristocratas de sua terra natal. Construir belas mansões e rodeá-las de muros altos, reinar como reis sobre seus servos e escravos — esses eram seus objetivos. Seus filhos iam estudar na Europa, enquanto eles, os fazendeiros, desfrutavam da vida em cidades agradáveis perto de Mérida ou da Cidade do México, vindo às fazendas de vez em quando para bancarem os reis.

O grupo de Ijeong parou na frente de uma mansão. Um homem, talvez o próprio fazendeiro em pessoa ou quem sabe um capataz, apareceu com um chapéu largo, disse algo rápido em espanhol e voltou

flor
negra

para dentro. A mansão era magnífica. A fachada, decorada com mármore e caiada, era um exemplo vívido da riqueza acumulada pelos fazendeiros. Flores vermelhas desabrochavam nas janelas e varandas esplendidamente decoradas, e aqui e ali pelo edifício anjos dourados soavam suas trombetas. O grupo de coreanos se pôs a marchar novamente. Sempre que andavam, levantavam nuvens de poeira seca. Finalmente pararam diante das *casas de paja* (que os coreanos abreviaram de modo incorreto, mas conveniente, para *paja*), as casas tradicionais dos maias que lembravam as casas de teto de palha da Coreia. Eram cabanas com teto de palha de coqueiro e paredes de pau-a-pique cimentadas com lama e grama. O piso ficava ligeiramente abaixo do nível do chão, de modo que era frio à noite, e não havia janelas e as cabanas eram minúsculas. Os coreanos entraram e lá dentro encontraram chão de terra. Quando a primeira família entrou, um leitão saltou guinchando do interior. Os maias cozinhavam, dormiam e até mesmo criavam animais dentro daquelas cabanas.

Foi designada uma *paja* para cada família, e uma *paja* para cada quatro homens solteiros. Alguns tiveram dificuldade para se acostumar com as *pajas*, mas não era regra. Muitos homens se sentavam em frente às casas e fumavam cachimbo com ar melancólico. Ijeong encontrou uma cama em um canto da sua *paja*. Era uma rede, chamada de *hamaca* pelos maias. Ijeong pendurou a sua rede enquanto seus companheiros observavam espantados. E após algumas tentativas, conseguiu subir dentro dela. Seus três companheiros o imitaram e penduraram as redes. Depois se apresentaram e conversaram sobre o que seria deles dali em diante.

— Não vão nos dar nada de comer? — perguntou um dos homens. Haviam começado a sentir fome. Ele enfiou a cabeça pela porta para ver o que estava acontecendo e viu um maia caminhando por ali, entregando algo a cada um. Milho. Outro maia trouxe água. Os coreanos fizeram uma fogueira, ferveram a água, despejaram o milho ali dentro e o cozinharam. Mastigaram as espigas ferventes até só restarem sabugos. Enquanto Ijeong mastigava o seu milho, percebeu que aquele era o destino final deles, que era ali onde ele passaria os quatro anos seguintes de sua vida até seu contrato com a Companhia de Colonização Colonial terminar, em maio de 1909, sem ter visto nada parecido com escola, mercado ou cidade. Teria ele ido tão longe, atravessado aquele oceano gigantesco e amedrontador apenas para chegar aqui, um lugar ainda pior que Jemulpo? Desanimado, Ijeong olhou para o céu e pensou em Yeonsu. Será que passaremos quatro anos sem nos ver? Não, com certeza vamos nos ver. Esta é uma terra iluminada, não é? Haverá dias de folga. E que país não tem feriados? Na hora certa, os coreanos espalhados aqui e ali se reunirão em alguns dias.

Os quatro homens entraram nas redes e tentaram dormir. Tinha sido um dia cansativo, mas nenhum deles conseguiu adormecer com facilidade.

— Não vai ser assim tão ruim. — Um garoto solteiro com espinhas, de dezoito anos de idade e da cidade de Suwon, que fingia estar despreocupado, mas não parava de se revirar naquela cama esquisita, tentou consolar todos eles. — Plantar é a mesma coisa em toda parte.

Ninguém respondeu. Um dos meninos pensou em todas as comidas que havia comido em seu país. Ensopado, macarrão, *kimchi*, pasta de pimentão vermelho, repolho... a comida cativava a sua lembrança mais do que qualquer outra coisa. Outro jovem pensou na noiva que deixara em sua cidade. Os pais dela se recusaram teimosamente a deixá-la partir, dizendo que ela era jovem demais. Então ele pediu que ela esperasse quatro anos e se foi. Agora, por mais que tentasse, ele não conseguia se lembrar de nada a respeito da garota a não ser que suas bochechas eram vermelhas. Será que eles se reconheceriam quando ele voltasse? De repente ficou preocupado. Mas logo caiu em um sono profundo, e um silêncio parado cobriu a vila de *pajas* dos trabalhadores coreanos.

Sem perceberem, já era quatro da manhã. Toda a fazenda começou a se agitar em um clamor que parecia alguém batendo em uma tampa de panela. Alguns dos coreanos adormecidos nas suas redes se assustaram com o barulho, perderam o equilíbrio, fizeram a rede virar e caíram no chão com um estrondo. Em meio ao caos, os mais

flor
negra

rápidos já tinham calçado os sapatos e saído das *pajas*, e olhavam ao redor. Perto das *pajas* onde moravam os maias, alguns trabalhadores já tinham apanhado suas ferramentas e formado uma fila.

Pouco depois, um homem empurrando um carrinho de mão foi passando por ali atirando algumas facas compridas no chão na frente das *pajas* dos coreanos. Eram facões, usados para cortar as folhas do sisal. As mulheres e as crianças ficaram nas *pajas* enquanto os homens apanhavam os facões com rostos rígidos. O clima era de tensão. O coração dos homens se aqueceu com a empolgação e o medo de começar um trabalho novo. E assim que seguraram os cabos dos facões, sentiram que estavam indo para a guerra, e a adrenalina começou a fluir pelos seus corpos. Sem terem feito nada nem remotamente parecido com trabalho durante quase dois meses, os homens sentiam que seriam capazes de dar conta do que quer que aparecesse na frente, e seus corpos ardiam com o desejo de mostrar àqueles mexicanos, com quem não conseguiam conversar, que trabalhadores excelentes eles eram.

Não demorou muito e um homem que parecia ser o capataz apareceu montado em um cavalo levando uma tocha e começou a dar ordens às pessoas. Os maias foram primeiro e os coreanos os seguiram de perto. O céu ainda estava escuro. Depois de caminharem por cerca de dez minutos, um campo vasto se abriu diante deles, repleto dos sisais que eles haviam visto do trem, mais parecidos com as unhas dos pés de demônios. Tochas ardiam aqui e ali, e os maias se puseram a trabalhar. Os coreanos ficaram parados observando. Com os facões, os maias cortavam as folhas de sisal na sua base; depois de reunirem cinquenta folhas, eles as amarravam em feixes e os colocavam de lado. Era só isso; muito parecido com colher arroz. Os facões pareciam gadanhas, e as plantas de sisal, hastes de arroz. Alguns dos recém-chegados ficaram com tanta vontade de começar a trabalhar, que não paravam de lamber os lábios. Quando a breve demonstração dos maias acabou, os coreanos entraram no campo de sisal. Ijeong abriu caminho vigorosamente e agarrou o tronco de um sisal para cortar as suas folhas. "Argh!" Espinhos afiados ficaram presos em sua mão. O sangue escorreu e umedeceu a terra seca. Não foi só Ijeong. Quase todos os coreanos de mãos desprotegidas feriram as mãos e sentiam dor. O sisal era planta para se levar a sério. Diferente do arroz, que tinha sido cuidadosamente cultivado ao longo de milhares de anos, o sisal era quase uma planta selvagem. Agora usando a mão esquerda, Ijeong segurou o tronco com jeito e brandiu o facão com a mão direita. Não conseguiu cortar a folha de um só golpe, e por isso a sua mão esquerda terminou raspando nos espinhos. Com mais um golpe do facão ele cortou a folha, porém dessa vez ela raspou sua perna e deixou um arranhão. Apareceu um homem a cavalo, deu um sorriso maldoso e chutou as costas de Ijeong.

— Ei, *chales!*

Era a expressão em espanhol para preguiçoso, mas Ijeong não entendeu. Percebeu, porém, que o homem queria que ele trabalhasse mais rápido. Era por isso que os maias que eles haviam visto no trem de Progreso a Mérida estavam trabalhando tão devagar. Os espinhos afiados e pontudos das folhas de sisal tornavam completamente impossível trabalhar mais depressa.

Com os corpos cobertos de feridas e suando profusamente, os coreanos cortaram as folhas de sisal como os maias, e o tempo não passou rápido. Começaram a falar cada vez menos. Ao meio-dia, o sol era mais insuportável do que o sisal. O suor escorria e encharcava suas roupas imundas e ensopava suas feridas, duplicando a dor. Não havia sombra no campo. Nesse sentido, era um trabalho muito mais cruel do que aquele nas plantações de cana-de-açúcar do Havaí ou nos laranjais da Califórnia. Às quatro da tarde, os maias empurraram os seus carrinhos repletos de feixes de sisal de volta para a fazenda. Somente então os coreanos se deram conta da quantidade de trabalho que se esperava deles: trinta feixes de sisal, com cinquenta folhas por feixe, somavam no mínimo mil e quinhentas folhas. Era o que eles precisavam cortar por dia. Contudo, às quatro da tarde, nenhum deles havia cortado mais do que quinhentas folhas. Os capatazes apanharam o chicote, e gritos de "*Chales! Chales!*" se ouviram aqui e ali. Os chicotes voaram em

flor
negra

direção aos seus lombos encharcados de suor. Ijeong virou a cabeça. Um homem montado a cavalo estava olhando de lado com maldade e gargalhando. O chicote voou novamente. A maioria dos trabalhadores foi batizada pelo chicote naquele dia. Para os coreanos, que não tinham uma cultura do chicote, foi antes uma surpresa e somente depois uma desgraça. Ou seja, demorou algum tempo para que percebessem a vergonha daquilo. Se os mexicanos houvessem cuspido em seu rosto, talvez eles tivessem brandido os facões na mesma hora. Mas nenhum deles sabia como lidar com aquilo; chicotes que só eram usados em cavalos e vacas estavam sendo utilizados em gente.

Os coreanos continuaram trabalhando até o sol se pôr. Naquele dia, mal conseguiram cortar uma média de setecentas folhas de sisal. Não sabiam amarrar os feixes apropriadamente, e alguns inclusive não sabiam que cada feixe deveria conter cinquenta folhas e, portanto, amarraram os feixes do seu jeito, assim demoraram ainda mais para terminar. Tal como os maias fizeram, carregaram os feixes nos carrinhos de mão e caminharam ao longo dos trilhos até o armazém de sisal. Estavam com tanta fome, que suas pernas se dobravam. Haviam terminado tão tarde o trabalho, que perderam o jantar.

Na frente do armazém estava sentado um homem que parecia ser o funcionário pagador. Ele inspecionou os feixes e, quando terminou, entregou aos trabalhadores vales de madeira segundo o número de folhas que eles haviam cortado. Os homens levaram aqueles vales até a vendinha da fazenda, onde os trocaram por comida. Uma coisa logo ficou evidente: se continuassem a trabalhar assim, não só não conseguiriam ganhar dinheiro e voltar para a Coreia como terminariam morrendo de fome. Os homens que não tinham família se deram um pouco melhor. Os pais de família compraram comida que não teria sido suficiente nem para alimentar apenas a si mesmos e voltaram para os familiares à sua espera. As crianças ficaram à beira das lágrimas ao verem os pais cheios de cortes e arranhões pelo corpo. As mulheres ferveram espigas de milho e prepararam mingau. Os homens comeram o mingau ralo e se deitaram nas redes sem dizer palavra. Estavam extremamente exaustos, suas feridas doíam e eles não conseguiam dormir. As feridas onde havia escorrido o sumo do sisal doíam ainda mais. Os homens não tiveram outra escolha a não ser conversar com as famílias:

— Desse jeito, todos nós vamos morrer. Amanhã, todo mundo terá de ir para o campo.

Ijeong encheu a barriga com a comida que comprara na venda e se deitou para dormir. No início, Meyers dissera que os adultos ganhariam trinta e cinco centavos, as crianças maiores vinte e cinco e as menorzinhas doze centavos por dia. Porém, era preciso desembolsar vinte e cinco centavos por dia na venda para comprar comida capaz de alimentar uma única pessoa. Isso significava que a maior parte do que eles ganhavam era gasta com comida. Se alguém adoecesse e comprasse fiado, teria de pagar a fazenda, não importa quanto tempo aquilo demorasse. Qualquer tolo logo veria que aquilo era uma injustiça. A revolta liderada por Emiliano Zapata, um herói da Revolução Mexicana, seria desencadeada justamente por aquela exploração feita nas fazendas. Os fazendeiros estavam fazendo dos camponeses escravos e os explorariam para sempre. Se dois camponeses se casassem, o fazendeiro presidiria a cerimônia e depois exigiria uma enorme quantia em dinheiro como pagamento pelos serviços prestados. Se um dos membros da família caísse doente e precisasse de tratamento, se alguém morresse e houvesse um funeral, ou se um camponês se visse envolvido em um caso criminal e necessitasse de dinheiro, o fazendeiro emprestava o dinheiro e com isso os camponeses ficavam ainda mais endividados.

Havia diferenças de um lugar para outro, mas não demorou para que os coreanos espalhados entre as vinte e duas fazendas percebessem a injustiça do sistema em que estavam trabalhando. Haviam sido enganados por John Meyers e a Companhia de Colonização Continental. A promessa de que seriam trabalhadores livres, ganhariam muito dinheiro e voltariam ricos para casa não passava de balela. Aquela era a realidade enfrentada pela gente fraca do México; havia centenas de anos o sistema de grandes fazendas vinha fazendo dos nativos escravos. Os

flor
negra

coreanos estavam presos ali, cortados de qualquer meio de comunicação ou de transporte, lançando olhares assustados de um lado para outro como camundongos, tentando desesperadamente pensar em uma maneira de escapar daquela horrível situação.

31

Yi Jongdo não conseguiu dormir. Na fazenda Yazche, para onde havia sido levado, os imigrantes haviam sido acomodados não nas *pajas maias*, e sim em parcas casas comunais com tetos de chapa metálica e paredes de tijolos finas, ocas e quebradiças. Aquelas casas eram fáceis de construir, mas de dia pareciam tão quentes como fornos. Embaixo do teto de chapa de ferro ondulada, tão baixo que mal se podia ficar de pé, Yi Jongdo fechara bem a boca e agonizara pensando em como escapar daquele pesadelo que havia testemunhado nos últimos dias. O trabalho no campo era quase impossível para as mãos macias de Yi Jongdo. Toda a sua vida ele não fizera nada além de ler livros e escrever. Sim, claro, as famílias de alguns de seus amigos haviam falido e eles não tiveram escolha a não ser sujar as mãos de terra, mas mesmo assim não fora fazendo um trabalho tão indigno quanto aquele. E foi então que sua teimosia singular de acadêmico coreano veio à tona. No primeiro dia, quando todos começaram a cortar as folhas de sisal, ainda que de modo meio desajeitado, ele ficou ali parado de boca fechada sem mexer um só músculo.

— Olhem só aquele aristocrata! Olhem só para ele! — sussurravam os imigrantes entre si em tom de zombaria, porém ele não se abalou, nem sequer tentou se proteger do sol escorchante.

O intérprete Gwon Yongjun também tinha ido parar na fazenda Yazche. Aproximou-se e perguntou a ele:

— Por que não está trabalhando?

Yi Jongdo continuou de lábios cerrados e nada respondeu. Gwon Yongjun havia observado Yi Jongdo no navio. Ele continua insistindo que é um aristocrata mesmo depois de tudo isso, portanto deve ser tratado como aristocrata, certo? Gwon Yongjun meteu a cara bem na frente da de Yi Jongdo e perguntou de novo:

— Não quer trabalhar?

Yi Jongdo continuou sem dar resposta. Guardas a cavalo se reuniram ao redor dos dois. Yi Jongdo levantou o queixo rigidamente e falou com Gwon Yongjun:

— Deve haver um governador ou magistrado por aqui. Leve-me até ele.

Ao ouvir isso, Gwon Yongjun sorriu:

— Ótimo, vamos.

Em uma estranha mistura de inglês e espanhol, Gwon Yongjun comunicou os desejos de Yi Jongdo a um dos guardas. O guarda assentiu, os dois entraram em uma carroça e rumaram em direção à mansão perto da entrada da fazenda. O gerente, que agora se comportava como se fosse o dono da fazenda, estava sentado à sombra do casarão bebendo tequila.

— Qual é o problema? — perguntou.

Gwon Yongjun transmitiu as palavras de Yi Jongdo em espanhol balbuciante:

— Homem importante na Coreia, não quer trabalhar, tem algo a dizer.

O gerente fez cara de relutância, depois murmurou em espanhol:

— Se ele não quer trabalhar, então por que veio?

Yi Jongdo deu um passo à frente e falou:

— Sou membro da família real do império coreano e homem de letras. Não vim para trabalhar e sim para liderar os imigrantes na posição de seu representante no lugar do imperador. Por gentileza, transmita minhas palavras ao imperador do México e faça saber ao imperador da Coreia que estou aqui. Posso escrever uma carta como convém. Além disso, nossa atual residência não é adequada para mim e minha família, portanto peço, por favor, transferência.

Gwon Yongjun traduziu aquilo para o inglês, e depois alguém traduziu aquilo para o espanhol para o gerente. O gerente pareceu meio divertido. Perguntou a Gwon Yongjun:

flor
negra

— É verdade o que ele disse?

Gwon Yongjun sorriu obsequiosamente e respondeu:

— Quem sabe? Se é o que ele diz, então é tudo o que eu sei.

O gerente olhou para as roupas esfarrapadas de Yi Jongdo, depois tirou algo de uma gaveta e agitou-o diante dos olhos do coreano.

— Isto aqui se chama contrato. Você veio para cá na condição de trabalhar aqui durante quatro anos. — O gerente apontou para o nome escrito no documento. — Paguei a John Meyers por você e sua família, portanto seja lá o que aconteça nos próximos quatro anos você vai ter de colher sisal. Se quebrar esse contrato, eu irei reportar você diretamente para a polícia mexicana. Imperador? Não existe imperador no México. É melhor você esquecer essa história e ir apanhar folhas de sisal.

O gerente acariciou o bigode e de um só gole bebeu toda a tequila que estava no copo à sua frente. Gwon Yongjun traduziu aquelas palavras para Yi Jongdo. Não que Yi Jongdo estivesse esperando alguma outra resposta. Ao retornar aos campos empoeirados, já havia abandonado todas as esperanças. Porém, mesmo assim não podia trabalhar nos campos de sisal com os outros. Não era uma questão de orgulho e sim de habilidade. Portanto, voltou para casa. Yeonsu, Jinu e a senhora Yun, que estivera deitada na cama de cânhamo, saltaram para cumprimentá-lo.

— O que aconteceu?

Yi Jongdo fechou bem a boca, sentou no chão de pernas cruzadas e abriu seu livro. Isso queria dizer que não desejava conversar. Gwon Yongjun enfiou a cabeça lá dentro e olhou para a família. Então seus olhos encontraram os de Yeonsu. Os cantos de sua boca se reviraram em um sorriso malicioso. Somente quando a senhora Yun, que adoecera de fadiga, avistou o intérprete é que adivinhou o que se sucedera. Gwon Yongjun lhe contou o que havia acontecido no casarão do fazendeiro e acrescentou uma advertência:

— Se continuarem sem trabalhar, isso será considerado uma quebra de contrato. A paciência do seu empregador tem limite. Ele pode até lamentar a perda de seu investimento, mas no fim acabará expulsando vocês. E então o que irá acontecer com sua família, que não consegue falar nem uma palavra de espanhol? Vocês vão terminar servindo de comida para os abutres, é isso o que vai acontecer. Estou avisando isso na qualidade de seu patrício: não percam a cabeça. Não sei o que fez vocês embarcarem naquele navio, mas isso aqui não é a Coreia, é o México. Basta um passo em falso para terminarem morrendo de fome.

Depois que Gwon Yongjun saiu, a senhora Yun segurou o braço de Yi Jongdo e disse friamente:

— Será que você não deveria pelo menos tentar fazer alguma coisa? Já estamos passando fome há dois dias.

Yi Jongdo não tinha nada a dizer e continuou em silêncio. Yi Yeonsu levantou-se e saiu. Todos os homens haviam ido trabalhar, restando apenas as mulheres e as crianças. As mulheres, com toalhas ao redor da cabeça, olharam carrancudas para Yi Yeonsu quando ela fitou o céu sem expressão. O mesmo havia acontecido no navio; a família de Yi Jongdo era a única a ser evitada. Ninguém falava com eles. Já era bastante sabido que eles não trabalhavam, portanto todos estavam alertas, com receio de que eles fossem lhes implorar milho. Além disso, sempre que os homens olhavam o rosto de Yi Yeonsu, fosse no raiar ou no fim do dia, ficavam tão afogueados, que não sabiam o que fazer, e isso não passava despercebido pelas suas mulheres.

Yi Jinu, que estivera tão deprimido, que não falara com ninguém, levantou.

— Eu vou trabalhar.

A senhora Yun murmurou um *shh* para calar o filho. Depois implorou para Yi Jongdo uma vez mais:

— Querido, vamos voltar para a Coreia. Será melhor.

Yi Jongdo esbravejou:

— Nós assinamos um contrato, não é? Como propõe que voltemos agora? Além disso, quem você acha que vai aceitar levar mendigos como nós de trem e navio até um lugar tão longe?

A senhora Yun ficou sem fala. Parecia que alguém havia enfiado papel dentro da sua garganta. Não havia como. Porém, o jovem Jinu era muito mais realista do que seus pais. Quando superava seus surtos

flor
negra

de depressão, em geral entrava em estado de mania, e aquele era um desses momentos. Sentia que era capaz de tudo e se perguntou por que seus pais estavam tão preocupados. Que importava se precisavam ou não trabalhar; tinham de sobreviver, não é? Era isso o que ele pensava. E, por mais que refletisse, não via nenhum outro modo de sobreviver. Também estava desgostoso com o pai, que não sabia fazer nada e só ficava em casa como um caramujo. Yi Jongdo era igual sua nação em declínio: não queria trabalhar, era preguiçoso, era irresponsável. Depois de haver trazido sua família até aquela situação, o mínimo que podia fazer era assumir a responsabilidade.

Na manhã seguinte, Yi Jongdo acordou cedo, mas não se mexeu. Foi Jinu que em seu lugar embarcou na carroça e saiu para o campo com os demais. A senhora Yun chorou ao ver o filho partir para o trabalho braçal antes mesmo de o sol raiar:

— Que lugar infernal é este?

Porém, Yi Jinu parecia animado. Abaixou a cabeça em cumprimento a qualquer pessoa que parecesse mais velha que ele e encontrou um lugar na frente, perto de Gwon Yongjun.

O único que não trabalhava nos campos de sisal era o intérprete. Apesar de ruim, o espanhol que aprendeu no navio era suficiente para que ele agisse como um intermediário. Todos bajulavam Gwon Yongjun em busca de favores. Em poucos dias, ele já estava sendo tratado como uma espécie de capataz inferior. O fazendeiro também deu a Gwon Yongjun tratamento especial. Ele recebia um pagamento muitas vezes superior ao dos demais, e sua casa era de tijolo de qualidade. Aquilo era o bastante para levar uma vida decente, com cama de verdade e banheiro conjugado.

Yi Jinu desejava ser como Gwon Yongjun. Todas as fazendas precisariam ter seu próprio intérprete. Gwon Yongjun não poderia atender todas as vinte e duas fazendas, portanto, se Yi Jinu aprendesse ainda que apenas um pouquinho de espanhol, poderia trabalhar como intérprete em outra fazenda, onde fanfarronaria igual a Gwon Yongjun e receberia um pagamento bem mais alto. Yi Jinu estava se acostumando depressa com a vida na fazenda. Seguia Gwon Yongjun a todos os lados, aprendia o espanhol que ele usava e o praticava diligentemente.

Obviamente o trabalho não era fácil. No primeiro dia Yi Jinu voltou sangrando, e no segundo suas feridas supuraram. Depois de uma semana, havia calos em suas mãos. Durante dias a fio ele desabou na rede mal chegava em casa, adormecendo imediatamente. Como sempre, Yi Jongdo não se alterou, ficava sentado lendo *Os analectos* de Confúcio. Pai e filho já não falavam mais um com o outro. Yi Yeonsu esfregou um bálsamo que haviam trazido da Coreia nos braços e pernas do irmão.

— É duro, não é?

Yi Jinu balançou a cabeça. Seus olhos estavam escuros.

— Não é assim tão ruim, é divertido. Vou virar intérprete. Depois vou para outra fazenda.

— Intérprete?

— É, estou aprendendo com o sr. Gwon. A primeira coisa que preciso aprender são os números. *Uno, dos, tres, cuatro* — enquanto ele falava, contava com os dedos.

— E ele o ensina bem? — Yi Yeonsu deu um tapinha nos ombros do irmão.

— Os sábios dizem que não há vergonha em aprender.

Yi Yeonsu tinha suas dúvidas quanto aos estudos do irmão. A autoridade do intérprete vinha do fato de ele ser o dono da língua, então por que desejaria ensinar aos outros?

Quando chegou o sábado, Yi Jinu levou seus vales de madeira ao pagador e recebeu seu pagamento. Depois foi até a venda e comprou comida para a semana. Não era nem de perto o bastante para alimentar uma família de quatro pessoas. Os dias se esticavam tanto, que eles acharam que morreriam de fome. Mesmo assim, Yi Jongdo não cedeu. E apesar disso ele era o primeiro a comer, e o que comia mais. Como se de certo modo fosse seu nobre dever, a cada refeição ele se sentava no melhor lugar, ainda que no chão de terra, e era o primeiro a levantar a colher. Não dizia uma única palavra de incentivo para o

flor
negra

filho, nem uma única palavra de desculpas para sua esposa e filha. Era descendente da família real, na qual era costumeiro que uma família inteira fosse assassinada quando o patriarca decaía nas graças do governante. Talvez para ele tivesse sido melhor se houvesse sido condenado à morte e obrigado a beber veneno. Nenhum exílio era tão cruel quanto aquele. Ainda que o chefe da família fosse banido para uma ilha isolada perdida em um mar distante, a família sempre poderia esperar pelo perdão do rei ao lado dos parentes e servos em sua cidade natal. Aqui, porém, era impossível que um homem de letras mantivesse sequer um único fiapo de dignidade. A tragédia de Yi Jongdo residia no fato de que tudo aquilo era culpa sua, pois ele havia sido desnecessariamente pessimista em relação à situação da Coreia, e assim não havia mais ninguém com quem ele pudesse compartilhar aquela culpa. Ele imaginara que poderia pelo menos utilizar a escrita para se comunicar, como fizera em Pequim, onde homens como ele eram capazes de transmitir seus pensamentos por meio dos nobres caracteres chineses, ainda que não entendessem a língua falada. Sentiu seu erro até a medula e, no entanto, precisava manter a autoridade de pai. Autoridade não, dever. Não podia ensinar a servilidade aos seus filhos. Essa era a falha dos homens de letras. Se o chefe da família abaixasse a cabeça e admitisse seu erro, quem perdoaria os membros da sua família quando estes errassem? Yi Jongdo tomou o mingau ralo de milho devagar e falou com o filho.

— Não há vergonha em puxar o arado para cultivar o campo, mas por que você precisa seguir esse intérprete e aprender a língua dos bárbaros?

Seu tom era duro. Yi Jinu olhou nos olhos da sua mãe e da sua irmã, como se lhes pedisse o apoio, e depois respondeu ao pai. Ainda não tinha passado da puberdade, e sua voz tremeu.

— Então o que quer que eu faça, pai? — mostrou ao pai os arranhões e vergões em suas mãos e braços. — Olhe. Depois de apenas três dias, é assim que estão as mãos e os pés do nosso povo. Não é porque não tenham determinação, mas porque não há como ser de outra maneira. Precisamos aprender. Somente aprendendo as maneiras dos bárbaros é que poderemos sobreviver.

Todos acharam que Yi Jongdo teria um ataque de ira extrema. Mas, de modo um tanto inesperado, aquela ira arrefeceu. Como a espuma fervente abaixa quando se levanta a tampa da panela, assim também cada parte do ser de Yi Jongdo — suas pálpebras, seus ombros, suas faces enrugadas, sua cintura — pareceram subitamente sucumbir à força da gravidade e afundar em direção à terra. Ele fechou os olhos. Virou as costas. Então chamou o filho:

— Jinu.

Aquele descendente de uma dinastia desfavorecida pela sorte ficou de ouvidos atentos ao ouvir a voz do pai.

— Pode ser que você esteja certo. Não sei mais. Simplesmente não sei.

Sua família ficou sem fala. Seus filhos, que nunca haviam aprendido a consolar o pai, saíram e sentaram encostados na parede. E não falaram nada. Yi Jinu se sentia sobrecarregado com o colapso do pai. Iria ele largar tudo em suas mãos? Aqui? Aos catorze anos de idade, ele ganhava menos do que um adulto, e seria absurdo delegar os cuidados da família para ele.

— Jinu — disse sua irmã —, não se preocupe. Com certeza não iremos continuar vivendo assim. Vamos dar um jeito.

Ao ver o perfil de seu irmão menor, prestes a entrar em depressão novamente, Yeonsu pensou em Ijeong. Ele devia estar suportando tudo aquilo com todas as suas forças, tal como seu irmão caçula. Cortando, amarrando e carregando as folhas de sisal, com cortes nas mãos e nos pés, e depois desabando exausto na rede à noite para dormir. Será que ele pensa em mim? Seu corpo estremeceu, ansiando pelo calor da mão dele que lhe tocara o seio. Jinu deu um tapinha no ombro dela enquanto ela ficava ali tremendo, de olhos fechados.

— Preciso aprender a língua deste país e colocar comida na mesa — disse ele. — E não é assim tão ruim, na verdade. Era muito pior no navio. Eu me sentia completamente inútil; tinha medo do que estaria adiante. Não subia ao convés porque tinha medo de me atirar no

flor
negra

oceano. Mas isto aqui é muito melhor. Sinto como se eu fosse capaz de enfrentar qualquer coisa.

Os dois entraram na casa e adormeceram com a mãe entre eles. Naquela fazenda, eles não tinham nem mesmo recebido redes. Entretanto seu sono foi doce. Seus corpos, mergulhados na exaustão, não perceberam o ar úmido nem os mosquitos terríveis. Às quatro da manhã, o sino barulhento tocou, dando início ao som dos sussurros dos homens enquanto se levantavam e iam para fora das casas. E ao som das mulheres, também. Algumas mulheres agora também estavam indo para os campos de sisal com os homens. Quando descobriram que as mulheres também podiam ganhar dinheiro, não havia motivo para que elas ficassem em casa. Até mesmo os homens mais tradicionalistas não tiveram escolha. Se as mulheres não trabalhassem não havia como eles ganharem dinheiro suficiente para fugir da fazenda. Os coreanos, que ainda não estavam acostumados com aquele trabalho, não conseguiam produzir nem metade do que os maias produziam, embora trabalhassem das quatro da manhã às sete da noite. Portanto, recebiam menos da metade do que lhes fora prometido. As mulheres enrolavam os filhos pequenos em cobertores, amarravam-nos às costas e iam trabalhar. Abriam os cobertores entre as fileiras de sisal e colocavam os filhos na sombra embaixo deles. As crianças choravam por causa das assaduras e das formigas, mas no fim se cansavam até mesmo de chorar e caíam no sono.

Quando as mulheres voltavam dos campos, ainda precisavam cozinhar, cuidar dos filhos e remendar as roupas e sapatos rasgados. Os homens fizeram calças compridas grudadas ao corpo para que as suas canelas não fossem arranhadas pelos espinhos, e luvas para que as suas mãos não fossem machucadas. Agora que possuíam alguns itens para ajudar no trabalho, sua eficiência aumentou significativamente.

Yi Jinu ficou cada vez mais próximo de Gwon Yongjun, que estava satisfeito com o fato de aquele filho de família aristocrata estar desejando cair em suas graças. Ensinou a Jinu algumas poucas palavras em espanhol, como se estivesse lhe fazendo um favor. Enquanto o suor escorria de seu corpo, Jinu movia os lábios e memorizava as palavras que havia aprendido. Sempre que os capatazes da fazenda trocavam cumprimentos, como *Buenos días, Buenas noches* e *Hasta luego*, ele ficava de ouvido atento para aprender e os memorizava.

Um dia, Gwon Yongjun o levou para sua casa depois do trabalho. Serviu-lhe um copo de tequila. Jinu apanhou o copo e engoliu de uma só vez a bebida forte. Gwon Yongjun lhe ensinou mais algumas palavras de espanhol. Quando ficou bêbado falou inglês também. Yi Jinu olhou para ele com enlevo. O que mais queria no mundo não era se tornar um ministro sênior, e sim alguém como aquele intérprete. Sabia da natureza obstinada e dura de Gwon Yongjun. Também sabia de seu vício de menosprezar os outros e de usá-los com maldade aproveitando-se de sua minúscula autoridade. Mas esse era o tamanho da vontade de Jinu de se tornar como ele. Gwon Yongjun leu nos olhos de Jinu aquele fascínio inquieto tão singular dos homens jovens, que com tanta facilidade se encantavam com homens mais velhos que eles. Eram completamente seduzidos pelo poder, liberdade e fanfarronice, e, incapazes de manter a cabeça no lugar, se submetiam então rápida e voluntariamente. Gwon Yongjun bebeu a tequila que restava em seu copo e perguntou:

— Sabe por que vim parar neste vilarejozinho mexicano?

Jinu olhou para ele com curiosidade. Gwon Yongjun teceu a história esplêndida da morte do pai e dos irmãos e da sua vida de libertinagem na casa de *gisaeng*. A tristeza de perder a família e as lembranças de uma derrocada magnífica fascinaram o jovem rapaz ainda mais. Jinu ficou abalado ao ver que o mundo era muito mais cruel do que ele aprendera. Olhou maravilhado para Gwon Yongjun, que falava daquelas coisas como se não fossem nada. Talvez fosse a tequila queimando em seu estômago vazio. Gwon Yongjun entremeou tudo aquilo com algumas mentiras e fez sua volta por cima parecer ainda mais fantástica. Falou sonhadoramente no passado, depois olhou para Jinu com expressão entristecida. O jovem Jinu ficou cativado pela solidão, pela queda gloriosa de um homem que havia

flor
negra

experimentado de tudo. Foi naquele momento que Gwon Yongjun revelou o desejo que mantivera escondido no fundo de seu coração.

— Não existe nem uma única *gisaeng* em todas as oito províncias da Coreia que não tive em meus braços, mas jamais vi uma mulher como a sua irmã — olhou casualmente para Jinu. Uma sombra ligeira atravessou o rosto do rapaz, mas ele não demonstrou desgosto abertamente. Ao contrário, pareceu feliz por Gwon Yongjun ter demonstrado confiança nele. — Arrume um encontro entre mim e ela. — Ele enfiou a mão no bolso e tirou de lá uma nota de cinco pesos. Com aquele dinheiro, sua família não teria de comer o mingau ralo de milho do qual já estavam enjoados. Poderia comprar repolho e misturá-lo com pimenta para preparar algo parecido com *kimchi*. Jinu precisaria trabalhar vinte dias para conseguir ganhar aquilo. Foi a primeira experiência do garoto com o poder do dinheiro. Gwon Yongjun não havia mencionado um preço específico, mas sua intenção era clara. Ah, não, isso é errado. Jinu fechou os olhos. Não, talvez ela entenda. Será que não faria aquele sacrifício pela sua família? Eu apanho folhas de sisal de manhã até a noite e sou ferido pelos espinhos, tudo isso pelo meu pai inepto e minha família, então minha irmã pode muito bem dar uma passada na casa deste homem no meio da madrugada. Ele não disse com todas as letras que faria algo com ela. E talvez nem fosse um sacrifício. Embora soubesse que aquilo era errado, Jinu não parava de pensar: tudo isso por cinco pesos. Acaso então as mulheres da Coreia não cortavam carne das próprias coxas para alimentar os pais doentes, e não cortavam e vendiam os próprios cabelos para mandar os filhos estudar fora? Isto aqui não seria mais fácil? Ah, não. Não seria nem mesmo humano. Vender minha própria irmã. Nem um monstro faria isso. E, se ela contasse para meu pai ou minha mãe, eu não conseguiria escapar da morte. Mas será que ela contaria? Sabendo que eu morreria pela mão de meu pai, será que ela realmente contaria? Ela iria apenas me repreender duramente, e pronto.

Gwon Yongjun viu a luta travada no coração de Jinu com tanta clareza quanto via as costas de sua própria mão, e tirou outra nota de cinco pesos do bolso e a colocou sobre a primeira. O garoto de catorze anos engoliu o resto de sua tequila. Então apanhou os dez pesos e os colocou no bolso. Assim um novo contrato se formou. Ele saiu cambaleando da casa de Gwon Yongjun e correu até a vendinha da fazenda, onde comprou repolho, um pouco de carne, *tortillas* e pimenta vermelha em flocos, depois seguiu com passos pesados para casa. Parou a alguns passos antes da porta e refletiu sobre o que havia feito. O leite já estava derramado. Entrou em casa e mostrou à família o que havia comprado. Eles haviam ficado com fome enquanto o esperavam, e seus rostos se iluminaram. Até mesmo Yi Jongdo comemorou. Yeonsu se agachou, acendeu o fogo e colocou uma panela de água para ferver. Coisas que ele jamais havia notado antes saltaram diante de seus olhos. Os quadris dela certamente eram grandes. Quando ela se pôs a atiçar as chamas, ele viu de relance seus seios através das cavas da sua blusa. Fechou os olhos e soltou um suspiro, e sua mãe lhe deu um tapinha nas costas. Ele se virou, surpreso.

— Você andou bebendo — disse a senhora Yun, e estreitou os olhos.

— Mãe, cometi um pecado ainda maior que esse. Mas não tive escolha. Se minha irmã fizer um sacrifício, todos nós poderemos viver com mais facilidade. A senhora teria feito o mesmo.

Ele saiu de casa e olhou para o céu. Uma lua cheia imaculada olhou para ele, clara e brilhante.

32

Em 1883, o cruzador de cinco mil e oitocentas toneladas Dmitri Donskoi foi construído nos estaleiros de São Petersburgo, Rússia. Recebeu o nome do rei lendário que atacara os tártaros e libertara a Rússia do domínio da Mongólia. Fazendo jus ao nome, este cruzador foi a embarcação de guerra mais poderosa de sua época e dominou o mar Báltico. Cerca de vinte anos mais tarde, em 27 de maio de 1905, integrando a frota báltica, não conseguiu suportar o fogo concentrado da

flor
negra

marinha japonesa no mar do Japão e fugiu rumo à ilha de Ulleung. Em 29 de maio, o capitão Lebedev ordenou que a tripulação embarcasse em botes salva-vidas e desembarcasse em Ulleung, e depois decidiu afundar o navio. O seu imediato tomou o lugar do capitão e, junto com os jovens oficiais, ficou a bordo do Donskoi e partilhou do seu destino. Os trezentos e cinquenta tripulantes foram aprisionados na ilha de Ulleung, mas tratados com respeito pela marinha japonesa, que admirou seus feitos heroicos.

Aquele, contudo, foi o fim da frota báltica.

33

No mesmo dia, sem ter a menor ideia do que havia acontecido no mar perto de seu país do outro lado do mundo, um pescador da ilha de Ulleung se debatia com uma decisão de vida ou morte. "Os guardas chegarão armados; você acha mesmo que vamos nos safar lutando de mãos vazias?" Aquele velho homem solteiro, Choe Chuntaek, o rosto coberto de rugas profundas, esfregou as mãos e olhou com atenção para ver qual seria a reação de seus soldados aposentados. Sua pele era escura e áspera graças aos ventos do mar, e suas mãos grossas eram fortes e duras. Só tinha trinta e três anos de idade, mas parecia ter cinquenta.

Os ex-soldados estavam planejando uma estratégia concreta. Iriam de casa em casa à noite, a fim de transmitir aos outros o que havia sido decidido, e, às quatro da manhã do dia seguinte, quando chegasse a hora de despertar, os homens se reuniriam na *paja* de Jo Jangyun. As mulheres e as crianças ficariam em casa, só por precaução. Quando os guardas armados aparecessem, os homens os enfrentariam com pedras e facões. Os desertores seriam tratados com severidade.

Na noite anterior à greve, os homens não conseguiram dormir. Choe Chuntaek se reuniu com os pescadores de Pohang e conversou sobre a revolta do dia seguinte. "Não temos escolha. Se continuar assim, todos nós iremos morrer. Um mês se passou, portanto já estamos mais acostumados com o trabalho, mas, ganhando não mais que trinta e cinco centavos por dia, quando conseguiremos escapar desses campos de juta tenebrosos?" Em algum momento eles haviam começado a chamar o sisal de juta. Havia ainda quem o chamasse de *aenikkaeng*. Em cada fazenda os trabalhadores lhe davam nomes diferentes.

Os pescadores estavam preparados para o combate. Havia mais de cem coreanos na fazenda Chenché, para onde haviam sido enviados. Das vinte e duas fazendas, aquela era a que tinha o maior número de imigrantes. Por esse motivo, o fazendeiro pudera escolher os homens mais saudáveis, porém isso na verdade se revelou uma faca de dois gumes. O fazendeiro não sabia que um número significativo deles fora soldados, e que, portanto, poderiam se organizar e pegar em armas a qualquer momento. Além disso, havia gastado uma grande quantia de dinheiro desejando trazer o máximo possível de trabalhadores, e, portanto, agora não dispunha de dinheiro vivo em mãos. Sabendo da situação de seu mestre, o capataz resolveu o problema do mesmo jeito que sempre resolvia. Aumentou o preço da comida na vendinha da fazenda e cortou o salário que havia sido prometido aos camponeses. Os coreanos, de início, ignoraram isso e foram obedientes, mas depois de cerca de dez dias começaram a se enraivecer com as injustiças do capataz. "Será que ele quer que a gente trabalhe de estômago vazio? Se continuar desse jeito, todos nós viraremos fantasmas do Yucatán."

Os soldados seguiram à risca seu treinamento e primeiro identificaram as forças da fazenda. Havia cinco guardas que dispunham de armas e cavalos. Logo abaixo do fazendeiro havia um capataz armado, e mais alguns outros homens na venda e na fábrica, porém esses não tinham armas e ficariam apenas olhando de longe ou fugiriam em caso de conflito. No fim das contas, o problema se resumia ao fazendeiro e os seis homens armados. Naquelas condições, era um risco que valia a pena correr — desde que nem a polícia nem o exército fossem convocados. Os homens da fazenda Chenché resolveram entrar em greve.

No dia seguinte o sino barulhento tocou, porém os homens não subiram na carroça que partiria em direção aos campos. Em vez disso,

flor
negra

se reuniram na casa de Jo Jangyun para levantar o moral dos revoltados, batendo em tampas de panelas como se fossem gongos. De início as mulheres ficaram nas suas *pajas*, depois uma a uma foram se juntar aos homens e gritar com eles. Aquela cena seria inimaginável na Coreia, mas em Yucatán parecia apenas natural. Antes mesmo que se dessem conta, a distinção confuciana entre homens e mulheres havia desaparecido. Alguém gritou:

— Vamos para a casa do fazendeiro!

Com o moral elevado, todos correram em direção à casa do proprietário de terras. O clamor aos poucos foi aumentando. Um guarda armado com um rifle chegou a cavalo ali por perto, e um pescador se preparou para atirar uma pedra nele. Os soldados coreanos o restringiram. O guarda armado virou o cavalo e fugiu da área. Quando chegaram à casa do fazendeiro, os imigrantes caíram no chão e começaram a gritar. Ninguém sabia falar espanhol, portanto não conseguiram transmitir de modo apropriado os seus dilemas. O fazendeiro, don Carlos Menem, apareceu na varanda do segundo andar usando uma camisa tão branca, que ofuscava os olhos. Olhou para os coreanos cheio de indiferença e chamou seu funcionário pagador.

— Onde está o intérprete deles?

— Acho que na fazenda Yazche.

O fazendeiro rabiscou qualquer coisa em um papel.

— Envie um telegrama pedindo que mandem esse homem para cá.

O sol já estava à meia altura no céu. O mês de maio em Yucatán era o mais quente, seco e cruel dos meses do ano. Contudo, os grevistas ficaram sentados imóveis e suportaram a espera. Quando Gwon Yongjun chegou, seus rostos se iluminaram. Finalmente alguém que poderia falar por eles. O intérprete saiu da carruagem com aparência cansada e escutou o que Jo Jangyun e Kim Seokcheol tinham a dizer. Suas exigências eram simples: baixar o preço da comida. Não nos chicotearem; não somos vacas nem cavalos. E nos fornecer milho. Todos os tipos de exigências começaram a surgir, mas no fim das contas elas se resumiam a duas: queremos que nos tratem como seres humanos. E o fazendeiro deveria arcar com o custo de alimentos básicos como milho e *tortillas*. Enquanto escutava esta ou aquela exigência, a cabeça de Gwon Yongjun estava em outro lugar. Jo Jangyun e Kim Seokcheol, esses homens é que são o problema. Sem dúvida, causarão problemas de novo. Agora ele ficou ao lado do fazendeiro e lhe fez uma pergunta que em seguida ele mesmo respondeu:

— Sabe qual é o problema dos coreanos? Eles são preguiçosos e incompetentes, e tudo o que sabem fazer é reclamar. Olhe — ele olhou em volta da fazenda Chenché. — As instalações daqui são muito melhores do que nas outras fazendas, não são? As paredes são de tijolo e as estradas são limpas e organizadas. Então qual é o problema? — Aqueles tolos ignorantes, confiando em sua própria força para se revoltar.

Ele sentiu vergonha de pertencer à mesma raça que eles. Estavam todos metidos em roupas imundas e com a cabeça infestada de piolhos. Havia, inclusive, alguns camaradas que nem sequer haviam cortado o cabelo preso em coque.

Gwon Yongjun foi ao lado dos representantes da greve reunir-se com o fazendeiro. Don Carlos Menem recebeu Gwon Yongjun, Jo Jangyun e os demais na porta da sua casa, depois pediu que entrassem. Assim que passaram pela porta, foram recebidos por um jardim repleto de todo tipo de árvores e flores. Um pequeno arco-íris faiscava nas correntes de água que saltavam de uma fonte. Embora eles tivessem atravessado apenas um mero portão, a luz do sol ali parecia completamente diferente. Lá fora, ela parecia ser capaz de arrancar fora a pele de um homem, mas a luz que se derramava sobre a fonte e as árvores era cálida e transmitia uma sensação de opulência. Embora não houvesse sido sua intenção original, convidar os representantes grevistas para sua casa foi uma medida extremamente bem-sucedida. Jo Jangyun e os outros, que jamais haviam pisado em uma construção de estilo espanhol, ficaram maravilhados com o esplendor do lugar. Construída ao estilo arquitetônico latino-americano, a mansão estava rodeada por um muro alto para evitar os olhares de quem estivesse lá fora. Dentro dos muros, colunatas e ambientes se encontravam

flor
negra

frente a frente diante de um simpático jardim quadrado. Depois dessas colunatas, chegava-se a um arco, e, atravessando-o, a uma construção independente. Portanto, as casas da América Latina eram muito maiores por dentro do que à primeira vista pareciam por fora.

Menem sentou em uma cadeira de mogno em uma colunata e enfiou um charuto cubano Monte Cristo na boca.

— Bem, quais são as exigências deles?

Gwon Yongjun transmitiu quais eram. Menem acendeu o charuto, deu uma baforada e soltou a fumaça no ar. A fumaça se dissipou em um instante.

— Só isso? — ele começou a rabiscar alguma coisa em um papel, como se tivesse se esquecido das pessoas à sua frente. Era uma garatuja que não podia sequer ser chamada de letra. Depois de algum tempo, dobrou o papel e se levantou. — Gastei muito dinheiro para trazer vocês até aqui — disse —, mas não quero ser chamado de pão-duro.

O capataz que estava de pé ao lado de Menem sussurrou algo em seu ouvido. Menem fez uma careta e balançou a cabeça:

— Não há necessidade disso. Vamos lhes dar milho e *tortillas* de graça. Em troca, aqueles que se recusarem a trabalhar, e aqueles que quebrarem o contrato e fugirem, causando-me prejuízo, serão punidos. E então, o que me dizem?

Jo Jangyun e seus companheiros escutaram Gwon Yongjun e não conseguiram acreditar no que estavam ouvindo. Só de ganhar milho de graça já tornaria a vida muito mais fácil. E, se isso acontecesse, não haveria necessidade de baixar o preço das outras mercadorias. Menem abriu a porta de uma gaiola e despejou água em um pires de porcelana chinesa. O papagaio ali dentro cacarejou em cumprimento ao dono. Jo Jangyun concordou. Prometeu que eles voltariam imediatamente para os campos. Depois que eles saíram, Menem chamou o capataz e instruiu-o para que distribuísse comida uma vez por semana. O capataz rapidamente protestou, dizendo que ele estava sendo caridoso demais. Menem tornou a acender o charuto, que havia se apagado. "Precisamos aumentar a produção. E ensinar a eles a lição uma única vez já é o bastante. Afinal, precisaremos conviver quatro anos juntos."

O pai de Menem tinha sido um vagabundo no País Basco. Passou a juventude vagando sem rumo, levando consigo várias mulheres, depois virou oficial do exército francês sob o comando de Napoleão III.

Napoleão III se esforçou muito para recriar a glória do seu tio, Napoleão Bonaparte, e desejava particularmente alcançar certa grandeza em termos militares. Por conseguinte, o exército de Napoleão III não tinha nem um minuto de descanso. E nem o pai de Menem, George. Napoleão III, sendo o intrometido que era, envolveu-se em diversas questões do Novo Mundo. Quando começou a Guerra Civil Americana, apoiou os estados sulinos e ficou contra Lincoln e os nortistas. A natureza feudal das grandes plantações de algodão do Sul combinava mais com o seu temperamento.

No México, Benito Juárez havia se tornado o ministro da Justiça e se dedicou a confiscar as terras ociosas da Igreja Católica e a estabelecer uma nova legislação civil, uma legislação que se aplicasse de modo igualitário a todos os cidadãos. A Igreja, os proprietários de terras e a aristocracia se uniram. Irrompeu uma guerra civil. Depois de três anos, quando sua derrota ficou evidente, os conservadores solicitaram a ajuda de Napoleão III. Animado com a conquista recente da Indochina, e ouvindo todas as vezes em que sua esposa espanhola Eugênia lhe pedia que construísse um império latino-americano, Napoleão III estava inflamado quando os conservadores mexicanos buscaram seu auxílio. Nomeou como seu representante o arquiduque Maximiliano; os aristocratas mexicanos imploraram a Maximiliano que se tornasse imperador do México, e ele assim atravessou o Atlântico com o exército de Napoleão III e desembarcou no porto de Veracruz. O pai de Menem, George, foi com eles.

Assim que chegou à capital mexicana, Maximiliano esqueceu quem o convidara. Para ser mais preciso, percebeu que os conservadores não eram muito populares entre os cidadãos. Inesperadamente, declarou apoio às políticas liberalistas de Juárez. A ira dos

flor
negra

conservadores traídos rasgou o céu em dois. E, contudo, tampouco Juárez sentia o menor amor por ele.

Foram tempos difíceis para o pai de Menem, George, também. Os camponeses mexicanos guerrilheiros pareciam estar escondidos em toda parte. Apareciam de repente, atacavam as tropas francesas e sumiam como fantasmas. Os canhões gigantescos que os franceses haviam trazido do oeste alpino não tinham a menor utilidade em tal guerrilha. O único objetivo de George era continuar vivo, mas começou a perceber que aquela nova nação que era o México era um ótimo lugar para pessoas como ele. O México recebia de braços abertos os imigrantes de origem latina, por isso, caso ele se assentasse, poderia construir uma casa semelhante a um forte em uma fazenda vasta, escravizar os indígenas e viver como um rei. Se voltasse para a França, não teria outra escolha a não ser levar uma vida de carreira militar. Além disso, a sorte de Napoleão III estava chegando ao fim. Depois de finalmente se cansar do clima antiguerra na França, decidiu retirar as tropas. Os últimos dias de seu fantoche Maximiliano estavam próximos.

De pé diante de suas tropas enquanto estas se retiravam exaustas para o porto de Veracruz, George fez um discurso: "Podemos estar recuando agora, mas isso é somente por causa da impotência de Maximiliano e da aristocracia mexicana. O imperador Napoleão não se esquecerá do Novo Mundo. Com certeza chegará o dia em que a bandeira tricolor pairará do Québec ao Panamá. Soldados, não estamos derrotados. Voltemos de cabeça erguida".

Quando terminou seu discurso, as tropas explodiram em aplausos trovejantes. Alguns soldados se empolgaram tanto, que começaram a cantar a Marselhesa. Naquela noite, George calmamente apanhou os lingotes de ouro que estavam guardados no quartel-general do regimento e partiu em silêncio. O dinheiro havia sido oferecido para a França como fundo de guerra pelas classes privilegiadas do México, portanto ele não sentiu a menor culpa em roubá-lo. Fez o sinal da cruz e uma oração breve: "Senhor, o ouro é um metal precioso demais para ser usado para matar pessoas". Então os ladrões mexicanos não agradecem à Virgem Maria sempre que apanham sua parte do butim? Ele arrancou fora seu uniforme, enterrou-o e se disfarçou de mexicano. De poncho e sombreiro, voltou para a Cidade do México, onde tomou um trem para Yucatán. Mudou seu nome para don Carlos Giorgio. Com o nome espanhol, comprou uma casa em Mérida e depois se casou com uma mestiça e com ela teve um filho. Esse filho era Menem.

Giorgio primeiro tentou cultivar chicle, antes de expandir os negócios para o ramo do sisal também. Principal ingrediente da goma de mascar, o chicle era uma especialidade de Yucatán. Giorgio passava todos os seus dias entre os sapotizeiros, de cuja seiva vinha o chicle, e um dia antes de seu sexagésimo aniversário, foi atingido por uma flecha envenenada disparada por um maia descontente encarapitado em um sapotizeiro e morreu. Enquanto sua boca sucumbia à paralisia, ele chamou seu filho e fez dois últimos desejos. Primeiro, que Menem não abandonasse a fazenda de sisal, e, segundo, que enterrasse Giorgio em Nice, ao lado de sua primeira esposa. O primeiro pedido era relativamente fácil. Ele não poderia mesmo ter vendido a fazenda nem se quisesse. Porém, o segundo, de enterrar o pai em Nice, era problemático. "O que vai ser da fazenda enquanto for até Nice só para abrir uma cova na terra?" Menem simplesmente ignorou o segundo pedido.

Em vez de procurar o assassino de Giorgio, Menem expulsou quase todos os maias. Em seu lugar ele contratou os coreanos, que haviam acabado de chegar a Mérida. O contrato era de quatro anos, e os imigrantes saíram por um preço bem mais baixo do que os índios. Também não guardavam nenhuma mágoa em relação a ele, portanto ele não precisaria se preocupar com levantes nem revoltas. Contudo, agora que os conhecera pessoalmente, descobriu que eles tinham olhos ferinos e eram rebeldes, ao contrário do que ele havia ouvido dizer. Também eram muito maiores que os maias. Portanto, Menem decidiu ceder em alguns pontos. Fornecer-lhes milho e *tortillas* não seria grande coisa para ele. E ele não tinha absolutamente nenhum desejo de ser morto por uma flecha envenenada atirada por um servo. A era dourada das fazendas havia chegado ao fim. Ele estava mais interessado no mundo

flor
negra

da política. O sucessor de Juárez, Porfirio Díaz, que matara o imperador Maximiliano e ascendera ao poder, era um homem ignorante e inculto. A guerrilha o transformara em um ditador pró-americano que apoiava a elite e os latifundiários. Foi Díaz quem transformou todas as terras do país em fazendas, roubando as propriedades dos pequenos fazendeiros para entregá-las aos grandes latifundiários. Como resultado, uma única fazenda da afamada família Teresa, no estado de Chihuahua, era maior do que a Bélgica e a Noruega juntas; era preciso um dia inteiro de trem para atravessá-la de um lado a outro. Noventa e nove por cento das terras do México se transformaram em fazendas, e as terras de noventa e oito por cento dos camponeses tinham sido roubadas. É claro que Menem não tinha do que reclamar do sistema latifundiário das fazendas; só estava insatisfeito com o fato de o presidente Díaz e umas poucas famílias controlarem tudo. Como é possível que não convocassem eleições democráticas? Se Díaz convocasse eleições, como havia jurado publicamente, Menem pensava em tentar a sorte e disputar o governo da província de Yucatán. Quem sabe até onde ele poderia chegar a partir daquele trampolim? Seja como for, ele não desejava passar a vida inteira naquela terra desolada coberta de pó.

34

Dois meses se passaram. Era julho. A aparência dos coreanos havia mudado grandemente. Agora quase ninguém se feria nem sangrava com os espinhos do sisal. As mulheres costuraram calças justas e luvas usando trapos e gravetos. A velocidade do trabalho dos coreanos também aumentou aos poucos, e depois de apenas dois meses eles já se equiparavam aos maias. Cortavam o sisal em silêncio. As risadas haviam desaparecido. As mulheres e as crianças iam para os campos e trabalhavam doze horas por dia. Houve suicídios em algumas das fazendas. Ninguém se surpreendia ao ver alguém enforcado na trave mestra de um banheiro. O sumo do sisal entrava nas feridas e fazia a pele dos coreanos apodrecer com alguma doença; eles contraíam malária e pairavam à beira da morte. Nada daquilo chocava ninguém. Havia médicos de plantão nos latifúndios do Havaí, ainda que apenas como mera formalidade, mas nas fazendas não havia uma única farmácia decente, quanto mais um médico. Para os coreanos, só havia uma maneira de sobreviver: trabalhar como formigas — inclusive as crianças de três anos —, guardar dinheiro como sovinas e voltar para a Coreia quando seus contratos terminassem.

Os maias, de vez em quando, olhavam com expressão vazia para os coreanos. Eles não tinham nenhum lugar para voltar e guardar dinheiro. Aquele era seu lar. Um dia, estranhos o invadiram, riscaram linhas nas terras e começaram a chamar aqueles locais de fazendas. Então disseram aos maias que podiam trabalhar para eles se quisessem ganhar a vida. Os capatazes chicoteavam sem cansar aquela gente que não conseguia encontrar motivo para trabalhar.

Depois que o trabalho terminava, os homens se embebedavam. Muito embora tivessem trabalhado tão duro quanto os homens, as mulheres não podiam descansar quando chegavam em casa. Acendiam o fogo e cozinhavam a comida. Remendavam as roupas, limpavam a casa e preparavam as ferramentas que eles levariam consigo no dia seguinte. "O que eu não daria para lavar a roupa em um riacho gelado, só uma única vez", disse uma mulher da província de Chungcheong olhando para o oeste, e as outras mulheres choraram. Lavar a roupa era um luxo tão grande quanto tomar banho. O *cenote* ficava distante e a água era escassa. Eles não tinham outra escolha a não ser esperar pela estação das chuvas.

De vez em quando o fazendeiro matava uma vaca ou um porco, e as mulheres corriam até lá para se estapear pelos intestinos ainda mornos ou pela cauda. Os mexicanos da fazenda riam com desprezo e chamavam aquelas mulheres de cadelas. Com sangue nas mãos, as mulheres voltavam com seu butim e preparavam uma sopa, e as crianças ficavam tão enfeitiçadas pelo aroma da carne, que não saíam do lado da panela. Mesmo nos dias em que a temperatura chegava a mais de trinta e dois graus, as mulheres não podiam tirar as saias nem as jaquetas curtas;

flor
negra

seus maridos sem camisa bebiam e batiam nelas. Alguns homens começaram a jogar. O jogo e a bebida eram vícios bastante enraizados nos homens coreanos, que não se remediavam facilmente. As discussões, choros, gritos e berros entravam noite adentro. Se o Yucatán era o inferno para os homens, para as mulheres era muito pior.

Na fazenda de Ijeong, um coreano da província de Pyeongan estuprou uma mulher maia, e em retaliação cortaram sua garganta. A polícia não foi chamada. Enquanto os capatazes observavam tudo com armas nas mãos, os maias e os coreanos cavaram uma cova e enterraram o corpo do solteiro de vinte anos da província de Pyeongan em um canto do campo de sisal, como sinal de reconciliação. No dia seguinte, um homem maia foi assassinado a golpes de facão. O fazendeiro mandou buscar os dois coreanos que os maias apontaram como culpados. Seus homens arrancaram suas camisas, atiraram-nos em uma pilha de sisal e os chicotearam. Os espinhos do sisal doíam muito mais que o chicote, e os dois assassinos se retorceram como vermes sobre um punhado de sal. Quando as chicotadas acabaram, eles foram encarcerados na prisão da fazenda. Os espinhos de sisal alojados em seu peito doíam toda vez que eles respiravam. Eles queriam arrancá-los, mas não havia luz na prisão, portanto não era uma tarefa fácil. Suas feridas supuraram e fediam horrivelmente. Somente depois de dez dias é que a porta se abriu, deixando entrar a luz do sol. Agora que a prisão estava iluminada pela luz tropical estonteante, eles limparam suas fezes. As pilhas de cocô estavam completamente secas e quebradiças ao toque como biscoitos. Vermes se retorceram e caíram delas.

Os dois assassinos retornaram à sua *paja* e desabaram doentes. Ijeong, que também morava naquela *paja*, deu-lhes comida e água, além de *kimchi* preparado com chili e repolho ocidental. Era um banquete delicioso, mas nenhum deles conseguiu comer muito. Cambaleavam a cada passo, como se tivessem perdido o senso de direção e de tempo no período de seu encarceramento no escuro; um deles morreu depois de apenas três dias. Assim que o primeiro morreu, o outro se levantou como se tudo aquilo não tivesse passado de um sonho. Foi quase como se os dois tivessem feito uma aposta e decidido que quem perdesse entregaria para o ganhador o que lhe restava de força vital e partiria. Enquanto o sobrevivente enchia a cara inchada de mingau de milho, disse a Ijeong:

— Tenho a impressão de que vou encontrar o meu fim aqui. É quente demais.

Ijeong fechou a boca e não disse nada. Em um intervalo de poucos dias, dois dos quatro homens que dormiam embaixo do seu teto morreram. Ijeong pensou que talvez ele estivesse vivo simplesmente por sorte. Quando o homem de Pyeongan atacou a mulher maia, Ijeong estava na *paja* ao lado jogando xadrez com peças esculpidas de pedra. Quando descobriram o corpo do homem, Ijeong tinha acabado de ir ao *cenote* para buscar água. Os dois homens irados não procuraram Ijeong, foram direto para a casa dos maias, perseguiram como cães de caça um homem que fugiu e o esfaquearam até a morte. Enquanto o sangue maia encharcava o chão, os dois homens, entorpecidos, olharam um para o outro. Somente então se deram conta da gravidade do que haviam acabado de fazer, e correram enlouquecidos de volta para casa com pernas bambas, foram presos pelos guardas da fazenda, desnudados e surrados sobre a pilha de sisal.

O que sobreviveu se chamava Dolseok; era filho de um escravo do governo. Depois da Reforma de 1894, o escravo aumentou de *status*, virou plebeu e mandou o filho para Seul, para que virasse soldado. Dolseok não cumpriu o desejo do pai, em vez disso embarcou no Ilford em Jemulpo. Não sabia escrever, portanto partiu sem mandar nenhuma carta ao pai. E em questão de dois meses já havia matado um homem.

— Que aconteceu, afinal? — perguntou, tremendo violentamente. Tinha a impressão de que os maias iriam entrar ali a qualquer momento para reclamar sua cabeça. Ijeong lhe disse para não se preocupar e tentou acalmá-lo, mas não adiantou. No dia seguinte, Ijeong procurou o capataz, apontou para o dinheiro em seu bolso, depois para si mesmo, e depois para Dolseok. Então apontou para a vila dos maias e fez o gesto de cortar o pescoço. Não sabia falar espanhol, mas o que queria dizer

flor
negra

foi compreendido. O capataz mexicano decidiu vender os dois, motivo de problema, para outra fazenda. O envolvimento de Dolseok no assassinato reduziria o preço de ambos, portanto aquilo naturalmente foi guardado em segredo. Os dois seguiram em uma carroça com as mãos e os pés amarrados. O clima estava estranhamente fresco. Lá longe, Ijeong avistou nuvens negras de tempestade se aproximando. Finalmente iria chover. Olhou para o céu a leste e caiu em um sono profundo.

35

Ho Hui, um chinês que morava em Mérida, encontrou um grupo de imigrantes coreanos não muito longe do centro da cidade. Escreveu um artigo sobre o choque que sentiu ao vê-los e o enviou ao *Wenhsing Daily*, um jornal chinês publicado em São Francisco:

> Antes enganavam e compravam gente da China, mas os rumores se espalharam e não houve mais quem quisesse vir, portanto agora estão comprando escravos na Coreia (...). Os coreanos andam em farrapos com sandálias de palha caindo aos pedaços. Durante uma chuva forte que durou dias, foram espalhados em diversas fazendas de sisal. As mulheres trabalham carregando os filhos nos braços e os transportam nas costas quando andam pelas ruas. Ver aquela gente era tão parecido com ver gado e animais de carga, que não pude testemunhar aquilo sem lágrimas nos olhos... Se não trabalham direito nas fazendas, são obrigados a ficar de joelhos e espancados, sua carne se desprende do corpo e o sangue espirra para todos os lados. Não pude conter os lamentos diante daquela visão hedionda.

Dois intercambistas coreanos que estavam morando nos Estados Unidos, Jo Yeongsun e Sin Jeonghwan, leram o artigo e rapidamente mandaram uma carta à Associação Cristã de Moços de Seul. Jeong Seongyu, um jovem evangelista da ACM, reorganizou aquelas informações e enviou-as à *Gazeta da Capital*, e, em 29 de julho de 1905, um artigo ali foi publicado, intitulado "Nosso povo foi escravizado, como iremos resgatá-los?". Desse modo indireto, a verdade sobre os escravos na província de Yucatán chegou aos ouvidos do império coreano.

Dois dias depois, a *Gazeta da Capital* insistiu que fossem tomadas providências, dizendo: "Não podemos suportar as notícias dos apuros dos imigrantes no México". O imperador Gojong emitiu um mandado imperial no dia seguinte, 1º de agosto. "Por que o governo não evitou isso logo no início, quando as companhias estavam solicitando imigrantes? Precisamos encontrar um modo de trazer de volta rapidamente essas mil pessoas." Era uma declaração extremamente direta e enérgica para um imperador de uma nação confuciana famosa por se desviar de todos os assuntos. O homem que se tornara o senhor daquele povo estava tremendo de vergonha. Depois disso, o *Diário da Coreia* atacou a política de imigração do governo. A opinião pública em todo o país, que condenava o governo impotente, havia chegado ao extremo do desgosto. Mas o México ficava longe demais, e os dois países não tinham relações diplomáticas. Ainda assim, Yi Hayeong, o ministro de relações exteriores da Coreia, enviou um telegrama para o governo mexicano: "Embora não tenhamos estabelecido relações de amizade com sua honrada nação, solicitamos que protejam nossos cidadãos até enviarmos um oficial do país".

O governo do México enviou a seguinte resposta: "As histórias de gente tratada como escravos são falsas. Os trabalhadores asiáticos de fato se localizam em Yucatán, porém estão sendo tratados extremamente bem, e um artigo sobre o assunto acaba de ser publicado no *Beijing Times*, portanto, por gentileza, utilizem esta referência".

36

No dia 12 de agosto de 1905, o vice-ministro das relações exteriores da Coreia, Yun Chiho, bebia café no Hotel Imperial de Tóquio. Havia

flor
negra

marcado um encontro com Durham Stevens, um americano que atuava como conselheiro do império coreano e que era pró-Japão. Stevens começou a conversa com palavras de condolência:

— Lamento não ter podido visitá-lo em seu luto.

Yun Chiho seguiu a etiqueta e abaixou a cabeça em um cumprimento:

— Não há necessidade para um homem tão ocupado se preocupar com assuntos como esse, não é? — Yun Chiho havia perdido sua esposa chinesa, Ma Aifang, em fevereiro daquele ano.

Stevens apresentou os dois americanos sentados ao seu lado. Um deles tinha rosto branco, enquanto o outro estava bronzeado pelo sol. O branco se chamava Heywood e o moreno, Swinsy, representante da Associação de Produtores de Cana-de-Açúcar do Havaí. Swinsy tinha personalidade afável e parecia saber bastante sobre Yun Chiho.

— Os latifundiários havaianos estão muito desgostosos com as medidas tomadas pelo império coreano. Dizem que os coreanos são mais que bem-vindos em seu país, pois trabalham com muito mais empenho que os japoneses e os chineses e se comportam bem, mas, se de repente proibirem sua imigração, onde esses proprietários irão encontrar uma força de trabalho assim?

Yun Chiho retrucou:

— É mesmo?

Swinsy puxou a cadeira mais para frente e perguntou:

— Existe alguma possibilidade de rescindir essa medida?

Yun Chiho empurrou os óculos para cima do nariz:

— Bem, tanto a opinião pública quanto a do governo em relação à imigração são bastante negativas, portanto não será fácil.

Ao ouvir isso, o conselheiro em assuntos diplomáticos Stevens interrompeu.

— Por que não faz uma visita ao Havaí? Se o senhor vir com seus próprios olhos as condições de trabalho dos camponeses e encorajá-los, e, ao retornar, der uma palavrinha com sua majestade, será uma enorme ajuda para estimular também as relações de amizade entre a

Coreia e os Estados Unidos. A Associação de Produtores de Cana-de-
-Açúcar do Havaí informou que cobrirá suas despesas.

Swinsy assentiu, sugerindo que eles já haviam entrado em acordo.

Yun Chiho era a pessoa ideal para aquela tarefa. Era cristão e estudara nos Estados Unidos, nas universidades de Vanderbilt e Emory,
e tinha excelente domínio de três línguas estrangeiras: falava inglês
fluentemente, tinha ótimo chinês e aprendera japonês quando fugiu
para o Japão durante o Golpe de 1884. Mas levantou a mão e recusou
a oferta de que lhe pagassem as despesas.

— Não posso aceitar dinheiro de interesses privados enquanto
sirvo o meu país.

Yun Chiho jamais gostara de Stevens, que trabalhava para os japoneses mas recebia um salário do governo coreano. O ministro de
relações exteriores do império, que não tivera outra escolha a não ser
contratá-lo, estava em uma situação sofrível. Stevens apertou a mão
de Yun Chiho e se levantou.

— De qualquer maneira, por favor, pense no assunto. Afinal, esta
é uma daquelas coisas que um funcionário do Ministério das Relações Exteriores deve fazer.

37

Ijeong acordou de um sono leve quando gotas de chuva se espalharam na base de seu nariz. Era uma chuva bem-vinda na terra árida
do Yucatán. Os cavalos soltaram um relincho suave, gratos pela água
que caía em seus corpos quentes. O cheiro de terra se levantou do
chão. O horizonte a oeste continuava iluminado. Ijeong conseguiu
avistar o campanário da catedral de Mérida a distância.

Dolseok cutucou Ijeong. Alguém ao longe caminhava na direção
deles, e o rosto parecia ser coreano. O homem deve ter achado estranho ver aqueles dois homens amarrados em uma carroça, pois ao
chegar mais perto encarou com olhar penetrante Ijeong e Dolseok.

flor
negra

Usava um terno ocidental e levava um fardo às costas. Quando finalmente os alcançou, falou primeiro:

— Vocês são coreanos?

Disse aquilo em coreano, mas era a primeira vez em que os dois o viam na vida. A carroça parou à sombra, como se o condutor desejasse descansar.

— Ouvi dizer que chegaram coreanos em Mérida e vim encontrá-los — ele apertou as mãos dos dois de bom grado. — Meu nome é Bak Manseok e vendo ginseng em São Francisco, mas também viajo para todo lugar onde existem chineses para quem vender. Como vocês vieram parar nesta situação?

Bak Manseok olhou para os pés e mãos dos dois homens, amarrados à pilastra, e estalou a língua. Dolseok respondeu:

— Estamos há dois meses no México, mas houve um problema em nossa fazenda, então estamos sendo vendidos para outra.

Bak Manseok escutou a história de Dolseok sobre o que havia acontecido com eles. Fez perguntas querendo saber mais detalhes, como quanto eles ganhavam por dia e quanto gastavam em comida. Dolseok contou como uma pessoa havia ido dormir em uma caverna e fora picada por uma serpente venenosa, como o fazendeiro chicoteava e gritava com eles como se fossem gado sempre que visitava os campos de sisal...

Bak Manseok lhes contou da situação nas outras fazendas, pois ouvira as notícias relatadas pelos chineses em Mérida. Uma das fazendas tinha um intérprete coreano, mas na tentativa de bajular os favores do fazendeiro, xingava os trabalhadores e os chicoteava; diziam que ele era ainda mais cruel do que os capatazes mexicanos. Ijeong e Dolseok adivinharam quem seria.

— Ele não era assim tão mau no navio — disseram, depois estalaram a língua. Estavam vestidos com roupas finas de verão e descalços. Bak Manseok se compadeceu dos apuros deles e sacou do bolso duas notas de um peso, dando uma para Ijeong e outra para Dolseok.

— Vou providenciar para que essas notícias cheguem até a Coreia imediatamente. Aguentem só mais um pouco.

Bak Manseok de fato relatou tudo o que viu nas cartas que escreveu em 17 de novembro de 1905 para o *Jornal de Assistência Mútua* e para o *Diário da Coreia*. As cartas chegaram em dezembro e foram impressas nos jornais. Quis a sorte que o dia em que ele escreveu as cartas fosse o mesmo dia em que foi assinado o Tratado de Eulsa, em que a Coreia virava um protetorado do Japão.

38

Com sua faca, o ladrão Choe Seongil cortou habilidosamente uma melancia e entregou fatias ao padre Paul e ao xamã. Cansados pelo calor, eles engoliram a polpa vermelha da melancia sem dizer nenhuma palavra. Nos dias em que havia melancia na venda da fazenda eles tinham a sensação de estarem sentados em algum barracão de suas cidades natais. O gosto da melancia não era muito diferente. Eles apanharam as cascas verdes que sobraram, cortaram-nas em pedaços e misturaram-nas com flocos de pimenta chili para que fermentassem. Algumas pessoas chamavam aquilo de *kimchi* de melancia, outras de cheiro-verde de melancia. Seja qual for o nome, eles não jogaram fora nem um pedaço sequer da fruta.

Haviam sido vendidos para a fazenda Buena Vista, situada a cerca de quarenta milhas de Mérida. O xamã fora originalmente vendido a outra fazenda, porém um mês depois foi trazido para aquela. Suas histórias de angústia nos campos de sisal não eram diferentes daquelas de outras fazendas, embora esses três homens jamais houvessem plantado antes e, portanto, sofriam uma fadiga ainda maior. Por serem solteiros, acabaram dividindo uma *paja*.

Tão logo chegou à Buena Vista, Choe Seongil entendeu a realidade que tinha pela frente. Não havia como ganhar dinheiro na fazenda. Todos estavam falidos. Não havia o que ele pudesse roubar. Ganhem bastante, meus irmãos, implorava silenciosamente Choe Seongil. Felizmente, seus irmãos trabalhavam duro. Enquanto os maias não

flor
negra

conseguiam produzir mais de quatro mil folhas de sisal por dia, após poucos meses seus irmãos coreanos cortavam mais de dez mil. Mesmo com o sangue escorrendo livremente de suas mãos, eles seguiam trabalhando. Os homens cortavam as folhas e as mulheres removiam os espinhos. As crianças amarravam o sisal em feixes. Quando os homens bebiam se lamentavam, sem saber se estavam pagando o preço pelos pecados de seu país, pelos pecados da sociedade e pelos seus próprios pecados, ou se simplesmente era o destino. Choe Seongil não gostava daquela atitude sentimental. Que adiantava querer saber de quem era o pecado? O importante era que eles estavam ali no México. Talvez a nostalgia os fizesse esquecer que, na Coreia, eles tampouco levavam uma boa vida. A vida sempre tinha sido dura. Secas, enchentes e fome eram eventos que aconteciam todos os anos. E os senhores de terras da Coreia não eram muito melhores do que os do México. Pelo menos ali ninguém morria de frio.

Choe Seongil trabalhava devagar e, portanto, não ganhava muito, mas faturava algum dinheiro extra no jogo, que no caso dele era praticamente fraudulento. Era difícil trabalhar debaixo do sol escaldante, mas aos poucos ele foi pegando o jeito da coisa, e depois de algum tempo já não era mais tão difícil a ponto de sua respiração raspar sua garganta seca como no início. O que mais o perturbava na verdade eram os pesadelos que haviam começado no navio, embora fossem vívidos demais para serem chamados de pesadelos. Nas noites em que eles vinham visitá-lo, ele só conseguia dormir no fim da madrugada. Era sempre o mesmo: um vulto escuro cujo rosto ele não conseguia enxergar claramente aparecia e se aproximava dele. Como no navio, o vulto dizia: "Vim reclamar o preço pela minha vida". Algumas vezes, o vulto não dizia nada. Choe Seongil tentava escapar dele com todas as suas forças, mas seu corpo ficava enraizado poderosamente no chão como se fosse uma árvore e ele era incapaz de se mover sequer um centímetro. Tentava gritar com uma voz que não produzia som, e quando acordava muitas vezes se achava deitado em um lugar estranho.

O xamã que morava com ele apenas o olhava, sem dizer nada. Quando Choe Seongil chegava perto e lhe perguntava sobre seus pesadelos, o xamã sacudia a cabeça e dizia que não sabia, mas era evidente que ele também vira algo. Até que por fim o xamã não pôde mais aguentar vê-lo cambaleando nos campos porque não conseguia dormir à noite e lhe disse:

— Seus ombros estão pesados, não estão? Um velho está sentado sobre seus ombros. Tem uma barba comprida e é careca. Parece perverso. É um camarada mau. O fantasma de um homem que morreu afogado. Está bravo agora porque deseja voltar para a água. Parece estar com você desde Jemulpo. Há quanto tempo isso está acontecendo?

Choe Seongil de início não acreditou nele. Mas, depois de ouvir o que ele disse, achou que seus ombros de fato estavam pesados. Por que diabos um maldito fantasma tinha de ir se sentar nos ombros de alguém?

— Será que não seria melhor fazer um ritual ou algo assim? — Ele olhou para o xamã. O xamã estava desenhando algo estranho no chão de terra. — O que é isso? — perguntou Choe Seongil, e o xamã riu e disse que não era nada:

— Só uma coisa que eu estava desenhando para me distrair.

Choe Seongil cuspiu no chão.

— Não fique desenhando coisas esquisitas, isso traz má sorte. Meus sonhos já estão perturbados o bastante, não precisam de mais inquietação.

O xamã apagou com o pé a forma que estivera desenhando. Depois que ele o apagou, Choe ficou ainda mais curioso para saber o que era.

— Ah, que inferno — disse.

Choe Seongil saiu da *paja*; lá fora, o padre Paul estava sentado em um toco de árvore olhando as estrelas.

— O que está fazendo? — quis saber Choe Seongil, e o padre Paul coçou a cabeça.

— Olhando as estrelas.

Choe Seongil tragou um cigarro.

flor
negra

— Se você olhar as estrelas, elas vão lhe dar arroz, ou bolinhos de arroz? Se não tem o que fazer, vá dormir. Não receba picadas de mosquito por nada.

O padre Paul riu de bom humor e se levantou.

— Por coincidência, eu estava pensando justamente em fazer isso.

O padre Paul em geral não entrava na *paja* quando o xamã estava ali, principalmente quando este estava realizando alguma cerimônia. Depois que Paul entrou, Choe Seongil levantou os braços e alongou-se. A distância ele ouviu o murmúrio de pessoas na casa do fazendeiro. Pelo que ouvira dizer, no domingo haveria uma espécie de grande evento na fazenda. Viriam convidados nobres de algum lugar; parecia ser alguma espécie de festa mexicana especial. Talvez até houvesse algo para ele roubar. Porém, havia guardas armados à espreita, e um único passo em falso poderia significar uma viagem para o outro mundo. Além do mais, se ele roubasse algo valioso, onde iria vendê-lo? Não sabia falar espanhol, nem conhecia nada por ali. Choe Seongil desistiu daquela ideia na mesma hora e entrou de novo na *paja*. O xamã estava inclinado diante de um altar que fizera com palha e pedacinhos de madeira. Embora houvesse se cansado de ser xamã, nunca era relapso no culto ao seu deus. A luz da vela tremulou e lançou sombras no teto. Talvez aquelas sombras se parecessem com o deus a quem ele servia. Agora Choe Seongil se perguntou se não seria o xamã quem lhe perturbava os sonhos e lançou um olhar penetrante para a parte de trás da cabeça do xamã.

Ao terminar a reverência, o xamã começou a desenhar em um pedaço de madeira uma pessoa com vestes esplêndidas, usando tinta vermelha que extraiu de um cacto.

— Chega, já basta! — gritou Choe Seongil para ele enquanto olhava de relance para o padre Paul, que já estava dormindo. Puf, a luz da vela se apagou. De repente ele sentiu medo do xamã, que se afastou arrastando os pés sem dizer palavra, procurando seu leito. Não, sentiu medo do mundo ao qual o xamã estava relacionado. "Onde fica esse mundo dos mortos de que ele tanto fala? Será que existe mesmo?" Enquanto se perguntava essas coisas, Choe Seongil adormeceu. Quanto tempo se passara? Choe Seongil abriu os olhos. Estava com sede; abriu a porta da *paja* e saiu. A casa do fazendeiro estava iluminada. Um aroma delicioso flutuou até ele. Choe Seongil andou naquela direção. Inúmeras pessoas estavam reunidas ao redor da fonte que ficava logo após o portão da frente da casa. Havia bebidas e carnes espalhadas ali, um verdadeiro banquete, e ele avistou serviçais de uniforme também. Sentiu vergonha de suas roupas em farrapos e se escondeu atrás de uma árvore. Queria ir até lá comer aquelas coisas deliciosas, mas sabia que os convidados não tolerariam sua presença. Quanto mais ele ficava ali, mais se sentia tentado pela comida. Finalmente reuniu coragem, acalmou-se e lentamente se aproximou de uma mesa onde havia uma pilha de frango assado. Porém, assim que estendeu a mão para apanhar o frango reluzente, ele sumiu como fumaça. Os senhores e as senhoras que até então estavam conversando ao seu redor também desapareceram. Em seu lugar, uma silhueta negra com um chapéu enterrado sobre o rosto apareceu na frente de Choe Seongil. O homem nas sombras apertou seu pescoço com o braço áspero, depois falou:

— Chegou a hora.

Choe Seongil não resistiu mais. Fechou os olhos e se rendeu à vontade da silhueta. Ao fazer isso, um sentimento de alegria inacreditável irrompeu como uma fonte e saiu de repente de dentro dele. Choe Seongil se agitou com um êxtase impressionante, uma satisfação perfeita. Se a morte é assim, posso morrer, pensou. E teve a sensação de que aquela alegria duraria para sempre.

39

Havia um garoto. Sua cidade natal ficava na ilha de Wi, a mais populosa do mar Amarelo. Os ilhéus ganhavam seu sustento com a corvina amarela. Na época do auge dos pesqueiros de corvina na costa

flor
negra

de Chilsan, os donos de barcos juntavam dinheiro comum para fazer o ritual do barco de grama — lançavam ao mar um barco de grama repleto de desventuras e rezavam para que a pesca fosse boa. Também realizavam um ritual para o rei dragão em nome dos que haviam morrido afogados no oceano. Quando se aproximava a época desses rituais, a vila se enchia de superstições. Os homens guardavam distância das mulheres, e as mulheres menstruadas eram isoladas. Enquanto as pessoas tomavam cuidado com cada ato e cada palavra, iniciava-se o festival, e a xamã e os homens que estavam impuros faziam sacrifícios em oferenda a seus convidados invisíveis. As mulheres e as crianças podiam apenas olhar de longe. Os primeiros convidados do festival eram doze divindades tutelares e o deus-rei dragão. A velha xamã unia com cordas de cânhamo a cabeça dos homens participantes das oferendas e os arrastava até o templo. Os homens, presos como corvinas amarelas, entregavam suas oferendas de bom grado. Somente quando tais rituais acabavam é que o restante do povo do vilarejo podia unir-se ao festival. Enquanto os músicos tocavam gongos e flautas, todos saíam do templo e seguiam em bando rumo ao mar. Os homens aumentavam ainda mais a empolgação geral, gritando "Içar a âncora! Desenrolar as velas! Remem!" e subindo no barco principal, dançando. O barco de grama, que ficava amarrado ao barco principal e estava carregado com todas as desventuras da vila, era arrastado até o mar. Quando as ondas cresciam, como se o deus do oceano estivesse erguendo seu corpo, eles paravam o barco principal e cortavam a corda que o ligava ao barco de grama, deixando que este vagasse em direção ao mar aberto. As desventuras do barco de grama eram levadas até a China, e com elas desapareciam todas as superstições. A ilha de Wi comemorava a noite inteira com danças, bebidas e música.

O garoto foi criado em tal lugar. Era um lugar onde um homem nascia filho de pescador, vivia como filho de pescador, tornava-se pai de pescador e depois morria. Não havia outra escolha. O pai e os tios do garoto abriam as redes no jardim e amarravam nós, e sua mãe e suas irmãs fediam a peixe. Quando eles tinham sal, salgavam o peixe, se não, comiam-no cru assim que o apanhavam, mergulhado em missô. Um dia, o pai do garoto decidiu sair para pescar corvina amarela. O dono do seu barco tentou dissuadi-lo, porém o pai apenas riu. Nunca mais voltou. No dia seguinte, os pescadores que haviam partido juntos para pescar no mar de Chilsan avistaram os destroços de um barco de pesca. Alguns dias depois, a mãe do garoto mandou chamar a xamã da vila e lhe pediu para realizar um ritual para salvar o espírito de seu marido afogado. Sua mãe, irmãs e tias se sentaram sem dizer palavra e se prepararam para o ritual. Sua mãe apanhou sua irmã chorando no banheiro externo; espancou-a e a expulsou da vila.

— Nem pense em voltar antes de o ritual terminar, sua puta atormentadora do pai!

Enquanto o ritual era executado na praia, a irmã do garoto olhou para o mar do alto da montanha situada atrás do vilarejo. Quando todos os habitantes se reuniram e estalaram a língua, o ritual chegou ao clímax. A maré encheu e as ondas mudaram de direção.

— Como deve ser frio! — gritou a mãe do garoto.

A xamã, enlevada, brandia seu bastão sagrado como louca e chamava o falecido. E então aconteceu uma coisa estranha sobre a qual todos falariam durante anos a fio, sempre que um ritual era feito naquela vila. Algo se aproximou rápido como um raio do píer empenado, que assomava como um seio de mulher. Mesmo se fosse um barco em que três ou quatro homens estivessem remando, não poderia ter aquela velocidade. O objeto, que à primeira vista parecia um tronco, foi direto até o lugar onde estava sendo conduzido o ritual, e parou sobre um banco de areia. Todos gritaram:

— É Geumdong!

Era um dos tios do garoto, que estivera no barco com seu pai. O corpo do tio se agitou para frente e para trás com as ondas, balançando os braços mordiscados pelos peixes. As ondas lambiam sem parar o corpo, como a língua de uma vaca. Nada do gênero jamais acontecera na vida da xamã, nem tampouco na época da mãe dela. O ritual era apenas para salvar a alma dos afogados, não para reclamar seus corpos.

flor
negra

Qualquer um podia ver que aquilo não era obra da xamã. Entretanto, o tio Geumdong havia claramente surgido diante dos olhos de todos, bem no meio do ritual. Eles envolveram seu corpo com uma esteira de palha e o carregaram até o alto da montanha. Ele não tinha mais olhos e um dos braços pendia frouxamente da articulação. Uma enguia se esgueirou entre as dobras da esteira e foi pisoteada. E alguém retirou um pequeno polvo que havia se enfiado dentro de uma das órbitas vazias do cadáver. Foi então que a xamã encerrou o ritual — creio que está na hora de parar. O rei dragão não quer ver o meu rosto — e cambaleou de volta para a sua casa. Não muito tempo depois, veio outra xamã que morava em Gomso e celebrou um ritual para a alma do tio Geumdong, que morrera antes de poder se casar, mas ninguém se interessou muito. Logo a xamã da cidade sucumbiu a uma doença persistente e morreu, e sua filha realizou o ritual pela alma da sua mãe ao som dos tambores do pai.

Quando não pagaram o prometido para a xamã de Gomso, ela ficou furiosa e voltou para sua cidade. Pouco tempo depois, uma mulher estranha surgiu diante do garoto.

— Vamos para o interior. Vou lhe dar arroz branco e sopa de carne. Sua mãe já está lá esperando você.

O garoto segurou a mão bonita da mulher e entrou no seu barco. Depois de uma hora eles chegaram a Gomso. Caminharam por algum tempo, e foi apenas quando entraram em uma casa cheia de tecidos flutuantes, roupas coloridas e fardas de militares, decorada com imagens de ídolos, é que o garoto percebeu o que esperava por ele. Era a xamã de Gomso. É claro que a mãe dele não estava ali. A xamã não disse uma palavra e trancou o menino em um barracão. Será que a minha mãe me vendeu? O menino derramou lágrimas ultrajadas. Mas, dali a pouco tempo, levantou a cabeça ao pensar que não podia ser verdade. Aquela xamã estava jogando uma maldição sobre eles. O medo o assolou. Corriam histórias que algumas xamãs prendiam crianças e as deixavam morrer de fome. Elas faziam isso depois de seus poderes começarem a falhar, após servirem muito tempo o seu deus. Então o espírito entristecido da criança morta entrava dentro delas. Diziam também que aquelas xamãs trancavam as crianças em baús e as cutucavam com bastões de metal para que elas não conseguissem dormir, atormentando-as cruelmente até que morressem. Desse modo, o espírito atormentado da criança morta ficaria poderoso.

Três dias mais tarde, a xamã de Gomso abriu a porta do barracão e soltou o garoto. Então o ensinou a tocar tambor. *Tum ta-ca tum ta-ca tum...* clack! Ele era desajeitado. Sempre que cometia um erro a xamã batia nele. Não o trancou em um baú nem o cutucou com um bastão de metal, mas ele foi igualmente atormentado. Não passava um dia sem que a xamã de boca suja não jurasse matá-lo. O garoto queria ver a mãe e a irmã. Seu corpo inchou devido a uma doença qualquer. Ele tremia de frio. Por mais estranho que possa parecer, do dia para a noite o inchaço desapareceu. Todas as noites o garoto sonhava que a sua mãe vinha encontrá-lo. Sonhava que sua mãe abria as portas do barracão escuro, entrava correndo e agarrava seu pulso, e depois o levava de volta para casa. Porém, quando ele acordava, ainda estava no barracão da xamã.

Certa manhã, a xamã saiu para fazer um ritual ali perto. O garoto abriu a janela do barracão e escapou. Enfiou no bolso os bolinhos de arroz que estavam no altar da xamã e fugiu. Subiu morro desconhecido atrás de morro desconhecido a noite inteira. No dia seguinte, chegou a um forte poderoso. Soldados trajados ao velho estilo coreano observavam as pessoas que passavam pelos seus portões. O garoto ficou muito perturbado, pois parecia que a xamã vesga havia ordenado que aqueles soldados o encontrassem. Ele parou algumas pessoas e lhes perguntou onde estava, e elas lhe disseram que ele estava em Haemi. Disseram que estava tendo um mercado ali, e que a cidade fervilhava de gente. O garoto ficou bem atrás de alguns homens que entravam na cidade e tentou entrar pelos portões sem ser notado, mas acabou sendo descoberto.

— O que é isso? — um soldado levantou o menino, que falou com voz aterrorizada:

flor
negra

— Xamã de Gomso, peito, cutucou, na ilha de Wi, meu tio, ritual, meu pai, a xamã morreu, tenho fome, *tum ta ca tum ta ca tum* para o general Gwanum e o general Choe Yeong.

Quando o garoto recobrou os sentidos, estava na casa do soldado. Depois de comer mingau preparado pela esposa do soldado e de recuperar as forças, começou a brincar com as crianças da casa, que eram mais novas que ele. Era uma casa surpreendentemente silenciosa. À noite a família se reunia, fechava os olhos e murmurava alguma coisa. Dois pedaços de madeira tinham sido amarrados em cruz e pendurados na parede, e eles falavam para aquele objeto. Ele tornou a sentir medo. O soldado percebeu o medo e segurou sua mão. Disse ao garoto que ele precisava acreditar no Deus do Paraíso se desejasse entrar no Céu. Era um lugar onde não havia reis nem aristocratas, nem fome ou tirania, onde só existia a glória eterna. Seja lá como for, o menino gostou da parte de não sentir fome.

— O Deus do Paraíso fica bravo? — quis saber. A xamã de Gomso só havia lhe ensinado a respeito da ira dos deuses. O deus dela estava sempre irritado. Sempre que a comida fosse pouca, ou que a xamã não fosse sincera, ou que houvesse uma pessoa impura, o deus ardia de raiva. O soldado gargalhou.

— Jesus morreu na cruz pelos nossos pecados. Sentiu compaixão por nós e morreu no corpo de um homem.

O garoto inclinou a cabeça.

— Quer dizer que ele morreu por nossa causa, mas mesmo assim não fica bravo?

O soldado riu e bagunçou o cabelo do menino.

— Isso mesmo. Ele é aquele que morreu para nos salvar de nossos pecados.

O soldado disse a ele para não contar a ninguém o que ele havia lhe dito, não importava o que acontecesse. Pouco tempo depois, um homem de olhos azuis vestido com roupas de luto e um chapéu de abas largas de enlutado veio até a casa do soldado e levou o garoto para o meio das montanhas. Ali, as pessoas faziam carvão em fornalhas.

Falavam do mesmo jeito que o soldado e se ajoelhavam de manhã e à noite murmurando alguma coisa. Falavam sem parar sobre a morte de alguém, e sempre que o faziam era com tristeza. Era completamente diferente da casa da xamã. O menino foi batizado. Foi morar na casa do padre de olhos azuis. Aprendeu as doutrinas da Igreja e memorizou as orações. Depois foi enviado até Penang, na Malásia, onde cursou o seminário. Mas aonde quer que fosse, fechava os olhos e se via atormentado pela visão do tio Geumdong cortando as ondas e rumando em direção ao píer. Aquilo mudara o destino de todos. Quando um colega de seminário que tinha ido com ele para Penang lhe perguntou: "Por que você não volta para a ilha de Wi para ver sua família?", o jovem não respondeu. O que eu faria se descobrisse que realmente a minha mãe me vendeu? Mãe, o filho que a senhora vendeu voltou. Devo dizer isso a ela e depois abaixar a cabeça? É claro que pode ser que não seja isso o que aconteceu, mas mesmo assim...

Passados muitos anos, Bak Gwangsu Paul, chamado de sr. Bak pelos coreanos da fazenda, dormia no mesmo recinto que o xamã. Nunca se sabe o que a vida pode trazer. Será que aquilo também era vontade de Deus? O discurso do xamã, cada uma de suas ações, as listras azuis e vermelhas das suas roupas, os ídolos que ele fabricava, tudo aquilo o lembrava a xamã de Gomso e o deixava perturbado. Sua jornada até Penang, passando por Nagasaki e Hong Kong, e sua consagração em padre católico ocorreu em parte por causa do tio Geumdong e da xamã de Gomso. Ele desejava fugir para bem longe daquele mundo hediondo e mágico. Sim, aceitara a religião da Palestina somente porque era uma fé vinda de muito longe. Mas agora fugira até mesmo dessa religião e atravessara todo o oceano Pacífico até chegar ao México.

40

Em 1521, o soldado espanhol Cortés liderou seiscentas tropas em um cerco para dominar a capital dos astecas. O México e os vastos

flor
negra

domínios dos indígenas dos arredores caíram todos aos pés da Espanha. Dez anos depois, um índio ignorante e comum que morava em Tepeyac, Juan Diego, converteu-se ao catolicismo. Depois da missa, certa manhã bem cedo, ele ouviu alguém chamar seu nome do alto do monte de Tepeyac. Subiu até lá, onde soava uma linda música e uma mulher trajada com roupas esplêndidas e irradiando todas as cores do arco-íris aguardava por ele. Essa mulher misteriosa, de pele morena e cabelos negros, disse a Juan Diego: "Construa uma igreja neste local". Juan Diego não duvidou nem sequer um instante de que aquela mulher, a verdadeira imagem de uma índia asteca, era a manifestação divina da Santa Virgem Maria. Correu morro abaixo e transmitiu a ordem da Santa Mãe ao bispo Juan de Zumárraga. Contudo, o bispo recusou-se a acreditar que o que havia aparecido diante dos olhos de um homem daquele povo ignorante que fora conquistado dez anos antes pelos espanhóis e que até então havia se devotado aos sacrifícios humanos — ainda por cima um homem completamente sem importância daquele povo — pudesse ser a Santa Virgem. Sem falar que ela havia aparecido com pele morena! Então a Santa Virgem era indígena, por acaso? Ele ignorou a mensagem.

Desapontado, Juan Diego voltou para casa e, no caminho, encontrou a mesma mulher. Quando contou a ela sobre a descrença do bispo, Santa Maria disse que lhe daria um sinal definitivo e que ele deveria subir ao alto do morro no dia seguinte. Porém, aguardando por ele em casa estava seu tio, jazendo de febre. Na manhã seguinte, depois de muito hesitar, aquele homem de coração bom foi procurar um padre que pudesse fazer a extrema-unção para seu tio em vez de subir ao morro para encontrar Nossa Senhora. Porém, a misteriosa mulher aguardava por Juan Diego em um beco. Ela lhe disse para não se preocupar, que seu tio se curaria e que ele deveria levar o sinal dela para o bispo. Ao dizer isso, encheu o *tilma* (uma vestimenta tradicional dos índios, semelhante a um xale) de Juan Diego com rosas. Ali não existia uma única roseira, e além do mais era dezembro. Animado, Juan Diego levou as rosas até o bispo. Quando ele lhe entregou o *tilma* cheio de rosas, o bispo ficou em choque, caiu de joelhos e se curvou. A imagem da mulher que havia aparecido diante de Juan Diego, a Nossa Senhora morena, estava impressa no *tilma* como uma foto.

Enquanto Juan Diego estava com o bispo, a mulher misteriosa apareceu para o tio dele, curou sua doença e deu-lhe instruções de que deveria ser chamada de Nossa Senhora de Guadalupe. Os índios ficaram maravilhados com aquele acontecimento e, nos oito anos seguintes, mais de oito milhões deles se converteram ao catolicismo. Chamavam-na de Tonantzin — Nossa Senhora. Era o nascimento de uma nova santa.

Três anos depois desse milagre, Ignacio de Loyola, que na juventude fora um soldado de guerra e se tornara um contrarreformista zeloso após ser ferido em uma batalha contra a França, fundou a Companhia de Jesus. Aos olhos desse apóstolo ambicioso, que resolvera expulsar os protestantes e expandir à força o poderio do catolicismo, o Novo Mundo era o lugar ideal para levar a cabo seus ideais. Treinou como soldados do papa jovens cujo julgamento estava nublado pelo ouro e pela prata que brotavam das Américas, jovens que tinham energia e paixão abundantes (os mais parecidos consigo mesmo quando jovem) e jovens que não cogitavam reformar o sistema religioso herdado de seus pais. Ignacio enviou esses jovens para a Ásia, a África e o Novo Mundo.

José Velásquez foi um deles. Enviado ao México como padre jesuíta, não se emocionou com a aparição de Nossa Senhora de Guadalupe. Na verdade, desde o início não acreditou nesse milagre. Pensar que a Santa Virgem surgiria na forma de uma índia medíocre! Na visão dele, o bispo Juan de Zumárraga era um homem surpreendentemente realista e inteligente que havia imitado a história de Tomás na Bíblia, o apóstolo descrente. Tratava-se, obviamente, de uma paródia da cena em que Jesus conta a Tomás que, se este duvidava de sua ressurreição, deveria colocar a mão no lado do corpo dele, de Jesus. A transformação da descrença em crença, mais o milagre, eram o suficiente para iludir os índios tolos. O primeiro bispo do México devolvera aos indígenas sua mãe perdida. Nossa Senhora de Guadalupe

flor
negra

estava também muito bem inserida na tradição do culto à deusa da Península Ibérica. Milagres e ícones... não eram esses os dois verdadeiros pilares que apoiavam o catolicismo? Se não fosse por eles, essa antiga religião do Velho Mundo não teria durado muito tempo.

José Velásquez amava o México de modo diferente do bispo. O México não gostava do seu modo de amar, mas pelo menos o amor dele jamais arrefeceu. Velásquez rapidamente compreendeu que Nossa Senhora de Guadalupe, que os indígenas insistiam em chamar de Tonantzin, era bastante diferente da Nossa Senhora que ele conhecia. A maioria dos índios demonstrava interesse em conversar sobre a Virgem Maria, mas não se interessava pelas doutrinas fundamentais, como a Santíssima Trindade. Entendiam tudo de um modo ligeiramente diferente. Ou seja, viravam tudo de cabeça para baixo. Teimavam em enxergar os discípulos de Jesus e os santos como deuses independentes. Para eles, Nossa Senhora era uma deusa, e Jesus, meramente o seu filho. Além disso, emprestavam um significado grande demais à morte desse filho. Gostavam de esculpir imagens dele deitado em um caixão ou pregado na cruz, sangrando. Sempre acrescentavam automutilações severas e penitências horrendas aos rituais da Igreja, transformando-os em cerimônias complexas e solenes ao estilo gótico e semelhantes ao antigo sistema asteca de sacrifício humano. José Velásquez passava muito tempo tentando convencê-los de que não precisavam celebrar o dia santo em que Jesus carregava a cruz até o alto do morro enfiando pregos em suas próprias mãos nem se pendurando em cruzes. Ele foi obrigado a admitir que seu chamado era para combater o xamanismo tradicional dos índios astecas. Quando tomou consciência desse chamado, percebeu que havia adversários demais ao seu redor. Em todas as tribos, os magos curavam os doentes e presidiam rituais. Somente aos domingos os índios sucumbiam à influência da Igreja, no entanto a maioria continuava fiel aos xamãs da tribo. Havia muitos ídolos e totens que José precisava destruir. O costume atávico de consumir bebidas tóxicas, como aquelas à base de cogumelo agárico das moscas, para mergulhar toda a tribo em um transe era mais forte do que nunca. Primeiro o mago bebia a infusão, e, depois que entrava em transe, a pessoa seguinte bebia a urina dele e também entrava em transe. A bebida à base de cogumelo se tornava mais potente depois de ser filtrada pelo corpo. Após passar por três corpos, levava toda a tribo a um êxtase intenso. Nesse processo, os índios diziam haver encontrado o Pai, o Filho e o Espírito Santo, mas na verdade o que viam muitas vezes era um grande dragão, ou cultuavam uma serpente com penas.

A fim de combater de modo efetivo aquela religião antiga, José abdicou de suas obrigações de padre e organizou um exército mais forte do que o dos jesuítas. Invadiu vilarejos indígenas, destruindo ídolos e queimando-os. Assassinou pessoas tomadas pelo êxtase, ainda que estivessem indefesas como estavam, e levantou cruzes vermelhas. Seu nome inspirou o terror nos platôs mexicanos. Mesmo em meio às inúmeras batalhas e à ameaça de assassinato, viveu até a idade de noventa anos, e no final morreu de modo pacífico em seu próprio leito. Jamais se casou oficialmente, mas deixou para trás inúmeros filhos ilegítimos, que se devotaram em conjunto ao movimento da Contrarreforma e à conversão dos índios. Eles também tiveram muitos filhos. Com o tempo, o zelo violento de José Velásquez se diluiu enormemente, mas de vez em quando ainda surgiam escravos de sua fé fanática.

Ignacio Velásquez poderia ser considerado adequadamente uma prova do atavismo. Proprietário tanto da fazenda Bela Vista quanto de um pequeno banco, levantou-se às cinco da manhã e seguiu até uma saleta de orações situada a um canto da sua casa. Ajoelhou-se sobre uma tábua de madeira preparada para este fim e, como sempre, ofereceu suas orações matinais mais sinceras. Então, com todo o cuidado, limpou os rifles pendurados na parede de sua sala com um oleado. Era a única coisa que ele não deixava seus servos fazerem. Aqueles rifles eram uma espécie de legado que comprovava que Ignacio era filho legítimo de José Velásquez. Ele havia brigado com os numerosos descendentes de José e reclamado os rifles para si. Eram um registro da história da luta da sua família contra a idolatria sem sentido e

flor
negra

contra o satanismo do Yucatán. Seu coração se encheu de emoção enquanto ele limpava os canos repletos de marcas, e mais de uma vez ele precisou se acalmar. Depois que terminou de polir os rifles, montou em seu cavalo e rodeou a fazenda. Havia muito tempo que não fazia isso. Rumou em direção às habitações dos coreanos que ele contratara meio ano atrás. Havia dois anos que ele vencera na base do chicote os maias da fazenda, que haviam pintado as cabeças de ídolos de pedra com seiva, feito um pequeno círculo de pedrinhas, queimado incenso e dançado ao redor daquele círculo. Ao fim de tudo, não só os maias iam à missa na igreja todo domingo como também pararam com suas atividades noturnas suspeitas. Entretanto, ele não tinha ideia do que os cerca de cinquenta coreanos recém-chegados podiam estar fazendo. Havia ouvido falar que alguns eram protestantes (é claro que esses também seriam alvos de conversão) e dizia-se que um deles (graças ao Senhor por Sua misericórdia ter sido derramada até mesmo naquele fim de mundo) era católico. O resto não se sabia. Portanto, era apenas natural que aquele descendente de padre apóstata, que acreditava no dever sagrado da sua família de obliterar a superstição, decidisse converter todos os coreanos de sua fazenda.

Olhou ao redor das *pajas* dos coreanos, que estavam agora trabalhando nos campos. À primeira vista, não avistou nenhum ídolo. Panelas, chaleiras, roupas imundas e um fedor horrendo foram as únicas coisas encontradas. Mesmo assim, alguma religião eles deviam ter. Levantou o nariz e inspecionou as *pajas* uma a uma. Finalmente, na última ele encontrou um altarzinho inscrito com letras estranhas e o retrato de um homem de chapéu desenhado em cores em um papel. Continuou procurando, mas não descobriu mais nada, além de umas poucas imagens esculpidas em madeira. Depois de descobrir que alguns coreanos cultuavam ídolos, Ignacio ficou perdido em pensamentos por algum tempo, porém o cheiro era tão ruim, que ele não conseguiu mais permanecer ali e voltou direto para casa. Os ídolos dos coreanos eram completamente diferentes dos ídolos maias. As letras pareciam chinesas e estavam grafadas em vermelho, a cor do demônio. Mais uma vez ele ouviu o som do seu sangue, ordenando que ele agisse.

Chamou o capataz e o intérprete coreano e disse:

— Deste domingo em diante, todos os coreanos devem ir à missa. Em troca, não terão de trabalhar nos domingos. O México é um país católico, portanto o ato de cultuar e servir ídolos é proibido. — Era mentira. Havia muitos católicos no México, mas o país não era uma teocracia. — Do mesmo modo, que eles saibam que se mantiverem ídolos em suas casas ou cultuarem superstições, serão expulsos sem receber um único peso. Caso se convertam e se batizem, vou aumentar o salário.

O intérprete Gwon Yongjun, que tinha sido convocado à fazenda Buena Vista, transmitiu as intenções do fazendeiro para os coreanos. A maioria recebeu de bom grado aquela notícia. Não teriam de trabalhar se fossem à igreja e ficassem sentados por algum tempo, o que não era nada assim tão difícil de fazer. Alguns disseram que iriam estudar as doutrinas e se batizar. Seu pagamento seria aumentado em um décimo, e eles poderiam talvez até descansar um pouco enquanto aprendiam a doutrina. Contudo, apenas o padre Paul entendeu exatamente o que o fazendeiro quis dizer com não cultuar ídolos. Quando o padre Paul ouviu o que Gwon Yongjun tinha a dizer, virou-se para o xamã e lhe disse amargamente:

— Acho que você terá de tirar as coisas que estão na nossa sala.

O xamã olhou para ele, surpreso:

— Sr. Bak, o que elas têm a ver com o fazendeiro?

— O deus dessa religião é muito ciumento e não gosta que seus seguidores acreditem em outros deuses.

O xamã retrucou:

— Meu deus e o deus dele são diferentes. E se eu não quiser servir o deus dele?

O padre Paul raspou o chão com o pé.

— Não importa, é nisso que ele acredita. Sua religião não olha com bons olhos o nosso culto ancestral, e este fazendeiro parece ser um crente até a medula. Tome cuidado.

flor
negra

O xamã pareceu de início preocupado, mas depois logo assumiu uma atitude de indiferença.

— Não vou atirar uma maldição em ninguém, então o que pode dar errado? Mas me diga uma coisa, você não era católico?

No domingo, os coreanos vestiram suas roupas mais limpas e foram assistir à missa em um lugarzinho preparado para isso, na fazenda. Um padre de Mérida veio a cavalo para celebrar a missa. O fazendeiro e os capatazes se sentaram em bancos de igreja feitos de mogno em Belize, mas os trabalhadores coreanos e maias se sentaram no chão para escutar o latim incompreensível. Levantaram-se e sentaram-se algumas vezes e depois a missa acabou, e então o fazendeiro mandou abrir melancias. As crianças ficaram animadas por comer melancia depois de tanto tempo e começaram a correr pela fazenda.

O coração do padre Paul sofreu ao ouvir o latim e os hinos. *Kyrie Eleison*. Senhor, tenha piedade de nós. Observou o padre branco recitar as preces em latim e se lembrou de como ele celebrara a missa na Coreia. Talvez eu jamais fique de pé em um altar. Já nem me lembro direito de como é. Porém, quando chegou a hora da eucaristia, ele sentiu uma tentação forte de aceitá-la. Não fez isso, contudo. Provavelmente nenhum padre mexicano ofereceria a eucaristia a um estrangeiro com roupas imundas. E todos achariam difícil de acreditar que ele um dia foi padre.

Choe Seongil havia olhado tudo sem expressão e sem dizer nem uma palavra toda a manhã, mas foi incapaz de resistir aos apelos dos capatazes e ir ao local onde estava sendo celebrada a missa. Olhara sem dizer nada o padre mexicano de pé no altar até quase o final da cerimônia, mas então se levantou de um salto e correu para frente. O bem-vestido Gwon Yongjun e um jovem coreano, Yi Jinu, também se levantaram de um salto. Gwon Yongjun e os capatazes correram em direção a Choe Seongil, mas ele já havia fugido pela plataforma. Então se ajoelhou na frente da cruz, imolou seu corpo e gritou em uivos, como se estivesse louco. Não era nem coreano, nem espanhol, e sim uma língua estranha. Os capatazes, feitores e Gwon Yongjun tentaram levantá-lo, mas Choe Seongil resistiu com uma força de meter medo. Lágrimas desciam pelo seu rosto e ele gritava com o padre.

O fazendeiro se levantou e fez o sinal da cruz. Depois se aproximou do padre e lhe sussurrou alguma coisa. Disse aos feitores e capatazes que deixassem Choe Seongil em paz e declarou:

— Aqueles que estavam possuídos pelos demônios se aproximaram de nosso Senhor e gritaram: "Filho de Deus, por que veio interferir em nossos assuntos? Veio nos atormentar antes de chegar a hora?" E ele os enviou para um bando de porcos. E esse bando de porcos desceu uma encosta e se afogou no mar. Este camarada é apenas um deles.

Quando o fazendeiro olhou de soslaio para o padre, o padre umedeceu a escova com água-benta e borrifou-a sobre Choe Seongil. Choe Seongil se contorceu como se lhe tivessem borrifado ácido, depois espumou pela boca e desabou no chão.

— Isso não é um ataque de epilepsia? — perguntaram os coreanos, inclinando a cabeça, mas o fazendeiro e o padre assumiram ar solene.

— Em nome de Jesus, que você seja salvo!

O padre continuou aspergindo água-benta sobre Choe Seongil, depois derramou copos e mais copos de água-benta sobre ele. Só então Choe Seongil abriu os olhos inchados, como se tivesse acabado de despertar de um sonho. Olhou ao redor como se quisesse descobrir onde estava. Ignacio o abraçou de modo exagerado.

Ignacio, que acreditava que eles haviam expulsado o demônio com água-benta e orações, mais uma vez tomou consciência do nobre chamado que lhe havia sido confiado. Depois da missa, Choe Seongil almoçou com o fazendeiro na sua casa. Foi um banquete suntuoso que parecia um sonho. Porco ensopado à moda do Yucatán, com feijão-preto, coentro, cebola e tomate, e sopa de lima, preparada com limão e cebola, esperavam por ele. Comeu como um glutão. Gwon Yongjun, que estava sentado ao seu lado, transmitiu as palavras do fazendeiro.

— Sr. Choe. O fazendeiro acredita que expulsou um espírito do seu corpo.

Choe Seongil balançou a cabeça e expressou seus agradecimentos.

flor
negra

— Agora que você falou isso, lembrei que me disseram que havia um velho sentado sobre meus ombros.

Porém, aquelas palavras, quando traduzidas, foram embelezadas e saíram assim:

— Ele diz obrigado ao senhor por ter expulsado Satanás.

O fazendeiro incitou Choe Seongil a se juntar ao exército de Jesus e a lutar contra Satanás ao lado dele. Choe Seongil concordou incondicionalmente.

Gwon Yongjun e Choe Seongil entraram em uma carroça e deixaram a fazenda. A partir daquele dia, o destino de Choe Seongil mudou. Diligentemente ele escreveu em coreano fonético as preces em latim e as memorizou, embora não soubesse seu significado. Frequentava a missa com todo o empenho e importunava quem não queria ir:

— Se nós sofrermos por sua causa, você vai se sentir arrependido. Você só precisa ir e ficar lá sentado em silêncio. O que pode haver de tão difícil nisso?

As pessoas começaram a evitar Choe Seongil, que estava sempre balbuciando alguma coisa, mas isso não o preocupou.

Certa noite, Choe Seongil foi até a *paja* do padre Paul.

— Sr. Bak, acorde.

Padre Paul abriu os olhos. Choe Seongil o chamou para fora. A lua estava quase cheia. À luz clara do luar, Choe Seongil retirou a cruz do padre Paul do seu pescoço.

— Já viu isto antes? — padre Paul olhou de relance para Choe Seongil. — Escute, sinto muito. Eu era ignorante e sempre me perguntei o que seria isto, mas agora finalmente eu sei. É uma cruz, e tem algo a ver com o catolicismo que o fazendeiro pratica, portanto o feitiço virou contra o feiticeiro. Aqui, tome.

Ele estendeu a cruz com tanta sinceridade, que Paul não foi capaz de estender a mão para apanhá-la.

— Não pode aceitar o que é seu? — Choe Seongil pôs a cruz na mão de Paul. — Eu estava com fome naquele momento, só isso. Mas sempre tive a intenção de devolvê-la a você um dia. — Choe Seongil sentou-se em um toco de árvore e meteu um cigarro na boca. O cigarro não acendia, e sua pederneira faiscou várias vezes na escuridão. Depois que ele deu uma tragada, perguntou a padre Paul, que estava de pé pouco à vontade: — Afinal de contas, o que você é? É só um católico, ou... — Padre Paul não disse nada. — Tudo bem, então. Seja lá o que tenha acontecido em seu passado, me ajude aqui. Em coreano curto e grosso, me explique que coisa é esse catolicismo e o que ele tem de tão sensacional para deixar o fazendeiro tão empolgado.

— Não posso — padre Paul sacudiu a cabeça. — Não sei nada sobre o catolicismo. E essa cruz não é minha.

Choe Seongil se levantou do toco e chegou mais perto de padre Paul.

— Vamos nos ajudar um ao outro. Não precisa ser nada assim tão difícil. Eu lhe devolvi a sua cruz, não devolvi?

Padre Paul falou em voz baixa:

— Eu já sabia da cruz desde o navio. Quando você ficou doente com disenteria...

Choe Seongil apertou a garganta de padre Paul.

— Quê? Quer dizer então que você enfiou as mãos nos bolsos de um camarada tão doente que não conseguia nem sequer se mexer? — Padre Paul não conseguia respirar e ofegou, então Choe Seongil teve pena dele e soltou sua garganta. — Você parece saber bastante coisa; vi quando matraqueou um monte de coisas para o tal xamã sobre o catolicismo. Seja bonzinho comigo. Se não... Não me importa o que aconteceu com você para que queira esconder isso, mas vou procurar o fazendeiro e dizer a ele: esse aí é um dos católicos de que o senhor tanto gosta! — Choe Seongil deu uma risadinha e entrou na *paja*. Padre Paul ficou perturbado com suas palavras, que lhe trouxeram de volta lembranças da repressão ao catolicismo na Coreia. Aqui era o contrário: os católicos eram recompensados. Mas ele não tinha nenhuma vontade de ser arrastado até a presença do fazendeiro e testemunhar sua abjuração, tampouco desejava fingir uma falsa fé como o ladrão. Padre Paul inclinou a cruz à luz do luar. A safira incrustada no seu centro cintilou com um brilho azulado sinistro.

flor
negra

41

O espanhol de Yi Jinu melhorava a cada dia. Já estava bom o bastante para que, dali a um pouco mais de tempo, ele pudesse trabalhar como intérprete. Afinal, o espanhol utilizado nos campos de sisal era simples e, se ele interpretasse algo errado, ninguém jamais teria como saber.

Gwon Yongjun sentou-se ao lado de Yi Jinu à sombra de uma árvore e cutucou-o de leve.

— Já falou com a sua irmã?

Yi Jinu balbuciou:

— Bem, eu...

Gwon Yongjun explodiu:

— Faz muito tempo que lhe perguntei isso, e agora me disseram que vocês andam comendo codorna assada! Você não serve para mim. Sempre arranca o que quer, mas não consegue atender nem mesmo esse pedido simples. É por isso que dizem para nunca trabalhar com aristocratas. Eles engolem o que gostam e depois limpam a boca.

Gwon Yongjun não deu a Yi Jinu a chance de se defender; simplesmente se levantou de um salto e afastou-se. Yi Jinu ficou ansioso. Foi para casa e sentou ao lado da irmã. Yi Yeonsu parou de costurar e olhou o rosto do irmão.

— O que foi?

Seu irmão mais novo, que antes não passava de uma criança, agora se comportava como um homem depois de apenas poucos meses de trabalho nos campos.

Ele respondeu que tinha um pedido a lhe fazer. Quando Yeonsu perguntou o que era, ele hesitou e não conseguiu dizer nada. Porém, já tinha ido até ali e dava na mesma continuar ou não. Yeonsu continuou insistindo:

— O que foi?

Yi Jinu hesitou, depois por fim abriu a boca.

— O intérprete... O sr. Gwon. — Yeonsu assentiu, mas seu rosto se endureceu. — Ele não para de me importunar porque deseja se encontrar com você.

Yeonsu voltou o olhar para a sua costura.

— Então você aprende espanhol com ele e ele fica lhe pedindo isso?

Yi Jinu lambeu os lábios e assentiu.

— Não daria para encontrá-lo somente uma vez? Você só precisa ir e dizer a ele que não quer ir de novo. Ele pode não ser de classe alta, mas parece ser uma pessoa decente.

Yeonsu torceu os cantos da boca em um sorriso:

— O que quer dizer classe aqui?

O rapaz se aproximou dela:

— É verdade. É verdade, não é?

Yi Yeonsu olhou no fundo dos olhos do irmão e falou, resoluta:

— Nunca mais fale desse assunto comigo novamente. Se falar, ficarei muito brava. Não é porque ele é de uma classe baixa. Simplesmente não posso fazer isso.

— Mas ele tem muito dinheiro! — explodiu Jinu, amuado. — Não só fala bem inglês como também fala espanhol, e não vai morrer de fome, aconteça o que acontecer. Você acha que vamos conseguir voltar? Vamos acabar todos morrendo aqui. Em quatro anos, quando terminar o nosso contrato com a fazenda, você terá vinte anos e vai precisar encontrar alguém para se casar aqui mesmo, não é?

A cada palavra que seu irmão disparava, o coração de Yeonsu doía como se estivesse sendo atravessado por agulhas. Ela sabia mais do que ninguém que seu sonho de estudar, conseguir um emprego e se realizar no mundo como um homem chegara ao fim. As fazendas de sisal do Yucatán estavam muito distantes daquele sonho. Ali, ela teria de ir morar com um homem. Teria de acordar às três e meia da manhã, preparar a roupa e a comida do seu marido que seguiria para os campos, dar de comer aos filhos e depois sair ela mesma para o trabalho e cortar folhas de sisal, amarrá-las em feixes e empilhá-las no armazém, depois voltar, preparar o jantar, lavar a roupa, limpar a casa e se deitar. Ela não queria viver assim. Mais uma vez ela pensou ardentemente em Ijeong. Onde ele está? Talvez tenha encontrado outra mulher. Na fazenda Yazche, alguns homens já estavam morando

flor
negra

com mulheres maias, e alguns já tinham até concubinas. Os solteiros espreitavam as casas dos maias à noite. Se um homem chamasse a atenção de uma mulher, ia morar com ela na mesma hora. Talvez Ijeong também já tivesse...? Ela sacou o calendário que havia feito e o olhou. Três meses haviam se passado. Seria impossível vê-lo novamente, não é? Mesmo que eles se encontrassem, não conseguiriam mais ficar juntos, entrelaçar seus corpos loucamente. O desejo que se acumulara de repente sacudiu seu corpo. Isso é o inferno. Um homem horroroso baba por mim, meu irmão seria capaz de vender a própria irmã para ele e eu não posso ver o meu amado. Meu pai parece um cadáver ambulante e minha mãe parou de conversar. Não posso mais viver assim. Talvez eu devesse simplesmente me atirar nos braços de Gwon Yongjun. Ninguém diria nada a essa altura. Nem meu pai, nem minha mãe. Talvez eles mesmos pensem que é melhor assim. Aquela ideia era tão horrível, que Yeonsu mordeu o lábio com toda a força.

Justamente naquele momento, ouviu-se um clamor na entrada da fazenda Yazche e os coreanos correram naquela direção. Jinu, que estava sentado desanimado, também saiu da casa e foi em busca do local do ruído. O que seria aquilo? O clamor aos poucos foi se aproximando. Não era o som de pessoas irritadas ou brigando; era o som de vozes flutuando de contentamento. Por curiosidade, Yeonsu abriu um pouco a porta e pela fresta olhou para fora. Dois homens vinham andando na direção dela, rodeados por outros homens. Como os apaixonados quase sempre costumam fazer, Yeonsu superestimou o significado daquela sorte impressionante, daquele encontro que ela saborearia pelo resto da vida. Não havia outro nome para dar àquilo que não destino. Ele viera. Fora um manquejar ligeiro, parecia saudável. De onde estaria vindo? Por que estaria vindo? Teria vindo para ficar ou iria deixá-la mais uma vez? Havia tantas coisas que ela queria perguntar a ele, mas não conseguia sair, por isso apenas observou-o de dentro da casa escura, caminhando na direção dela.

Assim que entrou na fazenda Yazche, Ijeong não parou de pensar em Yeonsu também, torcendo para que ela estivesse ali. Quando ele foi entregue ao capataz e este soltou suas algemas, e uma multidão de coreanos o envolveu por todos os lados, a saudade dele aumentou ainda mais. Yazche era uma fazenda ainda maior do que ele imaginara. Ele e Dolseok foram recebidos com efusão. Os moradores pediram notícias da fazenda onde Ijeong estivera, e dos amigos e parentes que talvez continuassem lá. Ijeong avistou entre os adultos um garoto que o observava e fingia ser nobre. Era o irmão mais novo de Yeonsu, Jinu. Soube então com certeza que ela estava em Yazche. Ijeong apressou o passo. Os coreanos seguiram Ijeong e Dolseok de perto e lhes fizeram perguntas intermináveis sobre a situação nas outras fazendas, o preço da comida, o salário, os maus-tratos, os capatazes, os feitores, o intérprete. Ijeong respondeu de modo abstrato e caminhou na direção da casa onde moraria. Suas pernas, que por tanto tempo haviam ficado algemadas, doíam, mas ele logo esqueceu a dor.

Porém, por mais que procurasse, ele não a encontrou. Algumas mulheres começaram a sair para buscar água ou pendurar a roupa no varal, mas Yeonsu não estava entre elas. Quando ele passou por certa casa, seu coração bateu com violência em seu peito. Não entendeu exatamente porque, mas olhou para dentro da casa escura. Lá, um rosto coberto o espiou e depois se escondeu. A empolgação aumentou no seu peito até ele achar que enlouqueceria, mas ele passou pela casa e entrou naquela onde iria viver. Embora não tivesse visto seu rosto claramente, soube com certeza que era ela. Sentiu sua energia singular, um poder que infundia tudo ao redor dela com um ânimo misterioso.

Quando chegaram à sua casa, Ijeong e Dolseok se deitaram no chão duro. As pessoas que os seguiram continuaram fazendo perguntas. Uma delas era Jinu.

— De que fazenda vocês vieram?

— Chunchucmil.

— Existe algum intérprete por lá?

— Claro que não.

— Como vocês trabalham sem intérprete?

flor
negra

Ijeong olhou para Jinu, que era alguns anos mais jovem que ele, e sorriu:

— Você fala quando está conduzindo gado ou cavalos? Todo mundo entende.

Os olhos de Jinu brilharam ao ouvir Ijeong falar:

— Como são as pessoas em Chunchucmil?

Dolseok esfregou os olhos e respondeu:

— Três já morreram. Um esfaqueado, outro a chicotadas e o outro se suicidou. Aqui já morreu alguém?

Todos fizeram que não. As palavras de Dolseok foram um conforto para a gente da fazenda Yazche. Pelo menos todos ali ainda estavam vivos.

Apesar da exaustão, Yeonsu e Ijeong se reviraram na cama a noite inteira, sem conseguir dormir. Os últimos três meses tinham sido uma separação longa demais para aqueles jovens de sangue quente.

42

— Quero papel e um pincel.

Certa manhã cedo, quando os outros estavam indo para o trabalho, Yi Jongdo abriu a boca pela primeira vez depois do que pareciam ser semanas de cama. A senhora Yun, que estava ocupada se preparando para ir aos campos, no começo fingiu não ter ouvido o que ele disse. Yi Jongdo repetiu:

— Quero papel e um pincel.

A senhora Yun respondeu com grosseria:

— E o que vai fazer com isso, por acaso?

Yi Jongdo não disse nada. Seu filho retrucou:

— Acho que não tem nenhum pincel por aqui, mas vou tentar encontrar alguma coisa parecida.

Yi Jinu vestiu as calças justas e as luvas e saiu. O clima esfriara um pouco desde maio, quando eles chegaram. A senhora Yun roçou de leve o ombro do filho quando ele saiu e disse:

— Não precisa se incomodar.

Na volta, Jinu pediu a Gwon Yongjun um pincel e papel, mas o intérprete não parecia interessado em escutá-lo. Sem outra escolha, Jinu foi até a loja e perguntou se poderia comprar papel e algum instrumento de escrita. Inesperadamente, eles logo lhe entregaram o caderno, a caneta e a tinta que usavam e disseram que abateriam o valor do seu salário.

Yi Jongdo rasgou o papel do caderno algumas vezes com aquela caneta estranha ao começar diligentemente a escrever alguma coisa. Levantou-se de manhã, lavou o rosto com a água que a senhora Yun havia ido buscar e em seguida sentou-se diante de um caixote de madeira e devagar escreveu um caractere depois do outro. Dedicou o dia inteiro àqueles esforços. Às vezes fitava o vazio como se tentasse acender a memória, noutras vezes respirava fundo, como se as emoções estivessem se acumulando dentro dele. Na hora do almoço, a senhora Yun lhe ofereceu uma *tortilla*, mas ele se recusou a comer e continuou escrevendo com olhos brilhantes.

À noite, as pessoas começaram a se reunir na casa de Yi Jongdo. O boato de que ele passara o dia inteiro escrevendo alguma coisa devia ter se espalhado. Ninguém ousou falar com ele, mas muitos espiaram para dentro da casa e murmuraram coisas. Jinu abriu caminho entre eles e entrou. Yeonsu não conseguia se mexer dentro da prisão dos olhares. Quando a conversa lá fora ficou alta, Yi Jongdo abriu a porta e olhou para eles. Os olhos de quem não sabia escrever imploraram: "Você está escrevendo uma carta, não é? Não vamos atrapalhar, por isso por favor escreva a carta. Vamos só ficar esperando aqui. Conte para sua majestade e o governo o que realmente aconteceu com a gente. Não precisamos de dinheiro nem terras, então peça que eles nos levem de volta. E quando terminar de escrever a carta, quando tiver escrito a carta para seus parentes, para sua carne e sangue, por favor escreva cartas para a gente também. Diga a nossos irmãos, nossas famílias, que as coisas não andam direito, mas que estamos bem". Foi isso o que seus olhos disseram para ele. Foi um choque para Yi Jongdo. Como membro da família real e homem de letras em Seul, ele jamais vira olhares

flor
negra

tão patéticos dirigidos a ele. Todos recuavam e abaixavam a cabeça quando ele passava, mas ninguém escondia sua hostilidade e seu escárnio. Os aristocratas eram criaturas imundas e desgraçadas que se devia evitar. De certa maneira, um aristocrata era como um bandido para eles. Era melhor passar a vida sem topar com um.

Yi Jongdo falou:

— Estou escrevendo uma carta para sua majestade. Vi com meus próprios olhos o sangue e as lágrimas que vocês derramaram nesta terra, portanto os conheço bem. Aqui no México deve existir algum sistema postal. Se alguém for até Mérida e enviar a carta, daqui a um mês sua majestade conceberá um plano. Até os cachorros e os porcos recebem um tratamento melhor do que este.

Diante das palavras de Yi Jongdo, a dor dos últimos três meses — não, contando a partir do dia em que embarcaram no navio, era quase meio ano — veio à lembrança, e os olhos de algumas pessoas ficaram vermelhos. Uma delas meteu a mão no bolso, tirou uma moeda e a entregou sem jeito para Jinu, que estava de pé ao lado de Yi Jongdo.

— Você está fazendo isso por nós, por isso aceite.

Com isso, todos começaram a entregar dinheiro. Algumas pessoas foram para suas casas e trouxeram arroz. Jinu educadamente recusou tudo. Yi Jongdo voltou para sua casa e sentou na frente do caixote de madeira. Pela primeira vez sentia que ter aprendido a escrever valera a pena. Desde a juventude, jamais sentiu o simples prazer de ler ou escrever. Aquilo nunca havia passado de um dever. Agora era diferente. Inúmeras frases que ele esquecera completamente se derramavam em sua cabeça como uma fileira de formigas.

— Pai, o senhor não disse que se retornássemos seríamos levados para o Japão e teríamos uma morte terrível?

Yi Jongdo respondeu com coragem:

— Não pode ser pior do que isto aqui. Com certeza lá não nos fariam trabalhar até as palmas das mãos se abrirem como os dentes de um serrote. Eu estava enganado.

Quando as pessoas que haviam se reunido por ali voltaram para suas casas, Yeonsu saiu com uma jarra de água e caminhou devagar na direção para onde Ijeong tinha ido no dia anterior. Olhou furtivamente ao redor, mas não o viu. Fora dos limites da fazenda e na direção do *cenote* havia uma mata arbustiva fechada. Yeonsu se dirigiu ao poço. Estava quase na metade do caminho. Não havia sinal de ninguém sob o luar brilhante. Era tarde; teria ela ido até ali em vão? Justamente quando Yeonsu estava começando a se arrepender de sua decisão, alguém se aproximou por trás dela e segurou sua jarra. Era Ijeong. Os dois foram sem dizer uma palavra para os arbustos. Ijeong pousou suavemente a jarra no chão e abraçou Yeonsu por trás.

— Achei que demoraria quatro anos até eu ver você de novo — Ijeong a apertou com mais força. Yeonsu arfou.

— Eu sei, eu também achei, também achei. Mas tudo bem, agora você está aqui. Não, eu odeio você. Por que esperou tanto tempo?

Eles se beijaram. Ijeong levantou a saia de Yeonsu e sua jaqueta e se atirou sobre ela. Os galhos dos arbustos arranharam os braços e as pernas deles.

— Não acredito. Parece um sonho. Três meses. Desculpe... quem imaginaria que eu veria seu corpo depois de apenas três meses?

Depois que a paixão passou, Yeonsu e Ijeong se deitaram lado a lado e olharam a lua. Formigas subiam sobre suas coxas e barrigas, mas sua carne amolecida não conseguia senti-las.

— Papai está escrevendo uma carta para sua majestade.

Ijeong arrancou uma folha de grama e a cortou em duas.

— Ouvi dizer. Acha que a gente vai voltar, então?

Yeonsu suspirou e apoiou a cabeça no peito de Ijeong:

— Não quero voltar. É horrível aqui, mas a Coreia é ainda pior.

Ijeong correu a mão pelos cabelos dela:

— Será que devemos fugir?

Yeonsu apoiou uma das mãos no chão, levantou-se e olhou para Ijeong, que continuou deitado.

— Está falando sério? Não conhecemos essa língua. Para onde iremos, como vamos viver?

flor
negra

Ijeong a abraçou.

— Espere só mais um pouco. Aprendi japonês no navio, portanto a língua daqui não vai ser tão difícil de aprender. Assim que eu aprender espanhol, vou fugir para bem longe. Não vou ficar preso aqui esses quatro anos. Dizem que ao norte ficam os Estados Unidos. Encontrei um comerciante de ginseng, e ele me disse que os Estados Unidos e o México são tão diferentes quanto o paraíso e a terra. Venha comigo. Eu trabalho e você estuda.

Ela colocou o polegar sobre os lábios do seu amante. — Ah, seria tão bom, mesmo que só fosse um sonho. — Mas então o rosto de Yeonsu escureceu. — E se tivermos todos de voltar para a Coreia por causa da carta de papai?

Ijeong apertou o mamilo dela e disse:

— Aí sim é que teremos mesmo de fugir. As cartas demoram alguns meses para ir e vir, e a essa altura já teremos nos preparado.

O rapaz e a moça, incapazes de distinguir entre a promessa de aventura e a excitação sexual, mais uma vez uniram seus corpos com fúria. A lua de Yucatán brilhou sobre carnes tão brancas quanto ela mesma. As nádegas de Yi Yeonsu cintilaram com uma luz azulada.

43

Choe Seongil aprendeu o básico da doutrina católica com o padre Paul. Não conseguiu compreender conceitos como o da Trindade, mas assimilou bem o principal do catolicismo.

— Então só existe um Deus, isso é simples. Existe o paraíso, isso é bom também. A única coisa que a pessoa precisa fazer é acreditar. Ele não gosta que as pessoas sirvam a outros deuses além Dele mesmo. Enviou seu filho, que se chama Jesus, para a Terra, mas a humanidade o matou e por isso Ele ficou bravo... como assim, não é bem isso? Claro que é. Tem também a mãe dele, e ela é a Mãe Abençoada, e também foi pro céu... Então que espécie de relação ela tem com esse Deus de que estamos falando?... Esqueça, eu entendi. Dez Mandamentos? Como assim, coisas do tipo "não roubarás"? Colocaram uma coisa óbvia dessas nos Dez Mandamentos? Roubar é errado. Por que você está me olhando desse jeito? Me diga, quem é você, afinal de contas? Quem você foi? Matou alguém ou algo do tipo? Por que precisou fugir até aqui? Não? Como assim, não? Está na sua cara. Você cometeu um crime? Não precisa me contar se não quiser. Mas eu vou descobrir. Espere só pra ver.

Quando Choe Seongil ficou com sono, foi se deitar. Depois de algum tempo sentiu que alguém se movimentava por ali. Abriu os olhos e olhou ao redor. Distinguiu vagamente uma sombra escura abrindo a porta e saindo da casa. A julgar pelo modo como ela andava, era o xamã. Será que estava indo se aliviar? Choe Seongil de repente também sentiu vontade de urinar. Levantou-se da cama, colocou as sandálias de palha e saiu. Não viu sinal do xamã perto da sarjeta onde eles urinavam, viu-o caminhando por uma trilha a certa distância da *paja*. O xamã foi até uma árvore e se ajoelhou embaixo dela. Olhou ao redor por um momento e depois começou a cavar com as mãos. Após trabalhar algum tempo virado de costas, voltou a se levantar e retornou para a *paja*. Naquele ínterim, Choe Seongil já havia voltado para sua cama e se deitado. Ouviu o farfalhar suave do xamã entrando em casa. O xamã soltou um suspiro ligeiro e imediatamente caiu no sono. Quando Choe Seongil teve certeza de que ele estava bem adormecido, levantou-se e saiu. Ele, claro, foi direto até a árvore embaixo da qual o xamã estivera cavoucando. Escavou a terra com um galho. Não muito fundo, encontrou uma caixinha. Abriu a caixa e encontrou cerca de dez pesos ali dentro. Tirou o dinheiro, enfiou-o na faixa da sua cintura e enterrou de novo a caixa. No caminho de volta, escondeu o dinheiro em uma pilha de palha embaixo dos beirais do telhado da *paja* deles. Então calmamente voltou para sua cama. Sentiu-se estimulado pela tensão criminosa que sentia pela primeira vez depois de muito tempo, portanto o sono não veio com facilidade. Choe Seongil não se perturbou com o que fez:

flor
negra

é tudo dinheiro público, mesmo. Deve ser o dinheiro que as pessoas entregam quando vêm pedir que o xamã leia a sorte delas. Ele não poderia ter ganhado tanto dinheiro assim trabalhando nos campos. E daí se ele tiver de dividir o dinheiro que ganha com os espíritos?

O xamã, porém, pensava diferente. Na fazenda, dez pesos era dinheiro mais do que suficiente para matar alguém. Era preciso trabalhar um mês inteiro sob o sol escorchante, de antes do nascer do sol até depois do sol se pôr, ferindo-se com os espinhos dos sisais, para ver tal quantia. E, é claro, isso somente se ela não fosse usada para comprar comida nem outras necessidades básicas.

Alguns dias depois, o xamã descobriu que alguém roubara seu dinheiro. Voltou para a *paja* e confessou aquilo ao padre Paul, que estava sempre em silêncio.

— O que devo fazer? Trabalhei tanto para guardar esse dinheiro!

O padre Paul imediatamente desconfiou de Choe Seongil, mas não podia denunciar um morador da casa sem provas. O xamã pediu a ajuda de Choe Seongil também, porém o ladrão de Jemulpo manteve a compostura e repreendeu o xamã:

— Como você foi enterrar algo tão precioso lá fora?

— Como você sabia que meu dinheiro estava enterrado?

Choe Seongil estremeceu.

— Ah... — E então cutucou o padre Paul — ah, foi o sr. Bak que me contou há um tempinho.

— Não pode ser, porque só agora com a nossa conversa é que ele descobriu isso.

Os olhos do xamã se estreitaram. Choe Seongil se irritou:

— Esse xamã seria capaz de ferir um homem inocente!

O xamã não se abalou e segurou o outro pela garganta. Porém, quando o assunto era violência, Choe Seongil estava melhor preparado. Chutou a virilha do xamã e lhe deu uma cabeçada na base do nariz.

— Ai! — O xamã caiu na mesma hora, revirando-se de dor.

O padre Paul conteve Choe Seongil:

— Já chega.

— Ah, então você contou para ele! Por que não morre? — berrou Choe Seongil.

O xamã ficou ali sentado, chorando e atirando maldições:

— Vamos ver até quando você vai continuar vivo!

Choe Seongil correu para pisar em cima dele.

O xamã, que nunca chegou a encontrar seu dinheiro, espalhou seu descontentamento entre os coreanos da fazenda Buena Vista. Ninguém se manifestou por falta de provas, mas todos diziam:

— O xamã não tentaria enquadrar um inocente, não é?

Portanto Choe Seongil, que obviamente sabia a verdade, não conseguiu ficar em paz. Porém, não podia seguir o xamã por aí e desdizê-lo; só podia sorrir e suportar aquilo. Até mesmo o sr. Bak, que tinha sido vítima dos roubos de Choe Seongil, ficou alerta. Se por acaso encontrassem o dinheiro nos beirais do telhado da *paja* deles, os coreanos da fazenda enrolariam Choe Seongil em uma esteira de palha e o espancariam. Mas ele não era homem de aceitar as coisas de braços cruzados.

Mais ou menos dez dias antes do festival da colheita da lua, um homem ficou gravemente doente com uma doença de pele chamada pelagra. Acreditava-se que a doença tinha sido causada pelo sumo do sisal que entrara sob sua pele. O sumo poderia cegar se caísse no olho de alguém. Como se não bastasse, o corpo inteiro do homem ficou tão pesado quanto chumbo, impossibilitando que ele fosse trabalhar nos campos e cumprisse sua cota. Ele ardia de febre e sua pele começou a apodrecer. Até que por fim sua esposa procurou o xamã e lhe pediu que fizesse um ritual. O xamã recusou várias vezes, mas no final não pôde mais ignorar os rogos insistentes da mulher. A família e os vizinhos do homem concordaram em doar a comida e o dinheiro necessários para o ritual. No dia marcado, o xamã e alguns outros homens voltaram mais cedo do trabalho, alegando não estarem passando bem, e iniciaram os preparativos. Alguém trouxe uma cabeça de porco que seria jogada fora pelo cozinheiro da fazenda, e a ela se juntaram comidas mexicanas como *tortillas* e *tamales*, bem como *kimchi* de melancia, *kimchi* de repolho e bolinhos de legumes,

flor
negra

todos dispostos sobre uma mesa coberta com papel branco. Quando a notícia do ritual se espalhou pela fazenda Buena Vista, quase todos os coreanos vieram até ali. O ritual de cura, que começou em frente à casa do doente, envolvia a recitação de várias escrituras e orações escritas. O xamã entrou na casa, trouxe de lá uma peça de roupa e um par de sapatos e os queimou, depois envolveu a cabeça do doente em um cobertor, levou-o até a frente da casa e fez com que ele se ajoelhasse. Então executou o ritual para expulsar os espíritos da doença que o atormentavam. Se o xamã tivesse uma galinha, teria expulsado os espíritos para dentro da galinha e depois a matado, mas era muito difícil encontrar uma galinha viva, portanto ele omitiu essa parte.

Aos poucos o ritual foi ficando mais barulhento, mas não tanto a ponto de ser ouvido para além da vila de *pajas*. A multidão batia em tampas de panelas como se fossem gongos, porém naturalmente não tão alto quanto mandava o figurino. Mesmo assim, quase no ponto culminante do ritual, ouviu-se o barulho dos cascos de cavalos. Montado em um cavalo castanho, o fazendeiro Ignacio Velásquez cercou o xamã, que estava absorto em um transe. Ignacio ficou tão espantado com o espetáculo diante de seus olhos, que quase caiu do cavalo. Espantado, sobretudo e em primeiro lugar, com as notas de um peso que saíam do focinho e das orelhas da cabeça de porco, e depois pela vestimenta chamativa do xamã e pelo que claramente era uma adoração a ídolos ao redor do xamã, ele apanhou o rifle de cano comprido que estava preso em sua sela e atirou para o alto. O cavalo, assustado com o barulho, ficou apoiado nas patas de trás e relinchou; os coreanos correram para todas as direções. Os capatazes da fazenda que vieram correndo por trás do fazendeiro começaram a destruir tudo o que estava sobre a mesa. Ignacio perseguiu o xamã, que conseguiu escapar. O som dos gritos das mulheres e das crianças assolou a vila de *pajas*. Elas corriam para todos os lados como coelhos, sem saber o que haviam feito de errado. O ritual logo se transformou em um caos, e o doente com o cobertor amarrado em volta da cabeça foi atingido pelo chicote de um dos capatazes e desabou no chão.

O padre Paul, que estava dentro de casa, olhou para fora quando ouviu os tiros. O estampido dos cascos dos cavalos e o estalar das armas de fogo a ele mais pareceram os sons de um campo de batalha. Algumas crianças fugiram para dentro da casa do padre Paul.

— O que está acontecendo?

— O fazendeiro atacou o ritual.

O padre Paul saiu correndo. Lá, assistiu a uma caçada humana chocante. O fogo ardia nos olhos de Ignacio por não ter capturado o xamã bem embaixo de seu nariz, e ele procurava por todos os lados da vila. Naquele momento, alguém surgiu na frente de Ignacio e gentilmente o conduziu até a residência do padre Paul, que era também a do xamã. Choe Seongil. Somente então o padre Paul percebeu quem havia causado toda aquela confusão. Ignacio Velásquez se aproximou da *paja* do padre Paul, projetou o queixo para frente e perguntou-lhe em espanhol:

— Esse xamã de vocês está aí dentro?

Paul não entendeu as palavras, mas sabia que o fazendeiro estava atrás do xamã. Sua premonição agourenta se confirmou. Quando o padre Paul não respondeu nada, Ignacio apanhou seu longo rifle e desmontou do cavalo. Então, engatilhando a arma, aproximou-se da *paja*. O padre Paul não ofereceu resistência e afastou-se para o lado. Ignacio abriu a porta frágil e entrou. Estava tão escuro lá dentro, que ele precisou esperar algum tempo até distinguir alguma coisa. Os panos e fios multicores que restaram do ritual estavam espalhados por toda parte, e o pequeno altar continuava ali. Com a bota, Ignacio destruiu o altar.

— Pai, perdoai-os, pois eles não sabem o que fazem.

A cada chute, ele recitava um verso do Evangelho de Lucas. A alegria e a convicção que vinham de realizar o trabalho do Senhor inundaram-no das profundezas de seu coração. Quando o altar improvisado estava destruído, Ignacio olhou ao redor pela sala. O xamã não estava ali. Recuperou o fôlego, saiu e mais uma vez perguntou ao padre Paul sobre o paradeiro do xamã. Quando ele novamente não respondeu, Ignacio deu uma coronhada na barriga do padre, cuspiu nele e xingou:

— Seus filhos imundos e ignorantes do demônio!

flor
negra

Paul dobrou o corpo em dois e caiu no chão. De volta ao cavalo, Ignacio galopou em direção à estrada que levava aos campos de sisal. O sangue subiu até a garganta do padre. Ao cuspir o sangue no chão, ele viu muitas coisas. Do ritual no barco na ilha de Wi até o ritual de cura no Yucatán, tudo se passou na sua cabeça como um filme. Paul estava pensando no mesmo verso que Ignacio: "Pai, perdoai-os, pois eles não sabem o que fazem". A essa oração, oferecida ao mesmo tempo e no mesmo lugar pelo fanático do Yucatán e pelo padre da Coreia, Deus não respondeu.

Ignacio encontrou o capataz Joaquín na entrada dos campos de sisal. Joaquín lhe disse que havia capturado o xamã fugitivo e que ele estava preso no armazém. Ignacio ordenou que se enviasse um telegrama pedindo a presença de um intérprete na fazenda Yazche. As fazendas Yazche e Buena Vista não eram distantes uma da outra, ficavam separadas por um trajeto de apenas trinta minutos a cavalo. Então Ignacio galopou até o armazém. O xamã estava sentado lá dentro, inesperadamente sereno. Não era diferente dos outros trabalhadores coreanos. Os capatazes relataram que ele trabalhava com mais afinco do que qualquer um nos campos de sisal. Nisso ele era diferente dos xamãs astecas e maias, que jamais trabalhavam e sempre pareciam estar em transe com alguma infusão de cogumelo. Assim, Ignacio ficou intrigado. Pouco tempo depois, Gwon Yongjun chegou numa carroça. Parecia confuso: ser chamado tão tarde da noite queria dizer que algo urgente havia acontecido, mas, agora que estava ali, viu que era apenas o xamã, amarrado no armazém. Tinha imaginado uma greve, uma revolta ou uma fuga em massa, e agora se sentia ridicularizado.

— Qual o problema?

Ignacio ofereceu um copo de tequila a Gwon Yongjun.

— Você acredita em Deus?

Gwon Yongjun fez que não. Ignacio franziu a testa.

— Mas precisa acreditar em Deus! Você e sua família serão salvos.

Gwon Yongjun riu com amargura.

— Minha família está morta. Foi atirada ao mar para servir de comida para os peixes, por obra dos piratas chineses.

Ignacio o consolou com gestos exagerados.

— É exatamente por isso que você precisa se apoiar no Senhor.

Gwon Yongjun não entendeu o que ele queria dizer. Simplesmente riu.

— Mas qual foi o problema?

— Fiz uma regra simples. Dei aos trabalhadores folga aos domingos e o privilégio de assistir à missa. Só pedi uma única coisa em troca, que eles não cultuassem ídolos na minha fazenda, que não servissem a nenhum outro deus além de Nosso Senhor, e seus coreanos prometeram que fariam isso. Eu até prometi aumentar em dez por cento o salário de quem se batizasse e se convertesse. Porém... — Ignacio apontou para o xamã — aquele embusteiro reuniu meu rebanho à noite para adorar a cabeça de um porco. A cabeça de um porco. Por que precisava ser um porco, para onde Deus nosso Senhor expulsou os demônios? Bem no meio da minha fazenda ele fez minha gente virtuosa, que vai à missa aos domingos, abaixar a cabeça e cultuar aquilo.

Gwon Yongjun o interrompeu. Virou-se para o xamã e perguntou:

— Você executou um ritual?

O xamã fez que sim.

— Sim.

— Por quê?

— Um homem adoeceu, por isso fiz um ritual de cura. Esses rituais são proibidos por lei neste país?

— Creio que não, mas este fazendeiro os odeia. Você não sabia disso?

— Sim, eu sabia. Mas não achei que ele iria fazer tanto caso assim. Escute aqui, sr. Intérprete. Pergunte ao mestre. Pergunte o que eu preciso fazer para acalmar a sua ira.

Gwon Yongjun transmitiu aquelas palavras. Ignacio Velásquez sorriu e disse:

— Abandone seus ídolos e aceite Nosso Senhor Jesus Cristo. Seja batizado e convertido. Depois conte a todos os outros sobre a sua conversão. É tudo o que peço. O preço da falsa conversão é a morte: juro pela honra da minha família que eu o matarei. Você foi pego fugindo da fazenda no meio da noite, por isso é considerado um fugitivo.

flor
negra

Se eu o matar, serei julgado no tribunal segundo as leis do Yucatán. Mas fique sabendo de uma coisa: em Yucatán os juízes são todos fazendeiros, os promotores são fazendeiros e os advogados são fazendeiros. Não existe nada nesse mundo que os fazendeiros odeiem mais do que trabalhadores que quebram seu contrato e fogem.

Amedrontado, o xamã fechou os olhos e estremeceu. Gwon Yongjun encorajou-o a se converter.

— Você embarcou naquele navio porque estava cansado de ser xamã, não foi? Agora é sua chance de deixar isso para trás.

O xamã balançou a cabeça.

— Não posso. Não cabe a mim decidir. Seria melhor morrer.

Frustrado, Gwon Yongjun o encorajou com veemência mais uma vez.

— Finja se converter e pronto. Quem disse que você precisa acreditar de verdade? Você só vai precisar suportar isso durante quatro anos.

O xamã olhou impaciente para Gwon Yongjun.

— É impossível desobedecer ao meu deus. Não consigo expulsá-lo ou aceitar outro deus por minha livre vontade, a menos que ele decida ir embora. Se eu conseguisse, acha que eu estaria aqui?

— Então esse deus ainda está com você?

O xamã fez que sim. Incapaz de entender aquela conversa, Ignacio perguntou a Gwon Yongjun:

— O que ele disse?

— Ele disse que não vai se converter. Não porque não quer, mas porque é impossível. Disse que o deus que está dentro dele precisa antes libertá-lo.

Ignacio perguntou:

— O que esse deus faz?

— Segundo ele, cura doenças e profetiza. Também chama os espíritos dos mortos e conversa com eles.

Ignacio inclinou a cabeça.

— Por que um deus faria algo desse tipo?

Gwon Yongjun respondeu em uma mistura de espanhol e inglês:

— Ele diz que precisa fazer essas coisas para entreter o deus. Isso é o que se chama ritual, e somente se ele fizer os rituais o deus pode se entreter. Se o xamã disser que se cansou ou disser que ninguém vem lhe pedir um ritual e não fizer nada, então o deus fica entediado e se irrita. Inferniza o xamã para brincar com ele. Então o xamã fica muito doente.

— Esse deus obviamente é Satanás — concluiu Ignacio. Se tivesse sido há algumas centenas de anos, ele teria de ser obrigado a chamar um padre da Cidade do México especializado em exorcismo. Mas aquela época já havia passado. Pela última vez, Ignacio incitou o xamã a se converter. Estendeu uma cruz e uma Bíblia e pediu que jurasse sobre eles. O xamã balançou a cabeça, frustrado.

— Não acabei de dizer que não posso fazer isso?

Ignacio apanhou um chicote do capataz Joaquín. Gwon Yongjun recebeu seus honorários do capataz e saiu do armazém. Lá fora, ouviu o barulho do chicote molhado batendo no corpo nu do xamã deitado sobre uma pilha de folhas de sisal e os gritos do fazendeiro. Gwon Yongjun pensou: estou cansado dessa gente estúpida! Entregou parte do dinheiro que havia ganhado para o condutor maia. O condutor ficou boquiaberto. A carroça partiu a toda velocidade na direção da fazenda Yazche. É claro que Gwon Yongjun sabia que, do mesmo modo que não era pecado nascer homem, não era pecado viver como xamã. O único pecado do xamã era ter ido parar naquela fazenda. E agora o xamã estava amarrado pelos pés e pelas mãos no armazém, sendo surrado até quase a morte. Os troncos e espinhos do sisal o mantinham consciente sempre que ele estava prestes a desmaiar. Finalmente, quando seu espírito estava quase abandonando seu corpo, aqueles que o estavam surrando se cansaram, e quando pararam para descansar os olhos do xamã se reviraram para trás e ele começou a balbuciar para Ignacio:

— Quando o vento soprar do oeste, o sol se esconderá mesmo ao meio-dia. Quando as chamas correrem e rugir o som do trovão, a morte virá depressa. Morte!

flor
negra

Aquilo era tanto uma maldição quanto uma profecia. Entretanto, não havia nem uma só pessoa naquele armazém capaz de entender o que ele disse. Depois que aquela Cassandra do Yucatán espumou pela boca e perdeu os sentidos, Ignacio e os capatazes trancaram as portas do armazém, foram para casa e se atiraram em suas camas.

44

Quinze dias depois da reunião com o diplomata Durham Stevens, Yun Chiho, o vice-ministro coreano das Relações Exteriores, encontrou um telegrama de Seul à sua espera na recepção do Hotel Imperial: "Parta para o Havaí e o México. 1000 ienes enviados ao Banco do Japão. Seul". Ele começou os preparativos para sua viagem, mas Stevens, que veio visitá-lo no hotel, disse-lhe que mil ienes eram apenas quinhentos dólares — mal chegavam para viajar até o Havaí, que dirá para o México. O rosto de Yun Chiho ficou vermelho de vergonha pela quantia miserável entregue pelo seu governo, mas ele não se abalou demais.

— Com certeza enviarão mais dinheiro.

Dois dias mais tarde, Yun Chiho embarcou no Manchuria, em Yokohama. Seu coração saltava ao pensar em uma nova viagem, mas também estava pesado. Havaí, México... Era a primeira vez que viajava para ambos, e aquilo não era nenhuma viagem de férias e sim uma missão para verificar a condição dos imigrantes e resolver seus problemas. Às quatro da tarde, soou o apito do navio. Oba Kanichi, da Companhia de Colonização Continental, subiu até o convés para tentar angariar favores com Yun Chiho. Embora Yun Chiho nunca tivesse gostado de Oba, um típico leva e traz, não teve escolha a não ser lidar com ele. Oba se lançou em defesa da sua companhia.

— Os relatórios que vêm do México são todos equivocados. Os imigrantes estão ótimos. A Companhia Continental se opõe à imigração coreana para o Havaí, mas apoiamos a imigração no México. Já temos japoneses trabalhando no Havaí, o que poderia dificultar as coisas, mas quase não há japoneses no México, portanto não prevemos nenhum problema por lá. Se o senhor puder corrigir os boatos errôneos sobre o que aconteceu em Yucatán, a companhia cuidará de todas as despesas da sua viagem.

Yun Chiho ficou indignado: será possível que todo mundo deseja pagar as despesas de viagem do oficial de uma nação pobre? No entanto, com toda certeza havia um fundo de verdade escondido nas palavras de Oba Kanichi: muito embora a imigração para o México fosse extremamente rentável, a companhia não enviou japoneses para lá. Só isso já era o bastante para ele saber que as condições de trabalho no México eram muito piores do que no Havaí. Oba estava oferecendo uma troca: se Yun Chiho voltasse do Havaí e do México falando bem dos dois países ao imperador, ele continuaria a enviar trabalhadores.

No dia 8 de setembro de 1905, Yun Chiho desembarcou no porto de Honolulu e se reuniu com o governador Robert Carter e o cônsul japonês Saito Miki. Às 8h daquela noite, ele encontrou oitenta coreanos em uma Igreja Batista. Todos choraram: jamais teriam imaginado que um oficial de tão alta importância viria para vê-los. Alguns dias depois, Saito voltou a se encontrar com Yun Chiho e lhe pediu que sacasse os duzentos e quarenta e dois dólares que haviam sido depositados para ele. Aquilo era para pagar a viagem até Yucatán, dinheiro vindo de Seul. O agente de viagens disse-lhe que a viagem de navio de ida e volta custava trezentos e sessenta dólares. Yun Chiho foi pessoalmente ao correio enviar um telegrama para Seul, dizendo: "São necessários mais US$ 300 para ir ao México". O telegrama custou dezoito dólares e quarenta e oito centavos. Naquela tarde, ele partiu de Honolulu para ver os coreanos que estavam espalhados entre as diversas ilhas.

Durante vinte e cinco dias, até o dia 3 de outubro daquele ano, ele visitou trinta e duas grandes propriedades açucareiras e fez quarenta e um discursos diante de aproximadamente quinhentos coreanos. Atirou-se com todo empenho à tarefa. Repreendeu os preguiçosos, confortou os persistentes e pregou para que acreditassem em Cristo. As condições dos latifúndios havaianos que visitou eram relativamente

flor
negra

boas; quando o Havaí foi incorporado aos Estados Unidos em 1898, o sistema de semiescravidão foi abolido e, portanto, os coreanos passaram a ter permissão de se locomover livremente entre uma fazenda e outra. Havia muitos cristãos e intelectuais entre os imigrantes, embora não tenham se adaptado bem à vida latifundiária. Os que nunca haviam trabalhado no campo foram para as cidades, como Honolulu, abrir negócios e estudar. Jovens coreanas concordaram em se casar com homens que estavam no Havaí apenas com base em suas fotografias e embarcaram em navios para se tornarem esposas de maridos que estavam vendo pela primeira vez na vida. Pelo que Yun Chiho viu, havia poucos problemas nas fazendas de cana-de-açúcar havaianas. O trabalho era cansativo e difícil, mas como batista ele considerava trabalhar uma bênção de Deus. Os únicos problemas eram com os coreanos que haviam caído em uma vida depravada de álcool e jogatina. Ali estava a chance de Yun Chiho fortalecer suas convicções quanto à iluminação. Ele acreditava com todas as forças que era seu dever despertar aquela gente ignorante e imoral. Os proprietários das grandes fazendas havaianas receberam com entusiasmo aquela atitude. Brigavam entre si para levar Yun Chiho para seus latifúndios e, com o tempo, ele começou a parecer um palestrante contratado. Depois de seus discursos, em que ele dizia aos coreanos para trabalharem duro, terem fé, nunca brigarem, nunca jogarem e nunca beberem, acontecia uma mudança súbita que durava por alguns dias. Contudo, os coreanos não cristãos logo voltavam ao velho comportamento, e os trabalhadores começaram a ridicularizar Yun Chiho, que chegava de mãos abanando em seu terno preto e camisa branca apenas para repreendê-los, enquanto percorria a fazenda o dia inteiro a bordo da carruagem dos latifundiários.

— Ele devia era trabalhar como a gente um dia apenas, só pra ver — murmuravam alguns coreanos. Não tinham motivo para se alegrar com a presença de Chiho.

Yun Chiho voltou para Honolulu e verificou se havia chegado mensagens de Seul, mas não, nenhuma. Será que ele realmente precisava ir até o México? Já estava cansado, tanto física quanto espiritualmente, depois de percorrer os latifúndios havaianos, que eram todos bastante parecidos. E não tinha dinheiro para aquilo. Assim, Yun Chiho embarcou no Manchuria e voltou para Yokohama.

Em Tóquio, recebeu uma doação de seiscentos ienes da legação coreana. O imperador desejava que ele fosse ao México. Yun Chiho enviou um telegrama ao ministro de Relações Exteriores: "Viagem de ida e volta Japão-México custa 1164 ienes, hotel 400, total 1564 ienes, mas os 490 ienes que recebi anteriormente e a doação de 600 ienes somam 1090, ou seja, faltam ainda 474". Ficou aborrecido por ter de fazer operações simples de aritmética com a doação imperial.

No dia seguinte, 19 de outubro, Yun Chiho encontrou um ligeiramente rabugento Durham Stevens no saguão do Hotel Imperial. Stevens, que mordiscava um cigarro, olhou ao redor.

— Há muitos coreanos ameaçando me matar. Mas isso não me preocupa. Os coreanos não têm essa coragem.

Todo mundo sabia que Stevens estava apoiando os interesses do Japão, declarando abertamente que os coreanos não tinham a capacidade de se autogovernar.

Yun Chiho enfatizou a importância de sua viagem ao México, mas Stevens demonstrou uma atitude completamente diferente daquela do último encontro dos dois. Falou com candura:

— Mandei um telegrama a Seul dizendo para não enviarem o senhor ao México.

Yun Chiho perguntou o porquê. Stevens sorriu:

— O ministro japonês Hayashi e eu não confiamos no imperador. O senhor acha que ele está tentando enviá-lo ao México porque tem pena de seu povo? Dificilmente. O imperador quer é que todo mundo saiba que ele detém autoridade diplomática independente. Se o senhor agir como cônsul coreano no México enquanto estiver por lá — ele tornou a sorrir —, será um problema.

Yun Chiho não respondeu. Talvez Stevens tivesse razão: fazia muito tempo que a Coreia não era tratada como nação pelos outros

flor
negra

países. A Straight-Forward Society estava sempre rogando que o governo entregasse a autoridade diplomática para o Japão. Yun Chiho enviou mais um telegrama: "O dinheiro para a passagem até o México não chegou. Solicito permissão para retornar à Coreia".

No dia 2 de novembro, Yun Chiho partiu de Tóquio. Após quatro dias de viagem marítima, desembarcou no porto de Busan; dali ele seguiu pela recém-inaugurada ferrovia Seul-Busan. Chegou a Seul pouco antes da meia-noite. Em 8 de novembro, teve uma audiência com o imperador. O imperador perguntou ao seu ministro até onde ele havia viajado e onde estava morando, mas não havia força em seu tom de voz. O imperador parecia exausto. Yun Chiho não mencionou o Havaí, muito menos o México. Desapontado, bateu em retirada. No dia seguinte, o embaixador extraordinário do Japão, Ito Hirobumi, chegou à Coreia. Com o destino da nação e da dinastia nas mãos de Ito, o problema do México era a última das preocupações do imperador.

Em 17 de novembro, o ministro das relações exteriores Bak Jesun e o ministro japonês Hayashi Gonsuke assinaram o Tratado de Protetorado Japão-Coreia de 1905, também conhecido como Tratado de Eulsa, que entregava a soberania diplomática do país para o Japão e reduzia o império coreano a um anexo do Japão. Yun Chiho abdicou do cargo de vice-ministro de relações exteriores.

45

O padre Paul esperou pelo xamã a noite inteira, mas ele não retornou. Quando rompeu a manhã, várias pessoas se reuniram na frente da *paja* do padre Paul. Choe Seongil continuou tranquilamente deitado em sua cama, fingindo não perceber nada. As crianças correram para dentro da casa e disseram que o xamã estava trancado no armazém e que tinha sido chicoteado a noite inteira, até desmaiar.

— O que aquele intérprete filho da puta aprontou dessa vez? — gritou alguém, irado.

— Disseram que ele apenas recebeu seu pagamento, entrou na carroça e voltou para sua fazenda.

— Filho da puta! — os homens fecharam os punhos. As mulheres começaram a criticar o fazendeiro, que pisoteara seu ritual. — Desse jeito, não vamos mais poder fazer nenhum ritual. Já é horrível terem nos enganado para virmos até aqui. Agora também vão começar a nos surrar até a gente perder os sentidos? — Várias mulheres caíram no chão, lançando lamúrias. A reunião logo se transformou em uma greve.

Choe Seongil levantou-se, acendeu um cigarro e saiu em silêncio da *paja*. O padre Paul falou com o grupo reunido, de início hesitante, mas uma vez que começou a falar ficou tão inflamado, que até ele mesmo se surpreendeu. Era quase como se alguém houvesse tomado seu corpo emprestado para falar por meio dele.

— Viemos para cá para ganhar dinheiro, não para sermos chicoteados. Viemos para cá porque tínhamos fome, não porque queríamos virar os cachorros de algum fazendeiro maluco. Ele *é* maluco — maluco pela religião e faminto por sangue. Vamos até lá ensinar-lhe uma lição!

As pessoas se armaram de facões e pedras. Os capatazes, que haviam se aproximado a cavalo, adivinharam o que estava acontecendo e fugiram. Agora todos haviam se reunido, inclusive as mulheres e as crianças, e correram primeiro para o armazém onde estava o xamã. Quando as pedras voaram e quebraram as janelas do armazém, os homens que estiveram guardando o lugar fugiram. Os homens escancararam as portas e entraram correndo. O xamã estava adormecido, ainda acorrentado. Quando o acordaram, ele os olhou sem entender. Seu rosto era vazio, como se ele não fizesse ideia do que acontecera. Seu corpo nu, listrado com ferimentos parecidos com serpentes, parecia mais o de um porco-do-mato capturado.

A multidão foi ficando mais agressiva. Como um gênio liberto da lâmpada, buscaram uma vítima.

— Vamos espancar aqueles capatazes até a morte! — berrou alguém. Saíram até a casa de um capataz que ficava próxima. Joaquín, famoso por ser um capataz mau, mais esquentado e cruel do que

flor
negra

qualquer um dos outros, embora tivesse apenas vinte e dois anos de idade, protegeu as portas e as janelas de sua casa com tábuas de madeira e ficou ali dentro. Enquanto o batismo das pedras continuava, ele ficou tão tomado pelo medo, que sequer ousava respirar alto.

— Talvez ele esteja armado — disse alguém, mas o medo que aquilo trouxe apenas atiçou mais a hostilidade dos homens. Para esconder o fato de que estavam assustados, eles atacaram a casa de tijolos de Joaquín como endemoniados. Alguns rapazes correram para chutar a porta da frente.

— Saia, seu canalha!

A porta pesada nem se abalou. Alguns outros subiram no telhado e começaram a arrancar as telhas. Quando surgiu um buraco no teto, os homens gritaram e atiraram as telhas para dentro da casa. Seguiu-se um grito, e então Joaquín destrancou a porta e saiu correndo da sua casa como um texugo da toca. Munido de cada grama de suas forças, fugiu para a casa do fazendeiro. Uma pedra o atingiu bem atrás da cabeça, mas ele não pareceu perceber. A porta maciça da casa-grande não se abriu diante dos seus gritos patéticos, portanto ele correu até o portão de entrada da fazenda.

Setenta coreanos haviam se congregado na frente da casa do fazendeiro, que, depois de suportar um século de revoltas dos maias, mais parecia um castelo.

Canos de rifles apareceram de aberturas perto do teto. Tiros irromperam.

— Filhos da puta! — Os coreanos se agacharam e correram em todas as direções como um bando de ratos. O som dos tiros furou a aurora, ecoando pela fazenda. Algum tempo depois, a polícia montada entrou a toda velocidade pelo portão da fazenda em meio a um clamor de cascos de cavalos. Naquele momento, a porta de entrada da casa-grande se abriu e os capatazes saíram montados disparando as armas, com Ignacio Velásquez na liderança. A polícia montada atingia os fugitivos com seus porretes, buscando a presa seguinte assim que a anterior caía no chão. O fazendeiro e os capatazes cerraram a entrada da fazenda e cortaram a possibilidade de fuga dos coreanos. Os que haviam fugido para suas *pajas* acabaram ao final sendo cercados e arrastados para fora, um a um. Os que tinham sido atingidos nos ombros ou nas costas pelos porretes dos policiais tiveram sorte, embora sangrassem no local dos ferimentos. O padre Paul foi um deles. Incapaz de abrir os olhos por causa do sangue que escorria dentro deles, foi arrastado até a presença de Ignacio.

— Isso é errado! — gritou ele para o fazendeiro, fazendo o sinal da cruz. — É errado! Então o Deus em que você acredita não ensinou que devemos ficar ao lado dos malvestidos, dos miseráveis, dos oprimidos? Não ensinou? — A única resposta que ele recebeu foi uma porretada. Ninguém na fazenda Buena Vista entendeu as palavras de padre Paul naquele início de manhã. Nem mesmo os coreanos. Para eles, o padre Paul era o sr. Bak. Aquele sr. Bak não se dobrou diante dos porretes, mas ergueu-se cheio de indignação e começou a rezar na frente de Ignacio e dos capatazes no latim que aprendera no seminário em Penang: o Pai-Nosso, a Doxologia, a Ave-Maria e o Credo dos Apóstolos. Achou que os havia esquecido tempos atrás, mas agora tudo aquilo saía livremente de seus lábios. Se existisse um Deus, ele o dignificaria como Seu sacerdote. Agora, mais do que nunca, ele precisava do poder de Deus e dos Seus milagres. Iniciou-se uma estranha missa. Alguns dos capatazes inconscientemente faziam o sinal da cruz sempre que Paul berrava "amém". O fazendeiro, porém, resolveu a confusão: "Olhem, Satanás está poluindo as palavras do Senhor! O poder dos demônios tomou emprestada a boca dele para recitar as preces sagradas!".

Aos olhos de Ignacio, aquele homem — vindo de uma terra selvagem no Extremo Oriente, vestido com roupas esfarrapadas que deixavam seus joelhos à mostra e sapatos de palha em frangalhos, o cabelo com a sujeira de um mês inteiro infestado de piolhos, recitando fluentemente as orações em latim e fingindo ser padre — realmente parecia ser o soldado de Satanás. Ao ouvirem as palavras de Ignacio, uma chuva de porretes inundou Paul, que caiu, vendo

flor
negra

de relance Choe Seongil, de pé atrás de Ignacio e apontando diretamente para o padre.

Naquele momento, Paul percebeu que seu Deus, sem dúvida, era um Deus ciumento. Deus não havia demonstrado nenhum poder naquela luta, que se iniciara com um xamã. Mesmo sabendo que aquelas pessoas estavam padecendo por todos os pecados cometidos pela Coreia, pelo Japão e pelo México, Deus era tão ciumento quanto uma menininha amuada. O padre Paul fechou os olhos. Ninguém jamais o chamaria novamente de Paul. Ele já não era mais o padre Paul. Era o sr. Bak, Bak Gwangsu.

46

Depois que tudo se acalmou, Ignacio Velásquez voltou a seu escritório, ajoelhou-se sobre uma almofada de cetim sobre o chão e rezou. "Senhor, por que me dás tais provações? Como posso levar seu evangelho a esses ignorantes? Pai, dai-me a força e a coragem para não sucumbir à dor, e dai-me a sabedoria para não ceder às tentações e caprichos de Satanás." Sem perda de tempo, lágrimas quentes desceram dos olhos de Ignacio. Sua simpatia e compaixão se derramaram por aquela pobre gente, que se recusava a ver o desejo do coração dele de conduzi-los ao Céu.

Quando sua prece fervorosa acabou, um servo lhe trouxe café. Ignacio fumou um Monte Cristo. O servo ergueu uma escarradeira na frente do seu rosto e ele cuspiu um fleuma espesso com um gesto experiente. Em geral, café e charuto — o primeiro produzido pelos maias da Guatemala e o segundo pelos negros de Cuba — o alegravam, mas a agitação do início da manhã ainda não arrefecera. Em particular, a imagem daquele que o desafiou e recitou por meio da loucura aquelas preces sagradas em latim permanecia impregnada em sua mente. Ele nunca ouvira nenhuma história parecida da boca de sua avó, de seu avô ou de suas muitas tias. Certamente era difícil sondar os poderes misteriosos de Satanás. Ele estremeceu e se benzeu.

47

Na fazenda Yazche, eles não faziam ideia de que ocorrera uma rebelião na Buena Vista. Gwon Yongjun permaneceu de boca calada; não queria mais nenhuma confusão com a fazenda Yazche até chegar o dia de retornar para a Coreia. No festival da colheita da lua, os coreanos da Yazche se reuniram e ofereceram sua interpretação para aqueles ritos complexos. O festival era um feriado camponês tradicional, portanto Yi Jongdo, que vinha de uma antiga família de aristocratas de Seul, não nutria nenhum interesse por ele, mas foi o primeiro a fazer reverência. Era o dever natural de um acadêmico confuciano, e ninguém era tão versado nos complicados procedimentos confucionistas quanto ele. Seu rosto se iluminou de leve pela primeira vez em semanas por poder confirmar que sua existência tinha alguma razão de ser. Os rituais ancestrais atiçaram a nostalgia. Os cantos dos olhos dos coreanos de família camponesa, que emprestavam grande importância ao festival da colheita da lua, já estavam avermelhados depois de alguns copos de bebida cerimonial.

Gwon Yongjun não participou daqueles rituais. Distanciava-se do resto dos coreanos da fazenda tanto quanto possível. Segundo seu ponto de vista, os coreanos ficariam largados pelos cantos assim que os capatazes olhassem para o outro lado, portanto não havia escolha a não ser o chicote. Ele estava pensando como um fazendeiro e agindo como os aristocratas da Coreia, que não gostavam de trabalhar, mas gostavam de dar ordens, e batiam e zombavam dos fracos como se fosse sua segunda natureza. Porém, abaixavam a cabeça sem demora para os fortes. Os aristocratas que fanfarronavam pela Jongno ("Rua do Sino") em Seul, entrando e saindo das casas de *gisaeng*, eram o único exemplo que ele tinha, portanto para Gwon Yongjun era natural agir assim. Recebera a permissão do fazendeiro para colocar uma mulher maia para servi-lo, mas sempre que tinha oportunidade infernizava outras mulheres. Deitou-se na cama e acariciou os seios da mulher maia, pensando em Yeonsu e comendo milho.

flor
negra

Quando os rituais ancestrais chegaram ao fim, o tema da conversa das pessoas mudou para a carta de Yi Jongdo. Yi Jongdo pigarreou algumas vezes e disse que terminara a carta e que esta em breve seria enviada. Acrescentou que ninguém deveria esperar grande coisa, mas não pôde evitar que as esperanças de todos alçassem voo e alcançassem os céus.

— Deve chegar uma resposta daqui a três ou quatro meses, não é? — perguntou alguém. — Talvez o governo já tenha enviado um oficial para cá.

A esperança se espalhou rapidamente pela fazenda Yazche, esperança de que aquela carta fosse expedida e que um oficial diplomático fosse enviado, e que este, ao ver a situação deles, protestasse veementemente ao governo mexicano e ao governador do Yucatán. Então viria a revelação de que o contrato podia ser quebrado e os trabalhadores seriam enviados de volta para casa. Alguns expressaram a esperança de que o Japão cuidasse do assunto e não o império coreano, mas foram repreendidos pelos outros e imediatamente voltaram atrás.

Yi Jongdo voltou para casa e entregou a carta selada para Jinu:

— São três cartas. Escrevi mais de uma porque poderia ocorrer algum extravio. Entregue-as ao intérprete e peça que vá a Mérida postá-las.

Yi Jinu apanhou as cartas e foi até a casa de Gwon Yongjun. A mulher maia o olhou sem expressão; estava nua. Gwon Yongjun segurou as cartas.

— Então esta é aquela carta?

O garoto fez que sim, mas seus olhos se desviaram para os seios da mulher.

— Muito bem, irei a Mérida postá-las pessoalmente — disse o intérprete. — A vida na fazenda foi mesmo demais para um aristocrata de tão alta estirpe quanto seu pai. E a essa altura os fazendeiros do Yucatán já devem ter recuperado o dinheiro que gastaram com os coreanos, portanto não terão muito do que reclamar. Não se preocupe, pode voltar agora.

No dia seguinte, Gwon Yongjun foi de carruagem até Mérida. Comeu um prato à base de porco em um restaurante chinês em uma ruela do mercado ao sul da cidade. De estômago cheio e ânimo elevado, desfrutou do sol no parque situado em frente à prefeitura da cidade e à catedral. Olhou para o edifício. Admirou sua fachada barroca, completamente diferente da arquitetura que vira em Seul, e depois entrou. Iniciada em 1561 e terminada em 1598, a catedral fora construída sobre ruínas maias, com rochas retiradas de templos maias, mas Gwon Yongjun não tinha como saber disso. Só ficou impressionado com as paredes, tão espessas e fortes, que ficou se perguntando se aquilo certa feita não tinha sido uma fortaleza. As janelas de vitrais transformavam a luz intensa do sol do Yucatán em cores brilhantes que iluminavam o interior escurecido da catedral. Construída durante o período colonial, ela expressava a luxúria anormal dos políticos e clérigos espanhóis pelo poder; era grande demais para a cidade de Mérida. Gwon Yongjun foi exposto sem nenhum filtro àquela luxúria pelo poder. Para ele, o tamanho majestoso da catedral e sua altura esplêndida eram a mais clara mensagem estética. O encanto feminino dos templos coreanos que se curvavam, baixos, sobre as encostas das montanhas, pareceu-lhe um símbolo de fraqueza e servilidade.

Caminhou na direção norte pela rua principal da cidade e viu-se diante de outra igreja. Era uma igreja jesuítica construída em 1618 para o missionário da ordem e os trabalhos educacionais do Yucatán. O ancestral de Ignacio Velásquez, José Velásquez, encontrava seus companheiros ali. No entanto, traçou uma linha entre ele e os jesuítas, que haviam se voltado para o trabalho pacífico enquanto ele fomentava uma guerra contra as religiões nativas dos maias. Gwon Yongjun sentou em um banco no parque Hidalgo, em frente à igreja jesuítica. O Grand Hotel, situado na margem sul do parque, tentava os viajantes com seu exterior magnífico. Na placa do hotel estava escrito em letras garrafais que ele fora inaugurado em 1902. Gwon Yongjun contou nos dedos. Era um hotel novíssimo, tinha apenas três anos. Ser dono de hotel em Mérida não seria nada mau. Caso se tivesse dinheiro para isso, claro.

Havia uma universidade e uma escola de ensino fundamental ao lado da igreja jesuítica e dezenas de alunos conversavam no pequeno pátio da

flor
negra

escola. Quando um deles subiu em uma plataforma e começou a discursar, irromperam aplausos. Com seu espanhol limitado, Gwon Yongjun sentiu dificuldades para acompanhar o discurso, mas, por ter ouvido o nome do presidente Porfirio Díaz algumas vezes e pelo tom inflamado do discurso, não teve dúvida de que o tema era político. As pessoas afluíram até a praça, e o centro geralmente tedioso de Mérida foi subitamente transformado em algo semelhante ao burburinho de um mercado, com centenas de pessoas. O discursante não parecia ser de classe baixa: a julgar pela sua fala, seu terno ajambrado e o corte de cabelo, parecia um burguês bem-sucedido ou um fazendeiro. Seus sapatos engraxados cintilavam ofuscantes à luz do sol. Alunos e cidadãos ouviam atentamente suas palavras e gritavam e batiam palmas a cada frase.

Quando o discurso atingiu o clímax, policiais da polícia montada passaram galopando pelo banco onde estava sentado o intérprete. Algumas carruagens vieram em seguida, chacoalhando sobre o calçamento de pedra. Decoradas com ouro e joias preciosas, aquelas carruagens magníficas viraram-se para o norte e a polícia montada se separou em dois grupos, um para escoltar as carruagens e outro para dispersar a reunião. A praça logo se transformou em uma loucura. A multidão, composta primariamente de homens, espalhou-se pelos becos emaranhados de Mérida. Os policiais fizeram soar os apitos e rodearam a área, mas não perseguiram os manifestantes mais longe que aquilo.

Gwon Yongjun aproximou-se de um vendedor de rua e perguntou:

— Que está acontecendo aqui, afinal?

O vendedor respondeu com indiferença, enquanto varria o chão:

— Segundo a nova lei, é ilegal que mais de dez pessoas se reúnam. As missas da igreja são as únicas exceções. Não é ridículo? O velho ditador está balançando. O que ele acha que aconteceria nessa cidadezinha de fim de mundo?

Gwon Yongjun perguntou:

— De quem eram aquelas carruagens?

— Aquelas eram as carruagens do governador do Yucatán. Ele também está morrendo de medo.

Gwon Yongjun fez uma previsão horrível do futuro do México: a julgar pela inquietação da polícia montada ao reprimir os manifestantes, pelos gritos sarcásticos dos estudantes, e pelos rostos das pessoas que haviam participado de tudo aquilo, tão cheios de convicção... Não, aquele país não duraria muito. Voltou ao banco e sacou da sua bolsa de couro as cartas que Yi Jongdo havia se esforçado tanto para escrever ao longo de muitos dias. Leu-as devagar. Após as saudações formais, incluindo pedidos de desculpas por ser um camarada tão estúpido a ponto de perturbar o ânimo do imperador, seguiam-se história após história os sofrimentos que seu povo estava suportando no México. Yi Jongdo escreveu que assumiria de bom grado a responsabilidade por algum julgamento errôneo, mas não conseguia mais suportar assistir ao sofrimento da gente ignorante. Implorava que o imperador tivesse misericórdia e viesse resgatá-los. Gwon Yongjun soltou um murmúrio de desdém. Era exatamente por causa desse tipo de aristocrata que a Coreia sucumbira. Aquele tal de Yi Jongdo jamais havia colocado as mãos em um facão, mas quando abria a boca era bastante convincente. Que sabia ele de sofrimento? A única coisa que fazia era ficar sentado em casa recitando as palavras de Confúcio e Mêncio!

Gwon Yongjun sacou um fósforo e ateou fogo nas três cartas. As chamas saltaram e engoliram o papel em um instante. As cinzas se espalharam com o vento pelo parque Hidalgo. Voltou para a fazenda com ânimo renovado, disse a Yi Jinu que enviara as cartas e que ele não devia se preocupar. Não se esqueceu de avisar que talvez levasse três meses até receberem alguma resposta, graças ao sistema postal inferior do México.

48

Ijeong e Yeonsu continuaram se encontrando, noite após noite. Talvez acreditassem que a escuridão dos campos sombrios os esconderia. Seus encontros amorosos foram ficando cada vez mais ousados. A

flor
negra

primeira pessoa a notar foi a senhora Yun, que desconfiou quando sua filha começou a voltar todas as noites encharcada de orvalho.

— Onde você estava, afinal? — Yeonsu calava a boca e nada dizia. A senhora Yun não disse diretamente à filha o que ela devia fazer.

— Você não pode se casar aqui, sabe disso. É de suma importância praticar a restrição. A vida de uma mulher é suportar, suportar e suportar mais um pouco.

Pela primeira vez na vida, Yeonsu abriu os olhos, olhou direto para sua mãe e perguntou:

— Então o que a senhora vai fazer, mãe? Vai me trancar aqui nesta casa e me transformar em um fantasma da cozinha?

A senhora Yun respondeu com firmeza:

— Precisamos voltar.

— Para onde?

— Como assim, para onde? Para a Coreia, claro. Voltaremos para a Coreia e arranjaremos um casamento adequado para você.

Yeonsu desdenhou:

— A senhora realmente acha que conseguiremos voltar?

A senhora Yun não se abalou.

— Se tem algo que eu sei, é que o palácio real fará tudo o que estiver ao seu alcance.

— A senhora sabe quem eu encontro todas as noites? — revidou Yeonsu, atrevida. A senhora Yun cobriu as orelhas e sacudiu a cabeça.

— Não quero saber. Então, por favor, não diga nada. Apenas se prepare para voltar.

Yeonsu se levantou e começou a andar de um lado para o outro da *paja*.

— Pense bem — disse sua mãe. — Se deseja ser zombada até mesmo pela gente de mais baixa categoria da fazenda, faça como quiser. Mas, minha filha, não há onde se esconder. Todos estão de olho no que você faz.

Era verdade. Yeonsu chamava demais a atenção para que pudesse se esconder sem ser percebida e desfrutar de um caso secreto. Era a mais alta das coreanas, e suas bochechas elevadas e redondas, seu nariz arrebitado e as sobrancelhas bem arrumadas causavam tal impressão, que mesmo quando ela aparecia para tirar água no *cenote* da fazenda todos os olhos pousavam nela. E o cheiro de sangue de corça que emanava do seu corpo deixava uma impressão ainda mais poderosa do que sua beleza. Então não havia como os atos de dois jovens nos arbustos todas as noites passarem despercebidos.

Jinu também sabia dos encontros amorosos da irmã. Os boatos tanto se espalharam, que finalmente chegaram até ele. Notava o jarro de água da irmã quando ela voltava do *cenote*: deveria estar cheio de água, mas estava vazio. Por que tinha de ser justamente um órfão, que não era nada diferente de um mendigo? Por que não podia ser Gwon Yongjun? Aí todos ficariam felizes. Ele ficou no caminho da irmã quando ela tentou escapar de casa certa noite. Yi Jongdo, que não tinha ideia do que estava acontecendo, arregalou os olhos:

— O que está havendo?

Jinu afastou-se para o lado.

— Nada.

Yi Jongdo pigarreou e lhe passou um sermão:

— Mesmo entre os irmãos deve existir a separação entre os sexos.

Yeonsu desistiu de sair para buscar água e sentou-se para costurar na casa abafada, sob os olhares atentos da senhora Yun e de Jinu, que se revezavam na vigia. Espetou o dedo algumas vezes. Gotas de sangue vermelho-escuro pingaram na sua manga.

O capataz Fernando e Gwon Yongjun seguiram Ijeong depois que ele encerrou seu dia de trabalho. Enquanto empurrava seu carrinho pelos trilhos, sofrendo por ter dormido pouco depois de esperar a noite inteira por Yeonsu nos arbustos, ele parecia exausto. Depois que Ijeong entregou os feixes de sisal ao pagador diante do armazém, Gwon Yongjun pediu que ele o acompanhasse até o escritório.

— Este trabalho parece estar sendo difícil demais para você — disse Gwon Yongjun. Ijeong retrucou que não era. Fernando encarou intensamente Ijeong e disse algo em espanhol, que o rapaz não

flor
negra

pôde entender. Mas ouviu a palavra "*hacienda*" algumas vezes e teve uma sensação ruim. Gwon Yongjun sorriu e traduziu as palavras de Fernando. — Não se preocupe. Você irá para um lugar melhor. Só que fica meio longe daqui.

— Não faz sentido. Não faz tanto tempo assim que cheguei, não é?

Gwon Yongjun apanhou o contrato que estava nas mãos de Fernando e mostrou-o para ele. É claro que Ijeong não foi capaz de ler um documento entulhado de espanhol.

— Isso quem resolve é o fazendeiro, pelo menos nos próximos quatro anos. Tenha uma boa viagem. Uma carroça está esperando você lá fora, portanto pode partir imediatamente.

Ijeong olhou para fora e viu um condutor afagando a crina de um cavalo cinzento.

— Preciso passar em casa para apanhar minhas coisas.

Gwon Yongjun sacudiu a cabeça:

— Que coisas? Entre logo na carroça. Você terá tudo de que precisa no local para onde está indo. Essas suas roupas, que nem um mendigo usaria? Nós as enviaremos depois.

— Eu vou sozinho?

Gwon Yongjun assentiu. Ijeong se levantou de um salto e tentou fugir correndo, mas Fernando, que estivera esperando à porta, o segurou pela cintura. Alguns capatazes e feitores colocaram Ijeong na carroça e prenderam suas pernas com algemas. Ijeong continuou a se debater depois de preso; seus braços e pernas ficaram arranhados.

— Ah, esses jovens não sabem mesmo como se comportar. — Gwon Yongjun bateu nas costas de Ijeong com um porrete. Os trabalhadores que haviam entregado seus feixes de sisal para inspeção ao pagador e estavam voltando para casa só puderam olhar, sem entender. Um deles comentou, com frieza e rancor:

— Bem-feito para ele; quem manda ficar atrás de mulher quando ainda nem tirou as fraldas?

Justamente quando a carroça que levava Ijeong a bordo passou pelos limites da fazenda, Dolseok soltou um grito e correu na direção dela. Na mão, levava um pano com as roupas e pertences de Ijeong embrulhados.

— Vim entregar isso a você.

Ijeong apanhou o embrulho e apertou a mão de Dolseok com força. Quem saberia quando os dois se veriam novamente? Ijeong pediu:

— Conte a ela. Seja lá para onde eu estiver indo, com certeza vou voltar para levá-la comigo.

Dolseok, que não podia ultrapassar os limites da fazenda, ficou sob o arco de pedra calcária que servia de portão e acenou até Ijeong sumir de vista. A carroça chacoalhou durante duas horas e largou Ijeong na frente de outra fazenda. Alguns trabalhadores saíram para cumprimentar Ijeong e levá-lo para dentro. Contaram-lhe onde estava. A fazenda chamava-se Chenché, e o fazendeiro, don Carlos Menem.

49

Don Carlos Menem não estava na fazenda. Fora reunir-se com os amigos na Cidade do México, para debater a situação política. O que começara como uma denúncia dos assim chamados Científicos, que só falavam de ciência sempre que abriam a boca, levara a críticas às medidas excessivamente pró-americanas do presidente Porfirio Díaz. Menem bateu as cinzas do seu cachimbo em um cinzeiro e levantou a voz.

— Esses camaradas mencionam o nome de Auguste Comte depois de cada frase que dizem, mas o que esse velho maldito pode saber da realidade do México? Eles só estão preocupados em encher a barriga, esses demônios espertalhões. Só gente consciente como nós é que sofre.

Um rapaz que estava por ali segurando uma xícara de chá Darjeeling sorriu para Menem e disse com sarcasmo:

— Será que os trabalhadores da sua fazenda pensam o mesmo?

Menem não hesitou nem um segundo antes de retrucar:

— Mas claro! Não existe dono de fazenda mais benevolente do que eu em todo o Yucatán. E a sua fazenda de cana-de-açúcar?

flor
negra

O rapaz deu de ombros.

— Existem limites, não importa o quanto a gente os trate bem. Não somos a aristocracia da Espanha, somos negociantes do México. Se não pudermos faturar, precisaremos fechar as portas. Assim, não resta alternativa a não ser apressar os trabalhadores preguiçosos. Pense nisso: as fazendas vizinhas trazem para cá uns chineses que mais parecem mendigos, botam todos para trabalhar e depois vendem o que produzem a preço de banana para os Estados Unidos, então qual fazendeiro em sã consciência não faria o mesmo? No fim das contas, a questão é sempre a concorrência, é ou não é? Fora que ainda precisamos competir com os pretos de Cuba e da República Dominicana.

— Esta é exatamente a lógica de Díaz, e desses Científicos! Concorrência, concorrência, concorrência! — um senhor de meia-idade e barba ruiva pulou na conversa, com o rosto já ficando vermelho também.

O rapaz entregou a um servo a xícara de porcelana inglesa com o chá Darjeeling e sorriu para o cavalheiro:

— E daí, que importa? Somos todos proprietários de fazendas. Todos nós traremos mão de obra barata das Filipinas ou do Cantão, se tivermos a chance. Não, isso não tem nada a ver com nossas preferências. Mesmo contra a vontade, é o que precisamos fazer. É como cortar o cabelo! — ninguém riu.

— Sua premissa é falha — uma mulher, que até então ficara sentada em silêncio ouvindo atentamente a conversa dos homens, abriu a boca. — Porfirio Díaz nos diz para plantar cana-de-açúcar, sisal e chicle, ainda que tenhamos de importar a força de trabalho. Como todos os senhores sabem muito bem, ele atrai o capital estrangeiro e permite que os estrangeiros administrem fazendas.

Menem concordou:

— É isso mesmo. Os fazendeiros americanos também invadiram o Yucatán. Malditos ianques!

A mulher prosseguiu:

— Ele diz que os latifúndios são vitais para o México, mas é mentira. Claro que os americanos são a favor desse sistema. Plantam produtos agrícolas baratos no México, carregam tudo no porto de Veracruz e depois os vendem caro para os europeus. E, nesse processo, os proprietários de fazendas tão grandes quanto a Holanda ou a Bélgica e os Científicos da Cidade do México ganham uma fortuna. No fim, somente os Estados Unidos e os amigos de Díaz é que faturam, enquanto o resto de nós luta para conseguir respirar. O que o México precisa não é de latifúndios, e sim de democracia.

Menem estava fascinado tanto pelo charme quanto pela capacidade de discurso daquela mulher. Quem saberia que veneno poderoso poderia sair daqueles lindos lábios? Mas tal veneno era doce para ele.

— Isso mesmo, senhora Elvira. O que precisamos não é de latifúndios, é de democracia. Só que isso é impossível com Díaz. Todos os senhores concordam?

Todos que estavam sentados no escritório assentiram, porém seus olhares eram repletos de desconfiança uns dos outros. Democracia, em vez de latifúndios? Eles sabiam melhor do que ninguém que não existia uma única pessoa no México capaz de conseguir isso. A questão era ou mais latifúndios, ou mais poder!

— Hmmm, muito bem — a senhora Elvira levantou-se. — Então gostaria de apresentar-lhes algumas pessoas. Todos os senhores podem comparecer aqui na semana que vem, não?

Aos poucos começavam a surgir grupos de oposição ao ditador.

50

Enquanto Menem frequentava os salões antigovernistas da Cidade do México, cuidando tanto da vida amorosa quanto da política, o capataz de Chenché, Álvaro, assumia o lugar do gracioso fazendeiro e bancava o papel de vilão. Confinou no cárcere da fazenda o pescador da ilha de Ulleung, Choe Chuntaek, que fora apanhado tentando fugir, e mandou que o chicoteassem. Colocou em prática o acordo entre Menem e os coreanos de fornecer milho e *tortillas* de graça, porém tratar com

flor
negra

severidade os fugitivos — a chicotada dada em Choe Chuntaek, entretanto, foi excessivamente cruel. A rebelião anterior havia irrompido por causa da vendinha da fazenda, mas a dessa vez foi por causa das chicotadas. As condições de trabalho pioraram drasticamente na ausência do fazendeiro. Antes, todos terminavam de trabalhar quando o sol se punha, mas agora precisavam fazer hora extra no moinho de fibras de sisal até tarde da noite — e pelo mesmo salário.

Ninguém sabia por que o velho solteirão covarde Choe Chuntaek havia tentado escapar. Ninguém sabia para onde ele iria caso tivesse conseguido fugir. Ele não sabia falar nem uma única palavra de espanhol. Insistira para que seus compatriotas coreanos não aprendessem o espanhol, dizendo que se aprendessem a língua não conseguiriam mais voltar para a terra natal. Quando lhe perguntavam por que, ele repetia as mesmas palavras, como se a pergunta o deixasse irritado:

— Estou dizendo: simplesmente não podemos. Se a gente aprender espanhol, esqueceremos nossa própria língua, e aí como poderemos voltar?

Continuava aquela lengalenga no dialeto da ilha de Ulleung, que os outros coreanos tinham dificuldade para entender, e, se um feitor o chamasse pelo nome, fingia não ouvir. Quando terminava de trabalhar e o pagador perguntava a ele: "*Cuántos son?*", ou seja, quantas folhas de sisal ele havia cortado; ele apenas levantava os dedos para indicar o número, sem jamais deixar que os números em espanhol lhe escapassem dos lábios. Escolheu uma noite sem lua, esperou até todos estarem adormecidos, apanhou o pouco dinheiro que havia conseguido juntar e pulou a cerca da fazenda. Foi descoberto por um guarda maia de bom ouvido e pego antes que conseguisse chegar muito longe.

Os soldados aposentados voltaram a se reunir. Jo Jangyun, o Rei Deva Kim Seokcheol, o pequenino Seo Gijung e o atirador de meias palavras Bak Jeonghun convocaram os homens certo dia antes do nascer do sol. Os baleeiros e camponeses de Pohang constituíam a força principal. Havia ainda Ijeong, que chegara na noite anterior. Ele não estava no clima de participar de revolta nenhuma, mas também não era do gênero que se escondia em casa para medir a situação. Estava satisfeito por finalmente voltar a ver Jo Jangyun e os soldados, e a conversa sobre a luta que estavam planejando conduzir atiçou o seu sangue quente. Sua ira contra os fazendeiros, que os vendiam todos como se fossem cachorros e porcos, reprimia a vontade de ceder ao desespero e mergulhava-o naquela nova situação. Mais uma vez, os homens se armaram com facões, apanharam pedras e as enfiaram com antecedência nos bolsos. Ijeong também ganhou um facão. Só por precaução, decidiram se dividir em três grupos, cada qual liderado por um soldado experiente. Os aristocratas, que não desejavam lutar, ficaram de fora. As mulheres e as crianças receberam ordem de permanecer em casa. Com um grito gigantesco, os homens correram na direção da prisão da fazenda, onde Choe Chuntaek estava preso. Os guardas foram desmoralizados e fugiram. Os homens arrombaram a porta e resgataram Choe Chuntaek, mas ele já havia perdido os sentidos e desabou no chão. Ainda mais irados por ver o companheiro daquela forma, seguiram em tropel até a casa de don Carlos Menem, como haviam feito da vez anterior. Contudo, os capatazes e feitores que estavam reunidos ali não foram tão submissos quanto da última vez. Imediatamente partiram para o contra-ataque, disparando seus rifles longos. As balas passaram de raspão pelos braços e coxas de alguns dos coreanos. Ainda não havia nascido o sol, portanto eles não conseguiam perceber exatamente de onde vinham as balas. O outro lado mirou nas tochas que os homens carregavam, até que estes não tivessem escolha a não ser apagá-las e bater em retirada. Alguns deles atiraram pedras, mas não havia maneira de conseguirem invadir os muros altos. Assim que os coreanos começaram a recuar, os feitores e os guardas maias, liderados por Álvaro, saíram de um salto, aos gritos. O som dos tiros, como pipoca estourando, ecoou nos ouvidos dos trabalhadores. Com sua fuga impedida mais de uma vez, a multidão fugiu na direção do armazém e da prisão onde Choe Chuntaek estivera confinado.

— Droga, estamos em uma armadilha!

flor
negra

Jo Jangyun e Kim Seokcheol bloquearam a porta do armazém com cadeiras e mesas e fecharam as janelas com tábuas de madeira, construindo uma barricada. Jo Jangyun disse:

— Já que a coisa chegou a este ponto, não vamos arredar o pé daqui. Se nos matarem, eles é que sairão no prejuízo por serem nossos compradores, por isso não acredito que vão atirar em nós indiscriminadamente. É melhor ficarmos aqui. Se conseguirmos aguentar alguns dias, o prejuízo para eles será grande, por isso no fim tentarão negociar.

O impasse começou com inquietação. Lá fora, Álvaro continuou dando tiros para o alto e ameaçando-os. Para ele, era melhor resolver logo a situação antes que seu patrão chegasse. Aos olhos dele, Menem não passava de um aspirante a político que não sabia nada de como o mundo funcionava. Graças à sua tentativa de conquistar a confiança dos trabalhadores prometendo dar milho e *tortillas* de graça, as finanças da fazenda já estavam quase no vermelho. Dessa vez, antes que Menem voltasse da Cidade do México, Álvaro precisava dobrar aqueles coreanos. Porém, os coreanos haviam feito uma barricada no armazém e se preparavam para uma longa batalha. Sim, claro, não tinham comida nem água, portanto não conseguiriam suportar muito tempo, mas mesmo assim Álvaro ficou inquieto. A fadiga o inundou e seu corpo foi ficando quente. Pediu a opinião dos feitores.

— E então, entramos?

Todos sacudiram a cabeça. Apesar de estarem armados com rifles, não queriam invadir um armazém infestado com oitenta homens brandindo facões.

51

Três dias se passaram. Algumas balas de Álvaro furaram a barricada e os soldados enraivecidos atiraram pedras pelas janelas, conseguindo atingir um dos feitores na canela, mas ambos os lados começaram a se cansar daquele longo impasse. A sede era o grande problema dos coreanos presos ali dentro. Os soldados incitavam os homens a fim de evitar deserções, mas alguns disseram que já estavam vendo coisas e agitaram as mãos. A irritação de uns com os outros começou a causar dissensões entre as fileiras. O sol estava cruelmente quente, e o interior do armazém de pedra calcária chegava a quase quarenta graus. Todos começaram a demonstrar sinais de desidratação, sendo que alguns já em estado sério. Lá fora, Álvaro bebia água fria avidamente para provocá-los.

— Não será melhor nos rendermos? — Um grupo de camponeses a um canto estava rasgando suas roupas. Quando Jo Jangyun perguntou o que estavam fazendo, não responderam. Quando ele voltou a perguntar, disseram apenas que estavam fazendo uma bandeira branca.

Exatamente nesse momento, alguém gritou pedindo silêncio. Todos pararam de falar. Então veio o som de um trovão, seguido pelo tamborilar de gotas de água. Era uma tempestade, algo raro de se ver no Yucatán. A tempestade caiu a cântaros. O som de gritos de comemoração ecoou no armazém. Os homens subiram nos ombros uns dos outros e arrancaram o teto. A chuva os encharcou pelo buraco largo. Eles ergueram as bocas na direção da corrente de água. Ijeong lembrou-se de um encontro secreto em um dia de chuva e do corpo de Yeonsu enquanto o vapor se erguia dele. Alguns lembraram a estação de chuvas da Coreia, outros os melões de um vizinho em um dia chuvoso, e outros ainda as suas mães. Eram, todas elas, coisas que eles jamais encontrariam em Yucatán.

Quando sua sede foi aplacada, os coreanos riram e brincaram uns com os outros.

— Ei, isso é até melhor, pois não temos de trabalhar e podemos apenas relaxar! — gritou alguém.

Houve quem fez coro:

— É verdade, é verdade, é melhor.

Porém, por trás das gargalhadas, todos estavam inquietos.

— E se — perguntou um baleeiro de Pohang — eles acabarem expulsando todos nós? — os rostos ficaram sérios. Houve quem tentou

flor
negra

confortá-lo, dizendo que uma coisa dessas jamais aconteceria. Mas o que eles fariam se o fazendeiro enraivecido realmente dissesse: "Não preciso de nenhum de vocês, vão embora"? Outro perguntou:

— Quanto custa para voltar para a Coreia?

Ninguém sabia. Ijeong disse:

— Ouvi algo sobre isso em outra fazenda; disseram que seria mais ou menos cem pesos.

O silêncio preencheu o armazém. Cem pesos? Ninguém tinha nem sequer dez pesos, quanto mais cem. Ainda que tivessem o dinheiro, a ideia de voltar para Jemulpo de mãos vazias era terrível. Após tudo o que haviam sofrido desde fevereiro, como poderiam voltar apenas com as mãos rachadas, a pele adoentada e o rosto escurecido pelo sol?

— Vamos sair daqui.

Os camponeses levantaram-se. Os soldados bloquearam a passagem.

— Se sairmos, será o nosso fim. Só precisamos aguentar mais um pouco.

— Você não viu o que aconteceu com Choe Chuntaek? — perguntou um camponês de meia-idade. — A única coisa que precisamos fazer é não fugir.

Kim Seokcheol segurou o camponês pela garganta. Os outros o empurraram para longe do homem.

— Se não mostrarmos força agora, eles irão nos desprezar! Agora só espancam quem foge, mas depois o chicote vai estalar mesmo se formos apenas um pouco preguiçosos.

A discussão começou a esquentar de um jeito ameaçador.

— Seus canalhas! — os camponeses levantaram bem alto os facões. Os soldados abaixaram as lâminas dos deles. Os homens que estavam entre uns e outros guincharam feito macacos. O clima ficou tão feio, que não teria sido nem um pouco estranho se algo horrível tivesse acontecido.

Um simples mosquito aliviou a tensão. Algumas semanas antes do incidente, aquele mosquito, que nascera em uma poça perto do *cenote*, seguiu o cheiro de seres humanos e voou até a fazenda. Bebeu o sangue de algumas pessoas, desovou e morreu. Uma dessas pessoas foi Álvaro. O capataz estava andando de um lado para o outro com o rifle bem erguido, observando a movimentação do inimigo, quando de repente começou a tremer e depois caiu com um baque surdo. Ijeong, que estava olhando aqueles acontecimentos por uma rachadura da janela, reportou aquilo aos demais. Os feitores correram até Álvaro e o carregaram para longe dali.

— É uma insolação — disse um.

— Acho que não — disse outro. — Não é a primeira vez que ele aguenta esse sol. E estava de chapéu, além disso. — Cada um deu sua opinião, mas ninguém sabia o motivo exato do ocorrido. O cerco terminara, e, quando chegou a noite, os coreanos voltaram para suas casas. Jo Jangyun sugeriu que eles se revezassem para montar guarda e os outros concordaram. Porém, não houve movimentação naquela noite. E, quando eram quatro horas da manhã, o sino não soou. Os homens, que haviam passado fome por três dias, engoliram *tortillas* a noite inteira. Somente depois que o sol estava no meio do céu é que tiveram notícias, pelos maias, de que Álvaro apanhara malária, estava com febre alta e à beira da morte.

Ijeong procurou Jo Jangyun, que estava de guarda ao amanhecer. A expressão do garoto era sombria, mas seu corpo estava completamente tenso, como o de um galo de briga se preparando para a luta.

— Tenho algo a dizer.

Jo Jangyun perguntou:

— O que foi?

Ijeong respondeu:

— Estou planejando escapar daqui esta noite.

Jo Jangyun arregalou os olhos, surpreso.

— Este trabalho é duro para todos nós — disse ele.

— Não é porque o trabalho é duro — insistiu Ijeong.

— Então por que é?

— Não gosto de ser vendido para cá e para lá como um cão ou um porco.

flor
negra

— Então você vai fugir? E se atirarem em você? Não viu o que aconteceu com Choe Chuntaek?

— Eles também estão confusos, por isso não saberão o que está acontecendo. Agora é o momento ideal.

— O que você vai fazer depois que fugir? Você não sabe falar espanhol.

— Eu aprendo. Aprendi japonês, então por que não vou conseguir aprender espanhol?

— Certo, você vai aprender espanhol, e depois? — quis saber Jo Jangyun.

— Vou para bem longe e abrirei um negócio.

— Com que dinheiro? Além do mais, você sabe que, quando descobrirem que você fugiu, as coisas vão ficar ruins para nós. O fazendeiro vai trazer isso à baila nas negociações.

— Mesmo assim, você precisa me ajudar — disse Ijeong.

— Por quê?

— Foi você que me deu meu nome, não foi?

— Tudo bem, mas se você for pego, direi que não sei de nada. E se você achar que não vai conseguir sobreviver lá fora, volte. Vamos interceder por você junto ao fazendeiro. Você poderá trabalhar para compensar o tempo em que passou fugido.

Ijeong voltou ao seu quarto e planejou a fuga. Jo Jangyun lhe deu cinco pesos e disse:

— Pague de volta quando seu negócio der certo.

Álvaro foi levado ao hospital de Mérida naquela mesma tarde. Então Menem voltou, quase como se houvesse sido passada a batuta. Os coreanos continuaram recusando-se a voltar a trabalhar. Guardaram comida e se prepararam para uma briga longa. Também dessa vez Menem confiou demais em suas habilidades diplomáticas e propôs uma negociação. Chamou Gwon Yongjun da fazenda Yazche e organizou uma reunião com Jo Jangyun e os outros líderes da greve. Menem prometeu parar as chicotadas, que tinham sido o estopim do problema, mas prometeu que, se alguém fugisse, os outros coreanos teriam de cobrir o prejuízo pela quebra de contrato. Todos concordaram de pronto. Porém, Jo Jangyun, Kim Seokcheol, Seo Gijung e os outros soldados aposentados trouxeram outra questão à baila.

— Quanto temos de pagar se quisermos sair da fazenda antes do fim do contrato? Por favor, nos diga a quantia exata.

Era uma nova condição de negociação em que os coreanos pensaram durante os vários dias em que ficaram presos dentro do armazém. Menem saiu para consultar seu advogado e depois retornou.

— Em nenhuma circunstância vocês poderão partir da fazenda antes de dois anos. Depois disso, porém, podem ir embora se pagarem cem pesos. Prometo.

Os grevistas insistiram que cem pesos era demais. Após negociações persistentes, a quantia foi decidida: oitenta pesos. Eles logo concordaram com o mínimo de dois anos porque sabiam que não seria fácil economizar oitenta pesos em dois anos. Kim Seokcheol murmurou:

— Oitenta pesos para ficar livre, depois mais cem pesos para pagar a viagem de navio de volta para a Coreia... Quando vamos ganhar isso tudo?

Mas, de qualquer modo, a redução de quatro anos para dois era uma esperança. Eles ficaram animados ao pensar que poderiam sair daquela fazenda de sisal mais depressa se trabalhassem bem. A promessa da liberdade antes do tempo também não era ruim para Menem, porque aquilo aumentaria a vontade dos coreanos de trabalhar. Além do mais, não era um acordo nada mau explorá-los por dois anos e ainda ganhar oitenta pesos; não havia nenhuma garantia de que então ele ganharia mais do que isso caso os vendesse para outra fazenda.

Assim terminou a greve que mergulhara a fazenda em tensão durante diversos dias. Alguns dias depois, o corpo de Álvaro foi enviado de volta para lá. Os coreanos fizeram fila e compareceram ao funeral. Alguns homens derramaram lágrimas na frente do corpo do capataz que os atormentara até quase a morte. Para Menem, aquilo era algo verdadeiramente estranho de se ver. Cuspir no túmulo de Álvaro não seria suficiente para aplacar o rancor dos coreanos, e entretanto eles lhe demonstraram o mais alto respeito. Menem chamou Jo Jangyun e perguntou:

— Por que vocês estão chorando?

flor
negra

Jo Jangyun respondeu em voz baixa:

— É nosso costume. Choramos quando alguém morre. Depois bebemos, comemos carne de porco e velamos o corpo a noite inteira. É porque acreditamos que somente assim o fantasma não vai desejar nos fazer nenhum mal.

Gwon Yongjun traduziu "nos fazer nenhum mal" como "se vingar". Menem deu de ombros e disse:

— Como um morto pode se vingar?

Naquele dia, ele deu aos coreanos bebidas e carne de porco pela primeira vez. Sem perda de tempo, dois porcos foram reduzidos a ossos. Os coreanos riram, conversaram e beberam ao lado do caixão do capataz maldoso Álvaro, e alguns jogaram jogos de azar. O funeral solene se transformou em um clima alegre, semelhante a uma festa. Alguns coreanos ficaram bêbados, alguns arrumaram brigas uns com os outros, um deles cantou uma canção folclórica.

Tarde da noite, Menem saiu de casa e viu aquilo. Achou que tinha sido enganado e ficou contrariado.

— Não, é assim mesmo — garantiu Gwon Yongjun. — Na Coreia, isso também faz parte do funeral. Eles fazem barulho para que o falecido e os parentes que sobreviveram não fiquem muito tristes. Cantam e jogam jogos bobos. Eles não gostavam de Álvaro, porém estes são os únicos costumes que conhecem em funerais, por isso é o que estão fazendo. Por favor, deixe, pelo menos hoje.

Enquanto o vigia da fazenda relaxava com o acordo de greve e o clima ficava cada vez mais caótico com o funeral de Álvaro, Ijeong pulou a cerca de ferro da fazenda. Olhou para as estrelas e rumou para o noroeste em direção a Mérida. Os arbustos ásperos arranhavam suas panturrilhas sem descanso. Tropeçou em um buraco profundo e caiu. Continuou andando sem parar, sabendo que precisava fugir para o mais longe que pudesse até o nascer do sol. Não tinha se afastado muito quando ficou com sede, mas não tinha como encontrar água. Fazia apenas duas horas que tinha partido quando o arrependimento começou a surgir. A estrela da manhã, que pairava um palmo acima do horizonte, dizia-lhe que aquela era a sua última chance de voltar. Ijeong andou de um lado para outro por algum tempo, mas quando o sol se levantou com fraqueza ao longe, ele voltou a caminhar para o noroeste. Já era tarde demais. Assim como quando embarcou no Ilford em Jemulpo, sentiu ao mesmo tempo desassossego e empolgação.

52

Nenhuma flor foi vista durante dois meses. Yi Yeonsu mordia as unhas das mãos. Seu pai esperava pela carta do imperador Gojong, e seu irmão mais novo estudava espanhol sem cessar. Jinu seguia os capatazes para todos os lados e pegava uma palavra aqui e outra ali. A senhora Yun estava focada no problema de como se enforcar. Havia entrado na menopausa no México, talvez pela mudança abrupta de clima. Os motivos eram diferentes, mas as duas mulheres daquela casa pararam de ovular mais ou menos na mesma época e sofriam com isso. A senhora Yun perdeu o apetite e pensava apenas em suicídio. A depressão desencadeada pela mudança hormonal balançou com força o seu ser, porém se suicidar não era fácil. Havia dias em que ela chegava até mesmo a pensar que, se fosse estuprada, pelo menos não haveria onde ela se esconder da vergonha e nenhuma possibilidade de recuperação, o que tornaria mais fácil aquela decisão.

Yeonsu jamais pensou em suicídio. Acreditava que Ijeong voltaria. Mas, antes de ele voltar, sua barriga cresceria e nasceria uma criança. Como ele podia ao mesmo tempo estar e não estar ali? Ela colocou a tristeza de lado, acalmou tranquilamente sua mente e se dispôs a encontrar uma forma de entrar em contato com ele. Porém, por mais que pensasse, não encontrava um jeito de fazer isso a não ser por intermédio daquele intérprete nojento. E não havia como se aventurar a fugir para a fazenda Chenché sozinha, sem conhecer o caminho.

Quando ficar evidente que estou grávida, minha mãe pode ser capaz de dar fim à sua própria vida por vergonha. Antes que isso aconteça,

flor
negra

meu pai e meu irmão me entregarão uma faca e dirão para eu cometer suicídio. "Termine tudo com dignidade. Esse é o único jeito de limpar a desonra." Talvez o próprio Jinu enfiasse uma faca em meu coração e depois diria que foi suicídio. Os outros aceitariam suas palavras, como sempre aceitaram. Seria a solução mais fácil para todos.

Certa noite, quando todos os trabalhadores que voltaram dos campos de sisal estavam dormindo e os grupinhos que haviam se embebedado roncavam, ela se levantou em silêncio da cama e foi até a casa de Gwon Yongjun. Uma mulher maia estava sentada em frente à porta fumando um cigarro. Yeonsu sorriu obsequiosamente para aquela mulher que não falava sua língua para que ela soubesse que não tinha a menor intenção de roubar o seu homem. A mulher evitou seu olhar, distraída, como se não estivesse nem um pouco preocupada com aquilo, e olhou apenas para as estrelas espalhadas pelo céu. Do seu cigarro subia uma fragrância forte, parecida com a de artemísia queimada.

Yeonsu abriu a porta e entrou. Gwon Yongjun se levantou na cama, surpreso. Sem sequer se vestir adequadamente, afastou depressa o mosquiteiro e saiu da cama. Ao contrário do modo como tratara a mulher maia, Yeonsu o encarou sem pestanejar. Assim, parecia ser bem mais alta do que Gwon Yongjun e também o sobrepujava psicologicamente. Com aquela pose dignificada, que ela aprendera na infância, era difícil imaginá-la como uma garota capaz de rolar sobre a grama com um rapaz da sua própria idade.

— O que foi?

Yeonsu mordeu o lábio. Seus lábios se abriram apenas o suficiente para deixar passar uma única formiga. Ela havia tomado uma decisão difícil, mas agora que viera até ali, não era fácil. As palavras que diriam que ela estava grávida e precisava encontrar o pai, as palavras que pediriam ajuda, recusaram-se a atravessar seus lábios. O próprio Gwon Yongjun estava desesperadamente tentando pensar no motivo de ela ter ido vê-lo. Seria por causa de dinheiro? Era possível. Aquele rapaz inconsiderado ganha sozinho o dinheiro para quatro pessoas. Então as bochechas dela, antes rechonchudas, não estão magras, e sua pele antes bonita, pálida? Ele assumiu a liderança da conversa e perguntou àquela garota, que havia aprumado as costas e projetado o queixo para frente, mas era incapaz de dizer o que tinha vindo dizer:

— É dinheiro?

Ela não respondeu nada. Uma miríade de pensamentos atravessou a cabeça dele. Subitamente, ele se deu conta do motivo de ela estar ali, por que viera vê-lo no meio da noite, assim tão distante e ao mesmo tempo tão inquieta. Esperou até que ela dissesse por sua própria boca. Após um longo silêncio, após deliberar por um longo tempo em meio à confusão, ela finalmente abriu a boca.

— Se me ajudar, não me esquecerei da sua bondade.

PARTE 2

UM ANO SE PASSOU.
DEPOIS DOIS ANOS SE PASSARAM.
ALGUNS MORRERAM,
OUTROS ESCAPARAM.

53

Era novamente maio, exatos três anos desde o mês em que eles pisaram no México pela primeira vez, mas pouca gente falava nisso. O trabalho prosseguia silenciosa e simplesmente, como em um mosteiro onde se houvesse feito voto de silêncio. Após diversas greves e rebeliões, os fazendeiros e os imigrantes aprenderam a obter o que desejavam uns dos outros sem precisar recorrer a ameaças mais sérias. Os fazendeiros aceitaram que os coreanos eram diferentes dos maias. Do Rio Grande ao cabo Horn, eles eram os únicos coreanos em toda a América Latina, portanto não havia como não ser forte a solidariedade entre eles. Além disso, eram basicamente compostos de soldados, intelectuais e gente da cidade, portanto possuíam um nível relativamente elevado de letramento e conhecimento formal. Chicote não funcionava com eles. Por sua vez, os imigrantes não mais se opunham aos dirigentes das fazendas — não apenas porque entenderam o que significava a reunião desordenada de centenas de fazendas pequenas e de médio porte, mas porque sabiam que não havia mais o que obter dos fazendeiros. Além do que, haviam chegado à conclusão dolorosa, depois de uma série de tentativas de processos judiciais, de que todas as instituições e leis em Yucatán estavam nas mãos dos fazendeiros. Por esse motivo, os imigrantes trabalhavam como soldados calejados prestes a serem dispensados. Contavam cada dia, mas cumpriam obedientemente tudo o que era exigido deles, sonhando com o mundo lá fora.

Alguns dos trabalhadores mais incansáveis já haviam pagado aos fazendeiros seus oitenta a cem pesos e ido embora. A maioria foi para Mérida ou a Cidade do México encontrar algum trabalho manual, mas alguns poucos estavam determinados a voltarem para a Coreia. Gwon Yongjun era um deles. Cada vez mais gente estava aprendendo espanhol, o que desvalorizava a sua posição de intérprete, e, uma vez que ele já ganhara dinheiro suficiente, permanecer no sufocante Yucatán não era bem o que mais desejava.

— Escute uma coisa, preciso voltar — disse Gwon Yongjun enquanto comia uma *tortilla* recheada de *kimchi* de repolho. Uma garota que ninava um bebê suavemente em uma rede virou-se para olhar para ele como se tivesse acabado de ser queimada.

— Como pode fazer uma coisa dessas?

A expressão de Gwon Yongjun demonstrou que ele havia esperado justamente essa reação de Yi Yeonsu.

— Como assim, como? Até uma raposa morre com a cabeça virada na direção do lugar onde ela nasceu, portanto o que existe de tão estranho em dizer que vou voltar para minha terra natal? Venha comigo, se quiser — Gwon Yongjun enfiou a *tortilla* na boca.

— Ijeong vai voltar. Vai voltar e ser um pai decente — disse Gwon Yongjun depois, com maldade. A mulher maia entrou e dobrou a roupa que havia tirado do varal. Caiu um breve silêncio. Yeonsu sabia que esse dia chegaria, mas não sabia se seria assim tão depressa. Ela tirou a criança da rede. A trama deixara marcas axadrezadas no seu bumbum nu. Ele olhou para Yeonsu e seus lábios se mexeram de leve. "Omma." Yeonsu segurou-o contra o peito. Gwon Yongjun deitou a cabeça na coxa da mulher maia e disse:

— Você não tem motivo para me desprezar. Não fui eu quem lhe fez mal, fui? Ele voltará no ano que vem. Isto é, se conseguir escapar da polícia, dos bandidos e dos fazendeiros — ele estalou os lábios. — Ah, tem tanta coisa que quero comer que mal posso esperar! Vou voltar.

— Eu não posso ir — Yeonsu abraçou o filho com força.

Gwon Yongjun sorriu:

flor
negra

— Você precisa ir. Está pensando em morrer de fome aqui? Quem vai lhe trazer comida? Seus pais? Seu irmão?

Yeonsu levou a criança para fora. Não conseguia pensar. Depois de ter relações com Gwon Yongjun, nada mais a surpreendia ou envergonhava em demasia, porém aquilo era diferente. Parecia que ela envelhecera anos e anos de uma só vez. O Gwon Yongjun que ela conhecera até então não podia ser chamado de mau, mas também não podia ser considerado bom. No começo ele gostara dela e a tratara com mais luxo do que o necessário pelo privilégio de abraçar a jovem filha da família real. Quando a barriga dela cresceu, ele até mesmo contou uma mentira por ela que ninguém acreditaria. Mas ninguém o contradisse abertamente.

"Ele está dormindo com duas mulheres", murmuravam as pessoas pelas costas de Gwon Yongjun. As mulheres no *cenote* expressavam seu desprezo pela garota que passara de filha única de um homem de letras a concubina de um intérprete. Se ela apanhava uma peça de roupa caída da cesta de uma mulher e a devolvia, a mulher voltava a lavá-la. Seu filho não se dava bem com as outras crianças. Era seu primeiro filho, portanto seu leite não veio com facilidade, mas quando ela procurou uma ama de leite, todas viraram a cabeça. Apenas a mulher maia com quem ela morava, Maria, ofereceu o seio. Uma amizade estranha cresceu entre essas duas mulheres que viviam com um único homem. As glândulas mamárias de Maria incharam no dia em que Yeonsu deu à luz. Antes de o primeiro leite de Yeonsu chegar, Maria alimentou o recém-nascido de bom grado, que tinha uma mancha mongólica bem distinta nas nádegas. Talvez ela estivesse pensando em seus dois filhos, que morreram bem novos. Eles também nasceram com manchas nas nádegas, o que prova que os maias eram descendentes do povo que cruzou o estreito de Bering congelado tanto tempo atrás. Maria entregava o menino para Yeonsu sempre que ela o queria, mesmo que o estivesse amamentando. Se Yeonsu segurava a criança sem jeito, ela o tomava das suas mãos bruscamente para cuidá-la.

Yeonsu levou o bebê para a casa dos pais. A porta estava aberta. A senhora Yun, metida em uma saia com cauda, estava se abanando na frente da casa.

— Mãe — disse Yeonsu.

Sem responder, a senhora Yun virou-se, entrou e fechou a porta. Lá de dentro veio o som de Yi Jongdo lendo em voz alta e depois se interrompendo, aparentemente sem saber por que a porta havia sido fechada. Talvez em seguida ele tivesse percebido o motivo, pois recomeçou a leitura. Mãe, pai, pode ser que eu volte. Seus lábios se mexeram de leve, mas ela foi incapaz de pronunciar as palavras.

Sua família não tinha nenhuma intenção de aceitá-la. Um ano depois de eles terem chegado à fazenda, a fluência do seu irmão mais novo em espanhol foi reconhecida e ele foi vendido para uma fazenda que não contava com um intérprete. A depressão da senhora Yun piorou e ela tentava se suicidar com frequência, mas sempre falhava. Yi Jongdo abandonara todas as esperanças de ser resgatado dali. Havia dois anos os administradores da fazenda começaram a visitar Mérida uma vez por mês e a trazer maços de cartas da Coreia, mas não houve nem uma palavra do primo nobre de Yi Jongdo sentado ao trono. Porém, ele recebeu a notícia de que Yi Jun, o encarregado secreto de assuntos diplomáticos do imperador, havia se candidatado a uma cadeira na Conferência Internacional de Paz em Haia, mas fora rejeitado e cometera *harakiri*. Soube que o primeiro-ministro, Yi Wanyong, agindo em favor do Japão, obrigara Gojong a abdicar do trono, e que sua gente ateou fogo na casa de Yi Wanyong. Descobriu que o exército do império coreano teve sua última cerimônia de dissolução no centro de treinamento marcial. Soube que Gojong cedeu o trono para o filho. Diante de todas essas notícias, Yi Jongdo vestiu-se com roupas limpas, fez uma reverência na direção oeste e chorou de tristeza. Culpou-se por ter se ressentido de modo tão irrefletido do imperador impotente. A filha, que engravidara fora do casamento e agora era concubina de um intérprete, jamais lhe passou pela cabeça. Lamentou a situação da terra natal que ele deixara do outro lado do mundo e se confinou em casa, sofrendo pelo desejo de encontrar um modo de expulsar o Japão e construir uma nação forte e próspera. Então começou a escrever os resultados dessa agonia no papel. Claro que não passavam de

flor
negra

argumentos idealistas que tinham pouca relação com a realidade. Não havia ninguém que não o ridicularizasse quando ele fazia reverência para o oeste pela manhã e se trancava à noite a fim de estabelecer uma estrutura para a nova nação. Os imigrantes que haviam guardado uma réstia de esperança na carta que ele escrevera a Gojong, e que agora se lamentavam por terem sido tão estúpidos, contavam os dias e só pensavam em viver uma semana após a outra.

Sem dizer mais nada para sua família, Yeonsu voltou para a casa de Gwon Yongjun. Anunciou:

— Vou com você.

Gwon Yongjun assentiu, como se já soubesse que ela cederia.

— Você tomou a decisão certa. Não há outra opção. — Ele já estava arrumando as malas.

— Mas vou deixar a criança aqui — acrescentou ela.

Gwon Yongjun estava enfiando algo em um fardo e arregalou os olhos.

— Quê? Deixar a criança? Por quê?

Ela falou com ousadia:

— Quero um recomeço. Quando voltarmos para a Coreia, mande-me para a escola. Temos dinheiro para isso, não temos? Esse menino é um incômodo.

Gwon Yongjun não pareceu fazer objeções à ideia.

— Então o que faremos com ele?

Ela respondeu, como se estivesse esperando pela pergunta:

— Vamos deixá-lo com Maria. Ela gosta de Seobi.

Gwon Yongjun sorriu.

— Bem, podemos fazer isso, se você quiser.

Ele chamou Maria, que estava pendurando a roupa lá fora. Disse que estavam deixando a criança com ela e lhe deu dinheiro. Maria olhou sem expressão para Yeonsu e simplesmente assentiu. Não pareceu triste, mas também não pareceu particularmente feliz. Yeonsu segurou a mão grande de Maria e expressou sua gratidão, depois acariciou a testa de seu filho Seobi, que estava começando a andar, e chorou.

— Então agora só preciso pagar pelo seu contrato. — Como se para estabelecer mais uma vez a posse dela, Gwon Yongjun segurou a cintura de Yeonsu enquanto ela chorava. Ela deu as costas para ele e ele pressionou a parte inferior do corpo contra o dela. Maria se levantou e levou Seobi para fora. Yeonsu segurou a mesa de carvalho com as duas mãos e o recebeu enquanto ele entrava devagar na carne dela. Embora fosse a primeira cópula dos dois em muito tempo, o corpo dela se abriu com facilidade surpreendente. Ele olhou distraído para sua própria genitália entrando e saindo por entre as dobras da saia dela, e continuou seu movimento mecânico e repetitivo. Pouco depois, Seobi entrou na sala e olhou sem entender para o rosto do padrasto. Maria entrou atrás dele, abraçou o menino e olhou para o homem e a mulher inclinados sobre a mesa. Yeonsu sorriu para Maria; Maria sorriu de volta, depois saiu de novo. Gwon Yongjun fez uma expressão serena e ejaculou. No momento em que seu pênis deslizou para fora, enquanto o sêmen escorria de dentro do seu corpo, Yeonsu teve a sensação de que tudo o que acontecera nos últimos anos estava saindo dela. Tal devaneio fez com que ela relaxasse e, sem perceber, Yeonsu soltou um peido bem alto. Os dois ficaram assustados com aquele barulho inesperado. Gwon Yongjun deu risada e caiu na cama, e Yeonsu caiu em cima dele e cobriu o rosto. Gwon Yongjun deu um tapa nas nádegas dela; com isso, ela peidou de novo. Aquilo a deixou estranhamente à vontade. Seu relacionamento tedioso e cansativo com ele mais parecia uma farsa. Algo que antes estivera tão retesado, que parecia prestes a estourar agora relaxou. Pela primeira vez ela riu e realmente desfrutou da comédia da sua própria carne. Gwon Yongjun chamou Maria, que se deitou entre os dois e acariciou o pênis flácido de Gwon Yongjun. Os três pareciam uma família afetuosa.

54

Díaz, o ditador mexicano, durante uma coletiva de imprensa com a revista americana *Pearson's Magazine* declarou que já realizara esforços suficientes de modernização e crescimento econômico no México

flor
negra

e que agora era o momento de passar o cargo para um sucessor, principalmente levando em consideração sua debilidade física.

— É de braços abertos que eu receberia o surgimento de um partido de oposição na República do México. Se surgisse um partido assim, não o consideraria um pecado, e sim uma bênção... Não tenho planos de continuar na presidência. Tenho setenta e sete anos de idade, já basta.

Ele estava esperando que, quando declarasse que não buscaria a reeleição, gritos de "por favor, reconsidere!" varreriam todo o México sem demora. Porém, o resultado foi exatamente o oposto. Ele abrira uma caixa de Pandora. Os liberais de toda a nação se reuniram ao redor de Francisco Madero e não demorou muito para que Madero emergisse como opositor político de Díaz. Houve até mesmo quem, no próprio partido da situação, levasse as palavras de Díaz ao pé da letra. A briga pela sucessão se acirrou. Díaz repensou seu erro de confiar demais nas pessoas e imediatamente tomou providências. Ordenou que seus capangas organizassem um movimento para opor-se à decisão dele de não concorrer à reeleição, depois oprimiu com crueldade toda e qualquer tentativa de cumprir à risca sua declaração de não concorrer à presidência.

Sim, as pessoas logo descobriram as verdadeiras intenções do ditador, mas as ambições políticas já tinham sido libertadas. Políticos como Aquiles Serdán não se acovardaram com a opressão de Díaz. Serdán liderou a oposição à reeleição do ditador. Organizou um clube liberal chamado Luz y Progreso, cujas atividades tinham como base sua cidade natal, Puebla. Compareceu a uma convenção do partido dos Antirreeleicionistas e lançou de bom grado seu voto para indicar Francisco Madero como candidato à presidência.

55

Dentre os soldados aposentados da fazenda Chenché, Kim Seokcheol e Seo Gijung pagaram pela sua libertação. Assim que reuniram o dinheiro necessário, procuraram don Carlos Menem, entregaram-lhe seus oitenta pesos e se tornaram homens libertos. Foram até Mérida e alugaram uma casinha juntos. Era muito menor do que a *paja* deles em Chenché, mas incomparavelmente mais confortável. Eles podiam passear o quanto quisessem, e havia um mercado por perto que era bem mais barato do que a venda da fazenda. Ficaram especialmente felizes ao descobrirem um restaurante e um mercadinho chineses, onde compraram molho de soja e outros ingredientes para poderem preparar pratos semelhantes aos coreanos.

— Eu me sinto estranho — comentou Kim Seokcheol enquanto andava pelo quarto deles. — Poderíamos dormir o dia inteiro sem ninguém vir falar nada.

Seo Gijung ralhou com ele:

— Não está com saudade da fazenda, está?

Kim Seokcheol agitou a mão.

— Não, claro que não.

Mas seus corpos estavam familiarizados demais com o ritmo de uma fazenda de sisal para o negarem com facilidade. Em Mérida, eles ainda acordavam às quatro da manhã. Depois que se vestiam, saíam para a rua e a luz do campanário da catedral olhava para eles. O dinheiro que haviam trazido consigo aos poucos foi minguando, e não havia muito jeito de ganhar mais em Mérida. "Talvez devêssemos voltar para a Coreia." Mas eles não tinham dinheiro para isso. E, mesmo que possuíssem o bastante para a viagem, teriam tanta dificuldade em ganhar a vida no seu país quanto ali.

Enquanto isso, Jo Jangyun permanecia na fazenda. Depois de algumas greves, ele agora fazia jus à sua reputação de representante dos trabalhadores de Chenché. "Não posso ir embora", dizia, mas a verdade era que algo estava se inquietando dentro dele. Já entendera que muitos coreanos não teriam outra opção senão permanecer no México. Se fosse assim, haveria necessidade de uma organização capaz de reunir os coreanos espalhados pelo país. Agora podemos ser trabalhadores contratados nas fazendas, tão presos quanto escravos, mas no ano que vem a coisa será diferente. Jo Jangyun naturalmente

flor
negra

começou a ver-se como chefe de tal organização. Acaso aqui não é um lugar onde não existe discriminação entre as classes altas e baixas? Fazia tempo que os poucos aristocratas de cada fazenda haviam sido reduzidos a párias. Não havia como aqueles que não eram capazes de dar conta de uma simples tarefa conseguirem assegurar a hegemonia política. Diferente deles, Jo Jangyun aprendera como organizar grupos e adquirira competências de liderança e determinação no novo exército coreano ao estilo russo. Ou quem sabe já tivesse nascido assim: quando estava no útero de sua mãe, ela sonhou que um tigre de duas cabeças pulava para dentro das dobras de sua saia. Quando Jo Jangyun pensava nesses termos, seus planos cresciam. Por que não seria ele capaz de formar uma organização militar valorosa aqui, que atravessasse a fronteira entre a Manchúria e a província de Hamgyeong a fim de atacar o exército japonês? Nosso país já reverenciou a cultura e desprezou o exército por tempo demais, e foi por isso que chegamos nesse estado. O México, onde havia cerca de duzentos soldados aposentados, era o lugar perfeito para se estabelecer um novo exército de independência. Além disso, não havia nenhuma supervisão japonesa ali, portanto lançar-se à tarefa seria mais fácil ainda.

A partir de então, Jo Jangyun começou a espalhar a filosofia de "reverenciar os militares", que ele mesmo havia criado, a todos ao seu redor. A nova nação que ele imaginou naquela fazenda do Yucatán seria governada por um soldado carismático ou aposentado e derramaria todas as suas forças na criação de um poder militar independente. Sob um sistema de recrutamento militar obrigatório, todos os cidadãos teriam um dever para com a defesa nacional. A imprensa (ele logo pensou nos jovens acadêmicos que escreveram apelações ao imperador) deveria receber limitações apropriadas. Em primeiro lugar, os militares precisariam reunir todas as suas forças para repelir os países fortes do entorno, representados pelo Japão e pela Rússia. Os seguidores de Gojong, que haviam se apoiado na diplomacia, foram completamente ingênuos.

O número de simpatizantes das ideias de Jo Jangyun aumentou.

— Quando nossos contratos terminarem e sairmos das fazendas, vamos reunir dinheiro e fundar uma escola, uma escola que reverencie os militares. E teremos depois de criar um exército.

— E onde vamos encontrar armas?

— Por enquanto, vamos nos concentrar em montar uma organização; aos poucos as armas vão aparecer de um jeito ou de outro.

— E se irromper uma guerra entre os Estados Unidos e o Japão?

— Se o Japão está lutando contra a Rússia, não há por que não queiram lutar contra os Estados Unidos também. Se isso acontecer, os Estados Unidos vão nos fornecer armas. Quem conhece melhor as montanhas e os rios de Hamgyeong ou Pyeongan melhor do que nós? Vamos retornar com dignidade para nossa terra natal como integrantes do exército americano e esmagar os japoneses. Para isso, entretanto, precisamos organizar um exército com antecedência.

Jo Jangyun começou a anotar essas ideias. Grandes gotas de suor pingaram da sua testa e encharcaram o papel.

56

Choe Seongil estava de bom humor enquanto cavalgava na direção dos campos de sisal. Usava um *sombrero* largo e estiloso e levava um chicote de couro enfiado na rédea. A cruz que roubara do padre Paul cintilava ao sol sobre seu peito exposto. Visto de longe, ele parecia exatamente igual a um capataz mexicano. Quando chegou aos campos de sisal, os coreanos o cumprimentaram. Ele rodeou devagar os campos, sem mal prestar atenção aos cumprimentos. As folhas de sisal cortadas pelos facões caíam desamparadas no chão. As mulheres e as crianças as prendiam em feixes. Tudo parecia tranquilo.

Ao longe, Choe Seongil avistou o xamã caminhando com dificuldade. Enfiou as esporas de leve nos flancos do cavalo e trotou até ele.

flor
negra

— Ei!

Ao ouvir o chamado de Choe Seongil, o xamã tirou o chapéu e olhou para cima. Seus olhos estavam ofuscados pela luz do sol e seu rosto se enrugou, enquanto ele piscava para tentar enxergar.

— Como você está? Está dando conta do trabalho? — perguntou. O xamã fez que sim. — Bem, é melhor trabalhar direito, senão você vai acabar terminando como Bak Gwangsu.

Depois que Choe Seongil saiu, o xamã deu uma cusparada violenta no chão. O sr. Lee, que estivera trabalhando ao seu lado, aproximou-se e se solidarizou:

— Aquele ladrão canalha. Puta do fazendeiro.

O xamã olhou cheio de rancor para o céu, esvaziado até mesmo do menor sinal de nuvem.

— Será que o sr. Bak morreu? — perguntou o sr. Lee a ninguém em particular, como se estivesse falando consigo mesmo. — Bem, deve estar morto a essa hora, de doença ou de fome. — O sr. Lee cortou uma folha de sisal com força, irado. — Eles ficam dizendo, acreditem, acreditem, mas aquele fazendeiro e aquele ladrão canalha o prenderam naquela cabana só porque ele está doente, então quem dá a mínima para o que eles acreditam? Nem mesmo a bruxa velha da nossa antiga vizinhança faria uma coisa dessas.

Quando o dia de trabalho terminou e caiu a noite, o xamã embrulhou algumas panquecas de milho e *kimchi* de repolho e pulou sorrateiramente o muro da fazenda. Caminhou trinta minutos até chegar a uma cabana caindo aos pedaços onde se deixavam os doentes de quarentena. A brisa trouxe o fedor da cabana, que mal conseguiria aguentar um vento mais forte.

— Olá, sr. Bak — ele entrou e encontrou Bak Gwangsu Paul deitado em uma esteira, de olhos encovados. O xamã o levantou devagar, ofereceu-lhe a comida e disse: — Você está pretendendo morrer em uma terra estrangeira?

Bak Gwangsu sacudiu a cabeça como se quisesse dizer que não tinha fome, mas depois comeu um pouco do *kimchi* de repolho.

— O que é aquilo? — o xamã apontou para um montinho de terra no meio do campo, e Bak Gwangsu riu, dizendo:

— Sabe o que eu fiz pela primeira vez desde que cheguei aqui?

O xamã estreitou os olhos:

— Certo, então você enterrou um cadáver. Mas com o quê?

Bak Gwangsu ergueu as mãos e soltou uma risada fraca.

— Você não teve escolha — disse o xamã. — Não podia dormir no meio de cadáveres apodrecendo. — Ele olhou sem expressão para Bak Gwangsu. — Continua na mesma?

— Sim. Não consigo fazer nada porque minhas mãos não têm força, e não há um só ponto do meu corpo que não doa, mas não é nenhuma doença fatal. Não consigo dormir à noite. Vejo coisas demais. Quando fecho os olhos, tudo fica branco. Parece que tem alguém mordendo os meus ossos.

O xamã fez uma careta e fechou os olhos.

— É por isso que você precisa me escutar. Não existe outra escolha. Não estou fazendo isso porque quero, tampouco. Mas não tem jeito.

Bak Gwangsu sacudiu a cabeça.

— Não posso fazer isso.

O xamã, porém, pressionou-o:

— Por que raios não pode?

Após um longo silêncio, Bak Gwangsu abriu a boca.

— Fui um padre católico.

Houve pouca mudança na expressão do rosto do xamã; ele não entendeu que diferença aquilo fazia. Isso tranquilizou Bak Gwangsu. O xamã disse:

— Ninguém sabe. O espírito simplesmente vem. Não se pode resistir a ele. Você vai morrer. Não tem outra escolha a não ser recebê-lo. O espírito está dizendo que quer entrar, então você não tem escolha, tem?

O xamã saiu e o sofrimento de Bak Gwangsu continuou. Quando caiu a noite, chegou uma mulher. Não era da fazenda Buena Vista.

— Quem é você?

flor
negra

A mulher preparou uma mesa para ele sem dizer palavra. Fritou corvina amarela e serviu-a sobre arroz branco. Ao lado, pôs *kimchi* de repolho crocante, pasta de pimenta vermelha, pimentas vermelhas, ostras em conserva, mexilhões em conserva e caranguejo aferventado. Bak Gwangsu olhou para a mulher enquanto devorava a comida. Era uma mesa com a qual ele apenas poderia sonhar. Caiu de boca na corvina amarela e apanhou um pedaço grande e vaporoso com seus *fachis*. A mulher saiu para ferver água na panela de arroz. Ele a chamou:

— Mãe?

A mulher riu e balançou a cabeça.

— Não está me reconhecendo? — perguntou.

Bak Gwangsu, agora de barriga cheia, examinou lentamente o rosto da mulher. Ela pousou a bandeja com a água de arroz fervida e sentou-se em silêncio ao lado dele. Bak Gwangsu segurou o pulso dela; era cálido e receptivo, uma sensação de prazer indescritível. Fechou os olhos. A distância, viu uma árvore solitária.

— Vamos nos encontrar ali.

Ele correu com todas as suas forças. Na grande árvore espiritual, que ia ficando cada vez mais distinta em meio à névoa do início da aurora, algo grande estava pendurado e oscilava de um lado para o outro, como um galho que tivesse sido atingido e partido ao meio por um raio. Ele percebeu o que era. De repente uma dor inundou-o, como se alguém estivesse esmagando seus membros. Ali estava a mulher que havia se enforcado, a mulher que se tornara uma jovem viúva aos vinte anos de idade e que rodopiava ao redor dele todas as noites. Ele não compreendia. Certa manhã bem cedo, ela o convidara até a entrada de uma vila enevoada e mostrara-lhe seu cadáver, embora ele não tivesse feito nada de errado. Teria ela esperado, tecendo sua teia, apenas para mostrar-lhe aquilo? O absurdo da situação deixou-o sem fôlego. Era como uma armadilha que Deus houvesse armado para testá-lo e puni-lo. O veredito já fora decidido antes mesmo de ele sucumbir à tentação. Talvez tudo o que havia acontecido depois tivesse sido apenas o processo tedioso de cumprir um veredito já decidido.

O tempo passou novamente em um clarão, e doze espíritos galoparam para dentro da cabana dele, agitando espadas e flâmulas. Noutro dia, um velho apareceu e o alimentou, mas, quando ele aceitou a comida, subiu para o céu e dividiu-a com os pássaros e os animais. Finalmente, a xamã terrível de Gomso surgiu, esbravejando: "Não adianta fugir. Eu o escolhi não porque gostasse de você, mas porque precisava de seu corpo. Agora eu vim buscá-lo!". A religião que o salvou quando ele fugiu de Gomso não tinha nenhuma resposta satisfatória para uma situação como aquela. Por fim, seus olhos encontraram os da mulher que havia pendido da árvore como uma fruta. Ele encolheu o corpo de medo e abriu os olhos. Não havia nada na cabana abafada e sombria. Nem corvina amarela, nem bela mulher.

Alguns dias depois, o xamã, junto com algumas dezenas de pessoas, veio ver Bak Gwangsu. Para não serem vistos, chegaram depois da meia-noite. Arriscaram-se muito para ver a cena curiosa de um xamã presidindo a iniciação de outro xamã. Haviam subornado os guardas maias e se assegurado de que Choe Seongil estava dormindo. Também sabiam de antemão que Ignacio Velásquez tinha ido a Mérida e não voltaria naquela noite. Muitas pessoas das fazendas próximas, incluindo diversos músicos, ouviram falar do ritual e acorreram em bando até a cabana. Entre eles estava o eunuco Kim Okseon, que nos últimos três anos emagrecera demais. Ele disse que tocaria flauta. Feita com uma grama mexicana desconhecida, sua flauta produzia um som semelhante ao de uma flauta coreana. Se alguém escutasse com atenção, as notas agudas lembravam uma trompa coreana. Alguém trouxe um tambor duplo mexicano feito com couro de vaca, portanto o ritual estava até certo ponto dentro dos conformes.

A iniciação ocorreu em frente à cabana, no meio de uma terra abandonada onde não crescia nem sisal. A terra se espalhava para todas as direções, sem montanhas nem rios, e o ritual durou quase cinco horas. Os músicos e o xamã nunca haviam estado juntos, mas parecia que

flor
negra

sempre tinham sido um grupo. O eunuco do palácio, o xamã de Iche-on possuído por um espírito e o líder do grupo de percussão folclórica de um vilarejo nas montanhas tocaram flauta, dançaram e bateram os tambores para o ex-padre. As mulheres, exaustas por causa do trabalho duro, renderam-se à melodia familiar que corria por suas veias e ao ritmo que estava gravado em seus ossos. Em um instante o local viu-se tomado por um frenesi carnavalesco que transcendia as nacionalidades. Rindo e chorando como loucas, as mulheres dançaram e os homens beberam durante as cinco horas inteiras. Bak Gwangsu perdeu os sentidos. Como em um transe, fez tudo o que o xamã ordenou, despiu-se quando ele mandou se despir, levantou-se quando mandou se levantar e sentou quando mandou sentar. No fim, a visão que veio até Bak Gwangsu foi, por mais estranha que pareça, um cavalo branco. O cavalo branco veio galopando do horizonte distante até ele e o engoliu. Bak Gwangsu imediatamente saiu do corpo do cavalo branco e o cavalgou, levando consigo uma bandeira vermelha e outra branca. E gritou: "Sou o general do cavalo branco!".

Aquele era o espírito que a xamã de Gomso havia servido. De repente, entre uma visão e outra, a certeza inabalável de que a xamã de Gomso havia finalmente morrido cruzou a mente de Bak Gwangsu e em seguida desapareceu.

57

Era tarde da noite quando Gwon Yongjun e Yi Yeonsu chegaram ao porto de Veracruz. Encontraram um quarto em uma hospedaria perto da estação de trem. Gwon Yongjun, que tinha tanta bagagem, que precisou contratar um carregador, estava se sentindo ótimo por deixar aquele país odioso e por estar levando Yi Yeonsu consigo. Desceu até o bar no térreo para beber rum. Ofereceu rum a Yi Yeonsu, mas ela recusou. Ele bebeu um copo atrás do outro. Quando os marinheiros ao seu lado cantaram uma canção da sua cidade natal, Gwon

Yongjun cantou uma da dele. Comprou uma garrafa de rum para os marinheiros e foi aplaudido.

Yeonsu o ajudou a voltar para o quarto dos dois e ele logo caiu no sono. Ela tirou as roupas de Gwon Yongjun. Dobrou suas calças e a camisa com cuidado e guardou-as na mochila dela, em seguida atirou as meias e os sapatos dele pela janela. Retirou cerca de cinquenta pesos do seu bolso. O resto do dinheiro ele guardava em um cinto próprio para guardar dinheiro que ele levava preso à cintura, portanto ela não pôde tirar nada dali. Mesmo assim, agora tinha o bastante para retornar a Mérida e pagar pela liberdade de seu filho Seobi. Abriu a porta sem fazer barulho e desceu as escadas, depois atravessou a porta lateral do bar onde os marinheiros estavam conversando. Caminhou por um beco escuro e depois seguiu meio tonta até os embarcadouros. Não sabia quando Gwon Yongjun viria atrás dela. Suas roupas com certeza chamariam a atenção das pessoas e, além disso, ela não sabia falar espanhol.

Yeonsu sentou em um banco perto da rua. Suas pernas doíam. Ela sentiu tontura e fome. Um guarda noturno com uma lâmpada a óleo olhou feio para a primeira mulher coreana que via na vida. Ela obrigou seu corpo moído a se levantar e continuou andando até o píer mais próximo. Um aroma delicioso vinha de uma ruela ali perto. Era um odor familiar. Ela virou a cabeça. Na frente de um restaurante estava pendurada uma lanterna vermelha, onde se lia em caracteres familiares: "Restaurante Cantonês". Ela puxou para o lado a cortina vermelha que ficava diante da porta. Lá dentro, um velho chinês que parecia ter um dia usado o cabelo preso em um rabo baixo, à moda dos manchus, olhou para ela. Yeonsu não conseguiu entender o chinês que ele falava. Em caracteres chineses ela escreveu: "Estou com fome. Poderia me dar algo para comer?". Eles escreveram mensagens um para o outro durante algum tempo e em seguida ele desapareceu de vista. Voltou logo depois com arroz quente e sopa de ovo. Ela comeu depressa e então uma fadiga repentina tomou conta do seu corpo. Era forte demais para ela

flor
negra

resistir. Assim que o dono do restaurante voltou para apanhar os pratos, a cabeça dela caiu sobre a mesa.

Como se estivesse em um sonho, ela viu um homem se movimentando violentamente em cima dela, mas não conseguiu levantar um dedo sequer. Depois tudo ficou preto mais uma vez.

Gwon Yongjun só percebeu o que havia acontecido quando amanheceu. Foi tomado pela ira e xingou a si mesmo por sua estupidez. Ela voltaria para a fazenda Yazche atrás do filho. Gwon Yongjun pagou o dono da hospedaria e chamou um alfaiate. Quando seu terno foi finalizado alguns dias depois, ele foi até a estação de trem e exigiu o reembolso de sua passagem. Foi negado. Ele hesitou um instante. De que adiantaria voltar e matá-la? Ele passaria o resto da sua vida trancafiado em uma prisão e não conseguiria arrastá-la de volta com ele. Aquela mulher sem-vergonha. Soltou todos os palavrões que conhecia e depois cuidadosamente procurou por ela nos embarcadouros e na área ao redor da estação de trem, só para o caso de ela ainda estar em Veracruz. Algumas pessoas disseram ter visto uma mulher oriental caminhando por aí sozinha, mas ninguém sabia para onde ela tinha ido. Alguns dias mais tarde, Gwon Yongjun embarcou sozinho no trem.

Chegou a São Francisco e ali ficou uma semana. Não havia navios para Yokohama com frequência. Uma semana era tempo demais para passar em uma estalagem na beira do porto. Gwon Yongjun foi até Chinatown. Parecia que um dos mercados chineses de que ele tanto ouvira falar pelos irmãos mais velhos e pelo pai tinha sido transplantado para São Francisco. As ruas estavam cheias até a borda de velhos que liam a sorte nos pássaros, acupunturistas, gente vendendo patas de ursos marrons e dentes de tigres siberianos, patos bamboleando com as pernas amarradas a hidrantes, o cheiro de legumes e carne fritos em panelas *wok,* o aroma adocicado de raiz de alcaçuz pairando das barracas dos vendedores de ervas e o odor nauseante de incenso. Enquanto Gwon Yongjun se aventurava pelas ruazinhas, uma sensação de tranquilidade tomou conta dele. Uma mulher se aproximou e segurou seu braço. Usava um perfume que ele havia inalado havia muito tempo. Viam-se homens caídos um ao lado do outro, fumando cachimbos com a cabeça virada languidamente para o lado. Ópio. Gwon Yongjun tirou a roupa. Uma mulher lavou-o com água quente e o deitou em uma cama. Depois acendeu o ópio e o entregou a ele. Foi uma transação verdadeiramente simples. Sem precisar apanhar nenhum navio para Yokohama, ele pôde imediatamente retornar à sua terra natal. Encontrou seus pais, e encontrou seus irmãos mais velhos também. Viu Yeonsu chupando devagar o seu pênis e lhe garantindo que eles haviam tomado a decisão certa de partir.

Quando recobrou os sentidos, uma mulher chinesa desdentada estava ajoelhada servindo o chá.

— Para onde o senhor vai agora? — perguntou ela.

Gwon Yongjun balançou a cabeça. Depois apanhou um punhado de dinheiro do bolso e entregou-o a ela:

— Vamos repetir.

A mulher, cujos pés haviam sido amarrados quando era jovem, saiu apressada arrastando os pés e voltou com mais ópio. Quando Gwon Yongjun recobrou novamente os sentidos, o navio já tinha partido. Porém, ele não se importou. Aquele tipo de vida lhe caía tão bem quanto um sapato velho. Pela primeira vez em muito tempo ele se lembrou do oficial militar cruel de uniforme e sorriu vagamente.

Quando Yeonsu acordou, não estava no restaurante chinês e sim em uma casa maior. Um velho que ela nunca tinha visto antes escreveu em um papel que precisava de uma concubina para lhe dar um filho homem. Yeonsu escreveu calmamente que já tinha marido e filho e que estava a caminho de encontrá-los. O chinês mostrou um documento a Yeonsu: ali registrava em caracteres chineses a venda de uma mulher, Yeonsu. O velho empurrou algumas roupas de seda na direção dela, mas Yeonsu balançou a cabeça com teimosia.

O velho forçava-se para cima de Yeonsu todas as noites, porém nem uma só vez conseguiu penetrá-la. Em algumas noites, duas mulheres vinham segurar os braços e pernas de Yeonsu, mas mesmo assim o velho não conseguia penetrá-la, e caía exausto no chão. As

flor
negra

mulheres espancavam a moça até ela ficar cheia de hematomas e lhe davam chá quando ela acordava. Ao beber o chá, Yeonsu perdia a consciência. Parecia um longo pesadelo.

Quando ela voltou a abrir os olhos, estava em outro restaurante chinês perto dos embarcadouros de Veracruz. Sua cabeça doía. A bagagem que ela havia trazido consigo sumira. Um homem gordo e baixinho a olhava quando ela acordou. Riu cheio de presunção e lhe entregou roupas femininas chinesas. Depois estendeu para ela outro documento. Sem saber, ela agora devia àquele homem cem pesos, e portanto seria obrigada a trabalhar para ele. "Que espécie de país compra e vende as pessoas desse jeito?", escreveu ela. "Você também um dia deve ter sido vendido aqui como eu. Não é justo." Depois disso, eles arrancaram o papel e a caneta das mãos dela e jamais lhe entregaram novamente. Daquele dia em diante, Yeonsu passou a trabalhar o dia inteiro na cozinha e a servir comida. Era um restaurante grande. Os filhos do dono ficavam de olho nela para que não fugisse e, quando a noite caía, trancavam a porta do seu quarto.

A maioria dos clientes era cantonesa, e sempre que vinham traziam notícias. Por intermédio deles, Yeonsu aos poucos ficou sabendo sobre o que estava acontecendo no mundo. Seu cantonês melhorou mais depressa do que seu espanhol. Seobi aparecia diante de seus olhos todas as noites. Ela também se perguntava sobre Ijeong. Onde estaria ele? Yeonsu teria de voltar para a fazenda para encontrá-lo, mas não conseguia encontrar um modo de escapar de Veracruz. Gwon Yongjun tinha razão: talvez acompanhá-lo tivesse sido o melhor a fazer. Havia muitos dias em que ela se arrependia de ter fugido.

De tempos em tempos ela sentia saudades até do irmão menor, que tinha feito fama como intérprete; do pai impotente, que passara anos preocupado, com a mão na testa; e da mãe, que sofria de depressão e só sonhava em se suicidar. Ainda bem que o dono do restaurante, Jien, não tinha nenhum interesse no corpo dela. Parecia tê-la comprado sem isso em mente. Porém sua esposa, que lhe dera muitos filhos, jamais tirava os olhos da empregada coreana bonita.

Yeonsu fez diversas tentativas fracassadas de fugir. A polícia de Veracruz a apanhou várias vezes e a devolveu a Jien.

58

Esperando Ijeong após a fuga, estavam o calor, a sede e mais fazendas. Era um longo caminho até os Estados Unidos. Era preciso dinheiro para ir do Yucatán até a fronteira setentrional. Ele trabalhou em fazendas aqui e ali para ganhar dinheiro e com isso conseguiu avançar. Os contratos eram de no mínimo seis meses, mas as condições eram melhores do que em Yucatán, porque não era preciso pagar nada adiantado aos investidores. Ijeong trabalhou em fazendas de chicle e cana-de-açúcar, e às vezes em fazendas de sisal.

Alguns anos depois, ele abriu um mapa do México e calculou a velocidade com que estava avançando para o norte. De Mérida até Ciudad Juárez, na fronteira setentrional, ao longo de quatro anos ele percorrera três mil e quatrocentos quilômetros, ou seja, quase dois quilômetros e meio por dia. Naquele meio-tempo conhecera inúmeros mexicanos. A vida era basicamente igual em toda parte: seu povo havia se iludido em pensar que apenas os coreanos do Yucatán estavam sofrendo. Os pequenos fazendeiros de todo o México desfrutavam da mesma situação.

Sempre que ele chegava a uma fazenda, mandava cartas. Jo Jangyun, em Chenché, respondia de vez em quando. Mas não houve resposta de Yeonsu. Dolseok, que ainda morava na fazenda Yazche, não sabia ler. O tempo que Ijeong passava escrevendo cartas aos poucos foi diminuindo. Ele começou a ter dúvidas se o seu amor tinha sido traído. As dúvidas o consumiam e ele se tornou uma pessoa mais cínica.

Depois de finalmente chegar a Ciudad Juárez, do outro lado do rio Grande em frente a El Paso, ele idealizou um plano para entrar nos Estados Unidos. Ijeong não passava de um trabalhador mexicano sem visto de entrada. Atravessar a fronteira não seria uma tarefa fácil. Ele tinha de calcular tudo com o maior cuidado. A certa altura,

flor
negra

pediu a Jo Jangyun o endereço de uma organização em Los Angeles chamada Associação Nacional Coreana da América do Norte e, assim que chegou à cidade de fronteira, enviou-lhes uma carta. Eles responderam que, uma vez que os contratos dos coreanos no México estavam chegando ao fim, seriam enviados representantes para ajudar a resolver quaisquer questões legais. Estes iriam direto à Ciudad Juárez, então que ele aguardasse ali.

Um mês depois, dois homens vieram ver Ijeong. Um deles chamava-se Hwang Sayong e o outro, Bang Hwajung. Os dois usavam ternos pretos e cabelos bem curtos, partidos de lado e com brilhantina. Bang Hwajung era evangélico e Hwang Sayong era quem cuidava dos assuntos da Associação Nacional Coreana.

— Os contratos terminam daqui a um mês, certo? — perguntou Hwang Sayong. Ijeong por um instante ficou espantado. Teria se passado tanto tempo assim?

— Como está a situação no Yucatán? — quis saber Bang Hwajung.

— Faz quase três anos que parti, portanto não sei como a situação está agora, mas quando chegamos não havia nada de mais horrível — Ijeong mostrou-lhes suas mãos rachadas. — Isso é a vida nas fazendas. O problema não é só do Yucatán. Não existe esperança no México. Somente os fazendeiros é que enchem a pança, enquanto o resto dos cidadãos sofre com a fome e o trabalho duro. Os cidadãos deste país estão sofrendo, portanto não há lugar para estrangeiros como nós. Viemos ao lugar errado.

Ijeong olhou para o mapa que eles haviam aberto. Ele marcou o local da fazenda Chenché, onde Jo Jangyun estava, e as fazendas onde ele mesmo trabalhara na sua viagem para o norte.

— Vocês deviam se encontrar com Jo Jangyun primeiro. A fazenda Chenché é a maior, e todos seguem o que ele diz. Mas como são os Estados Unidos?

Bang Hwajung respondeu:

— Não acho que seja tão ruim quanto aqui. Há escassez de trabalhadores na Califórnia, por isso o salário tem aumentado bastante.

225

Mas mesmo assim você terá de ganhar a vida nas fazendas. Alguns de nossos irmãos abriram pequenos negócios, mas são exceção à regra. Já que você não tem nada de especial para fazer, por que não volta conosco para Yucatán?

— Não. Preciso ir para os Estados Unidos — respondeu resoluto o jovem de vinte anos, e lhes ofereceu uma bebida. Eles, porém, recusaram, por serem batistas. No dia seguinte, lançaram-se na longa estrada até o Yucatán.

59

Jo Jangyun recebeu notícias por Kim Seokcheol e Seo Gijung, que tinham se libertado antes dos quatro anos e ido morar em Mérida, de que os representantes da Associação Nacional Coreana haviam desembarcado no porto de Progreso. Por acaso era um domingo. Na posição de representante dos protestantes da fazenda, Jo Jangyun pediu ao capataz permissão para que eles saíssem. O capataz fez com que ele garantisse que se responsabilizaria pela volta de todos e só então concedeu a autorização. Esse era o procedimento usual quando os protestantes se congregavam em alguma casa de Mérida para celebrar seus cultos; por vezes iam de setenta a até oitenta pessoas, de diversas fazendas. Ignacio Velásquez odiava o protestantismo tanto quanto o xamanismo, mas, uma vez que os contratos estavam mesmo prestes a expirar, ele e os demais fazendeiros permitiam que os protestantes saíssem aos domingos, desde que não houvesse mais nada acontecendo.

Quando Jo Jangyun chegou a Mérida, descobriu que Bang Hwajung e Hwang Sayong já haviam chegado. As pessoas que estavam ali reunidas ficaram felizes de ver os visitantes, trocaram apertos de mãos com eles e lamentaram a sua própria situação. Com seus ternos pretos bem ajambrados, os dois homens pareciam poderosos, ao contrário dos coreanos do Yucatán. Causaram uma grande impressão ao conversarem em inglês fluente com o missionário batista

flor
negra

americano que tinha vindo recebê-los. Em comparação, os coreanos do Yucatán pareciam dignos de pena. Seus rostos estavam tão escuros, que eles mais pareciam escravos jamaicanos, e suas mãos rachadas eram como madeira serrada.

— Qual é a questão mais urgente? — perguntou Bang Hwajung a Jo Jangyun. Este respondeu, sem hesitar:

— Em primeiro lugar, receber os cem pesos compensatórios que nos são devidos quando nosso contrato vencer.

Hwang Sayong interrompeu:

— Quero ver o contrato.

Jo Jangyun e Kim Seokcheol entregaram-lhe cópias dos seus próprios contratos. Só depois de algum tempo Hwang Sayong conseguiu localizar a frase, escrita em letras miúdas, que declarava que eles receberiam cem pesos.

— Ótimo, vamos tentar. Precisamos contratar um advogado.

Jo Jangyun retrucou:

— Não temos dinheiro para isso.

Hwang Sayong riu:

— O dinheiro virá da Associação Nacional Coreana. Em troca, quando vocês forem libertados, terão de se associar e pagar as mensalidades. — Os rostos de todos se iluminaram.

No dia seguinte, Bang Hwajung e Hwang Sayong foram até a prefeitura, situada do outro lado da rua da catedral, conseguiram uma lista de advogados registrados e contrataram um cujo escritório ficava ali perto. Com esse advogado, procuraram cada um dos fazendeiros que estavam tentando evitar o pagamento de cem pesos e negociaram a questão.

Alguns dias mais tarde, depois que Jo Jangyun voltou para a fazenda, o Rei Deva, Kim Seokcheol, declarou:

— Há outro problema importante.

— Qual? — quis saber Bang Hwajung.

Kim Seokcheol levou dois coreanos até a presença deles, chamados Shin Bonggwon e Yang Gunbo. Eles haviam se casado com mulheres maias e tido filhos com elas; pediam para levar consigo as mulheres e os filhos. Acrescentaram ainda que havia muitos em situação semelhante a deles. A esposa de Shin Bonggwon tivera três filhos naqueles quatro anos.

— Minha nossa, você foi prolífico — brincou Bang Hwajung, mas ninguém riu.

Bang Hwajung e Hwang Sayong jamais acharam que a questão seria difícil ou séria. Não podiam imaginar que uma pessoa pudesse ser impedida de levar consigo a sua família. Decidiram encontrar os fazendeiros para resolver o assunto.

— Quem seria melhor vermos primeiro? — perguntaram.

Aqueles que conheciam a situação no Yucatán recomendaram don Carlos Menem, da fazenda Chenché.

Porém, inesperadamente, don Carlos Menem não arredou pé na questão. Não que sua atitude fosse resoluta; ele simplesmente não acreditava haver nenhum motivo para discutir o caso. Apenas riu.

— As crianças que nascem nas fazendas pertencem ao fazendeiro. A quem esta mulher pertence? A mim, ao fazendeiro. Agora esta mulher teve um filho. Então me diga, a quem ele pertence?

Bang Hwajung respondeu:

— No nosso país, consideramos que um filho pertence ao pai.

Menem acendeu seu charuto.

— Isto aqui não é o seu país. Você por acaso seria capaz de provar que ele é realmente o pai da criança? Sabe por que uma criança recebe o sobrenome do pai em todos os países do mundo? Porque é somente assim que os pais acreditam que os filhos são seus e se dispõem a alimentá-los, abrigá-los e criá-los. O sobrenome é a resposta social à desconfiança paterna. A única coisa certa é que a mãe deu à luz o filho. Nas fazendas daqui, a identidade do pai é incerta e desnecessária. Pode ir perguntar em Mérida se quiser. A lei está do meu lado. A lei não gosta desse tipo de capricho.

Menem sentiu-se satisfeito em se livrar daqueles convidados indesejados, e os coreanos e o advogado compreenderam que não havia como derrotar os fazendeiros, pelo menos não naquela questão. As leis do Yucatán e do México apoiavam fortemente a alegação de Menem.

flor
negra

Além disso, não havia esperanças de levar adiante nenhum processo em um lugar onde todos os advogados eram fazendeiros. Ademais, existia uma lei especial chamada de Ato de Autonomia das Fazendas, que conferia aos fazendeiros amplo poder discricionário em relação a tudo o que acontecia em suas terras. Os homens casados não tinham outra escolha a não ser se separar das mulheres maias; os filhos seriam deixados para trás na fazenda e virariam propriedade do fazendeiro.

Maio por fim chegou, e os contratos que acorrentaram os coreanos se transformaram em papéis sem valor. Três dias antes da libertação, foi inaugurado em Mérida um escritório local da Associação Nacional Coreana da América do Norte. Naquela ocasião os contratos ainda não haviam caducado, portanto as diversas fazendas enviaram apenas cerca de setenta representantes à cidade. Aqueles que já haviam conquistado a liberdade e os representantes das fazendas comemoraram comovidos o nascimento de uma organização que levara quatro anos para ser criada.

Jo Jangyun, que fora escolhido para ser o primeiro presidente, subiu em uma plataforma construída às pressas e proferiu um discurso que ele havia escrito muito tempo antes. Considerando o tempo que ele levou para prepará-lo, o discurso foi meio frustrante. Jo Jangyun se interrompeu várias vezes, engasgado de emoção, e sempre perdia o ponto em que estava. Mas, ainda assim, sua fala oferece uma pista do clima daquele dia:

Hoje, dezessete de maio, é o dia em que a grande organização conhecida como Associação Nacional Coreana fundou um escritório local em Mérida. Os representantes enviados de cada fazenda se reuniram como nuvens, como os diversos delegados que se reuniram no Congresso Continental em Washington, como os diversos representantes que se reuniram na época da Revolução Francesa. Que admirável, a fundação de um escritório local em Mérida! Embora nos dias passados estivéssemos espalhados sem nenhuma organização entre os nativos dessa terra, hoje somos cidadãos de uma nação civilizada dotados de nossa própria organização, portanto por que não celebrar e dançar e alegrar-se cem vezes? Que a prosperidade da nossa Associação Nacional represente a oportunidade para uma rápida restauração de nossa terra natal.

A empolgação de Jo Jangyun tornou-se especialmente evidente na parte sobre a independência americana e a Revolução Francesa, embora ele pouco conhecesse sobre qualquer uma das duas. Quando o discurso atingiu o clímax, os jovens que aguardavam impacientemente embaixo da plataforma soltaram fogos de artifício. Os fogos, embora lançados antes da hora, enfeitaram o céu acima de Mérida. Assim terminaram quatro anos de servidão forçada.

60

Apesar de os contratos terem caducado, quase ninguém tentou retornar à Coreia. Tal era o destino de quem não possuía terra nenhuma. Quer fosse por não terem o dinheiro para a viagem, quer porque tivessem se casado com mulheres maias, um a um eles se assentaram no Yucatán.

Jo Jangyun fundou sua escola militar em Mérida e deu-lhe o nome de Escola Sungmu ("reverenciando os militares"). Os soldados de Pyongyang do império coreano desempenharam papéis fundamentais na escola. A maioria se convertera à Igreja Batista; todos haviam tatuado os pulsos. Conseguiram verbas para a escola com uma empresa de financiamento e crédito. No dia 17 de novembro de 1909, quatro anos depois do tratado que colocava a Coreia sob o domínio do Japão, eles realizaram uma demonstração de artes marciais tradicionais durante a qual Jo Jangyun declarou nulo e inválido o Tratado de Eulsa.

No dia seguinte, os cento e dez alunos da Escola Sungmu, organizados em dois batalhões, todos fardados com chapéu branco, camisa branca e calças pretas, enrolaram o corpo em faixas pretas e vermelhas e desfilaram pelas ruas. Ao comando de Jo Jangyun, os

flor
negra

porta-estandartes que levavam as bandeiras coreana e mexicana assumiram a liderança do desfile, seguidos por corneteiros e uma banda militar. Depois vinham os jovens em fileiras organizadas e, por último, os velhos e doentes. Quando o desfile passou na frente do prédio da prefeitura, o governador do Yucatán saiu e acenou para eles. Eles não podiam ter sentido mais alegria com a sua libertação. Foi com o peito cheio de orgulho que, vestidos com roupas limpas, eles marcharam pelas ruas do centro de Mérida, ruas com as quais eles até então apenas haviam sonhado.

Depois disso, foi encenada uma peça de teatro. Trabalhadores das fazendas vestidos de soldados coreanos e soldados japoneses encenaram uma batalha imaginária, uma esquete de guerra na qual imitaram até as trombetas e os canhonaços. Os soldados coreanos capturaram todos os soldados japoneses com vida, obrigaram-nos a assinarem um tratado de paz e depois receberam uma indenização pelas perdas de guerra. Então comemoraram aos gritos: "Vencemos! Vencemos!". Os homens que tinham ficado momentaneamente chateados por fazerem papel de soldados japoneses resolveram não ficar para trás e gritaram ainda mais alto "Longa vida à Coreia! Longa vida à Coreia!", comemorando a sua própria derrota roteirizada.

61

No dia 16 de agosto de 1910, o império coreano, que se aferrara à vida como uma planta sobre uma rocha, desapareceu na história. Foi anexado pelo Japão e o general residente Terauchi Hisaichi foi apontado seu governador-geral. Suicídios em protesto à anexação varreram o país. Líderes da resistência, como Yi Geunju e Kim Dohyeon, oficiais do governo como Yi Mando e Jang Taesu e acadêmicos como Hwang Hyeon, entre outros, terminaram suas vidas de diversas maneiras.

Os imigrantes no México, que até então poucas notícias haviam recebido de sua terra natal, ficaram chocados ao saber que agora já não tinham país ao qual retornar. Sacaram os papeizinhos que guardaram como seu bem mais precioso. Um mês haviam esperado em Jemulpo pela emissão daqueles passaportes, mas agora, depois de estarem amarelados graças ao clima seco e à sua vida itinerante, eram inúteis.

62

Antes disso, em janeiro de 1910, uma epidemia assolou o Yucatán. Cinco pessoas morreram, incluindo dois recém-nascidos. Bang Hwajung e Hwang Sayong deixaram Mérida e voltaram aos Estados Unidos. Tão logo Hwang Sayong chegou a Los Angeles, foi eleito presidente da Associação Nacional Coreana da América do Norte. Além das demais atribuições do cargo, começou a analisar meios de resolver os problemas dos imigrantes no México de uma vez por todas.

Em setembro, Hwang Sayong viajou para o Havaí. Passou nove meses percorrendo as ilhas. Contou aos coreanos que ali viviam sobre a terrível situação no Yucatán e como eles estavam em posição muito melhor. Juntos, conceberam um projeto ousado para trazer todos os trabalhadores coreanos do Yucatán para o Havaí. Reuniram-se com a Associação de Produtores de Cana-de-Açúcar e comunicaram aquele intento, e os latifundiários, que vinham sofrendo de falta de mão de obra, concordaram de bom grado. Ofereceram-se para pedir ao governo americano a permissão de entrada daqueles trabalhadores no país. Os latifundiários e os coreanos fizeram planos para trazer cem pessoas assim que aquela entrada fosse permitida. Para cobrir as enormes despesas da viagem, os coreanos do Havaí e dos demais estados americanos demonstraram um espírito impressionante de sacrifício e tomaram para si a responsabilidade de angariar os fundos, solicitando contribuições de todos. No Havaí reuniram US$ 5.441 e nos demais estados, US$ 536.

Quando a maior parte dos preparativos estava concluída, a Associação Nacional Coreana enviou uma carta para o escritório de

flor
negra

Mérida convidando quatro representantes para irem ao Havaí. Jo Jangyun, Kim Seokcheol e dois outros rumaram para São Francisco. Os quatro estavam muito animados com a perspectiva de colocarem os pés nos Estados Unidos, um país do qual haviam apenas ouvido falar. Kim Seokcheol, que se convertera ao cristianismo pouco antes, não parava de mencionar a história de Moisés, comparando a viagem deles com o Êxodo do Egito feito pelos filhos de Israel. Os quatro sentiam uma forte identificação com o clima quente do deserto, o trabalho duro, as doenças, a opressão e o sofrimento descritos na Bíblia. Também acreditavam que Deus havia finalmente perdoado seus pecados e começado a grande obra da sua salvação. Bang Hwajung e Hwang Sayong foram comparados aos profetas do Velho Testamento. O Havaí era a Terra Prometida, onde fluíam leite e mel. Segundo Hwang Sayong, o clima do Havaí era ameno e a água, abundante, portanto não existia sede, e os salários não apenas eram altos como as cidades também eram prósperas, e havia muitas oportunidades de educação.

63

Don Carlos Menem saiu do trem com sua mala de viagem e entrou na estação de Puebla. Seu servo José o seguiu levando o restante da bagagem. Um policial se aproximou de Menem e o cumprimentou, depois deu um tapinha na mala de couro que José carregava.

— Preciso dar uma olhada nisso aí. — José aguardou as instruções de Menem. Quando este assentiu, ele colocou a mala sobre uma mesa e a abriu. Dentro estavam as roupas bem dobradas de Menem e alguns livros. — Que livros são esses? — o policial folheou as páginas.

Menem coçou o bigode e respondeu:

— Heródoto e Rousseau.

O policial assentiu e recuou um passo.

— Muito obrigado pela sua colaboração.

Ao contrário do calmo Menem, José estava um tanto nervoso. Na estação parecia haver mais policiais do que passageiros. Ao atravessarem a barreira, José sussurrou a Menem:

— Acho que estão de olho na gente. Vai ser perigoso.

Menem não respondeu e ficou parado na frente da estação, esperando alguém da casa de Aquiles Serdán que supostamente deveria ir recebê-los. Minutos ansiosos se passaram, mas ninguém apareceu.

— E agora? — perguntou José.

Menem sacou do bolso o relógio. Trinta minutos já. Não era possível.

— Veja se existe algum hotel limpo por aqui, e se houver volte trazendo um carregador.

José saiu apressado.

Menem recebera de Serdán um memorando na semana anterior, mais ou menos duas semanas depois de Francisco Madero, então em San Antonio, Texas, convocar uma rebelião armada. Naquela semana anterior iniciou-se a revolução, em 20 de novembro. Apoiador apaixonado de Madero e amigo de Menem, Aquiles Serdán secretamente retornara à sua base de operações em Puebla para organizar a insurreição e enviara o memorando a Menem pedindo que ele se juntasse à causa. No memorando dizia que quinhentos liberalistas se reuniriam na sua casa, um número surpreendente. No entanto, ninguém tinha aparecido na estação.

Pouco depois, José voltou com um carregador idoso e corcunda. Com uma mala apoiada nas costas e segurando a outra na mão, o carregador os conduziu até o hotel. José ofereceu-se para carregar uma das malas, mas o carregador recusou a ajuda. O hotel era pequeno e aconchegante. O dono, que estava no saguão, pareceu surpreso com a aparência esplêndida de Menem.

— Senhor, estou vendo que vem de longe.

Menem assentiu e discretamente perguntou ao hoteleiro:

— Aconteceu alguma coisa por aqui? Havia policiais para todos os lados na estação.

O hoteleiro atirou as mãos para o alto e começou a falar:

flor
negra

— Então o senhor não sabe? Esta manhã o chefe de polícia fez um cerco à casa de Serdán. Os dois sempre foram inimigos mortais, o senhor sabe. Ele estendeu um mandado de busca e Serdán abriu fogo ali mesmo. Enfim, Serdán foi meio precipitado. Até um tolo veria que ele estava reunindo forças, trazendo armas para dentro de casa sempre que o portão de entrada se abria. Ouvi dizer que ele se disfarçava de viúva, mas o disfarce era tão ruim, que todo mundo tinha percebido. Só fingiram não notar, afinal ele é um aristocrata, um homem rico.

Menem recebeu a chave do seu quarto e perguntou com fingida falta de interesse:

— E depois, o que aconteceu?

O hoteleiro balançou a cabeça.

— Foi horrível. A polícia e a guarda do Estado invadiram a casa e mataram todo mundo. Toda a família de Serdán foi assassinada, incluindo seu irmão caçula, Máximo, e as armas que estavam guardadas no armazém foram apreendidas. Bem, mudando de assunto, o senhor deseja comer alguma coisa?

Menem fez um gesto casual:

— Não estou com muita fome. Acho que vou apenas subir e descansar um pouco.

Na manhã seguinte, o jornal deu uma breve notícia sobre o massacre na casa de Serdán. Menem ficou arrepiado. Chamou José, disse--lhe para fazer as malas e apressou-se em deixar Puebla.

— Para onde o senhor vai, mestre? — quis saber José.

— Para San Antonio.

José, com o rosto branco de medo, perguntou:

— Por que o senhor vai justamente para lá? Não é onde está Madero?

— Amanhã a história do México vai mudar, e não posso ficar preso no meio do nada no Yucatán, posso? Volte para a fazenda se não quiser ir comigo.

José parecia à beira do choro, mas não arredou pé do patrão. Eles compraram passagens para a Cidade do México, onde tiveram de trocar de trem para seguir até San Antonio.

Pouco antes de chegarem a San Antonio, após dois dias de viagem ansiosa, o trem subitamente parou. Ouviram-se tiros. Algumas tropas armadas subiram em um morro e enfrentaram o contra-ataque de soldados fardados que estavam à espera delas.

— Mestre, nunca vi uma tropa tão ridícula. Ah, logo vão fugir correndo! — José não parava de matraquear, inclinado à janela. Menem observou-os também. Podiam ser as tropas de Madero, vindas da fronteira ao norte.

— Coloque essa cabeça para dentro! Quer levar um tiro? — Menem segurou José pelo cangote e o puxou para dentro. Um atendente que passava confirmou que as tropas de Madero tinham sido derrotadas pelo exército federal e agora batiam em retirada. O dia do levante finalmente havia chegado, mas as tropas de Madero eram um desapontamento. Menem ficou na dúvida se dava meia-volta ali mesmo, mas como já tinha ido tão longe, desabou de novo em seu assento. Ficou ali até o trem chegar a San Antonio.

Madero montava estratégias ansiosamente com seus apoiadores no Hotel Hutchinson. Menem ficou sentado a certa distância observando o homem. Havia um ar em Madero que apenas os nobres possuíam. Quando terminou a reunião e ele saiu até o saguão para tomar chá, Menem se aproximou e o cumprimentou.

— Já nos encontramos antes, presidente Madero. Sou don Carlos Menem, de Mérida.

Madero fez um gesto para interrompê-lo.

— Não sou presidente de nada. E sinto muito, mas não me lembro de você.

Menem segurou o braço de Madero quando este fez menção de ir embora.

— Sou amigo de Aquiles Serdán. Vim direto de Puebla.

A expressão de Madero se alterou.

— Senhor Menem, o senhor veio de longe. Por favor, tome um chá comigo.

Menem sentou-se e lhe contou da batalha que vira do trem. Madero riu como se aquilo não tivesse importância nenhuma e disse:

flor
negra

— As tropas do meu tio já deveriam ter chegado ao México, mas nada ainda. Assim, minhas tropas recuaram. Porém, o clima nos outros lugares está intenso. Principalmente em Chihuahua, a chama da revolução arde como nunca. Espere e verá. Não vamos esquecer a morte de Serdán. Ouvimos a notícia também. Que coisa mais horrível. Conte-me, como foi?

A intenção original de Menem era dizer a verdade, mas uma história completamente diferente saiu da boca daquele descendente de um trapaceiro francês. Com lágrimas escorrendo pelo rosto, relatou a Madero o grande massacre ocorrido na casa como se o tivesse visto com seus próprios olhos. Ele, Menem, lutara heroicamente, mas a maioria dos seus companheiros morrera com valentia na batalha graças à cilada do chefe de polícia covarde. Ele se engasgou tão violentamente com o choro, que Madero precisou dar-lhe um tapa no ombro. Sem perda de tempo, os empregados e apoiadores de Madero se reuniram ao redor para ouvir a história do grande massacre na casa de Serdán. Menem aos poucos foi ficando cada vez mais empolgado e continuou o seu monólogo dramático.

— Já basta — declarou Madero com tristeza na voz, interrompendo o outro. Fez um gesto para que todos os demais se afastassem dali e então perguntou em voz baixa a Menem: — Acredita em telepatia?

Menem hesitou um instante diante daquela pergunta inesperada.

— Bem, já ouvi falar alguma coisa, meio por alto.

O candidato presidencial olhou para o vazio enquanto falava:

— Pois eu acredito. Os deuses mandam suas mensagens para a humanidade usando a telepatia. É assim que os profetas receberam as revelações, incluindo Moisés. Não faz muito tempo um americano chamado Bell inventou o telefone, mas trata-se de um meio de comunicação limitado demais, pois não passa de uma comunicação entre duas pessoas. A telepatia, porém, é diferente. Aos poucos os cientistas vêm comprovando sua validade. Se quisermos algo com muita força, podemos transmiti-lo a outra pessoa, às vezes muitas pessoas. Você pode até não acreditar, mas ontem recebi uma mensagem telepática de Serdán — Madero pôs a mão no peito. — Foi tão emocionante. Quando eu era jovem, uma cigana revelou que um dia eu seria o presidente do México. E desde então eu jamais duvidei disso, nem sequer uma vez. Agora essa revelação se transformou em uma mensagem telepática que está se espalhando por todo o México. Se isso não é uma revolução, então o que mais pode ser?

Aquela conversa de telepatia, vinda da boca de um intelectual que estudara cinco anos em Versalhes e Paris e depois estudara agronomia em Berkeley, nos Estados Unidos, antes de voltar ao México, levantou desconfianças no coração de Menem em relação ao curso da revolução. Alguns dias mais tarde, Menem retornou ao Yucatán.

64

Kim Ijeong, que estivera morando secretamente no estado de Chiahuaha, seguia os passos que Bang Hwajung e Hwang Sayong o haviam ensinado e tentava cruzar a fronteira quando ficou no meio do fogo das tropas do governo mexicano e dos guardas de fronteira americanos. Foi atingido em um braço e desistiu de cruzar a fronteira por algum tempo, permanecendo no México. O pouco que tinha de dinheiro estava acabando. Ele não tinha sequer noção de que a Revolução Mexicana estava acontecendo. Quando encontrou tropas lideradas pelo líder sindical Cástulo Herrera, no entanto, com rifles nas mãos e marchando ao longo do penhasco que dava em Temósachi, ele imediatamente entendeu o que estava acontecendo. Os revolucionários trataram seu ferimento e o convidaram para se juntar a eles. Incentivados pela paixão da revolução, praticavam o espírito de fraternidade e solidariedade, duas virtudes do início do conflito. Os membros do exército revolucionário eram realmente diversos. Trabalhadores das fazendas, estudantes universitários, balconistas, profissionais de reparos, vendedores de mulas, pedintes, mineiros, caubóis, desertores, advogados e mercenários americanos, tudo misturado.

flor
negra

Entretanto, Ijeong rejeitou o convite, de modo indireto. Ir para os Estados Unidos era sua prioridade. Ijeong tinha em mente ganhar dinheiro em Chihuahua e depois tentar cruzar a fronteira novamente. Ele se separou dos combatentes e esperou por um trem. Que nunca chegou, no entanto. Todo o estado de Chihuahua estava fervendo com o zelo da revolução. Ele andou de mula e em carruagens e deste modo chegou até a cidade de Chihuahua. Os revolucionários, contudo, estragaram até mesmo esse plano. Tomaram conta dos trens para poder transportar armas e tropas.

O novo líder revolucionário que ele encontrou ao acaso foi Pascual Orozco. Orozco fora um mercador no oeste de Chihuahua, onde transportava minério utilizando mulas de carga. Seus maiores inimigos haviam sido na época os bandidos do interior, que estavam atrás dos seus carregamentos. Ele crescera lutando contra estes bandidos, e, para ele, lutar era sua vida. Orozco não odiava Díaz tanto assim, mas também não morria de amores por Madero. Estava apenas extremamente irritado com a tirania da família Terrazas, que controlava o poder em Chiahuahua. Pouco a pouco ele reuniu sua própria tropa, tomou a cidade de Guerrero, um entroncamento importante da linha ferroviária, e trouxe líderes revolucionários como Pancho Villa para o local, assim se tornando a pessoa mais poderosa do norte do México.

Ijeong permaneceu no acampamento de Orozco por vários dias. Os camponeses que haviam se juntado à revolução sabiam de uma oportunidade em uma fazenda de sisal.

— Cana-de-açúcar, algodão, é tudo igual. A única coisa diferente é o tamanho da barba dos fazendeiros — disseram os camponeses. — Você disse que está indo para os Estados Unidos? Isso não mudará nada. Os ricos ganham seu dinheiro com a terra, e os imigrantes trabalham nas plantações de cana-de-açúcar ou de laranja até seus pescoços quebrarem.

Ainda assim, Ijeong não abandonou seu sonho de ir até os Estados Unidos.

Alguns dias depois, tropas federais atacaram os soldados de Orozco. Com armas de grande porte, destruíram os pobres revolucionários indisciplinados. Ijeong fugiu com os rebeldes pelo despenhadeiro que quase tocava a linha do horizonte. Um deles deu sua arma para Ijeong, e assim ele atirou pela primeira vez na vida. A sensação era parecida com a que sentiu quando segurou as facas na cozinha de Yoshida. A excitação que emanava do prático e frio metal se espalhou pelo seu corpo como uma droga. Quando ele carregou a arma e puxou o gatilho, sentiu toda a antiga amargura que se acumulara em seu corpo se expelir. A bala perfurou a coxa de um soldado federal e levantou poeira ao se enterrar no chão. Poeira misturada com sangue vermelho.

A batalha terminou, e os homens de Orozco foram os que tiveram mais baixas. Mas Ijeong não abandonou a tropa. E segurava seu revólver enquanto dormia. Alguns dias depois, a tropa de Ijeong recebeu ordens: eles deveriam atacar de surpresa um contingente de soldados federais de tamanho considerável. Foi a Batalha do Cañon del Malpaso, que seria lembrada durante anos pela história da Revolução Mexicana. Naquele dia, os revolucionários pegaram de surpresa as tropas lideradas pelo coronel Martín Luis Guzmán e obtiveram muitos espólios de guerra.

Ijeong capturou um soldado federal que tentava fugir. Em seu bolso havia um pouco de milho apodrecido. Ele implorou por sua vida. Ijeong não conseguiu entender o que dizia. Tão logo ele retornou com o soldado, os revolucionários o despiram totalmente e o fizeram cantar. O pênis dele ficou murcho enquanto ele cantava a plenos pulmões. Depois os revolucionários o deixaram ir embora. Naquela época ainda havia um pouco de humor na revolução.

Notícias da vitória em Malpaso entusiasmaram os revolucionários anti-Díaz em toda a nação. A primeira vitória em batalha vivida por Ijeong paralisou seu pensamento. Ele se esqueceu dos Estados Unidos e de Yeonsu. Esqueceu-se até mesmo de todo o ódio e sofrimento que passou em inúmeras fazendas. A vitória na batalha trazia uma felicidade genuína. E ele gostou da atmosfera no exército revolucionário

flor
negra

além disso. Era parecido com o que ele havia experimentado na cozinha de Yoshida. Um mundo de homens apenas. Um mundo em que ele estaria isento de todas as suas obrigações. Os homens eram sujos e barulhentos, mas no meio deles havia paz.

Os velhos e brutos soldados camponeses perguntaram a Ijeong sobre o país que ele havia deixado para trás.

— Há homens corajosos como vocês lá também, claro — respondeu Ijeong.

Os revolucionários perguntaram:

— Contra quem eles lutam?

— Contra o exército japonês.

— Por quê?

— Porque eles perderam tudo. O Japão anexou todo o país.

Os revolucionários mexicanos compartilharam da raiva dele quando se lembraram de como os Estados Unidos haviam engolido o Novo México e o Texas, no norte do seu país. Mas logo perderam o interesse em conversar sobre um país asiático distante, um país que, ainda por cima, nem existia mais.

65

Às dez horas da noite do dia 21 de maio de 1911, Díaz finalmente levantou os braços para o alto e se rendeu. O resumo do acordo de paz assinado entre os revolucionários e o exército federal era este: até o fim de maio, Díaz abdicaria do cargo que ocupava. O governo concederia uma compensação pelos danos causados pela revolução. E novas eleições presidenciais seriam realizadas. Em 24 de maio, uma multidão animada rodeou o palácio presidencial. As metralhadoras no telhado cuspiram fogo. Às duas e meia da manhã do dia 26 de maio, o velho, doente e cansado ditador abandonou o palácio onde havia residido por décadas e embarcou em um trem especial com destino a Veracruz. Lá, ele embarcou no navio alemão Ipiranga e conversou com seu servidor dedicado, o general Victoriano Huerta, que viera para se despedir, dizendo as famosas palavras que percorreriam os lábios de todos durante a Revolução Mexicana:

— Madero soltou um tigre. Vejamos como ele lidará com esse tigre. Depois de tanto sofrimento, no final ele perceberá que o único jeito de governar esse país é o meu.

66

O grupo de Jo Jangyun chegou ao porto de São Francisco. Desceram pela ponte flutuante até o porto e lá ouviram uma simples pergunta do oficial de imigração:

— O que vocês vieram fazer nos Estados Unidos? — ele olhou com certo nervosismo para o rosto escuro e o corpo sólido de Jo Jangyun. Este respondeu com confiança que estavam a caminho do Havaí como membros da Associação Nacional Coreana. O oficial de imigração, que falava espanhol, fez novamente a mesma pergunta em espanhol. Jo Jangyun revelou que eles eram representantes de um grupo de imigrantes e estavam entrando no país para se estabelecer no Havaí. O oficial observou o rosto de Jo Jangyun e dos outros três, voltou para o escritório e depois retornou. Um agente levou os quatro para um cômodo vazio e os fez sentar. Ali, eles ficaram por seis horas. O agente informou o governo da razão pela qual eles haviam entrado no país e aguardou por instruções. O Departamento de Imigração dos Estados Unidos concluiu que não seria possível permitir que os quatro entrassem no país com o intuito de trabalhar. Ao contrário do que pensava Jo Jangyun, a Associação de Produtores de Cana-de-Açúcar do Havaí não havia recebido permissão antecipada do Departamento de Imigração americano.

O grupo de Jo Jangyun ficou confinado na área de detenção do departamento por quarenta e três dias. Durante esse período, a Associação de Produtores de Cana-de-Açúcar do Havaí e a Associação

flor
negra

Nacional Coreana pediram várias vezes permissão às autoridades competentes para que eles fossem aceitos no país e aguardaram ansiosamente a resposta. Por fim, os quatro homens foram colocados em um navio chamado Lucky Mountain e deportados à força. Os coreanos de Mérida também estavam prestando bastante atenção aos eventos que aconteceram. Porém, quando todos os seus esforços acabaram em deportação, o audacioso projeto que era encarado como o Êxodo do século XX desapareceu. Graças ao grupo de Jo Jangyun, o Departamento de Imigração pensara que os imigrantes coreanos no México viriam em massa para os Estados Unidos, e eles já sofriam dores de cabeça suficiente com o conflito entre os trabalhadores chineses e os brancos.

Um total de US$ 547,82 foi usado para pagar a passagem e estadia no navio. Sentindo a culpa de não apenas ter gastado todo o dinheiro de seus companheiros em vão, mas também de tudo ter dado errado, os representantes voltaram calados para Mérida. Mas Mérida não estava calada. Os ventos da revolução haviam chegado ali também.

67

Um ano se passou. Francisco Madero era o atual presidente. Os Estados Unidos não gostavam dele e a situação política era caótica. Tentativas de golpes ocorriam sem parar, e Madero não conseguia manter o país sob controle. Completamente inocente, deixou a supressão dos golpes a cargo do general Huerta, que seguira Díaz até os seus dias finais. Huerta colocou generais competentes nos lugares errados ou ordenou que generais incompetentes iniciassem ataques imprudentes, levando a mortes sem sentido. Na Cidade do México, bombardeou a área residencial onde habitava a delegação diplomática, matando mais de cinco mil civis. Dois tiros habilidosos foram disparados; um acertou a entrada da fortaleza Ciudadela, onde as tropas rebeldes se escondiam, o outro acertou o portão principal do palácio presidencial. A capital virou um inferno. Havia corpos espalhados por todos os lados.

Os corpos que os sobreviventes conseguiam recuperar eram levados para os parques, encharcados com querosene e queimados. O fedor e a fumaça tomaram conta da cidade. Apesar de possuir cinco vezes mais tropas do que os rebeldes, Huerta tentava ganhar tempo. Ele aguardava por reclamações contra o irresoluto Madero. Distraiu o irmão mais novo e confidente de Madero, Gustavo, e ofereceu-lhe conhaque. Então atendeu um telefonema, disse que havia se esquecido de sua pistola e perguntou a Gustavo se poderia tomar a dele emprestada por um momento. Inocentemente, Gustavo entregou a Huerta a pistola que carregava na cintura. Quando Huerta saiu, um grupo de soldados entrou correndo e prendeu Gustavo. Na mesma hora, outro grupo de soldados informou o presidente Madero que ele estava preso por ordem do general Huerta. O golpe-relâmpago de Huerta terminou seu primeiro ato com a execução do presidente Madero por fuzilamento. Exatamente como Díaz havia dito, o tigre estava solto e inquieto, e não parecia haver ninguém que o pudesse acalmar.

68

A chama da revolução continuava a arder. Venustiano Carranza, o governador de Coahuila, expulsou Huerta, e o bandido-tornado-líder--revolucionário Pancho Villa, após uma sucessão de vitórias sobre as tropas federais, estava se tornando uma nova lenda. Emiliano Zapata, de trinta e dois anos, também estava usando táticas de guerrilha para atormentar a Cidade do México e derrubar as tropas federais. Álvaro Obregón, que no futuro mudaria a maré da revolução e se tornaria presidente, também conduzia suas tropas maias à vitória após vitória e estava sendo chamado de general invencível. Heróis começaram a surgir e a testar forças uns contra os outros, como se estivessem esperando justamente por aquela oportunidade, a versão mexicana do Período dos Reinos Combatentes na China. A indústria e o comércio despencavam ladeira abaixo como um carro sem freio. Era o destino

flor
negra

de Huerta seguir os passos de Díaz e embarcar em um navio alemão saindo de Veracruz.

Em 15 de agosto de 1914, o exército de Obregón finalmente tomou triunfalmente a Cidade do México. As corajosas tropas de indígenas iaques rufaram seus tambores e marcharam com orgulho à frente de todos. Entretanto, Pancho Villa não reconheceu Carranza, e Emiliano Zapata, por sua vez, também não poderia permitir que o controle do governo caísse nas mãos de Carranza, um grande latifundiário. Carranza e Obregón sentiram a pressão do ataque em pinça dos dois principais nomes da revolução e retornaram para Veracruz. Inteligente e meticuloso, Obregón levou todos os civis importantes com ele ao se retirar. Os funcionários cruciais para a manutenção das redes ferroviárias e de comunicação foram os primeiros. Levou tantas pessoas do clero quanto foi possível, não porque gostasse de padres, mas porque queria retirá-los de suas catedrais luxuosas e forçá-los a testemunhar o sofrimento da população. Antes de partir, Obregón ordenou que se fizessem exames de saúde no clero. Dos cento e oitenta padres, quarenta e nove deles — vinte e sete por cento — estavam contaminados com doenças sexualmente transmissíveis.

Marchando, um batalhão avançado das tropas de camponeses de Zapata tomou a Cidade do México no dia 26 de novembro. Foi uma entrada silenciosa, sem o som dos trompetes vitoriosos e nenhum desfile elaborado. As tropas zapatistas não encontraram quase nenhuma resistência ao tomar as organizações necessárias para manter a ordem, como a estação policial. Pancho Villa, que chegava do norte, entrou na Cidade do México em 4 de dezembro. O antigo bandido e o antigo camponês tinham muito em comum, como o fato de ambos possuírem pouquíssima instrução formal, a ponto do quase analfabetismo. Ainda assim, eram ambos gênios em técnicas de guerrilha e bastante populares perante a população, e o primeiro encontro dos dois começou com palavras gaguejadas de respeito mútuo. Aqueles dois líderes tímidos e rústicos condenaram os embustes de Carranza e se congratularam com relação a seus feitos. Dois dias depois, as tropas do norte e as do sul se reuniram e organizaram uma parada vitoriosa em larga escala.

Fazendo parte das tropas do norte que marcharam por Paseo de La Reforma estava um soldado asiático que chamou a atenção da multidão. Era Kim Ijeong. Como parte da invicta División del Norte de Pancho Villa, Ijeong finalmente chegava ao centro do México. Depois de três anos na revolução, tinha vinte e cinco anos. O exército de Pancho Villa era amado pela população aonde quer que fosse, e por fazer parte desse exército Ijeong recebia tratamento parecido. Não havia nada de errado em ser esse tipo de revolucionário. Era uma existência que cruzava as fronteiras entre a vida e a morte. Em certas ocasiões ele sentia falta das mulheres, e nesses momentos lembrava-se de Yeonsu, mas agora que havia se juntado à insurgência ele não tinha a liberdade de ir e vir como bem entendesse.

Ao contrário de Emiliano Zapata, Pancho Villa começou um reinado de terror tão logo chegou na Cidade do México. A capital rapidamente mergulhou no caos quando prisões e execuções começaram a acontecer seguindo uma lista que fora preparada com antecedência. Sangue gerava sangue. Os soldados tiveram de aprender a matar sem questionar, como os assassinos da máfia. Dia após dia seguravam pistolas contra o peito daqueles que não podiam revidar e os usavam como alvos de prática. Também Ijeong disparou sua arma sem pensar. Cada vez que o fazia, algo dentro de seu coração se destruía um pouco. Os grandes fazendeiros devem morrer, pensava ele. Ele acreditava que o sistema de fazendas, que alimentava apenas os grandes latifundiários, deveria ser erradicado imediatamente. O mesmo servia para o sistema sujo de escravidão em que pessoas eram compradas e vendidas. Estranhamente, no entanto, a classe dominante não se deixaria capturar com tanta facilidade. Depois de matar alguns homens, Ijeong descobriu que eram fazendeiros insignificantes e pessoas pobres, não muito diferentes dele. Não lhes importava quem apoiavam; eram arrastados para luta na guerra, algumas vezes ao lado de Huerta, outras de Villa ou de

flor
negra

Obregón. Ijeong vendava seus olhos e disparava uma bala em seu coração. Ordens eram ordens.

Mesmo assim, Ijeong adorava Villa. Villa, que espancara até a morte um capataz que estava estuprando sua irmã mais nova e depois fugira da fazenda para se tornar um bandido. Como Zapata, era analfabeto e impulsivo em tudo que fazia. Por natureza, odiava nações, instituições e leis. Não era um anarquista, mas essencialmente agia como um. Ele não tinha interesse em fundar uma nação. Era precisamente isso que tornava Villa atraente. Ele odiava os latifundiários e os eruditos, e colocava essa raiva em prática. Havia passado dos limites certa vez e matado milhares de chineses sem motivo algum, mas as pessoas amavam aquele homem impulsivo e caprichoso.

Ijeong algumas vezes escrevia em um diário: "É possível uma nação desaparecer para sempre? E se for? Desde o início da revolução é como se não existisse uma nação no México. Cada um imprime sua própria moeda e mata aqueles que usam uma diferente. A carnificina gera mais carnificina. Os poderosos querem todos tomar conta da Cidade do México. Aqui é tanto o início quanto o fim dessa longa revolução. Milhares já morreram. Isso aconteceu por causa da nação anterior ou por causa de uma falta de nação? Nós tivemos o império coreano, mas não éramos felizes. E agora está acontecendo o mesmo com o México. De algum lugar aparece o cheiro de sangue. As nações mais fortes, o Japão e os Estados Unidos, iniciam guerras e apoiam guerras civis para controlar as nações mais fracas".

Miguel, um soldado mexicano que era amigo de Ijeong, era um anarquista curioso. Mascando cigarros baratos como se fossem chiclete, sempre dizia coisas do tipo:

— As nações são, na verdade, a raiz de todo o mal. Porém, as nações não desaparecem. Se expulsarmos aqueles caudilhos e tornarmos a revolução uma realidade, outros caudilhos tomarão o controle do governo. Então, o que podemos fazer? Só podemos matar todo mundo. Para a revolução continuar, esse é o único jeito. Uma revolução permanente, é isso aí.

— Então você atirará em Villa se ele se tornar presidente?

Miguel sorriu com a pergunta de Ijeong.

— É nisso que acredito. Política e convicções são diferentes.

Diferentes dos jovens marxistas que serviam de oficiais administrativos sob o comando zapatista, aqueles que seguiam Villa tinham pontos de vista e passados mais diversificados. Entre eles havia anarquistas que tinham vindo da Rússia e da Espanha, e românticos trotskistas da Alemanha. Ijeong ficou confuso. Uma coisa estava clara, no entanto: nenhuma das nações pelas quais Ijeong havia passado, nem mesmo o acampamento de Villa, eram a forma de governo definitiva que ele desejava.

Um dia, Pancho Villa e Emiliano Zapata convidaram diplomatas para ir até o palácio presidencial. As grandes potências, como os Estados Unidos, a Alemanha, o Reino Unido e a França foram convocadas pelos líderes revolucionários. Alguns compareceram, outros não, usando doenças ou férias como desculpa. Ijeong estava montando guarda na frente do palácio com alguns outros soldados. As tropas revolucionárias se sentiam um pouco tímidas diante do esplendor da capital. Os guerrilheiros com seus uniformes velhos pareciam maltrapilhos em frente ao vasto Zócalo. Quando os carros que transportavam os diplomatas começaram a chegar ao palácio presidencial, Ijeong os observou com indiferença. Um deles, um novo modelo Ford, parou. A porta do passageiro se abriu e um homem desceu, em seguida o carro continuou o caminho até o palácio.

Era Yoshida. Vestido com um fraque formal, ele se aproximou com hesitação e estendeu a mão para Ijeong. Ijeong passou o rifle que segurava para a mão esquerda e apertou a mão estendida.

— Já faz um bom tempo. Nunca imaginei que veria você aqui — disse Yoshida. Ele olhou para o uniforme de Ijeong e de seus companheiros. — Você é um villista.

Os companheiros de Ijeong olharam com surpresa para ele ao vê-lo conversar em japonês.

— Você sabia que Villa matou cerca de duzentos chineses em Torreón sem razão alguma? — Ijeong concordou, balançando a cabeça. — Mas ainda sim você é um villista.

flor
negra

Ijeong respondeu em espanhol. Ele não podia falar de Villa em japonês.

— Às vezes ele fica meio louco. Não há razão para ele não gostar dos chineses. Ele é esquentado, e é isso que o torna atraente. Mas o que você está fazendo aqui?

— Fui até o consulado japonês e me entreguei. O cônsul pediu desculpas, mas falou que não tinha escolha a não ser me prender e levar em custódia. Perguntou se eu gostaria de trabalhar para ele, então eu me estabeleci no consulado — Yoshida estendeu os braços e sorriu. — O que acha? Nada mau, hein? — então ele abaixou a voz. — Nós não acreditamos que Villa e Zapata durarão por muito tempo. Pense nisso com cuidado.

Ijeong fez que sim com a cabeça, sem expressão.

— Não me interessa nada disso. Afinal, sou estrangeiro.

— Quer dizer, um mercenário?

Ijeong balançou a cabeça, concordando.

— Eu me ofereci como voluntário, mas minha situação não é diferente. Foi bom ver você novamente.

O rosto de Yoshida se fechou.

— Provavelmente não nos veremos novamente, sim?

Ijeong moveu o rifle de volta para a mão direita. Os guardas do próximo turno estavam chegando. Ijeong fez sinal para seus homens se retirarem.

— Provavelmente não, mas quem sabe o que vai acontecer?

Yoshida parou Ijeong quando ele se virou para ir embora.

— Ah, aliás, agora você é japonês também. Assim sendo, todas as suas ações devem ser reportadas para nós. Você provavelmente sabia disso, mas todos os coreanos residentes no México se tornaram cidadãos japoneses em 1910. Então, se precisar de passaporte, ou se for tratado de forma injusta... qualquer coisa... procure a embaixada japonesa. É dever da delegação proteger seus cidadãos residentes no exterior.

— Eu não sabia. Mas nunca concordei em me tornar japonês.

Yoshida riu.

— Desde quando um indivíduo escolhe sua nação? Sinto muito, mas nossa nação é que nos escolhe.

Yoshida deu um tapinha nos ombros de Ijeong e entrou no palácio presidencial.

69

Ignacio Velásquez teve um sonho. Um cavalo branco alado desceu do céu através das nuvens. O cavalo divino era tão desconcertantemente belo, que parecia pertencer a Deus. Em seu lombo estava um homem que devia ser um anjo, e ele sorriu para Ignacio. O anjo perguntou a Ignacio, que tinha a cabeça baixa e rezava:

— Você é capaz de conceder sua vida ao Senhor?

Ignacio sentiu a emoção tomar conta de si e fez uma reverência até o chão.

— Com toda certeza. Se o Senhor desejar, como poderia eu me apegar a esta vida insignificante? Dê a ordem. O exército do Senhor marchará.

Quando Ignacio acordou de seu sonho, o lençol estava molhado com suor. Não era um sonho qualquer. Ele subiu até o seu quarto de orações e se ajoelhou.

— Senhor, basta me dar a ordem. Eu Lhe ofereço este corpo.

Ele cuidou de alguns negócios da fazenda e leu o jornal que tinha sido trazido por um feitor. O México estava em estado crítico. As coisas estavam mudando tão rapidamente desde a saída de Porfirio Díaz, que ninguém sabia mais o que aconteceria.

— Ateus deploráveis! — Ignacio rangeu os dentes. Eles não haviam se contentado com a deposição do governo, agora começaram também a atacar a classe dos latifundiários, a Igreja e o clero. Ignacio reuniu os soldados da fazenda. Entre eles marchava Choe Seongil, metido em botas de couro de qualidade. Ignacio disse a seus homens que o momento da batalha decisiva estava chegando. Nem todos os capatazes e

flor
negra

feitores simpatizavam com Ignacio. O que havia de tão errado assim em destruir a classe latifundiária e a Igreja? Mas Ignacio acreditava piamente na lealdade deles. Pelo menos um daqueles homens honraria essas expectativas: Choe Seongil, o ladrão de Jemulpo, que havia se transformado no capacho mais fanático de Ignacio. Sempre que ele aparecia na fazenda, os trabalhadores ficavam nervosos. Seu apelido era O Carrasco. Ele destruía os altares montados para os ancestrais e chicoteava aqueles que frequentavam os cultos da Igreja Batista.

Quase não restavam mais coreanos na fazenda Buena Vista. Muitos dos que haviam ido embora quando seus contratos expiraram não conseguiram encontrar emprego em outros lugares e retornaram para as fazendas, mas não para Buena Vista. Porque Ignacio e Choe Seongil ainda estavam ali, os trabalhadores libertos evitavam o local. Alguns foram trabalhar nas plantações de cana-de-açúcar em Cuba, outros foram para grandes cidades como a Cidade do México, Veracruz e Coatzacoalcos. Choe Chuntaek e os baleeiros de Pohang se estabeleceram em uma vila de pescadores próxima a Coatzacoalcos. Tomavam emprestados redes e barcos para pescar, e as mulheres levavam os peixes para vendê-los no mercado.

Entre aqueles que foram para Veracruz estava o Buda de Pedra, Bak Jeonghun. Depois de conquistar sua liberdade, permaneceu na *hacienda* por três anos para juntar dinheiro, então foi para Mérida. Jo Jangyun pedira que ele ficasse ali para ajudá-lo no escritório da filial, mas Bak Jeonghun decidiu tentar a vida sozinho:

— Acho que não sou o tipo que convive bem com muitas pessoas.

Assim que chegou a Veracruz, foi até uma barbearia ao lado do cais para pedir emprego. Um idoso barbeiro negro inclinou a cabeça:

— De onde você veio?

— De Mérida.

— Já cortou cabelo antes?

— Não. Mas tenho jeito com facas e tesouras.

O barbeiro pegou as mãos de Bak Jeonghun e as observou cuidadosamente.

— Você trabalhou duro nas fazendas, isso posso ver. Mas por que quer se tornar barbeiro?

Bak Jeonghun tinha suas razões. Cortar cabelo era algo que se podia fazer sem conversar. A vida com que ele sonhava era uma em que ele quietamente cortava com as tesouras, retornava para casa, jantava e dormia. Ele respondeu que não precisava de muita remuneração, que apenas queria aprender o serviço. O negro idoso, que era de Cuba, o aceitou de bom grado. Então a vida de Bak Jeonghun como barbeiro começou. Em apenas três meses ele aprendeu tudo que o barbeiro podia ensinar. Era particularmente talentoso em fazer a barba e logo começou a ter seus próprios clientes fiéis. As pessoas do porto o chamavam de "o chinês mudo". Ele comia e dormia nos fundos da barbearia, e cuidava da limpeza e de outros pequenos afazeres.

Recebeu seu primeiro pagamento no primeiro dia de seu quinto mês de trabalho. Assim que o dia de trabalho terminou, saiu da barbearia e caminhou rua abaixo. Estava de olho em um restaurante chinês que ficava por ali. Puxou a cortina para o lado, entrou no restaurante e se sentou.

Uma mulher veio atendê-lo. Ela falava um chinês desajeitado, mas o seu perfume o alcançou primeiro. Bak Jeonghun ergueu a cabeça e a observou. O rosto dela era familiar. A mulher não o reconheceu, mas percebeu algo em seu olhar. Ele se lembrou de quem ela era por causa de seu perfil aristocrático. Era a moça que havia sentado silenciosamente em um canto do Ilford, havia muito tempo.

Yeonsu foi a primeira a falar:

— Você veio de Mérida? — perguntou ela, em coreano.

Bak Jeonghun concordou. Yeonsu olhou para trás, para o dono do restaurante, antes de falar novamente:

— Onde você mora?

Bak Jeonghun contou a ela sobre a barbearia. Ela abaixou o tom de voz e perguntou:

— Tem notícias do que está acontecendo em Mérida?

flor
negra

— Eu trabalhei na fazenda até 1913. Há alguns meses vim para cá. É só isso que sei. Houve uma conversa de que todos iriam para o Havaí, mas não resultou em nada, e depois disso cada um foi para um canto.

O rosto de Yeonsu ficou vermelho e ela limpou a mesa com um pano. Ao fazê-lo, continuou olhando de lado para o dono. Bak Jeonghun se deu conta de que ela não poderia falar com liberdade. Yeonsu abaixou a voz e perguntou:

— Você conhece um homem chamado Kim Ijeong? Ele trabalhava na cozinha do Ilford e esteve por pouco tempo na fazenda Yazche...

Claro que Bak Jeonghun se lembrava do menino que recebera seu nome de Jo Jangyun.

— Ele foi vendido para a fazenda Chenché, onde eu estava, e fez parte da greve conosco. No último dia da greve, tomou emprestado dinheiro do meu amigo Jo Jangyun e fugiu para o norte. Imaginávamos de tempos em tempos onde ele andaria. Ah, pensando melhor agora, os dois representantes dos Estados Unidos, Bang Hwajung e Hwan Sayong, disseram, eu acho, que o viram no estado de Chihuahua. Estava prestes a cruzar a fronteira, então provavelmente deve estar nos Estados Unidos agora.

O rosto de Yeonsu se escureceu.

— Eu fico envergonhada em perguntar, mas meu pai, aquele com nome de Jongdo...

Bak Jeonghun balançou a cabeça.

— Eu não sei. Ah, você tinha um irmão mais novo, não é? Ouvi dizer que ele está bem. Fiquei sabendo que ele trabalhou como intérprete e atualmente está trabalhando com supervisão, trazendo trabalhadores para as fazendas e ganhando comissão por isso. Provavelmente continua no Yucatán.

Bak Jeonghun pediu sua comida e ofereceu-lhe um pouco. Ela olhou para o dono do restaurante. O gordo proprietário balançou a cabeça. Bak Jeonghun havia pedido comida suficiente para duas pessoas para que ela pudesse ficar ali sentada o máximo possível. Yeonsu percebeu que aquele homem era quieto e prudente, e sentiu-se atraída por ele. Não, não é isso, pensou. Estou apenas feliz por ver um coreano depois de tanto tempo. Levantou-se e foi até a cozinha. Bak Jeonghun ficou sentado sozinho e comeu apenas uns pedaços de pato enquanto esvaziava uma garrafa de licor de painço chinês. E, pela primeira vez na vida, decidiu se pronunciar. Fingiu ir até o banheiro e interrompeu Yeonsu no caminho quando ela saiu da cozinha. Era um corredor estreito.

— Você está sendo confinada aqui?

Yeonsu concordou. Ainda não tendo se esquecido do que havia passado na fazenda de sisal, Bak Jeonghun entendeu a situação toda em um instante. Falou:

— Desde que minha mulher ficou doente, nunca mais pensei em nenhuma outra mulher. Mas ao ver você penso que minha decisão foi para nada. Quero morar com você. Eu me tornei um barbeiro talentoso, então posso ganhar o suficiente para alimentar você.

Ela ficou dividida entre o jovem rapaz que tanto amava, mas para quem não havia quase chance de voltar e o soldado aposentado que estava à sua frente. Antes que ela pudesse se dar conta, o dono chinês já estava ao seu lado. Não entendia coreano, mas com a intuição de um comerciante imediatamente entendeu o que estava acontecendo. Ele puxou o braço de Yeonsu e a levou de volta para a cozinha.

70

O governador do estado de Yucatán, Salvador Alvarado, que havia apoiado o presidente Carranza e o general Obregón, recebeu informação de que os exércitos de Villa e Zapata estavam tentando tomar os campos de sisal e apropriar-se deles para custear os gastos militares. Em um local onde várias formas de moeda circulavam indiscriminadamente, o sisal era de fato o ouro verde. Os homens de Villa e Zapata precisariam apenas levar a safra até o porto de Progreso e os importadores americanos pagariam em espécie. O governador

flor
negra

não hesitou em ordenar que os campos de sisal próximos a Mérida e Progreso fossem queimados, incluindo os da fazenda Buena Vista de Ignacio Velásquez. As tropas do governo chegaram e espalharam querosene pelas plantações, ateando fogo em seguida. O fogo, atiçado pelo vento leste, espalhou-se por toda a fazenda. Com isso, a primeira das profecias do xamã se cumpriu: "Quando o vento soprar do oeste, o sol se esconderá mesmo ao meio-dia". Bem como previa a profecia, a fumaça escura que subia dos campos de sisal escureceu a terra, tornando o sol vermelho. Centenas de plantações foram reduzidas a cinzas escuras, e os trabalhadores ficaram desempregados.

Os americanos fazendeiros e importadores de sisal, que haviam perdido suas fazendas e todas as suas propriedades, peticionaram a Washington que interviesse na Revolução Mexicana. Uma frota americana foi despachada para perto de Veracruz.

71

Um mês depois, Bak Jeonghun recebeu um adiantamento de salário de alguns meses de José, o barbeiro. Então caminhou até o restaurante chinês onde Yeonsu trabalhava e negociou com o dono. Bastou olhar o rosto de Bak Jeonghun e o dono percebeu sua determinação. Não apenas isso; sentiu que as coisas acabariam muito mal se ele o ignorasse. Ele era um comerciante chinês que vivia e morria pelo ganho material. Bak Jeonghun entregou-lhe cento e cinquenta pesos e levou Yeonsu embora.

— Eu não acredito — disse ela, a ponto de chorar. — O que poderia ter acontecido comigo se você não tivesse aparecido?

Com isso, uma nova vida começou para Yi Yeonsu. Ela levou seus pertences para a barbearia. José tocou violão para comemorar o recomeço dos dois. Era uma música ardente que deixaria solta até a pessoa mais dura. Os clientes regulares do lugar apareceram aos montes e beberam, cantaram e dançaram. Yeonsu ficou bêbada pela primeira vez em sua vida e se atirou nos braços de Bak Jeonghun.

É apenas natural que aquilo que não é usado por um longo tempo se atrofie. O corpo de Bak Jeonghun estava mais atrofiado que seu espírito; não reagiu de forma alguma ao corpo de uma mulher. Então, na sua primeira noite juntos nada aconteceu, e Bak Jeonghun ficou frustrado. Mas Yeonsu não o culpou. Pensou que talvez tivesse sido melhor assim. O corpo dela não estava exatamente indiferente, mas seus sentimentos ainda não eram urgentes.

— Está tudo bem — consolou Yeonsu ao abraçá-lo. — Provavelmente é por causa do álcool — disse ela. O antigo atirador de elite bebeu um licor forte e caiu no sono.

No geral, eles viviam felizes. A vida anterior de Yeonsu fora tão horrível, que ela sentia felicidade nas coisas mais simples. Adorava a liberdade de poder ir e vir como bem entendesse, como quando caminhava ao cair da noite com Bak Jeonghun. Ainda assim, havia problemas que Yeonsu deveria resolver. Esperou e esperou, até que um dia resolveu abrir a boca.

— Você acha que poderíamos ir buscar meu filho?

— Ah, é verdade, você teve um filho, não é? Então precisamos buscá-lo. Mas vamos ter de pagar para trazê-lo conosco — Yeonsu mordeu os lábios. — Não se preocupe — disse Bak Jeonghun. — Daqui a dois meses eu serei pago. Então iremos para Mérida.

Não muito tempo depois disso, um homem com farda militar entrou na barbearia e se atirou em uma cadeira vazia. Os seus subordinados entraram apressados atrás dele. O homem tinha um elegante bigode escuro e disse que queria fazer barba e cabelo. Bak Jeonghun amarrou a toalha ao redor de seu pescoço, pegou as tesouras e começou a cortar o cabelo do homem. Quando terminou de aparar o cabelo e barbeá-lo, Bak Jeonghun educadamente abaixou a cabeça em reverência. O cliente sorriu ao se olhar no espelho. Um de seus homens pagou a conta. Depois que os soldados foram embora, José se aproximou de Bak Jeonghun com os olhos arregalados.

— Aquele era o general Obregón, o braço direito do presidente Carranza. Pode até ser que agora tenha se retirado daqui e esteja

flor
negra

a caminho de Veracruz, mas espere só para ver. Ele voltará para a Cidade do México em breve. Um ladrão como Pancho Villa não conseguirá derrotar Obregón.

Daquele dia em diante, Bak Jeonghun se tornou o barbeiro pessoal de Obregón. O general derramava dinheiro sobre ele; cédulas impressas pelo governo de Carranza. Cada um dos exércitos revolucionários imprimia sua própria moeda, e, nas áreas que controlavam, cada facção proibia as pessoas de usar pesos impressos por outros, então a população não podia nem comprar produtos básicos mesmo que tivesse os bolsos cheios de dinheiro com vários tipos de cédulas. Rompeu uma inflação terrível. Ainda assim, Bak Jeonghun zelosamente guardava o dinheiro de Obregón. Por fim, rumou até o restaurante chinês onde Yeonsu havia sido confinada e trocou o dinheiro pelos cento e cinquenta pesos que pagara por ela. O dono do restaurante não ofereceu oposição ao barbeiro de Obregón. Até tentou recusar o dinheiro, dizendo que Bak Jeonghun não precisava entregar-lhe a moeda de Obregón. Mas Bak Jeonghun jogou os pesos de Obregón no rosto do dono e retornou para a barbearia.

Um dia, quando Bak Jeonghun estava passando em frente a um campo de tiro, Obregón perguntou:

— Você não disse que já foi soldado antes?

Quando Bak Jeonghun respondeu que sim, Obregón rapidamente apanhou um rifle americano do soldado ao lado e o jogou para ele.

— Atire para mim.

Bak Jeonghun recusou, dizendo que fazia muito tempo que ele não usava uma arma, mas Obregón insistiu. Bak Jeonghun descarregou dez tiros deitado no chão e acertou o alvo a cem metros de distância com oito tiros. Deram a ele mais dez balas sob um comando de Obregón, e ele descarregou todas as dez no centro do alvo. Obregón o ajudou a se levantar.

— Não precisa se preocupar mais em ser barbeiro.

Obregón gostava daquele asiático taciturno. Sempre mantivera um relacionamento amigável com os nativos, como os indígenas iaques, então a nacionalidade do barbeiro não era um problema para ele. Além disso, o homem não tinha interesse no México, então praticamente não havia perigo de que o traísse, e não conseguia entender conversas complicadas em espanhol. Bak Jeonghun disse a Obregón:

— Eu tenho uma esposa jovem, então para mim será difícil rumar para um campo de batalha.

Obregón sorriu ao responder.

— Não vai demorar muito. Villa e Zapata são ambos amadores em assuntos de guerra. Podem estar sorrindo na Cidade do México agora, mas isso não vai durar. Você logo poderá retornar e comer comida chinesa com sua jovem esposa.

72

Choe Seongil e Ignacio Velásquez se ajoelharam na entrada da catedral de Mérida, molharam os dedos na água-benta e fizeram o sinal da cruz. Dentro da catedral estavam padres jesuítas, estudantes e gente que pensava como Ignacio. Com as armas em punho, suas expressões faciais eram tão carrancudas, que chegavam a ser cômicas. O bispo de Mérida os abençoou, chamando-os de cruzados que lutavam contra os ateus. A missa foi rezada rapidamente, como se o tempo fosse pouco. "Amém, amém, amém." Uma tensão nervosa pairava na catedral. Assim que o bispo que ministrara a missa disse "vão e espalhem o Evangelho", retornou para a sacristia e fugiu pela porta dos fundos.

Alguns dos que estavam no santuário mantiveram vigia pelas brechas na parede, observando o que acontecia do lado de fora, e, quando começaram a se cansar devido à tensão e bocejaram, começaram a aparecer tochas ao longe, uma a uma. Ao passarem em frente à prefeitura e ao parque, elas repentinamente aumentaram em número e velocidade.

— Eles estão vindo!

O som de gritos na catedral ecoou como os hinos de um coro. A catedral ficou tão barulhenta quanto uma feira, com o som de armas

flor
negra

sendo carregadas e de bancos sendo empilhados para servir de barricadas. Choe Seongil subiu no campanário e olhou para baixo. A praça em frente à catedral era um mar de tochas. O som de tiros já podia ser ouvido.

— Punam os latifundiários! Tomem as propriedades da Igreja!

As tochas inundaram o local ao som dos bordões. A arma de Ignacio Velásquez cuspiu fogo. A catedral com jeito de fortaleza, construída sobre o antigo santuário maia, não caiu facilmente.

Foi então que Choe Seongil percebeu que gente como Ignacio era a minoria. Ele só havia vivido na fazenda Buena Vista, então pensava que a maioria dos mexicanos eram secretamente fanáticos como o fazendeiro. Mas não era o caso. Eles foram obrigados a se colocar na defensiva.

Choe Seongil desceu do campanário e viu a cruz acima do altar. Jesus mal conseguia suportar o peso de seu corpo pendurado ali, o rosto retorcido de agonia. Ignacio estava esfriando o cano de seu longo rifle com uma toalha molhada. Depois de enfrentar todos os tipos de dificuldade, Choe Seongil teve uma premonição de que nem armas nem qualquer outra coisa conseguiria impedir aquelas tochas que vinham na direção deles. Ele desceu até a cripta. Luz e ar entravam por um buraco inclinado onde o teto se encontrava com a parede. Ele empurrou seu corpo contra a passagem de ventilação, que mal era grande o suficiente para comportar uma pessoa. Após se contorcer pela passagem inteira como uma larva, ficou cara a cara com uma grade de aço. Balançou-a, mas ela não se abriu. O som de tiros ainda ressoava na catedral. Ele conseguiu engatinhar com esforço de volta pelo mesmo caminho por onde havia vindo.

Os gritos fora da catedral gradualmente aumentaram. Ele retornou ao santuário. Ignacio estava rezando atrás de uma fortificação feita com sacos de areia. Choe Seongil se sentou ao seu lado. Seus pensamentos estavam descontrolados. Quando entraram na igreja, ele não tinha imaginado que a situação ficaria tão grave. Eles estavam completamente cercados pela multidão. Não havia para onde correr. O ladrão de Jemulpo agarrou uma arma. Então olhou para Ignacio. Ele nunca conseguira entender o seu Deus, mas fora aquele Deus que havia afugentado o velho que estava sentado sobre os seus ombros. Embora Choe Seongil não acreditasse em Deus, acreditava em milagres, como o que fez seus ataques de epilepsia desaparecerem ao conhecer Ignacio. Aquele maldito velho, que havia aparecido de repente, estrangulava-o, murmurava palavras sem sentido e o levava a lugares estranhos, tinha colocado o rabo entre as pernas com algumas gotinhas de água santa do gordo Ignacio e daquele padre miserável.

Choe Seongil olhou novamente para o mar de tochas que irrompia fora da catedral. Não havia saída. Segurou a coronha do seu rifle. Apontou a arma para aqueles que se aglomeravam para tentar destruir a época mais feliz da sua vida e puxou o gatilho. Naquele momento ele era um capataz com colete de couro, soldado do Senhor e filho adotivo de um fazendeiro fanático. Foram Ignacio e Jesus, e não a multidão, que haviam lhe dado seu chicote, suas botas e seu *sombrero*. Ignacio terminou de rezar, aproximou-se de Choe Seongil e deu a ele uma cartucheira.

— Quando esses covardes levarem alguns tiros, sairão correndo e gritando pela Virgem Maria e por Jesus. Não se preocupe. Se conseguirem arrombar as portas da catedral, continue atirando.

Choe Seongil rezou com sinceridade pela primeira vez.

— Jesus, na realidade eu não o conheço. Mas tudo isso aconteceu por sua causa, então, por favor, me ajude.

Bum!

— Ráááá!

Um tronco que fez as vezes de aríete destruiu a porta principal da catedral e centenas de pessoas começaram a entrar como água jorrando por entre a ruptura de uma represa. Os cruzados latifundiários puxaram seus gatilhos em uníssono, mas quem estava no fundo não sabia da carnificina que estava acontecendo na frente e continuou avançando. Não importava em quantos eles atirassem, não parecia fazer diferença. Como no quadro de David, *A intervenção das sabinas*, a multidão pulava os corpos caídos e corria para dentro da igreja com estrondo. A única diferença é que não havia mulheres com os seios de fora. Os cruzados

flor
negra

de pele morena recuaram para o nível mais alto do altar e do coro e atiraram, mas a multidão que atacava era muito mais rápida.

A pilhagem começou assim que as barricadas caíram. As pessoas carregavam relíquias e tesouros sagrados, castiçais e vestimentas. Os atiradores que haviam defendido a catedral começaram a ser arrastados para fora. A multidão acertou-os com pauladas na cabeça. A arma de Choe Seongil matou mais três deles, mas de nada adiantava. Ele jogou sua arma para longe e correu para o campanário, mas a multidão já havia subido as escadas e estava entrando no campanário pelo telhado. Acertaram Choe Seongil no peito enquanto ele subia correndo pelas escadas em espiral e ele rolou escada abaixo. Imediatamente perdeu a consciência.

O tempo passou. A dor aguda e a ilusão de que ele havia se esquecido fazia muito tempo retornaram. A escuridão sem forma disse:

— Eu sou aquele que morreu em seu lugar.

Choe Seongil agitou os braços e gritou:

— Não! Quem morre no lugar de outra pessoa? Quem é você, afinal? Quem é você?

A forma estrangulou Choe Seongil.

— Eu sou o Jesus daqueles que você matou.

Choe Seongil se debateu.

— Qual é o meu pecado? Eu os matei porque eles mereciam morrer. E você me estrangulou no Ilford antes de eu os matar. Ah, por favor, tire sua mão daí! Eu não consigo respirar!

A silhueta disse:

— Meu tempo e o seu tempo são diferentes. Não existe antes ou depois para o pecado. O seu pecado é não reconhecer que pecou.

Ele abriu os olhos e se viu na praça. As articulações do seu ombro doíam tanto, que ele sentia como se seus braços estivessem sendo arrancados. O topo dos seus pés queimava como se alguém os estivesse marcando com um ferro em brasa. Ele olhou ao redor. Era incrível. Ele estava flutuando no ar. Será que já estou morto? Mas não estava. As pessoas os observavam lá de baixo. Ele olhou para o lado e viu

Ignacio Velásquez deitado no chão, amarrado a uma cruz. Um homem careca sorriu e fincou um prego na palma da mão de Ignacio. Foi somente então que Choe Seongil percebeu por que as articulações do seu ombro doíam tanto. Ele estava preso em uma cruz de braços abertos. A gravidade puxava seu corpo para baixo. O sangue que escorria das suas mãos se acumulava em suas axilas. Seus pés, que também estavam perfurados por um grande prego, doíam tanto, que parecia que centopeias estavam comendo sua pele para entrar ali. Choe Soengil gritou desesperadamente:

— Escutem aqui! Eu não acredito em Jesus e nem mesmo sou mexicano! Eu sou coreano! Sou um espectador! Por favor, me salvem!

Um homem se aproximou, apontou para ele e disse:

— Você nos espancou e estuprou e matou. Você tem de morrer.

O suor escorria em seus olhos. Choe Seongil o reconheceu: era um trabalhador maia da fazenda Buena Vista.

O martelar terminou com um clamor, e dezenas de pessoas puxaram as cordas para erguer a cruz de Ignacio. Eles tentaram várias vezes, mas perderam o equilíbrio, e Ignacio bateu com força contra o chão. Gritou como um animal e chorou. Desesperadamente rezou a Ave Maria, mas ninguém conseguiu entender.

Vendo Ignacio daquele jeito, Choe Seongil agradeceu a Deus por ter perdido a consciência. O som de tiros soou ao longe. Os reforços do governador Alvarado entravam na praça,vindos do norte. A multidão, depois de terminar a pilhagem e as execuções, correu pelos becos estreitos do mercado em direção ao sul. Alguém se aproximou de Choe Soengil e mirou uma pistola na sua cabeça. Choe Soengil fechou os olhos.

— Rápido, rápido! — implorou ele.

Com um estouro, tudo terminou. Choe Soengil desfrutou de uma sensação de paz que nunca tinha experimentado antes. Não havia dor ou raiva. Havia apenas a sensação de uma longa e tediosa jornada que finalmente chegava ao fim. De repente seu espírito, flutuando alto no céu, observou de cima o caos que acontecia na praça em frente à catedral. Como um *close* em um filme, ele presenciou o fim de

flor
negra

Ignacio Velásquez também. Alguém brandiu uma espada na direção dele, ali deitado no chão e ainda preso à cruz. Ele estava sendo cortado aos pedaços como um peixe em uma tábua.

Com isso, a segunda profecia do xamã se tornou realidade. "Quando as chamas correrem e rugir o som do trovão, a morte virá depressa. Morte!"

73

Pancho Villa mastigava uma coxa de frango enquanto olhava para um mapa. Seus oficiais estavam ao redor, olhando o mapa sobre seu ombro. Algo o incomodava no fato de o exército de Obregón, que fora expulso para Veracruz, haver rodeado a Cidade do México e ido para Querétaro. A região de Jalisco, incluindo Guadalajara, era um ponto estratégico vital tanto para a divisão do norte, villista, quanto para a divisão do sul, zapatista. As intenções de Obregón eram claras: ele estava tentando dividi-los. Villa havia estabelecido o seu quartel-general na cidade de Irapuato, na fronteira com Jalisco. Seguindo as ordens de Villa, Ijeong parou com as execuções na Cidade do México e rumou para a sede militar. As tropas de Villa e as de Obregón estavam frente a frente separadas por uma distância de cento e doze quilômetros.

Pancho Villa gostava de assustar seus inimigos ao extremo com um ataque de cavalaria estrondoso, uma tática que também se adequava bem à sua personalidade. Para isso ele precisava atrair o inimigo até a planície para poder atacar, mas o comandante estúpido Obregón havia rastejado até a planície de própria vontade. A confiança de Villa aumentou, e o moral das tropas também estava alto. De sua parte, Obregón dedicava toda a sua energia para conseguir mais canhões e metralhadoras. Ao contrário de Villa, Obregón tinha aprendido bem as lições da Grande Guerra que acontecera recentemente na Europa. Ele não poderia desconsiderar o poder dos ataques-relâmpago de Villa, mas poderia aplicar os métodos usados nos campos de batalha da França e da Bélgica: se uma pessoa cavasse trincheiras profundas, colocasse arame farpado à sua frente e atirasse com metralhadoras por trás da proteção, o ataque da cavalaria, que era o forte de Villa, poderia ser neutralizado. Portanto, a planície de Celaya, que Villa acreditava ser uma vantagem para ele, também estava perfeitamente de acordo com os planos de Obregón. As valetas de irrigação das plantações de trigo se estendiam de leste a oeste no chão plano, e, se fossem escavadas um pouco mais com um baluarte colocado à frente, seriam ideais para servirem como trincheiras militares. Obregón mobilizou quinze mil soldados, cavou as trincheiras, posicionou quinze canhões e cerca de cem das metralhadoras mais modernas e esperou a batalha decisiva começar.

O general villista Felipe Ángeles desaconselhou uma grande batalha.

— Obregón está à espreita. Se simplesmente cortarmos seu abastecimento e esperarmos, ele se renderá. As filas de abastecimento deles estão agora cada vez mais longas. Seria vantajoso para nós cortar o suprimento com as tropas de Zapata e esperar a hora certa. O inimigo é quem deseja uma batalha veloz e uma conclusão rápida.

No final, suas palavras estavam corretas, mas não eram as palavras certas para convencer um homem como Villa. Villa, o antigo bandido, era um brutamonte até a medula. No mundo dos brutamontes, a covardia era ainda mais odiada do que a morte. Assim, o conselho de Ángeles apenas reforçou a determinação de Villa. Ele havia conduzido meros oito brutamontes pelo Rio Grande e no final se tornara um general que comandava milhares de soldados. Por que faria agora o que antes não tinha feito quando liderava apenas oito? Villa também sabia que as tropas de Zapata não passavam de uma ralé desordenada que não tinha habilidade em batalhas de verdade. Havia confiado nas tropas de Zapata para tomar Veracruz, mas elas não conseguiram avançar sequer um passo. Ele se enxergava como sendo a única pessoa capaz de mudar a maré da revolução de novo a favor deles.

flor
negra

Antes do nascer do sol do dia 6 de abril de 1915, Ijeong estava limpando sua arma com os outros soldados. Miguel se aproximou e ofereceu-lhe um cigarro. Ijeong o acendeu e perguntou:

— Villa provavelmente dará a ordem de ataque logo, não é?

Miguel concordou.

— Eu vi a cavalaria selando os cavalos.

Ijeong soltou a fumaça e perguntou a Miguel:

— Você realmente acha que uma revolução permanente é possível?

Miguel olhou para Ijeong por algum tempo, tentando analisar seus pensamentos.

— Olhe, a política é só um sonho. Democracia, comunismo, anarquismo, é tudo igual. Foram todos criados para que pudéssemos atirar uns nos outros — Miguel ergueu sua arma. — Isso aqui é que vem primeiro, e só depois vêm as palavras. Claro que eu acredito nisso. Mesmo que não acreditasse, é o único jeito. Eu tinha dezessete anos quando matei um homem pela primeira vez. Naquela época eu fazia parte das tropas de Zapata. E agora sirvo a Villa. Porém, para mim nada mudou.

Quando o sol nasceu, Villa deu a ordem para que sua infantaria começasse a avançar. Não usou a cavalaria, seu forte, porque havia visto as longas trincheiras e o arame farpado ao redor do acampamento de Obregón, bem como os canos reluzentes das metralhadoras. Até mesmo Villa sabia o que aquilo significava. Pelo fato de as metralhadoras terem um alcance mais curto e serem menos precisas que os rifles, as tropas de Villa tiveram vantagem no início da batalha. Eles forçaram os soldados de Obregón a saírem da cidade de Celaya e a invadiram. O regimento de Ijeong era a vanguarda. Um membro do regimento subiu até o campanário da catedral de Celaya e correu para tocar o sino, animado. Quando o som do sino, claro e forte, chegou até o campo de batalha, o moral das tropas de Villa aumentou.

Porém, o ritmo de Ijeong ficou extremamente abalado com o som inesperado do sino. Era como se aquilo houvesse levantado algum sedimento que repousava quieto dentro dele. Foi só então que ele percebeu, paradoxalmente, que aquela quietude, aquela indiferença dele, só existiam por causa da guerra. Graças à guerra, ele pudera se esconder e reprimir todos os seus desejos e conflitos. Graças à rigorosa tensão exigida pelo ato de atirar, mover-se e comandar, ele se vira livre do que havia deixado para trás. O local onde ninguém poderia reprimi-lo por causa disso era o campo de batalha. Mas o sino, aquele penetrante e claro som, o fez tremer. Abaixo do campanário, enquanto as balas voavam de lá para cá, ele se lembrou do arco em forma de chama da fazenda Chunchucmil e do corpo quente de Yeonsu. Ele se lembrou das suas mãos trêmulas quando puxou o gatilho no seu primeiro homicídio e no segundo. Se Miguel não tivesse se aproximado e tocado seu ombro, ele talvez tivesse ficado ali parado, perdido em pensamentos, por um bom tempo.

— Ei, Kim — disse Miguel —, tem alguma coisa errada. Acho que Obregón vai contra-atacar logo. Ele bateu em retirada rápido demais.

Bak Jeonghun parou ao lado de Obregón e observou o progresso da batalha com ele. Eles também haviam escutado o sino de Celaya. Obregón não pareceu muito preocupado com isso, reforçou suas tropas e ordenou que continuassem avançando. Posicionou todos os atiradores ao longo da linha de batalha e reprimiu os atiradores de Villa. Obregón tinha a vantagem numérica também. Até mesmo a unidade do próprio Obregón, da qual Bak Jeonghun fazia parte, participou da batalha e fez chover uma saraivada de balas na direção das tropas de Villa. Fazia muito tempo que Bak Jeonghun não participava de uma batalha de verdade. Isso pesava muito menos em sua consciência do que apontar o rifle para as guerrilhas do seu próprio país no papel de soldado do exército estranho de uma nação pequena e fraca, e um exército comandado em turnos pelo Japão e Rússia, além de tudo. Para ele tanto fazia se era Obregón ou Villa. Ainda assim, a julgar pela personalidade de Obregón, ele achava que não seria tão ruim assim se ele se tornasse o líder do México. Com a curiosa atitude filosófica comum aos mercenários, ele calmamente se juntou à batalha. A unidade de Bak e Obregón avançou até a torre do sino de Celaya. Bak mirou contra o villista no alto do campanário, que tocava o sino.

flor
negra

Aquele soldado é que determinava o moral dos outros, então precisava ser morto rapidamente. A bala de Bak acertou o sino. Ping! Um som estridente ecoou. O soldado se jogou no chão. No momento em que ergueu a cabeça para localizar seu inimigo, a segunda bala acertou sua testa. As paredes brancas do campanário ficaram manchadas de sangue. Com isso, o regimento de Ijeong abandonou o campanário e bateu em retirada. Bak Jeonghun subiu até o terceiro andar de um prédio no centro de Celaya e apontou a arma para as tropas de Villa, que batiam em retirada. Em seu campo de visão apareceu um rosto familiar, um rosto coreano, embora estivesse coberto por uma barba. Ijeong. O garoto havia se tornado um homem. Bak Jeonghun não puxou o gatilho e esperou o regimento passar.

Os conflitos ofensivos e defensivos entre as tropas de Obregón e Villa continuaram noite adentro. A batalha deixou as ruas de Celaya e terminou na noite do dia seguinte, 7 de abril. As tropas de Villa se retiraram completamente até o quartel-general em Irapuato e lá se reorganizaram. Foi um dia de humilhação para Villa, mas Obregón também não estava feliz. O seu objetivo não fora apenas derrotar o exército de Villa, mas aniquilá-lo. Se não cortasse a garganta deles desta vez, não havia dúvida de que Villa, que possuía habilidade tanto em táticas de guerrilha quanto de batalhas regulares, continuaria a persegui-lo.

Para quebrar a monotonia da batalha, Villa resolveu arrasar o inimigo com um de seus ataques de cavalaria. Com reforços de Jalisco e Michoacán, os soldados de Villa somaram trinta mil homens. Sua cavalaria estava intacta e eles excediam o inimigo em dois para um. Achou que bastaria simplesmente rodear o arame farpado. Em 13 de abril, Pancho Villa ordenou que sua cavalaria atacasse. A cavalaria do norte, uma lenda da Revolução Mexicana, galopou em uníssono ao som das cornetas, mas os cavalos hesitaram em frente ao arame farpado, e, naquele momento, as metralhadoras de Obregón abriram fogo. O rifle de Bak Jeonghun repetidamente cuspiu balas de sua posição ao fundo. Obregón pouco a pouco conquistou pontos de avanço enquanto os cavalos sem cavaleiros e os cavaleiros sem cavalos corriam para todos os lados, confusos, na frente do arame farpado. Do outro lado, Villa cometeu o erro de ordenar que sua segunda e terceira linhas de combate, que aguardavam, atacassem. As tropas de Obregón arrasaram o orgulho de Villa sem sequer sair das trincheiras. Aquele mesmo tipo de ataque impensado continuou pelo resto do dia. Somente da cavalaria, morreram entre três mil e três mil e quinhentos soldados.

No dia 15, Obregón ordenou que a cavalaria do general Cesáreo Castro, com sete mil homens, que não havia sido usada nem nos momentos mais difíceis, rodeasse o flanco de Villa e o atacasse pelas costas. O restante da infantaria de Villa foi derrubado pela cavalaria de Castro, que chegou galopando como uma tempestade, com um som como se um gigante tivesse apanhado as montanhas e as chacoalhado para arrancá-las pela raiz. Àquela altura, a maior parte da infantaria já havia perdido a vontade de lutar e começou a correr com medo do barulho e do tremor de terra. A cavalaria parecia vir descendo montanha abaixo como o exército de Deus, dominando agressivamente o campo de batalha, descendo as espadas sobre as cabeças e os ombros da infantaria. Ijeong correu na direção do quartel de Villa. Pensou que seria o local que resistiria mais tempo. Sua avaliação estava correta. A cavalaria de Obregón encontrou resistência significativa ao tentar chegar até o centro. As tropas leais arriscavam suas vidas para defender Villa. Ijeong, por fim, conseguiu se integrar ao grupo de Villa na sua fuga para o sul.

Os villistas, que até então haviam sido lendas invencíveis, foram devastados pelas próprias táticas de cavalaria que até então tinham sido o seu ponto forte. Villa ordenou retirada atrás de retirada. Obregón o perseguiu até o fim. As terras de Villa caíram uma a uma nas mãos de Obregón. Villa conseguiu arrancar um braço de Obregón em batalha, no dia 3 de junho, mas perdeu tudo o que tinha em compensação. Villa, o comandante da Divisão do Norte, estava praticamente voltando a ser um bandido apenas.

— Eu quero voltar para Veracruz. Acho que já está na hora de comer comida chinesa de novo — disse Bak Jeonghun ao amarrar um

flor
negra

pedaço de pano ao redor do pescoço de Obregón e passá-lo pelo coto de seu braço esquerdo, que estava enrolado em ataduras. Obregón riu com vontade e concordou. Então mandou um auxiliar trazer uma caixa de madeira. Estava cheia de cédulas impressas porcamente com o rosto do presidente Carranza.

— Leve isto. Sua mulher vai gostar.

Bak Jeonghun recusou, mas Obregón estava irredutível.

— Se um dia o senhor vier até Veracruz — disse Bak —, eu cortarei seu cabelo de graça.

Obregón sorriu; seu cabelo caía por suas orelhas e testa.

— Se um dia você quiser ser um soldado, me procure.

— Mas eu não consegui nem proteger seu braço.

Obregón agarrou o braço de Bak Jeonghun com a mão direita.

— Mas nós ganhamos mesmo assim, não foi?

Bak Jeonghun pegou a caixa com as cédulas e retornou a Veracruz. José tranquilamente continuava a cortar cabelos, como sempre. Ele esticou os braços e abraçou Bak, que olhou na direção dos fundos da barbearia. Não havia sinal de ninguém.

— Minha mulher saiu?

José balançou a cabeça com uma expressão séria no rosto.

— Ela não está mais aqui.

O rosto de Bak Jeonghun se abateu.

— Alguém a levou embora?

O velho barbeiro abriu um grande sorriso.

— Peguei você! Ela foi até o mercado e voltará logo.

Tranquilizado, Bak foi até seus aposentos e guardou seus pertences. Pôde sentir o perfume de sua mulher. Era o perfume que seus companheiros soldados já haviam antes chamado de sangue de corça. Ele se jogou na cama e dormiu.

Ao acordar e abrir os olhos, percebeu Yeonsu o observando. Alguns dias depois, eles fizeram as malas e viajaram para Mérida. José preparou um almoço para eles.

74

Bak Jeonghun e Yi Yeonsu chegaram ao arco de entrada da fazenda Yazche. Um guarda que eles não reconheceram os parou no caminho. Yeonsu perguntou se havia coreanos na fazenda. O guarda disse que sim. Quando eles disseram que tinham vindo ver os coreanos, o guarda pediu que eles o acompanhassem. Eles caminharam até o escritório ao lado do armazém, onde os pagadores trabalhavam. Era um lugar familiar. Um dos pagadores lembrava vagamente de Yeonsu. Ele disse a ela que somente uns poucos coreanos ainda viviam ali, que a maioria tinha ido embora. Depois de algum tempo, o pagador também se lembrou do pai dela, que se recusara a trabalhar até o final, e de sua letárgica mãe.

Yi Jongdo havia levado seu filho embora com ele no dia que o contrato deles expirou, mas o pagador não sabia para onde os dois tinham ido. Yeonsu perguntou com hesitação sobre a esposa. O pagador falou com um capataz e folheou as anotações em um caderno parecido com um livro de contabilidade, então coçou a cabeça e deu uma risada incomodada. Yeonsu apertou o lenço que segurava.

— O que foi? — perguntou ela.

— Nós temos um fazendeiro diferente agora — disse o pagador —, e por sorte esse local não foi incendiado. Então ainda podemos plantar sisal aqui, e, com os preços subindo por causa da revolução, temos um bom número de compradores. — Folheou as páginas com habilidade e falou novamente: — Hmmm, estou vendo que o intérprete pagou a sua liberação, moça.

Ela perguntou:

— O que aconteceu com a minha mãe?

O pagador sorriu.

— Ela está bem. Talvez você ache difícil de acreditar, mas pouco antes do contrato de vocês vencer ela se casou com um capataz maia. Está morando em outra fazenda próxima daqui. Quer que eu entre em contato com ela?

Yeonsu ergueu a mão para interrompê-lo.

flor
negra

— Não há necessidade.

— Ela está vivendo muito bem — disse o capataz.

Seria aquela a mesma mulher que se recusara a falar com a filha quando esta se tornou a concubina de um intérprete? Não que Yeonsu não entendesse sua mãe, cujas atitudes não eram insensatas. Talvez fosse melhor assim. Não havia chance de retornarem à Coreia, seu marido era um incompetente, sua filha havia sido capturada e seu filho tinha ido embora. Os longos anos de repente pareceram uma brincadeira de mau gosto.

Yeonsu por fim deu voz à razão pela qual havia retornado.

— Havia uma mulher chamada Maria.

O capataz franziu o cenho.

— Há várias mulheres chamadas Maria.

— Ela vivia com o intérprete, Gwon Yongjun. Deve estar com uma criança.

Outro capataz entrou na conversa e disse que Maria tinha ido trabalhar, mas que retornaria em algumas horas.

— Podemos ir até a casa dela?

Os homens balançaram a cabeça e disseram que não poderiam permitir isso; que o novo fazendeiro não gostava desse tipo de coisa. Yeonsu se sentou com Bak Jeonghun e bebeu o chá que foi oferecido a eles. Quanto será que ele cresceu? Ele nasceu em 1906, então está com nove anos já. Por que não arrisquei minha vida para escapar do chinês? Mas, mesmo que eu tivesse chegado até aqui, não teria dinheiro para levar a criança comigo. Ela foi tomada pela culpa.

Depois de algumas horas, eles ouviram o som de pessoas chegando. Um menino bonito que se parecia com Ijeong caminhava com uma mulher maia na direção do armazém. Ela tinha mais rugas, mas ainda sim era Maria. O garoto, tímido, ficou um pouco para trás quando Maria abriu os braços e as duas mulheres se abraçaram e choraram. Maria apontou para a criança, que se escondera atrás dela. Ele não falava nem espanhol, nem coreano, mas apenas a língua maia. Yeonsu se dirigiu ao menino, primeiro em coreano, depois em espanhol, mas a única coisa que ele entendeu foi "mama". Maria lentamente balançou a cabeça, como se quisesse dizer que não tivera outra opção. Era ela quem tinha feito algo errado, não Maria, pensou Yeonsu, mas não conseguiu segurar as lágrimas de ressentimento. A faísca de rancor se acendeu e se transformou em raiva, direcionada à sua mãe, a senhora Yun, que havia se casado com um maia e deixado a fazenda. Nunca a perdoarei, pelo resto da minha vida. Se ela ao menos tivesse cuidado dele, nós dois poderíamos pelo menos conversar um com o outro!

O capataz chamou um guarda que passava por ali. Ele falava tanto espanhol quanto maia e atuou como intérprete. Maria perguntou a Yeonsu por que ela demorou tanto para voltar. Yeonsu disse que não teve outra escolha. E que estava muito agradecida. Então Yeonsu perguntou se podia levar a criança com ela. Uma expressão estranha tomou conta do rosto de Maria. Ela disse algo para o menino em maia e ele saiu correndo. Maria conversou um bom tempo com o guarda que estava interpretando. O guarda assentiu com a cabeça e ouviu até ela terminar, então disse a Yeonsu o que ela havia compartilhado com ele.

— Ela diz que a criança é dela.

Yeonsu não pôde acreditar no que ouvia. Puxou o braço de Maria. Maria virou o rosto. Yeonsu gritou:

— Isso é impossível!

Ela discutiu com o capataz, que folheou o livro de contabilidade e falou:

— Aqui diz que o filho é dela.

A criança correu até Maria, que pressionou os lábios. Os cantos de seus olhos se encheram de lágrimas. Não que Yeonsu não entendesse a posição dela, mas mesmo assim.

Bak Jeonghun, que ficara todo esse tempo observando calado, deu um passo à frente. Aproximou-se de Yeonsu, que estava em estado de pânico. Disse algo em seu ouvido e os olhos de Yeonsu se arregalaram, como se só então ela tivesse acordado para a realidade. Maria teve uma sensação ruim ao observá-la e deu alguns passos para trás, segurando a criança. Yeonsu se aproximou do capataz e perguntou:

— Quanto ele custa?

flor
negra

O capataz olhou para Maria e levantou dez dedos.

— É por causa da inflação — ele coçou a cabeça.

Bak Jeonghun pegou duas cédulas de cinquenta pesos com o rosto de Carranza e as deu ao capataz. Naquele momento Maria puxou a criança e saiu correndo. Um capataz montado em um cavalo a perseguiu e a chicoteou. Yeonsu gritou:

— Não! Pare com isso!

Maria caiu no chão e o capataz pegou o menino e passou-o para Bak Jeonghun. Yeonsu correu até Maria e a levantou. Maria a empurrou e caiu no chão, levantando os braços para o céu e soltando xingamentos em maia. Quando Bak Jeonghun se aproximou dela, ele pegou mais cem pesos e lhe deu, mas Maria sorriu como uma louca. Então dobrou as notas e as colocou na boca. O capataz e o pagador vieram correndo, mas Maria não abriu a boca. Teimosamente mastigou e engoliu as cédulas. Quando o capataz furioso chutou Maria, Bak Jeonghun deu um soco no rosto dele e retirou uma pistola do bolso, apontando para os dois homens. O capataz e o pagador ergueram as mãos. Bak Jeonghun pegou o garoto e Yeonsu e deixou a fazenda.

Foram para Mérida. O menino aceitou aquele homem quieto como pai e não desgrudou dele. Dormiram no Grand Hotel, próximo à catedral. Eles não conseguiam conversar com a criança de modo algum, mas ele rapidamente foi cativado pelo afeto que Bak Jeonghun demonstrava por ele. Além disso, aos seus olhos Bak Jeonghun parecia um homem rico, um homem que comia no hotel e no restaurante mais elegante de Mérida. Por nunca ter deixado a fazenda antes, o menino desfrutou tanto das magníficas ruas iluminadas de Mérida, que não dormiu. E se empanturrou de comida, até pensar que seu estômago iria estourar. Mas Yeonsu não comeu nada.

Bak Jeonghun deixou a mulher e a criança no hotel e foi até o escritório regional da Associação Nacional Coreana, que não ficava longe dali, para visitar seus companheiros soldados Jo Jangyun, Kim Seokcheol e Seo Gijung, entre outros. Pela primeira vez em anos, bebeu com homens que ficaram felizes em vê-lo e ficou bastante bêbado. Falou honestamente em sua língua nativa sobre tudo o que havia acontecido a ele.

Voltou para o hotel bem depois da meia-noite e caiu no sono. Quando amanheceu, levou sua mulher e o menino de volta para Veracruz.

75

Nada havia mudado no porto Progreso — as áreas de fina areia branca como praias calmas, os cais que se estendiam até o oceano, os grandes navios boiando ao longe, os pequenos barcos balançando contra o embarcadouro. Ijeong lembrou-se de quando chegou ali pela primeira vez, havia dez anos. Naquele meio-tempo ele havia se tornando membro do exército de Villa e matado muitas pessoas. Suas palavras foram desaparecendo e as feridas foram aumentando. Olhou para suas mãos. Eram mais macias do que quando ele trabalhava no campo de sisal, mas a direita estava cheia de calos onde havia segurado as armas.

Justamente como fez havia dez anos, Ijeong embarcou em um trem rumo à estação de Progreso. O trem atravessou campos de sisal, queimados e escuros, e o deixou em Mérida apenas trinta minutos depois. A atmosfera em Mérida estava gélida por causa das queimadas do governador Alvarado. Ele tomou outro trem para a fazenda Yazche. Inesperadamente, quando por fim chegou em frente ao portão de entrada, não sentiu emoção alguma. Estava sereno. Talvez fosse porque ele não tinha nada além de uma vaga esperança de que ela ainda estivesse ali. Ele caminhou até a fazenda. O antigo pagador estava no escritório, sentado, e riu ao avistar Ijeong.

— O que é desta vez?

Ijeong retrucou:

— Desta vez?

— É que estamos sendo visitados por muitos coreanos atualmente. Você veio atrás da criança também?

Ijeong balançou a cabeça.

— Criança? Não. Vim atrás de uma mulher.

flor
negra

Ijeong descreveu Yeonsu — sua idade, aparência, família, entre outras coisas. O pagador olhou para Ijeong como se estivesse olhando para um animal, curioso, então deu de ombros.

— Ela esteve aqui na semana passada. Veio com um homem e levou uma criança embora.

Ijeong franziu o cenho:

— Mas de que raios você está falando?

O pagador se calou. Não havia mais o que dizer. Ijeong retornou a Mérida e viu Jo Jangyun pela primeira vez em sete anos. Jo Jangyun encarou Ijeong, surpreso em vê-lo um adulto e de boa aparência. Abraçou-o e bagunçou os seus cabelos.

— Quer dizer que você está vivo. Achávamos que você tinha ido para os Estados Unidos.

Ijeong coçou a barba.

— Eu quase fui.

Jo Jangyun e Kim Ijeong ficaram acordados a noite inteira, conversando sobre tudo o que havia acontecido desde seu último encontro. Ijeong escutou sobre Veracruz, Bak Jeonghun, Yi Yeonsu e a criança. Enterrou a cabeça entre as pernas.

— Muita coisa aconteceu. Eu devia ir até Veracruz e fazer uma visita a ela.

Jo Jangyun retrucou:

— Não vá. Pode confiar nele. Ouvi dizer que era o barbeiro de Obregón. E, mesmo que não fosse, não é um homem que deixaria a própria mulher e o filho passarem fome. Esqueça a criança cujo rosto você nunca viu. Bak Jeonghun irá criá-la bem.

76

Ijeong permaneceu em Mérida por alguns dias. Tal como Jo Jangyun havia dito, ir para Veracruz não parecia uma boa ideia. Ainda assim, desde que ele escutou o sino de Celaya, sempre que fechava os olhos via o rosto de Yeonsu. Talvez apenas sentisse falta de alguém para dar consolo ao seu corpo, cansado por causa da guerra e da revolução. Isso era algo que ele nunca conseguiria com Jo Jangyun e os outros. Sentiu inveja da boa sorte de Bak Jeonghun.

Eu vou apenas para vê-la. Sem saber se ela ficaria feliz em encontrá-lo, embarcou em um navio para Veracruz. Ao chegar, foi até o endereço que Jo Jangyun havia lhe dado e encontrou a barbearia. Fez hora na frente da loja enquanto os clientes entravam e saíam e os vendedores ambulantes iam e vinham carregando cestos redondos cheios de comida. As pessoas cortaram os cabelos, fizeram as barbas e até comeram *tortillas*. Ele não viu Bak Jeonghun, muito menos Yeonsu. De longe, ouviu o sino da catedral. A escola ao lado da catedral devia ter aberto as portas para a saída dos alunos, pois ele escutou o som de crianças conversando enquanto rumavam para casa. Pouco tempo depois, um menino empurrou a cortina da entrada da barbearia para o lado e entrou na loja. Seu rosto era asiático. O menino foi até o pátio ao lado da barbearia e brincou na água. Pouco tempo depois, quando as sombras se alongaram, uma mulher saiu dali. Ijeong conhecia aquela mulher, que se virou na direção do mercado. Ela estava vestida como uma mexicana, mas pelo jeito que andava ele não teve dúvida de que era Yeonsu. As bochechas rechonchudas de criança haviam desaparecido e o seu queixo ficara mais delineado, mas era ela sem dúvida alguma. Yeonsu falou em coreano:

— Seob! Eu falei para você não fazer isso, não falei?

A criança murmurou algo em maia e voltou para a barbearia. Mesmo dando uma bronca no garoto, o rosto dela estava cheio de felicidade.

Quando a sombra de Yeonsu desapareceu, Ijeong entrou na barbearia. José parou de cortar o cabelo de um cliente para recebê-lo. Pareceu ficar um pouco nervoso com a chegada de um estranho. Apenas Ijeong não notava que existia uma escuridão irreversível em seu rosto, o rosto de um homem que passara por uma guerra e cometera assassinatos sem sentido. Ijeong se sentou na cadeira de barbeiro. Um homem que estava colocando carvão em um fogão para ferver água tirou as luvas, limpou as mãos e se aproximou de Ijeong. Somente depois que ele amarrou a toalha ao redor do pescoço de Ijeong, como de costume, foi que cruzou o olhar com o dele no espelho. Bak Jeonghun perguntou em espanhol:

flor
negra

— Como quer o corte?

Quando o assunto era cortar cabelos, pelo menos, ele nunca falava em coreano. Havia usado espanhol desde o primeiro momento em que tinha começado na profissão. Ijeong respondeu em espanhol:

— Curto, por favor.

Bak Jeonghun borrifou um pouco de água no seu cabelo e sem falar mais nada começou a cortar. O menino entrou correndo do pátio e observou seu pai trabalhar, mas logo perdeu o interesse e voltou para o pátio. Ijeong não disse nada. Bak Jeonghun também não. Apenas José observava com o canto do olho enquanto um estranho silêncio se estabelecia entre os dois orientais. Havia tensão no ar. Ijeong notou o retrato de Obregón pendurado na parede. Puxou assunto em espanhol:

— A revolução parece estar quase no fim.

— É o que dizem. O general Obregón com certeza é algo e tanto, não é? Nessa hora, José interrompeu.

— Ele foi o barbeiro de Obregón, sabe. Lutou na Batalha de Celaya. Ijeong fechou os olhos.

— Ah, verdade? Eu também estive lá.

A tesoura cortou o ar. José olhou rapidamente para a tesoura de Bak Jeonghun. Era o olhar de um barbeiro experiente. Então Bak Jeonghun de repente falou em coreano.

— De que lado você estava?

— Do lado de Villa.

— Muitos morreram.

— É sempre assim em uma guerra.

— Dizem que estão caçando os seguidores de Villa atualmente.

— Quem sabe quando a situação mudará novamente? — indagou Ijeong. — Por que você estava do lado de Obregón, afinal?

— Ele veio aqui e me levou com ele.

— Só por isso?

Bak Jeonghun parou de cortar e começou a passar espuma de barbear no rosto de Ijeong.

— Eu não tenho interesse nesse tipo de coisa. Só quero viver com tranquilidade com minha mulher e meu filho. E quanto a você? Realmente seguiu Villa porque gostava dele?

— Sim. Eu tinha sangue quente.

Bak Jeonghun encostou a navalha na bochecha esquerda de Ijeong e gentilmente a deslizou para cima.

— E agora?

Ijeong hesitou por um momento.

— Na verdade, ainda tenho.

Bak Jeonghun apontou para o menino que brincava do lado de fora.

— Ele é seu filho. Mas, se estiver de acordo... bem, mesmo que não esteja de acordo, não há muita escolha; eu gostaria de criá-lo. Até seu sangue esfriar.

A navalha passou por baixo de sua orelha.

— Eu não o levarei comigo. Não estou em condições de criar um filho.

— Se não vai levá-lo, é melhor você ir embora agora.

Ijeong ergueu uma sobrancelha.

— A mãe dele voltará em breve.

Bak Jeonghun parou de fazer a barba e limpou os fios de cabelos que caíram no pescoço de Ijeong. Ijeong quis pagá-lo, mas o barbeiro de Obregón não aceitou seu dinheiro.

— Eu criarei bem o menino. Se algo acontecer com o general Obregón, e algo acontecer comigo, por favor tome conta da minha mulher e do meu filho. E cuide-se. Esta é a revolução de um país que não é o nosso, não importa o que façamos. É melhor deixar a coisa por conta deles, seja lá para que lado ela vá.

Ijeong saiu. Lá fora o céu ainda estava claro, mas não se podia ver o sol. Bak Jeonghun, da entrada da barbearia, ficou de olho gentilmente, como um cão de caça que finge olhar para o outro lado. Seus olhos sorriam, mas sua postura era tensa. Ijeong começou a caminhar na direção dos cais. De longe, viu Yeonsu retornando do mercado. Bak Jeonghun, com o rosto inexpressivo, recebeu-a e a conduziu para dentro da barbearia. Ijeong voltou para Mérida. O sino de Celaya mais uma vez soou em seus ouvidos.

PARTE 3

77

As histórias sobre o que aconteceu depois na Guatemala variam muito, especialmente aquelas sobre a nação que lá foi fundada. A maioria dos homens morreu na selva, mas mesmo aqueles que voltaram vivos não compreenderam totalmente as origens daquela estranha nação. Há muitos casos em que o início de um país é enevoado em comparação com seu declínio. O que se segue é a versão mais aceita do que aconteceu naqueles poucos anos em Tikal.

Um dia, um homem liderou uma multidão até a filial da Associação Nacional Coreana em Mérida. Era maia, e disse que se chamava Mario. Suas feições eram incomuns. Seus olhos eram ferozes e penetrantes, mas sua expressão era gentil. Mario contou a Jo Jangyun e Kim Seokcheol uma história interessante.

A região sul da península de Yucatán pertencia à Guatemala, e sua fronteira ficava de frente para o estado mexicano de Campeche. Se você cruzasse a fronteira e entrasse na Guatemala, veria ali uma imensa selva. A civilização maia florescera havia muito tempo na floresta primitiva, mas agora o local não era mais nada além de uma floresta tropical. Antes de os imperialistas traçarem linhas no mapa, os maias haviam construído pequenas nações por toda a península, e essas nações repetidamente se ergueram e caíram. Alguns achavam que as características físicas do Yucatán tornavam impossível o nascimento de um país centralizado. Isso porque havia água em abundância e produtos naturais por toda a região, e não havia grandes rios ali como os da China, então não existia a necessidade urgente de um estado unificado.

Mario disse que seu povo estava lutando contra as forças do presidente Manuel Estrada Cabrera na região sul do Yucatán e na região norte da selva da Guatemala. Ditador que subira ao poder em 1898, o presidente Cabrera era tão brutal, que Porfirio Díaz não podia nem sequer ser comparado a ele em termos de atrocidades. Díaz ao menos havia contribuído para a modernização do México, mas Cabrera fez coisas tão absurdas quanto transformar o seu aniversário e o aniversário da sua mãe em feriados nacionais enquanto levava a Guatemala inteira até a lama, até um estado de pobreza miserável, tudo pelo bem das grandes companhias agrícolas americanas. Ele era, sem dúvida nenhuma, o inimigo em comum de toda a população guatemalteca. Não era só isso. A Guatemala de Cabrera, ao contrário do México, que possuía muitos mestiços, dependia de um sistema de governo centrado nos brancos. Isso significava um tratamento cruel para os mestiços e maias. Os maias, que constituíam a maior parte da população, tiveram de encarar a opressão e a discriminação severas durante o regime de Cabrera, o que naturalmente levou os maias de toda a nação a se rebelarem.

A área de Tikal, no norte do país, ficava especialmente mais distante da capital, a Cidade da Guatemala, e não possuía um sistema de transporte que permitisse acesso — fosse por terra, por água, ou por ar —, por isso era o lugar ideal para executar uma guerrilha. O problema, no entanto, era a falta de milícia.

— Eu ouvi dizer que há muitos ex-soldados entre os coreanos do Yucatán. Nós precisamos de homens saudáveis que tenham grande experiência em combate e saibam mexer com armas — declarou Mario para o grupo de homens ao seu redor. — Em troca, eu pagarei a vocês três milhões de dólares americanos. Cabrera tem um estoque de dinheiro imenso escondido, então se a revolução for bem-sucedida, uma grande quantidade de dinheiro cairá nas mãos dos revolucionários. Hoje, as pessoas estão indignadas com

flor
negra

o governo de Cabrera e a opinião pública se voltou contra ele. Ele certamente não durará muito.

A boca deles se abriu ao saber da grande quantia de dinheiro. Três milhões de dólares. Não eram três milhões de pesos, mas três milhões de dólares. Era suficiente para que todos que participassem da guerra conseguissem refazer sua vida e ainda sobraria algo. Eles poderiam contribuir não apenas com os fundos operacionais da Escola Sungmu e da Escola Coreana, mas também enviar dinheiro para o movimento de independência internacional. Considerando que a quantidade total usada para planejar as mudanças para o Havaí era de cinco mil dólares, três milhões era uma quantidade quase incompreensível para eles. Jo Jangyun perguntou se poderiam primeiro enviar algumas dezenas de homens e depois recrutar mais. Mario respondeu que tudo bem.

Jo Jangyun convocou uma reunião de emergência na filial de Mérida. Todos os jovens coreanos que haviam perdido seus empregos quando as fazendas de sisal foram queimadas se interessaram. A chama da revolução já passara pelo Yucatán também, então os jovens estavam fascinados pela violência sem limites, e os rumores sobre Ijeong, que havia servido como membro do exército de Villa, também os estimulava. As histórias sobre Ijeong haviam ultrapassado o nível de realidade; ele começava a se tornar uma espécie de lenda entre os coreanos. Ijeong, porém, estava vivendo uma vida bastante calma e tranquila desde seu retorno, e as palavras de Mario não mudaram isso. Ele não se sentiu especialmente interessado na Guatemala. Jo Jangyun tentou persuadi-lo.

— Você precisa ir. Tem muita experiência de combate e fala bem espanhol.

— Dessa vez eu não quero ir. Afinal, essa é a revolução de outras pessoas, não é?

— Sim, é verdade. Mas, com três milhões de dólares, podemos usar esse dinheiro não apenas para nossas próprias finanças, mas também como capital para o movimento de independência internacional, então você não pode ver isso apenas como um problema dos outros.

— Sinto muito, mas não tenho nenhum interesse nisso também.

Ijeong obstinadamente rejeitou as propostas de Jo Jangyun e de Kim Seokcheol. Por fim, Jo Jangyun explodiu, com raiva:

— Como você pode viver sua vida pensando apenas em si mesmo? Está planejando desperdiçar seu tempo sem fazer nada, apenas comendo a comida da associação?

Ele era como um pai para Ijeong; era ele quem havia escolhido seu nome. No final, Ijeong aceitou. Não desejava mais se envolver nas guerras revolucionárias de outros países, mas não tinha escolha. Não tinha como ganhar a vida naquela época. Foi até Mérida e coletou informações sobre a situação na Guatemala. A Guatemala estava praticamente em um estado de anarquia. Tanto o México quanto os Estados Unidos se perguntavam quando o regime de Cabrera, que não tinha autoridade nem validade legal, cairia. A única coisa sobre a qual pairavam dúvidas era a quantia de três milhões de dólares.

Mesmo assim, a filial de Mérida resolveu ir para a guerra. Quarenta e dois homens, a maioria estudantes da Escola Sungmu, ofereceram-se como voluntários para a primeira leva de mercenários. Entre eles, claro, estavam os combatentes veteranos Jo Jangyun, Kim Seokcheol e Kim Ijeong, mas um grande número dos soldados estava no final da adolescência e eram crianças quando deixaram a Coreia. A pessoa que Ijeong ficou mais contente em ver foi Dolseok. Ele ficou espantado ao ver Ijeong depois de sete anos e deu tapinhas em seu rosto.

— Você se tornou uma pessoa totalmente diferente!

Dolseok havia se casado com uma mulher maia na fazenda, mas não pudera levar sua mulher e os filhos quando foi embora. Então voltou para a fazenda, criou um tumulto e foi mandado para a prisão. Só foi solto quando Hwang Sayong e Bang Hwajung apareceram, mas passou o ano seguinte entrando e saindo da prisão.

— Por quê? — perguntou Ijeong.

Dolseok levantou as mãos e disse:

— Mão leve.

Seo Gijung, que se juntara aos militares na mesma época que Jo Jangyun e cujo desejo era voltar à Coreia e comprar um pedaço de

flor
negra

terra, também foi a Mérida. Perambulou pelo estado de Campeche vendendo itens de ferro, mas acabou não tendo muito sucesso. A última pessoa a chegar foi o eunuco palaciano, Kim Okseon. Agora com quase cinquenta anos, era o mais velho dos voluntários. Implorou para ser aceito entre eles, dizendo que era sua última chance na vida e que ninguém poderia fazê-lo mudar de ideia. Seu sonho era abrir uma pousada e restaurante em Mérida ao retornar da Guatemala. Em seu restaurante ele tocaria violão, que havia recentemente aprendido a tocar, para seus clientes. Só foi colocar a mão naquele instrumento no Yucatán, mas, como um verdadeiro músico palaciano, rapidamente aprendeu a tocar e se gabava de ter um estilo musical único. Ele afinava seu violão para que ficasse um pouco fora de tom, e a curiosa dissonância evocava sentimentos tristes. Não era uma escala menor do Ocidente, nem uma escala menor da Coreia, mas sim a escala única de Kim Okseon, e quando as músicas folclóricas do Yucatán e da Coreia eram cantadas ao som da sua música, ficavam realmente belas.

Ijeong tentou impedi-lo de ir.

— Lá, é uma selva, cheia de insetos e animais selvagens. A guerra não é para pessoas de mão macia como você. Além do mais, você nunca pegou em uma arma antes.

Mas Kim Okseon estava determinado.

— Todos tentaram me impedir quando eu disse que iria para o México. Mas veja agora. Sobrevivi facilmente àqueles campos brutais de sisal e consegui fazer dinheiro mesmo durante o tumulto da revolução. Por favor, levem-me com vocês. Se eu não for agora, não terei outra chance de conseguir uma quantidade tão alta de dinheiro. O comércio de sisal morreu.

Alguns dias depois, chegaram homens mandados pelos revolucionários da Guatemala e prepararam um contrato. Nele dizia que os coreanos deveriam sempre obedecer às ordens de seus oficiais de comando e servir fielmente até o dia em que o governo de Cabrera caísse, e que receberiam três milhões de dólares como pagamento assim que o exército revolucionário tomasse a Cidade da Guatemala e expulsasse o ditador de lá. Os quarenta e três coreanos assinaram cada um o seu contrato. Além disso, um contrato separado, a ser assinado pelo comandante do exército revolucionário e pelo presidente da Associação Nacional Coreana de Mérida, foi preparado e assinado por Mario e Jo Jangyun. Quando estava tudo assinado e eles estavam prestes a embarcar neste grande desafio, mais uma pessoa chegou. Era Bak Gwangsu. Estava ganhando a vida consertando fundos de panelas e às vezes visitava Mérida para ler a sorte das pessoas e, em ocasiões especiais, realizar um ritual xamânico. Estava magro como um varapau, mas seu rosto tinha um ar saudável. Alguém lhe contou que o fazendeiro Ignacio fora crucificado e morto na catedral, e Bak Gwangsu respondeu que sabia.

— Ouvi dizer que o xamã morreu também — comentou alguém.

Em julho de 1916, quarenta e quatro mercenários coreanos, entre eles ex-soldados, um eunuco palaciano, um ladrão, um guerrilheiro, trabalhadores, órfãos e um padre apóstata, seguiram os guias da Guatemala pela fronteira do Yucatán e por Campeche, e depois atravessaram a fronteira do México com a Guatemala. Sem marcas que indicassem a fronteira na região da selva, não souberam dizer por um bom tempo se já estavam na Guatemala. De Mérida até o destino final na região de Tikal havia apenas um caminho reto de quatrocentos quilômetros, mas era árduo.

O primeiro acampamento na selva indicou o quanto a jornada à frente deles seria difícil. Tudo era diferente do Yucatán. A umidade era intensa e os insetos que os atacavam eram muito mais cruéis do que os das fazendas. Sanguessugas lhes chupavam o sangue, e pernilongos os picavam através das roupas. Havia também insetos que se afundavam na pele, então mesmo que você os puxasse para fora, a cabeça deles permanecia lá dentro. Os guias maias com destreza desceram os facões para montar o acampamento. Ali, também, os coreanos teriam de aprender tudo novamente.

Os guias apontaram para uma árvore alta.

— Nós nos comunicamos com os deuses por meio desta árvore.

Era uma ceiba. Seu tronco era branco e seus galhos, que subiam alto o suficiente para competir com as nuvens, eram de um vermelho

flor
negra

surreal, como a morada dos deuses. Eles rezaram rapidamente em frente à árvore ceiba, depois quebraram algumas videiras ao redor e as usaram como corda para amarrar as redes. Na selva havia um jeito singular de viver. Cobras imensas dormiam calmamente acima de suas cabeças; macacos tentavam roubar suas coisas.

Os coreanos finalmente chegaram à base de operações dos revolucionários em Tikal, na província de El Petén. Tikal continha as maiores ruínas da civilização maia na Guatemala, mas tudo, até mesmo as pirâmides enormes, estava coberto por árvores exuberantes e por terra e pareciam pequenas colinas saindo das planícies. Nenhum dos coreanos que ali chegou depois daquela difícil jornada sabia que aquela era uma ruína histórica. Alguns deles se indagaram sobre os estranhos trabalhos de pedra ou estátuas de pedra sem cabeça espalhadas pela selva, mas não pensaram mais nisso. Kim Ijeong e Jo Jangyun imediatamente perceberam que pelas suas configurações o terreno poderia ser defendido com facilidade. As pirâmides, que haviam sido construídas centenas de anos atrás, eram fortalezas naturais e torres de observação que permitiam uma visão de toda a região por dezenas de quilômetros em todas as direções. No topo das pirâmides ficavam os templos onde os sacerdotes viviam e executavam seus sacrifícios, e esses eram resistentes o suficiente para serem usados como casamatas.

Árvores centenárias surgiam como se quisessem perfurar o sol, e papagaios vermelhos gritavam barulhentamente enquanto esvoaçavam entre elas. A selva era tão escura, que era preciso acender fogueira no meio do dia. A selva não era quieta. Sapos coaxavam de todas as direções, mantendo os homens acordados. Em noites assim, cobras engoliam cobras e sapos comiam sapos.

No dia em que chegaram a Tikal, Jo Jangyun chamou todos os homens e conversou com eles em uma voz animada:

— Uma vez que não encontramos resistência na nossa vinda para cá, este local, sem dúvida, deve ser uma terra sem dono. Há algo em que eu venho pensando por muitos anos: fundar uma nação aqui. Quando tivermos nosso dinheiro, quem quiser voltar, volte, mas deixe o resto de nós ficar aqui e construir uma nação. Nós a chamaremos de Nova Coreia e escolheremos um presidente como eles fazem nos Estados Unidos. Depois, deixem-nos contar ao Japão, aos Estados Unidos e à Coreia a respeito, proclamando a todas as pessoas do mundo que a nossa nação continua viva. Vocês viram no caminho até aqui que existem muitos insetos e animais neste local, e há abundância de árvores e frutas, e de terra fértil e água também, então é o melhor lugar para pessoas trabalhadoras como nós viverem — a memória do êxodo falido ainda estava viva na mente dele. — Este local é tão bom quanto o Havaí. Se tivéssemos ido para o Havaí, teríamos de trabalhar para os outros nas plantações de cana-de-açúcar, mas aqui somos livres. Podemos nos manter corajosamente como uma nação independente. Nós chamaremos nosso povo espalhado pelos Estados Unidos e pelo México para viver aqui, plantando e fazendo comércio. Onde mais está o que resta do antigo reinado de Balhae? Balhae está exatamente aqui.

Porém, aquela ideia não conseguiu despertar qualquer simpatia verdadeira. Todos concordaram por educação, mas já haviam decidido voltar para o Yucatán depois de serem pagos. Mesmo assim, o grande esquema de Jo Jangyun continuou:

— Na nova nação, todos serão iguais, e ela será uma república. Os maias que quiserem se juntar a nós poderão viver conosco, mas serão governados por nós.

— Por que isso? — perguntou Kim Ijeong.

Jo Jangyun respondeu em um tom de incredulidade:

— Está dizendo que deveríamos ser governados por eles?

— Por que você acha que um lado deve necessariamente controlar o outro?

Bak Gwangsu, que até então estivera em silêncio, disse:

— Por que você ainda pergunta? Ele tem medo de que a gente se extinga. Estamos em minoria e os maias são mais numerosos. Ele tem medo de que, se nos misturarmos com eles, no fim acabemos desaparecendo. Mas todos nós vamos acabar morrendo de todo jeito.

Alguém cuspiu e interrompeu Bak Gwangsu.

flor
negra

— Esse xamã fica aí soltando maldições, droga!

Jo Jangyun trabalhou diligentemente para criar um modelo para a nova nação. Construiu uma cabana um pouco maior para servir de sede, escreveu o nome de todos em um papel e o amarrou. Kim Ijeong foi encarregado dos assuntos militares. Inspecionava armas e explorava o terreno com o comandante maia, Mario. Ensinou tiro e formação militar aos soldados inexperientes.

Pouco tempo depois, batalhas esporádicas começaram a irromper. Os guerrilheiros maias atacaram a base do governo no lago Petén Itzá. Em contra-ataque, as tropas do governo rodearam o lago e atacaram diretamente o acampamento da guerrilha nos arredores de Tikal. A maioria dos coreanos os acompanhou no campo de batalha, porém as forças governistas eram muito mais inteligentes do que eles esperavam. Kim Ijeong atacou a retaguarda das tropas guatemaltecas usando táticas de guerrilha que aprendera sob o comando de Pancho Villa. As tropas voltaram ao lago Petén Itzá com medo de que sua retirada pudesse ser interrompida. No meio do caos, parte das tropas governistas passou pela pirâmide onde Jo Jangyun e os outros estavam posicionados e os receberam com uma saraivada de balas.

Jo Jangyn se abaixou quando as balas guatemaltecas entraram voando e furaram a parte superior da pirâmide, deixando-a cheia de orifícios como um favo de mel. Felizmente aquelas tropas recuaram, mas Jo Jangyun percebeu que aquela guerrilha não terminaria tão fácil quanto Mario dissera. Com exceção de Kim Ijeong e de alguns poucos outros, os guerrilheiros não passavam de crianças sem experiência em combate, e Kim Seokcheol e Seo Gijung eram soldados aposentados que não pegavam em uma arma havia mais de uma década. Além disso, o exército do império coreano não tinha sido treinado para guerrilhas no meio da selva. Depois de mais algumas batalhas, Jo Jangyun viu-se obrigado a admitir que os mercenários coreanos ao lado de quem ele lutaria não passavam de um bando de esfarrapados. E também se deu conta de que os três milhões de dólares que supostamente receberiam dos maias não passavam de fantasia.

Na manhã seguinte, Ijeong levantou-se e percebeu que estava tudo quieto demais. Algo faltava no acampamento. Saiu e silenciosamente contou os coreanos, um por um. Chamou Dolseok, que estava passando por ali, e perguntou-lhe se ele sabia o paradeiro de Jo Jangyun e Kim Seokcheol. Dolseok tampouco sabia onde eles estavam. Ijeong tocou o sino e reuniu os coreanos. Como suspeitava, ninguém sabia onde estavam os dois. Após algumas buscas, descobriram que os pertences dos dois homens também haviam sumido. Mais tarde, nos limites pantanosos do acampamento, Ijeong encontrou dois pares de pegadas que sumiam pelo interior da selva.

Na noite anterior, Jo Jangyun levantara-se e saíra. Ainda tinha muito que fazer. Continuar vivo era sua prioridade número um. Não podia morrer ali. Precisava se preparar para atacar a Coreia e levar adiante o movimento de independência no estrangeiro. Por mais que quisesse negar, o governo provincial no meio da selva não passava de um sonho maluco. Confessou suas agruras a Kim Seokcheol.

— Ainda que a gente fundasse uma nação aqui, quem iria nos reconhecer?

Kim Seokcheol concordou:

— Foi uma ideia infantil. Essa selva matará até os saudáveis e, quando as tropas do governo nos cercarem, acabaremos sendo mortos como cachorros.

Jo Jangyun bateu no peito ao falar:

— Acha melhor então convencer os outros a voltarem?

Kim Seokcheol fez que não e retrucou:

— E o dinheiro que já recebemos? Os revolucionários irão até Mérida nos matar. Vamos voltar nós dois e relatar o que aconteceu à Associação Nacional Coreana, depois voltaremos com as novas instruções. Para todos nós, morrer aqui seria morrer em vão.

Partiram do acampamento antes do amanhecer. Seus passos foram ainda mais cuidadosos ao pensarem que os maias poderiam executá-los caso fossem pegos, de acordo com o contrato. E assim os dois líderes que haviam arrastado todo mundo até o meio da selva rumaram para o norte naquela noite para salvar a própria vida.

flor
negra

Era como se o destino estivesse lentamente se aproximando de Ijeong com um sorriso largo. Venha, venha. Ijeong tragou um cigarro com força. A raiva dos que ficaram para trás era tremenda.

— Pensamos que eles eram nossos líderes, mas olhem só no que nos meteram! — gritou alguém.

— Vamos atrás deles e matar os dois! — disse outro.

Mas ninguém ficou mais chocado e amargurado do que Ijeong. Depois de Villa ser aniquilado, o único motivo pelo qual ele voltara a Mérida, o motivo pelo qual havia se envolvido em tudo aquilo, era Jo Jangyun.

Apesar disso, Ijeong os tranquilizou com calma.

— Eu assumo a responsabilidade pelo contrato com os maias. A fuga deles pode ser frustrante, mas talvez seja melhor assim. Agora, se conseguirmos mesmo os três milhões de dólares, serão só nossos. Esqueçam os jogos políticos dos homens de bem do escritório local de Mérida ou da Associação Nacional Coreana. Esse dinheiro pertence somente aos quarenta de nós que foram abandonados aqui. Quem sobreviver vai ficar com tudo — todos assentiram. Ijeong continuou: — Se concordarem, vamos assinar com nossas impressões digitais. E, a partir desse dia, os traidores serão punidos. Só assim existirá alguma chance de voltarmos vivos.

Eles correram a assinar seus nomes em um papel em branco e a deixarem ali suas digitais. Depois Ijeong fez um corte no dedo e escreveu no pé da página: "Os desertores morrerão".

Apesar daquela declaração fervorosa, naquela noite mais homens tentaram fugir. Ijeong ouviu o grito da sentinela, apanhou a arma e correu para o meio da selva. Eram dois desertores; era difícil atravessar a selva sozinho. Após a perseguição, os dois foram pegos e arrastados de volta ao acampamento. Um deles era Seo Gijung, companheiro de Jo Jangyun. O outro era Bak Beomseok, de dezoito anos. Seo Gijung olhou para Ijeong e riu com subserviência:

— Não estávamos fugindo. A gente ia voltar.

Já Bak Beomseok tremia como vara verde. Lágrimas e muco escorriam misturados quando ele se ajoelhou e segurou a cabeça contra o chão.

Ijeong tirou do bolso o documento coberto de impressões digitais vermelhas e mostrou-o aos dois. Então fez com que marchassem até um reservatório perto das pirâmides. Havia muitos pântanos na frente daquele reservatório. Até então, muitos coreanos achavam que ele só estava blefando, para aumentar o moral de todos. Porém, Ijeong mirou diretamente a cabeça de Seo Gijung e atirou com a pistola. Seo Gijung, que tinha pressentido a morte e lutado no último instante, caiu com um único tiro. O rapaz de dezoito anos, Bak Beomseok, encontrou o mesmo destino, mas com mais compostura do que Seo Gijung. Não havendo nenhum templo budista nas proximidades, ele deixou somente as seguintes palavras e fechou os olhos:

— Rezo apenas para que meu carma termine aqui.

Também dessa vez Ijeong puxou o gatilho sem piedade.

Daquele dia em diante, não houve mais desertores. A única saída seria matar Ijeong primeiro. As batalhas eram esporádicas. As tropas governistas recuaram até as montanhas do sul antes de um ataque em pinça das guerrilhas. Sob o comando dos oficiais maias, os homens de Ijeong emboscaram as tropas que batiam em retirada e tiveram uma pequena vitória.

Três meses se passaram. Dias tranquilos se passaram sem mortes, com exceção de um jovem de vinte anos que morreu de febre. Ijeong sentou-se no topo de uma das duas pequenas pirâmides gêmeas absorto em pensamentos. Talvez o plano de Jo Jangyun não tivesse sido tão absurdo, no fim das contas. Será que Pancho Villa era assim tão especial? Ele surrara um feitor até a morte e depois se tornara um bandido, depois se aproveitara de um período de revolução para virar general e no fim invadiu triunfalmente a Cidade do México. Sim, claro, Obregón o expulsara dali, mas mesmo Obregón de início fora um típico novato. E, contudo, não estava a Guatemala em um estado ainda pior de anarquia do que o México? Naquelas condições, fundar um país não seria tão difícil. Os maias podiam ter o seu próprio país e nós a nossa pequena, mas poderosa, nação centrada aqui em Tikal, onde poderíamos ser autossuficientes.

flor
negra

Somos estrangeiros mesmo. Não há possibilidade de jamais chegarmos a ser como Obregón.

Na batalha seguinte, Ijeong apresentou seus planos indiretamente a um comandante revolucionário maia:

— Se Cabrera for deposto, vocês irão expulsar os brancos e formar seu próprio país, não é? — o comandante disse que sim. — E depois irão até Antígua ou a Cidade da Guatemala, aquelas montanhas hospitaleiras, a terra da primavera eterna? — continuou Ijeong. — Novamente o homem disse que sim. — Então tudo bem se a gente fundasse um pequeno país ao redor de Tikal?

O comandante riu com vontade e disse que os coreanos poderiam até fundar um país um pouco maior se quisessem. Mencionou Belize, ao norte, e disse que tinha sido um país construído com negros escravos da África:

— Parece a situação de vocês, não?

Ijeong disse:

— Isso é muito importante para nós, pois nosso país do outro lado do oceano Pacífico desapareceu.

O comandante revolucionário assentiu como se aquilo não tivesse importância nenhuma. Ijeong viu no seu rosto que ele se perguntava o que umas poucas dezenas de pessoas poderiam fazer.

Então o comandante colocou uma condição, cheio de gravidade:

— Só que não em Tikal. Vocês podem ficar aqui por algum tempo para nos ajudar, mas isso é terra santa. Perto do lago Petén Itzá, mais ao sul, ou nas regiões de selva no extremo norte, tudo bem, mas em Tikal não.

Quando voltou, Ijeong reuniu os soldados remanescentes e lhes contou seu plano. Houve quem se opôs. Claro, houve também quem riu. Ninguém concordou de imediato com a ideia de Ijeong:

— Não passamos de mercenários. Se a revolução deles der certo, vamos simplesmente pegar nosso dinheiro e voltar.

— Voltar? Para onde? E a gente tem para onde voltar?

— Seja lá como for, não podemos morar nesta selva.

— Por que não? Aqui não tem fazendeiros nem governadores, só a gente e os maias.

— Os maias podem precisar de nós agora, mas se a revolução der certo, vão nos expulsar. Esta terra é sagrada para eles.

— Não precisa ser aqui. Existem muitos lugares bons ao norte da Guatemala.

— Tudo bem, digamos que existam mesmo. E daí? Que importa termos ou não uma nação?

Ijeong pareceu pensar um instante. Depois sorriu.

— Se não importa termos ou não uma nação, isso quer dizer que podemos ter uma, não podemos? Se é assim, então podemos fundar um país, não é? — caiu um breve silêncio. — Amanhã pode ser que todos nós estejamos mortos. Existe alguém aqui que deseja morrer como um maldito japonês ou chinês? Eu não — disse Ijeong.

— Então não seria melhor não ter nacionalidade nenhuma? — perguntou Dolseok.

Ijeong balançou a cabeça e respondeu:

— Os mortos não podem escolher não ter nação. Todos morreremos como cidadãos de algum país. Precisamos ter o nosso próprio país. Ainda que a gente não possa morrer como cidadãos do país que criarmos, pelo menos poderemos evitar morrer como japoneses ou chineses. Precisamos de uma nação para não ter nacionalidade nenhuma.

A lógica de Ijeong era difícil de acompanhar. Seja como for, não foi a lógica dele que os convenceu; foi sua paixão. E aquela paixão era algo curioso. Não era uma paixão de se tornar algo, mas uma paixão de não se tornar algo.

E um mês mais tarde, eles fundaram a menor nação da história, na praça do templo em Tikal. O nome do país era Nova Coreia. Os únicos nomes de países que conheciam era Coreia e Joseon, portanto não tiveram muita escolha. O comandante maia revolucionário enviou-lhes um touro de presente. Ijeong mandou agradecer e garantiu-lhe novamente que, embora eles tivessem começado ali, planejavam seguir para o sul do lago Petén Itzá em breve. Como xamã, Bak Gwangsu silenciosa

flor
negra

e humildemente executou o sacrifício de celebrar o nascimento da nova nação, e Kim Okseon subiu até o ponto mais alto e tocou sua flauta. Quando o ritual terminou, Ijeong fez um discurso:

— Este é um novo país, sem divisões entre nobres e comuns, classes altas e baixas. Em troca, somos responsáveis pelo seu destino. Vamos declarar ao México e à Coreia o que somos, deixar que se juntem na fundação deste novo país.

Mas quase ninguém levou a sério aquela declaração da fundação da Nova Coreia.

Seu país sobreviveu por pouco mais de um ano na selva de Tikal. Para começar, a Nova Coreia proibiu a deserção e o roubo. Um mês depois, alguns dos soldados se casaram com jovens maias. Seu país então proibiu o casamento entre menores de dezoito anos e a posse de concubinas. Com o tempo, o casamento inter-racial com os maias aumentou ainda mais. Os guerrilheiros maias não lhes davam importância. As cerimônias de casamento eram um meio-termo entre o estilo maia e o estilo coreano. Dois dias antes do casamento, o noivo ia a cavalo até a vila maia e se realizava uma cerimônia de casamento à moda maia. Os maias lambuzavam a cabeça do noivo com lama e cantavam músicas. Às vezes fingiam seriamente ameaçar matar o noivo, e outras vezes lhe davam uma poção estranha que o fazia alucinar. Porém, quando chegava o dia do casamento, parabenizavam a noiva e o noivo e os mandavam a Tikal ao som dos tambores. Quando a noiva chegava a Tikal, realizava-se uma cerimônia de casamento simples à moda coreana. Não havia touicado nupcial esplêndido nem galo amarrado pelos pés, mas o casal fazia reverências um ao outro, compartilhava um copo de bebida alcoólica e rumava para a nova *paja* preparada para eles, onde passavam sua primeira noite juntos.

Dolseok encontrou uma companheira. Era uma garota de dezesseis anos que tinha perdido pai e mãe nas mãos das tropas governistas. O casal não conseguia se comunicar entre si, mas pareciam felizes. Depois que foram para a cama, o som de gemidos extasiados se ouviu lá de fora até de manhã. Não havia segredos nas *pajas*.

Ijeong não buscou parceira. Havia quem dissesse que ele estava tentando dar o exemplo, mas ele em geral passava o tempo patrulhando a região e pensando em locais onde poderiam atacar e recuar. Junto com um guia maia que sabia falar espanhol, Ijeong percorreu os arredores de Tikal e deu-se conta pela primeira vez de que ali não era um lugar como os outros. O guia disse:

— Isto é terra sagrada. Olhe.

Túmulos de pedra podiam ser vistos em todos os lugares que ele apontou. Ele segurou uma trepadeira e puxou-a. Com isso, uma pilha de terra desmoronou e revelou uma edificação de pedra. Segundo o guia, mais ou menos em 700 d.C. surgiu um novo rei, Ah Cacau. Esse poderoso governante, cujo nome significava Senhor Cacau, começou a construir grandes estruturas de pedra ali. Foi enterrado no que era chamado de Templo I. Até o ano 900, quando o império maia da região começou a entrar em declínio por motivos desconhecidos, Tikal desfrutou de uma era de prosperidade. Mas muito antes disso, inúmeros recém-chegados fundaram reinos em Tikal. Aquilo aconteceu repetidas vezes desde 700 a.C., e dizia-se que no século VI a população do local era de cem mil pessoas. Os que estavam no poder logo reconheceram o valor estratégico de Tikal, embora a cidade estivesse coberta pela selva.

Como as corcovas de um camelo, os elevados Templo I e Templo II situavam-se frente a frente; se um exército conseguisse ocupá-los primeiro, o inimigo se veria forçado a passar entre eles. E ao redor havia muitos morros, ruínas enterradas que eram úteis para emboscadas e retiradas. Para além dos templos I e II havia um pequeno reservatório à esquerda, e, mais adiante, o Templo III formava mais uma encosta íngreme, agindo como linha de defesa. Se os guerrilheiros não conseguissem repelir o inimigo ali, poderiam recuar até o Templo IV, a cerca de seiscentos metros, fazer sua última resistência e em seguida fugir por uma trilha estreita que levava para o nordeste.

O reinado da mininação de Nova Coreia foi inesperadamente longo. O presidente Cabrera já tinha muito com o que se ocupar com os problemas perto da capital e não tinha tempo para prestar atenção à

flor
negra

selva ao nordeste do país. Ijeong selecionou pessoas para cuidar do suprimento de mercadorias e para executar a lei. Ele mesmo lideraria as batalhas e, portanto, não nomeou ninguém para isso. Os dias tranquilos se sucederam. O Ano-Novo chegou. Os maias e os novos coreanos fizeram um cabo de guerra na praça da vila com uma corda de fibras de sisal retorcidas. De início Ijeong e seu povo venceram, mas no fim os vitoriosos foram os maias. Organizaram um festival que durou dias. Até encenaram uma batalha de cavalaria. Três homens formavam o cavalo, um o cavalgava e duas equipes disputavam uma com a outra. Ijeong e sua gente ganhou naquela competição. As mulheres se dividiram em dois lados e torciam pelos homens. Além disso, também jogaram o jogo coreano de tabuleiro *yut* usando pessoas como peças e disputaram lutas corporais ao estilo maia.

Mario disse que o exército revolucionário formado por maias e mestiços da região central do país agora ameaçava a capital. Estava feliz, dizendo que o momento da decisão do destino de Cabrera estava chegando. As tropas do governo que haviam assumido suas posições ao redor do lago Petén Itzá estavam agora construindo altas barricadas de madeira, dedicando toda a sua energia à defesa. Por enquanto, pareciam pequenas as chances de haver uma batalha muito acirrada. Ijeong perguntou a Mario:

— Por que não avançamos para o sul? Não foi para isso que você nos contratou?

Mario respondeu:

— Esta é nossa última base de operações, portanto não podemos deixar Tikal sozinha. E, por ser este um local sagrado, se não o defendermos os maias serão derrotados.

Certa noite, depois de muito pensar, Ijeong escreveu uma carta para Bak Jeonghun em Veracruz. "Eu e algumas dezenas de outros da nossa gente estamos agora em Tikal, na Guatemala. Fundamos um pequeno país aqui, chamado Nova Coreia. Aqui na selva, há abundância de alimentos locais e nada nos falta. É mais quente do que no Yucatán, mas chove bastante. Aqui ninguém explora ninguém.

Dormimos com armas nos braços, mas nossos corações estão em paz. Por favor, transmita essa mensagem à sua esposa. Diga que estou bem. Diga que estou com saúde. E que desejo de todo o coração que ela sempre viva feliz ao seu lado. Por favor, diga isso a ela."

Ele endereçou o envelope, mas não o enviou. Entretanto, quando saiu da sua cabana no dia seguinte para encontrar Mario, o encarregado de coletar e postar as correspondências sem querer apanhou a carta e a enviou junto com um trem de mulas maias que estava de partida para Campeche. Ao voltar, Ijeong descobriu que a carta fora enviada, mas não ficou muito chateado. Mesmo que Yeonsu a lesse, não iria até ali, nem abandonaria Bak Jeonghun e seu filho.

Também escreveu uma carta para Yoshida, na embaixada japonesa. "Por favor, transmita esta mensagem ao embaixador. O povo coreano não tem nação desde que o Japão ocupou à força o império coreano, mas, em setembro de 1916, em Tikal, na Guatemala, do outro lado do mundo, finalmente fundamos uma nova nação. Por favor, informe seu país a respeito. Esperamos que vocês reconheçam nosso pequeno país, assim como reconheceram o governo revolucionário do México."

Ijeong mostrou a carta para todos que sabiam ler. Em seguida, leu-a em voz alta. Duas cartas, uma em coreano e a outra em chinês, foram enviadas ao México com as mulas. Porém, Ijeong estava derrotado. Não enviara a carta porque realmente desejasse o reconhecimento internacional, e sim porque sabia muito bem que seria difícil aquele país durar muito tempo. Assim como dissera Bak Gwangsu, aquela selva quente e úmida, tal como uma fornalha, derreteria tudo no fim. Pessoas, contratos, raças, nações, até mesmo a tristeza e a ira. Desse modo, Ijeong acreditava que era necessário haver um registro oficial do que eles haviam criado na selva, ainda que por pouco tempo. O ministro de relações exteriores do Japão era a pessoa mais adequada para a tarefa. Não havia como não manifestarem interesse no fantasma do país que eles haviam anexado.

Mais seis meses se passaram. O presidente Estrada Cabrera, que havia defendido seu governo com facilidade dos ataques dos manifestantes

flor
negra

e dos revolucionários, agora estava decidido a extinguir as guerrilhas maias que continuavam em atividade na selva das terras baixas do norte do país. Os Estados Unidos apoiaram sua decisão e forneceram o capital e as armas necessários. Dezenas de milhares de tropas punitivas se reuniram ao sul do lago Petén Itzá. As tropas do governo se dividiram em três brigadas e deram início à operação de apagar as guerrilhas da selva, do mesmo modo como alguém pescaria um peixe em um poço.

Obviamente os revolucionários maias sabiam de cada movimento das tropas de Cabrera; tinham informantes espalhados por toda a selva. Porém, embora tivessem informações detalhadas, não havia nada que pudessem fazer contra um exército poderoso. Umas poucas unidades revolucionárias lançaram ataques-surpresa esporádicos sobre os acampamentos do exército governista, mas foram recebidos com metralhadoras. Alguns dias mais tarde, assim que o sol nasceu, começou o ataque do governo. Os guerrilheiros resistiram aqui e ali, mas não puderam suportar a investida e recuaram diante das tropas de Cabrera, que conquistaram uma região atrás da outra como dominós caindo em série. Os homens de Ijeong viram-se divididos entre abandonar Tikal ou lutar contra o governo ali. No último momento, entretanto, Ijeong decidiu bater em reirada.

— Vamos para o norte.

As tropas maias de Mario também estavam batendo em retirada naquela direção. O esquadrão de Ijeong, porém, havia hesitado e agora era tarde demais; até mesmo seu guia maia recuara com sua tribo. Ijeong incendiou o acampamento e fugiu para o norte, mas as tropas do governo já haviam tomado o norte.

Leste, então. Um batalhão governista seguiu de perto as tropas de Ijeong quando estas mudaram de direção. Ijeong ordenou que alguns de seus homens preparassem uma emboscada e continuou batendo em retirada, mas os homens da emboscada não esperaram até o inimigo se aproximar e se juntaram novamente às fileiras com precipitação. Mais uma vez ficou evidente que não passavam de um bando de esfarrapados. Só havia cerca de uma dúzia de soldados confiáveis.

Depois de sua fuga ser interrompida diversas vezes e de eles perderem três homens, Ijeong retornou ao Templo I de Tikal, onde tudo havia começado. Após deixar alguns homens em um local inesperado para armar uma emboscada e distrair as tropas do governo, ele continuou no Templo I com vinte de seus homens e posicionou o restante no Templo II, planejando tomar o exército inimigo em emboscada quando eles passassem entre os templos. No processo, Ijeong perdeu mais dois homens.

Quando as forças guatemaltecas ouviram o som de tiros vindo das pequenas pirâmides gêmeas perto da praça central, suspeitaram de uma emboscada e rumaram para o Templo I. Rapidamente escalaram tanto o Templo I quanto o II, pretendendo tomar posições favoráveis antes dos guerrilheiros. Porém, os coreanos já estavam entrincheirados ali. Ijeong aguardou até o último momento, quando o inimigo estava quase no topo, e então todos abriram fogo de uma só vez. Os templos, que haviam sido erigidos em um ângulo agudo para exaltar a glória dos deuses, estavam escorregadios agora que se viam cobertos de terra. A maioria dos membros das tropas do governo caiu com as balas despejadas pelos céus, e o restante procurou rapidamente abrigo das saraivadas descendo aos tropeços, ferindo-se. Os guerrilheiros conquistaram uma vitória semelhante no Templo II. As tropas do governo recuaram até a área ao redor da praça do templo e realinharam-se. Ijeong levou oito homens até ali para persegui-las, demonstrando que eles ainda estavam dispostos a lutar. Diante disso, as tropas amedrontadas deixaram cair munições e suprimentos e bateram em retirada para os arredores de Tikal.

Alguns dias depois as forças de Cabrera tentaram realizar um ataque mais ousado. Dispuseram metralhadoras no topo das construções que eram mais ou menos da mesma altura que os templos I e II e despejaram uma saraivada de balas na posição coreana. Usando cordas, a infantaria escalou-os sob a proteção das metralhadoras. Os homens de Ijeong cortaram as cordas e dispararam seus rifles, mas não foi o suficiente. Ijeong decidiu recuar para o Templo IV, ao redor do qual

flor
negra

não havia edifícios. Suas tropas deslizaram pela face oeste dos templos I e II, e trinta e poucos homens que permaneciam na força de combate da Nova Coreia fugiram na direção do Templo IV, a duzentos metros de sua localização atual. Alguns poucos continuaram atrás das árvores para retardar os perseguidores e cobrir a fuga dos guerrilheiros. O suor escorria para dentro de seus olhos e encharcava suas roupas. Alguns sangravam com ferimentos nos braços ou pernas. Todos cumpriram as ordens de Ijeong e escalaram a face íngreme do Templo IV, mas Bak Gwangsu e Kim Okseon, mais velhos, ficaram para trás. Seus camaradas amarraram cordas ao redor da cintura deles e içaram os dois para cima. Bak Gwangsu abaixou sua arma e sentou-se na frente da pequena capela do alto. Olhou para o céu e disse:

— Ei, sr. Eunuco Palaciano. Por que não toca flauta para nós?

O suor caía sobre os canos quentes de seus rifles, que sibilavam quando a fumaça se levantava. Kim Okseon riu e retrucou:

— Espere só mais um pouco. Não disseram que Cabrera seria derrotado? — em seguida, apanhou a flauta. Ijeong ouviu o som claro da flauta no alto do Templo IV, a mais ou menos duzentos metros de altura do chão da floresta, enquanto puxava para cima uma metralhadora alemã que eles haviam roubado do exército de Cabrera alguns dias antes. Ao ouvirem a música, os soldados foram tomados de nostalgia.

Quando os homens olharam ao redor, do alto da pirâmide a selva parecia um vasto cobertor verde. De lado, aquela pirâmide, que diziam ter sido construída em 741, parecia um gigantesco cupinzeiro, e os quatro lados de sua encosta eram traiçoeiramente íngremes. Ao contrário das outras pirâmides maias, que tinham sido erigidas em grandes planícies isoladas, as pirâmides de Tikal, assomando da selva emaranhada, pareciam um mundo à parte. Quem havia suado aos borbotões para subir até ali rezou desesperadamente para que as tropas guatemaltecas passassem direto e seguissem a força principal dos revolucionários maias, que recuara para o norte. Ijeong ordenou que quatro soldados disparassem para o alto enquanto eles fugiam para o norte, a fim de enganar o exército governista em direção às ruínas nortistas.

Entretanto, o exército de Cabrera não caiu naquela armadilha. Também perceberam que o Templo IV era de importância estratégica. Sua força principal aproximou-se e rodeou o templo, e deu-se início a uma batalha feroz. Em conformidade com o costume de não lutar à noite, assim que o sol se pôs eles recuaram, porém sem deixar o perímetro. De manhã, porém, atacaram de novo e retomaram a batalha. Os mercenários estavam ficando sem munição. As tropas do governo mudaram de estratégia e formaram um cerco. Quando a noite caiu, Ijeong decidiu que seria melhor aproveitarem o tempo nublado para atravessar o perímetro. Munição era uma coisa, mas não havia água no Templo IV. O esquadrão de Dolseok voltou do norte e atacou a retaguarda inimiga, enquanto os homens de Ijeong desciam pela face norte do templo como se fosse um escorregador. Imediatamente as tropas do governo abriram fogo na escuridão. Ijeong correu como um louco. O som das balas zumbindo ecoava, *zing zing,* em seus ouvidos.

Finalmente Ijeong chegou ao destino deles, o reservatório. Cinco homens já estavam ali. Dolseok e quatro outros, que os haviam ajudado na fuga, ofegavam. Balas voavam em todas as direções. Naquele momento, algo frio escorreu pelo peito de Ijeong, e o clamor dos tiros se aproximou.

— É o inimigo! — Eles entraram na água até os joelhos e se espalharam em todas as direções. Ao correr, Ijeong passou a mão no pescoço e descobriu que o sangue escorria do ponto onde ele recebera um tiro de raspão. Não parecia ser nenhum ferimento grave. O exército governista se espalhou e foi atrás deles. Dolseok, que já partira na frente, gritou para os demais:

— Por aqui! — ele apontou para um pequeno morro, mais ou menos da altura de três homens. No sopé havia um pequeno buraco, a entrada de outra construção maia de tempos idos; talvez tenha sido o túmulo de alguma personalidade importante. Os onze sobreviventes entraram ali um por um, e o último camuflou a entrada com trepadeiras. O fedor de sangue e suor se misturou poderosamente ao cheiro de

flor
negra

mofo. Eles contiveram a respiração enquanto apontavam os canos dos rifles na direção da entrada e esperavam as tropas passarem.

Pouco tempo depois, Kim Okseon, que tinha se atrasado na fuga, apareceu na frente deles, tentando recuperar o fôlego e arrastando sua arma atrás de si. Dolseok se levantou para correr até ele, mas Ijeong o impediu. Naquele instante, a bala de um soldado de Cabrera atravessou o coração de Kim Okseon. O soldado chegou mais perto, mirou na cabeça de Kim Okseon e calmamente disparou mais alguns tiros. Assim terminava a vida do último músico palaciano eunuco do império coreano. Os guatemaltecos abandonaram o cadáver e continuaram em formação, prosseguindo em frente. Assim que as tropas se afastaram, três abutres desceram sobre o corpo de Kim Okseon em um ruflar de asas ruidoso. Um deles bicou o peito do eunuco. O sangue espirrou e encharcou seu bico.

Ijeong deixou uma pessoa de guarda e comandou o restante na direção dos porões das ruínas. Talvez houvesse alguma saída ali. Ao descerem, descobriram um salão inesperadamente amplo, mas era um beco sem saída. Todos relaxaram um pouco e descansaram ali, com expressão sombria.

— Vamos morrer, não é? — disse um jovem mercenário. Ijeong estava incomodado com o sangue que escorria de seu pescoço. Dolseok rasgou um pano de algodão que trazia consigo e o enrolou ao redor do pescoço de Ijeong, como uma bandagem. O sangramento parou, mas ainda doía terrivelmente. Ijeong encontrou uma cadeira esculpida em forma de onça-pintada. As costas da onça formavam o encosto da cadeira, e sua cabeça eram as pernas. Por toda a parte havia intrincadas esculturas de pedra e hieróglifos gravados, que para eles não passavam de fragmentos de pedra sem sentido. Ijeong lembrou-se dos numerosos reinos que foram fundados em Tikal e ficou melancólico. Todos haviam caído.

O dia raiou e o sol ergueu-se acima das árvores. Ijeong e seus homens esperaram ali até o cair da noite. Quando veio a escuridão, ele saiu e olhou ao redor. Sua garganta estava muito seca. Ele não notou nenhum sinal das tropas inimigas, apenas a espessa vegetação rasteira da selva. Emboscadas não eram a especialidade do inimigo, portanto ele eliminou aquela possibilidade. Primeiro eles seguiram para o leste, avançando em silêncio passo a passo. Depois de percorrerem mais ou menos oitocentos metros, aos poucos começaram a relaxar. Chegaram à conclusão de que o exército havia se retirado até sua base. Ijeong avisou diversas vezes para que eles ficassem alerta, mas não conseguiu represar completamente a empolgação dos jovens que haviam escapado da morte. De repente, um bando de macacos guinchou e começou a se balançar de árvore em árvore. Havia algo ali. Os macacos fugiram da direita para a esquerda de Ijeong. Seus homens, que estavam tão acostumados quanto qualquer um à vida na selva, fugiram na direção dos macacos. Pou, pou. As balas voaram mais depressa do que o som e abateram os soldados. O som dos tiros parecia pipoca estourando. Ijeong culpou a si mesmo por ter abandonado o esconderijo após somente um dia. As trepadeiras arranharam cruelmente seu rosto enquanto ele fugia. Ele tirou a bandagem que cobrira seu pescoço. O som das balas zunindo em seus ouvidos não tinha fim. Quando alcançou as duas pirâmides baixas e gêmeas, havia apenas três homens ao seu lado. Ijeong recuperou o fôlego e recarregou o rifle. Porém, antes mesmo de conseguirem se reorganizar, eles foram completamente rodeados por soldados que haviam descido das pirâmides gêmeas.

Ijeong atirou a arma para o lado e levantou as mãos. Um oficial do exército ordenou que os soldados amarrassem os quatro, depois foi andando na frente dos coreanos. Quando chegaram ao pântano, ordenou que parassem. Os soldados do governo dispararam suas armas um depois do outro, por trás, divertindo-se. Ijeong foi o último a cair. Seus joelhos, rosto e barriga afundaram no pântano.

Bak Gwangsu não conseguiu escapar do Templo IV. Sempre gostara daquele lugar. Observou o sol se pôr lá do alto. Depois que o som dos tiros pipocando da face norte sobre o reservatório parou e as tropas do governo confirmaram o resultado da batalha, alguns

flor
negra

soldados usaram cordas para escalar até o topo do Templo IV. Ficaram espantados ao verem Bak Gwangsu sentado ali, intocado. Estava tão quieto quanto um cadáver. Quando perceberam que ele não tinha intenção de atacá-los, cutucaram seu corpo com os coturnos. Bak Gwangsu estendeu as duas mãos para cima e levantou-se como um boneco trôpego na tentativa de não cair, depois deu um sorriso amplo. Os soldados sorriram também, depois miraram sua cabeça e apertaram o gatilho. Seu corpo caiu na capela. Os soldados vasculharam as roupas do morto. No bolso do peito descobriram um certificado antigo e desbotado que parecia prestes a se esmigalhar ao menor toque. No documento, em caracteres chineses, lia-se "Nascido na ilha de Wi, província de Jeolla, 28 anos de idade, Bak Gwangsu", e o selo oficial do império coreano brilhou fracamente. Porém, ali não havia ninguém capaz de decifrar aqueles caracteres.

EPÍLOGO

Uma dúzia de mercenários conseguiu escapar a duras penas de Tikal. Primeiro rumaram para Mérida, depois se espalharam pelo México.

Jo Jangyun e Kim Seokcheol voltaram para Mérida e reportaram o resultado da expedição coreana à Guatemala. Alegaram terem sido enganados pelos maias. Jo Jangyun continuou em Mérida e reassumiu a posição de líder dos coreanos. Kim Seokcheol participou das escavações e restauração das ruínas maias em Chichén Itzá, perto de Cancun.

Gwon Yongjun permaneceu na região de São Francisco e tornou-se viciado em ópio. Depois que seu dinheiro acabou, ele se viu rebaixado ao trabalho manual. Quando o Japão atacou Pearl Harbor em 1941, foi confundido com um japonês e preso. Morreu de câncer do pulmão em um acampamento de internação.

Don Carlos Menem perdeu boa parte de sua fortuna, incluindo a fazenda de sisal, no torvelinho da revolução mexicana. Disputou as eleições para governador do Yucatán várias vezes, mas perdeu para o governador Salvador Alvarado. No fim da vida, entrou para um mosteiro local e doou o pouco que restava de seus bens à Igreja.

Em Mérida, Yi Jongdo ouviu falar que uma grande demonstração antinipônica ocorreu na Coreia logo após a morte do imperador Gojong, em 1919. Acreditando erroneamente que os japoneses partiriam e que a dinastia seria restaurada, Yi Jongdo recusou-se a dormir e lançou-se a escrever um memorial ao trono, na esperança

flor
negra

de oferecer aconselhamento político ao novo imperador. Antes de concluir a obra, sofreu um derrame fatal. Depois da morte do pai, Yi Jinu queimou todos os seus pertences.

Yi Jinu trabalhou como gerente e intérprete nas fazendas do Yucatán até os anos 1920. Casou-se e teve dois filhos. Quando o negócio do sisal arrefeceu, foi para Cuba e ganhou um bom dinheiro fazendo um trabalho semelhante nos latifúndios de cana-de-açúcar dali. Mais tarde, entrou no ramo das confecções. Tinha uma mansão em Havana e várias empresas, mas, com a queda do governo de Batista e a ascensão de Castro, fugiu para a Flórida com pouco mais que um lenço bordado com seu monograma, e lá morreu.

O ditador guatemalteco Manuel Estrada Cabrera foi deposto durante a revolução de 1920 e fugiu para o exterior. Pouco antes, Mario, o líder guerrilheiro, foi morto na selva por uma bala disparada por outra arma guerrilheira.

No outono de 1917, Bak Jeonghun recebeu uma carta endereçada a ele vinda do estado de Campeche. Era de Ijeong e tinha sido enviada um ano antes. Mais ou menos na mesma época, Kim Jeongseon, um evangélico batista da Cidade da Guatemala, foi visitá-lo. Kim Jeongseon contou-lhe sobre Ijeong e os outros. Quando ele partiu, Bak Jeonghun convidou a esposa a ir com ele até os embarcadouros. Subiu em um tronco e disse:

— Chegaram notícias. Dizem que seu amigo morreu na Guatemala.

Yeonsu não demonstrou nenhuma emoção ao ouvir aquilo. Então Bak Jeonghun entregou-lhe a carta. Depois de lê-la, ela chorou.

— Quer dizer então que ele veio para cá.

Bak Jeonghun assentiu.

— Cortei-lhe o cabelo e o barbeei.

Yeonsu mordiscou as unhas. E não tornou a chorar. Três anos mais tarde, Bak Jeonghun teve um ataque do coração fulminante enquanto cortava o cabelo de alguém e morreu. Yi Yeonsu abriu uma empresa de financiamento com o dinheiro de Bak Jeonghun. Em poucos anos tornou-se tão rica, que ninguém em Veracruz a olhava mais de cima para baixo. Então ela foi até a Cidade do México e comprou alguns bares que também faziam as vezes de teatros e empregavam dançarinas. Ela se tornou uma figura de destaque no ramo do entretenimento, sem fazer nenhum trabalho de caridade nem se apoiar em nenhuma religião, dedicando-se exclusivamente a ganhar dinheiro. A polícia e as autoridades civis tentaram diversas vezes levá-la a julgamento, acusando-a de promover a prostituição, mas não conseguiram nada. Ela morreu na Cidade do México aos setenta e cinco anos. Todos os seus bens foram herdados pelo seu filho, Bak Seob.

O principal negócio da península do Yucatán hoje é o turismo. Milhões de visitantes acorrem às ruínas maias todos os anos. As fazendas de sisal praticamente desapareceram, virando terras improdutivas, mas algumas poucas foram transformadas em museus que recebem turistas.

Somente em 1956 começaram de fato as explorações e pesquisas nas ruínas maias de Tikal, cobertas pela selva. A Universidade da Pennsylvania e o governo guatemalteco assumiram os projetos de pesquisa e restauração. Em 1991, os governos da Guatemala e da Espanha decidiram restaurar os templos I e IV, que estavam encobertos pela terra e pelas árvores, para que assumissem a aparência original. As equipes de pesquisadores descobriram novos esqueletos no topo dos templos e em seus arredores, que foram enviados a museus. Porém, não descobriram vestígios do grupo de mercenários que havia passado por ali, nem do pequeno e insignificante país que foi fundado por eles.

NOTA DO AUTOR

Este livro começou com uma conversa entre dois passageiros de um voo entre Los Angeles e Seul: um pesquisador sobre a história da imigração coreana e um diretor de cinema americano de ascendência coreana. O pesquisador havia conhecido o diretor naquele voo, porém lhe contou uma história que parecia um pouco difícil de acreditar. Disse que, na virada do século XX, mais de mil coreanos embarcaram em um navio, atravessaram o Atlântico e chegaram ao México, e que alguns deles formaram um pequeno país nas selvas da América Central. Ouvi essa história mais tarde, da boca do diretor. Na época pouco prestei atenção a ela, mas a história permaneceu dentro de mim, enterrada em um canto da minha mente. Parecia estranha demais para ter sido inventada, e por este motivo suspeitei que pudesse conter algum fundo de verdade. Ainda em dúvida, fui em busca de materiais históricos na biblioteca. Topei com um artigo de jornal do *New Korea* de São Francisco, de 1916. Esse jornal, publicado por imigrantes coreanos que residiam na Bay Area, declarava que alguns coreanos que haviam sido "vendidos" para as fazendas de sisal mexicanas lutaram como mercenários na guerra civil da Guatemala e fundaram uma pequena nação nas selvas, mas logo foram eliminados. Minha curiosidade se atiçou.

Decidi escrever este romance e comecei a pesquisar a história a fundo. Não foi fácil. As fontes eram escassas e as que consegui encontrar, vagas. Para aumentar ainda mais a dificuldade, assim que os imigrantes zarparam de Jemulpo, a Coreia foi reduzida a uma colônia do Japão. Os imigrantes foram completamente esquecidos. Apenas uns poucos artigos de jornal descreveram os trabalhadores que estavam partindo para aquele país desconhecido, o México. Os coreanos do navio britânico Ilford formavam um grupo variado. Segundo os registros, soldados dispensados, membros da família real, padres católicos, eunucos palacianos, xamãs e mulheres e crianças de todas as idades embarcaram naquele navio. Aristocratas, plebeus e até mesmo escravos libertos foram todos misturados. Alguns dos passageiros escreveram diários. Por meio desses diários descobri que houve duas mortes e um nascimento durante a viagem, e que, quando os imigrantes chegaram ao México foram espalhados entre diversas fazendas, e quase nenhum conseguiu voltar para sua terra natal.

Na primavera de 2003, viajei até Mérida, no Yucatán, e comecei a coletar informações. Descobri um punhado de descendentes dos imigrantes, mas nenhum deles sabia falar coreano. Porém, conheciam a palavra "*kimchi*" e comiam algo parecido com aquilo. Atravessei a fronteira com a Guatemala e, após visitar Tikal e a região do entorno, fui para a cidade de Antígua, onde escrevi o meu livro. Mais tarde, retornei a Seul e terminei de escrevê-lo ali.

Por que resolvi dar-lhe o nome de *Flor Negra*? O preto é uma cor criada pela combinação de todas as outras cores. Similarmente, tudo se mistura neste romance — religião, raça, condição social e gênero —, mas o que emerge é algo completamente diferente; a ordem feudal da Coreia entra em colapso de imediato. Contudo, não existe nenhuma flor negra; tal flor só existe em nossa imaginação. Do mesmo modo, o local para onde os personagens do livro esperavam ir era uma utopia que não existia na realidade. Eles desembarcaram no lugar errado, para ali passarem toda a vida.

Enquanto eu escrevia, enxergava a mim mesmo como uma espécie de xamã. Os desejos daqueles que haviam partido para um país distante e sido completamente esquecidos vieram até mim como

flor
negra

cartas dentro de garrafas atiradas ao mar, e acredito que os imigrantes me instruíram a escrever suas histórias. Foi somente quando finalmente acreditei nisso que consegui começar — e terminar — a obra. Portanto, é apenas adequado que eu dedique *Flor Negra* às mil e trinta e três pessoas que zarparam do porto de Jemulpo em 1905.